Hans Wolfgang Kölmel
Ehrenkleid

Hans Wolfgang Kölmel

# EHRENKLEID

Roman

Osburg Verlag

*Meinen Brüdern*

Erste Auflage 2023
Osburg Verlag Hamburg 2023
www.osburgverlag.de
Alle Rechte vorbehalten, insbesondere das
des öffentlichen Vortrags sowie der Übertragung
durch Rundfunk und Fernsehen, auch einzelner Teile.
Kein Teil des Werkes darf in irgendeiner Form
(durch Fotografie, Mikrofilm oder andere Verfahren)
ohne schriftliche Genehmigung des Verlages reproduziert
oder unter Verwendung elektronischer Systeme
verarbeitet, vervielfältigt oder verbreitet werden.
Lektorat: Ulrich Steinmetzger, Halle
Umschlaggestaltung: Judith Hilgenstöhler, Hamburg
Satz: Hans-Jürgen Paasch, Oeste
Druck und Bindung: CPI books GmbH, Leck
Printed in Germany
ISBN 978-3-95510-335-4

*Wie sucht ihr mich heim, ihr Bilder*
*Die lang ich vergessen geglaubt.*
    Adelbert von Chamisso

# 1. Im Dorf I

1946. Dienstag, 10. September. Der Himmel bewölkt, die Luft schwülwarm und stickig, wie so häufig in dieser Gegend. Ein Dorf in der mittelbadischen Rheinebene. Das Schlimmste schien überstanden.

Gegen 11.30 Uhr warteten im Flur, der vor wenigen Monaten zum Warteraum einer Arztpraxis umfunktioniert wurde, die letzten drei Patienten. Sie hofften, noch vor der Mittagspause von Doktor Jakob Kahnolt, dem jungen Arzt, untersucht und beraten oder behandelt zu werden.

Es klingelte an der Tür zum Treppenhaus.

»Lene, geh du bitte. Ich kann nicht. Ich bin gerade bei der Untersuchung«, hörte man es aus dem behelfsmäßig eingerichteten Sprechzimmer. Durch die bleiverglasten blauen und roten, vereinzelt Sprünge zeigenden Scheiben der Eingangstür erkannte Lene Gestalten in Uniform. Sie öffnete. Vor ihr standen zwei französische Gendarmen.

»Madame Kahnolt?«

»Ja, die bin ich.«

»Votre mari est là?«

»Ja, der ist da. Und was wünschen Sie?«

»Nous devons lui parler!« Der Ton, den die Männer anschlugen, war ungewöhnlich.

»Mein Mann untersucht gerade einen Patienten. Kann ich Ihnen weiterhelfen?«

»Non! Nous devons parler avec votre mari. Maintenant!«

»Einen Moment!« Lene schloss vorsichtig die Tür.

Die Gendarmen schlugen gegen das Glas. Es klirrte. »Laissez la porte ouverte!« Lene öffnete erneut. Die Männer drangen in den Flur vor.

»Jakob, da sind zwei Männer von der französischen Gendarmerie. Die wollen dich unbedingt sprechen. Du musst selbst kommen.«

Der Patient klagte über hartnäckigen Husten. Er hatte gerade sein Unterhemd ausgezogen, den Oberkörper frei gemacht. Jakob, das Stethoskop an den Ohren, war dabei, seine Lunge abzuhören. Unwillig unterbrach er die Untersuchung.

»Was soll denn das? Was ist denn schon wieder los?« Mit leicht zur linken Seite und zum Boden gesenktem Kopf ging er an den Wartenden vorbei zur Tür. Jakob verstand Französisch, das hatte er in Frankreich ausreichend lange gesprochen. Jetzt zog er es vor, auf Deutsch zu fragen: »Guten Tag, meine Herren! Wie kann ich Ihnen helfen?«

»Sie können uns helfen. Wir haben den Befehl, Sie aufs Rathaus zu bringen, jetzt.«

»Und warum? Was liegt vor?«

»Das werden Sie dort erfahren. Kommen Sie jetzt!«

»Ich kann nicht. Ich untersuche gerade. Und hier warten noch drei Patienten, das sehen Sie ja. Geht es nicht später, meinetwegen heute Nachmittag?«

»Nein! Geht nicht. Sie haben nicht verstanden! Wir bringen Sie jetzt zu unserer Dienststelle im Rathaus.«

Jakob hatte begriffen, dass ihm nichts anderes übrigblieb. »Lene, bitte, vertröste mal die Patienten. Ich komme gleich zurück.«

Das Ehepaar Kahnolt hatte mit seinen beiden Kindern vor wenigen Monaten diese Wohnung im ersten Stock einer Villa aus den zwanziger Jahren zugewiesen bekommen. In derselben Etage war für den Arzt ein zur Straße liegendes Zimmer als Besprechungs- und Untersuchungsraum eingerichtet worden. Der Flur diente als Wartezimmer für die Patienten. Schon wenige Tage nach Arbeitsbeginn hatte der Arzt entsetzt feststellen müssen, dass er von Patienten gerufen wurde, die seinen Familiennamen trugen. Das Schicksal wollte es, dass er für den beruflichen Neubeginn nach dem Ende des Krieges in der Heimat seiner Väter gelandet war, einer Heimat, aus der er vor Jahren die Flucht ergriffen hatte.

Das Dorf, wohin es die junge Familie mit ihren wenigen Habseligkeiten auf Befehl der französischen Kommandantur verschlagen hatte, war ein ein Albtraum. Es entpuppte sich als eine verschlafene Siedlung von Lumpensammlern, Hausierern, Tagelöhnern und Kleinbauern, die ungern etwas abgaben. Den meisten standen noch Schreck und Wut in die Gesichter geschrieben, weil nur wenige Monate vor Ende des Krieges Piloten der Alliierten entschieden hatten, auch über diesem Dorf einige Bomben abzuwerfen. Es hatte sogar einen Toten gegeben.

Die Wege zwischen den einzeln stehenden Häuschen waren nicht befestigt, wenn man mal von der kurzen Durchgangsstraße absah. Hatte es geregnet, empfahl es sich, Gummistiefel überzuziehen, wenn man welche besaß. Das Abwasser der Häuser, in dem sich Kaffeesatz,

Kartoffelschalen, Salatreste oder Schlimmeres sammelten, floss in trägen Rinnsalen auf beiden Seiten der Straßen. Die je nach Haushalt einen spezifischen, unterschiedlich scharfen Geruch verströmende Brühe schaffte es entweder bis zu einem der weit auseinander liegenden Kanalschächte oder verdunstete, bevor sie diese erreicht hatte. Den Toilettengang erledigten die Bewohner auf dem Abtritt im Hof. Trinkwasser musste von Brunnen geholt werden, die alle zwei oder drei Straßen zu finden waren. Elektrizität war der einzige Luxus, den das Dorf zu bieten hatte. Und da war noch der Bahnhof. Immerhin gab es eine Zugverbindung in die nahgelegenen Städte. Der Zug, der von Norden kam, machte eine leichte Linkskurve, bevor er den Bahnhof erreichte. In den Nachbarorten erzählte man sich, die Kurve in diesem Dorf sei notwendig. So könne der Lokomotivführer überprüfen, ob ihm die Einwohner nicht den hintersten Wagen seines Zuges abgehängt hatten.

Die kürzlich eingerichtete Gemeindeverwaltung hatte händeringend nach einem Arzt für die medizinische Versorgung der Einwohner gesucht. Der bisher praktizierende Mediziner war kurz vor Ende des Krieges untergetaucht und verschwunden. Seit Monaten blieb den Kranken nichts anderes übrig, als sich in das kaum funktionsfähige Krankenhaus in der mehrere Kilometer entfernt liegenden Kreisstadt aufzumachen. Dort hatten sie sich auf stundenlanges Warten einzurichten. Und ob sie dann auf einen Arzt trafen, der sich auch tatsächlich als solcher bezeichnen durfte, war dem Zufall überlassen. Es schwirrten in diesen Zeiten viele Gestalten in weißen Kitteln herum, die behaupteten, sie hätten eine medizinische Ausbildung genossen. Ob das dann auch zutraf, konnte im herrschenden Wirrwarr nicht nachgeprüft werden. Wenigstens manchmal hatte man aber auch Glück.

Endlich war also im Dorf wieder ein richtiger Arzt angekommen. Im Vergleich zu den Einwohnern ein abgemagerter, dürrer Mann, eine Bohnenstange, wie manche im Dorf meinten, aber freundlich und nett anzuschauen. Jemand, zu dem man Vertrauen entwickeln konnte. Dazu eine Frau und zwei Söhne im Kindergartenalter. Bald hatte sich herumgesprochen, dass er aus der Gegend stammte und so etwas wie ein Einheimischer war. Der verstand ihre Sprache. Das war gut. Nur seine Frau, die könne, so hieß es, leider kein richtiges Deutsch. Sie galt in diesem Dorf mit ihrem norddeutschen Singsang und dem scharfen St als eine Fremde, blieb eine Zugereiste, gleich diesen Flüchtlingen, die zum Leidwesen der Alteingesessenen zuhauf im Dorf gestrandet waren. Manche verbreiteten das Gerücht, sie sei Preußin, was in dieser Gegend nichts Gutes bedeutete. Entsprechend wurde sie behandelt: unfreundlich und abweisend. Woher sollte Lene auch das badische Wiegenlied kennen: *Schlaf, mein Kind, schlaf leis, dort draußen geht der Preuß! Deinen Vater hat er umgebracht, deine Mutter hat er arm gemacht, und wer nicht schläft in guter Ruh, dem drückt der Preuß die Augen zu.*

»Lene, wir halten es hier ein paar Jahre aus, bis sich die Lage beruhigt hat. Dann kehren wir auf jeden Fall zurück nach Hamburg oder besser noch nach Kiel«, versuchte Jakob, seine Frau und sich zu trösten.

Die Stelle eines einfachen Landarztes entsprach keineswegs den Wünschen und Plänen des noch vor Kurzem so ehrgeizigen jungen Mannes. Und die medizinische

Ausrüstung, die er hier vorgefunden hatte, war so dürftig, war sogar viel weniger als das, was er von seinen Verbandsplätzen und Lazaretten gewohnt war. Wie gerne wäre er an einem Krankenhaus geblieben, hätte am liebsten seine durch den Krieg unterbrochene Weiterbildung an einer Universität fortgesetzt. Strenggenommen, hatte er nach dem Staatsexamen, wenn man von seinen Erfahrungen als Autodidakt auf den Verbandsplätzen des Krieges einmal absah, nichts genossen, was als systematische medizinische Weiterbildung hätte bezeichnet werden können. Aber solche Pläne mussten erst einmal zurückgestellt werden, hoffentlich nicht für immer. Vorerst galt es, den Hunger einer jungen Familie zu stillen. Was blieb ihm anderes übrig. Er hatte den Befehlen der französischen Besatzer zu gehorchen.

Im Dorf hatten die Franzosen die Villa zunächst für sich in Beschlag genommen, dann aber für Neuankömmlinge freigeräumt. Sie setzte sich nach Bauweise und Anstrich mit einem ins Ocker gehenden Gelb klar vom Einerlei der übrigen Häuschen der Straße ab. Jahrelang hatte sie leergestanden. Die ehemaligen Bewohner hatten sie, wie man sich im Dorf erzählte, vor etlichen Jahren Hals über Kopf geräumt. Warum, wusste keiner so recht. Sie waren eben eines Tages mit Sack und Pack verschwunden.

Im Vergleich zu den anderen Häusern wies die Villa erfreuliche Bequemlichkeiten auf. Sie verfügte über einen eigenen Tiefbrunnen im Keller. Eine elektrische Pumpe schaffte das Wasser bis ins erste Stockwerk. Ein Luxus, in der Tat. Außerdem gab es im Keller einen großen Kohleofen, der mehrere Heizkörper in den Wohnungen mit Warmwasser speisen konnte. Aber nicht immer, denn häufig war die Anlage defekt, besonders im Winter. Dann versuchte man, mit den Kohle- und Kachelöfen, die in den einzelnen Zimmern standen, die Kälte zu überwinden. Soweit Kohlen oder Holz vorhanden waren.

Wortlos stiegen die Gendarmen mit Jakob die Treppe hinab zum Erdgeschoss und gingen zum Ausgang. Eng in ihrer Mitte, als befürchteten sie, er könne davonlaufen, geleiteten sie ihn über die Dorfstraße zum Rathaus. Der von den Ketten der französischen Panzer aufgewühlte Weg war beschwerlich. Sehr zum Ärger der Anwohner fuhren sie mit Vorliebe mitten durch das Dorf. Immer wieder mussten die Männer die Fahrrinnen wechseln und verloren Jakob dabei gelegentlich aus ihrer Mitte. Er fühlte sich unwohl, er fühlte sich richtig schlecht. Auch spürte er im Rücken die gehässigen Blicke und ahnte das hämische Geflüster hinter den Gardinen. *Du, schau mal, den führen die Franzosen gerade ab. Der hat sicher was ausgefressen. Ich hab dir ja immer gesagt, bei den Neuen weiß man nie. Vielleicht ist er gar kein richtiger Arzt.*

Nach etwa fünfhundert Metern erreichten sie das Rathaus, ein aus dem dörflichen Einerlei herausragendes, stilloses, aber Respekt oder auch Furcht einflößendes Gebäude, ein Fremdkörper aus den Anfängen des Jahrhunderts. Hier hatten die französischen Besatzer als neue Herren eine Außenstelle ihrer in der nahen Kreisstadt gelegenen Kommandantur eingerichtet.

Der Gang im Erdgeschoss des Rathauses war bis Schulterhöhe in einer grünen Ölfarbe gestrichen. Jakob wurde zur dort stehenden Bank gebracht. »Setzen Sie sich. Warten Sie hier, bis Sie gerufen werden!« Eine Wache blieb in seiner Nähe. Es dauerte. Zeit zum Nachdenken. Mussten die Bilder des Krieges wieder auftauchen? Das war doch eine Zeit, die er für endgültig überwunden hielt? Er kam sich wie ein Gefangener vor. Aber warum nur? Was wollten die von ihm? Könnte irgendetwas gegen ihn vorliegen? Er überlegte. Ihm fiel nichts ein.

Endlich wurde er in einen kahlen Raum geführt. Hinter dem kargen Schreibtisch, der außer zwei Stühlen davor das einzige Möbelstück war, erwartete ihn ein höher dekorierter französischer Offizier mittleren Alters, flankiert von zwei stolz und schräg aufgestellten Trikoloren.

»Nehmen Sie Platz! Nein, bleiben Sie besser stehen!«, ordnete der an.

»Ihr Name?«

»Kahnolt, Jakob Kahnolt.«

»Jakob Kahnolt. Doktor. Arzt. Richtig? Gut. Ich möchte Ihnen gleich sagen, wir haben mit Ihnen ein ernstes Problem zu besprechen. Uns sind erst jetzt verschiedene Unterlagen zugegangen. Sie zeigen, dass Sie während der deutschen Aggression gegen unser Land als Arzt in Saintes eingesetzt waren. Sie erinnern sich, eine Stadt in der Nähe des Atlantiks. Stimmt das?«

»Ja, das ist richtig. Ich war für einige Monate dorthin abkommandiert worden.«

»Und was hatten Sie dort zu tun? Sagen Sie mal!«

»Ich war für die medizinische Versorgung der Soldaten zuständig. Und bei Bedarf für die französische Bevölkerung.«

»So, so. Und das ist alles, was Sie zu sagen haben? Dann zeige ich Ihnen mal etwas.«

Der Offizier breitete auf seinem Tisch drei Blätter aus. Es handelte sich um die Totenscheine dreier junger Männer.

»Ist das Ihre Unterschrift?«

Jakob zog mechanisch die Blätter näher heran und bestätigte: »Ja, das ist meine Unterschrift.«

»Ist Ihnen klar, dass Sie hier bei allen drei Jugendlichen – Sie werden sich schon noch erinnern –, drei Jungs zwischen fünfzehn und siebzehn Jahren, den Tod durch Ertrinken bescheinigt haben? Den Tod durch Ertrinken! Ich frage mich oder besser Sie, wie können drei Jugendliche, alle waren, wie wir heute wissen, gute Schwimmer, zur selben Stunde ertrunken sein? Der Fluss, in dem sie gefunden wurden, führte zu der Jahreszeit wie üblich wenig Wasser. Ertrinken war ohnehin kaum möglich! Haben Sie die Toten denn jemals gesehen? So wie Sie hier notiert haben und wie es bekanntlich vorgeschrieben ist?«

»Ich habe während meiner Zeit als Arzt in Saintes immer wieder Totenscheine unterschrieben oder unterschreiben müssen.«

»Ich will mal hoffen, dass Sie diese Toten, von denen Sie da sprechen, jeweils auch gesehen haben. Aber Sie haben wohl nicht recht gehört. Hier geht es um drei Jugendliche. Haben Sie diese Toten gesehen?«

»Nein, ich kann mich nicht erinnern. Ich glaube, ich habe die Toten nicht gesehen. Warten Sie! Doch, jetzt erinnere ich mich. Man erklärte mir, ja, die drei Jugendlichen seien im Fluss ertrunken. Sie sollen in dem Fluss, ja, in der Charente – genau, jetzt erinnere ich mich – gefunden worden sein. Ich war damals gezwungen worden, den Tod durch Ertrinken zu attestieren. Tod durch Ertrinken lag ja auch nahe«, antwortete Jakob.

»Ja, wie? Und ohne die Leichname jemals gesehen zu haben?«, brüllte der Offizier.

»Ich wurde gezwungen.«

»Ich wurde gezwungen. Sie wollen uns doch nicht weismachen, dass sie sich als Arzt nicht dagegen hätten wehren können. Sie wissen doch sicher, dass das ärztliches Fehlverhalten ist. Und wir sind der Überzeugung, ein schwerwiegendes Fehlverhalten. Haben Sie gehört? Ich kann Ihnen auch sagen, warum. Was Sie mit Sicherheit wussten. Durch die Unterschrift, Ihre Unterschrift, wurde aus dem Mord durch SS-Schergen ein Tod durch Ertrinken. Ein Tod, den die Jugendlichen also selbst verschuldet hätten. Fahrlässigkeit oder Übermut eben, wie er bei Jugendlichen vorkommen kann. Sie hätten darauf bestehen müssen, die Toten zu sehen. Sie hätten bei unklarer Todesursache eine Obduktion veranlassen müssen. Das können wir auf keinen Fall so stehen lassen! Vielleicht wissen Sie, dass die drei Jugendlichen von einer Brücke in den Fluss geworfen worden waren, etwa fünfzehn Meter in die Tiefe. Nach unseren Erkenntnissen sind sie alle drei ihren schweren Verletzungen erlegen. Und ihr Tod ist keinesfalls durch Ertrinken eingetreten. Es war eindeutig Mord, ich sage Ihnen, brutaler Mord. Wie stellen Sie sich dazu?«

Jakob wiederholte mit schwacher Stimme: »Ich bin gezwungen worden.« Dann, nach einer längeren Pause: »Entschuldigen Sie, nun fällt es mir wieder ein. Man hatte mir gesagt, die drei Toten seien schon beerdigt worden, eine Leichenschau sei deshalb nicht mehr möglich.«

Er war zunehmend unruhig geworden. Er wusste zu genau, was sich damals an jenem Abend zugetragen hatte. Vier Jugendliche, wahrscheinlich etwas lauter singend, vermutlich leicht angetrunken, waren auf dem Trottoir der Bernard Palissy-Brücke vom rechts der Charente liegenden Stadtviertel zum links liegenden, zur Altstadt, unterwegs gewesen. Vielleicht kamen sie von außerhalb und wussten nicht so recht, wie man sich gegenüber deutschem Militär zu verhalten habe. Auf Höhe des mittleren Brückenbogens kam ihnen ein deutscher Offizier entgegen. Warum sie ihm nicht auswichen – keiner weiß es. Der Offizier war jedenfalls gezwungen, auf die Fahrstraße auszuweichen, gewiss kein Austausch von Höflichkeiten, aber eigentlich ein harmloser Vorgang. Wenige Meter hinter dem Offizier folgten fünf Männer der Gestapo. Sie wurden Zeuge des Manövers. Die Situation war aus ihrer Sicht ein nicht hinzunehmendes rüpelhaftes Benehmen, eine üble Demütigung deutscher Autorität. Sie packten drei von ihnen und warfen sie kurzerhand über die steinerne Brüstung hinab in den Fluss. Ein Jugendlicher konnte fliehen.

»Wussten Sie, dass es sich um ein Verbrechen Ihrer Militärs gehandelt hat?«

»Ich kann mich nicht erinnern.«

»Monsieur, c'est pratiquement impossible. Wir wissen inzwischen, dass die halbe Stadt davon sprach. Es gab auch Zeugen. Das kann Ihnen doch nicht entgangen sein. Das nehme ich Ihnen nicht ab. Sie wussten davon. Und Sie kennen die ärztlichen Pflichten in solchen Fällen! Die besagen nämlich – aber wem sage ich das, ich wiederhole mich –, dass der Arzt den Leichnam persönlich sehen muss und er sein Urteil erst nach dieser sorgfältig erfolgten Leichenschau abgeben kann. Dann hätten Sie nämlich die vielen Verletzungen der Jugendlichen – auch am Schädel – sehen müssen. Zwei von ihnen hatten sich bei dem Sturz das Genick gebrochen und waren, wie man uns sagte, aufgrund einer Atemlähmung erstickt, wahrscheinlich jämmerlich erstickt. Zum Glück konnten wir die Toten einige Tage später exhumieren und von unseren französischen Ärzten nachträglich untersuchen lassen. So haben wir alles gut dokumentiert.«

Der Offizier holte sich die Papiere zurück. Nach einer Pause fuhr er fort: »Wir können das nicht durchgehen lassen. Grobes ärztliches Versagen. Ein Kriegsverbrechen! Wir bringen Sie noch heute zur Kommandantur in die Stadt. Dort werden wir Sie nach unserem Recht aburteilen.«

Jakob wurde in eine Zelle des Rathauses geführt und eingesperrt. Er lehnte sich an die Wand. Der Boden unter seinen Füßen wankte. Ein Sausen und Pfeifen in seinen Ohren. Ein rasender Puls. Er rang nach Luft. Es waren diese Schmerzen in der Brust, die sich plötzlich meldeten.

Er wusste es. Es konnte, je nachdem, an wen er geriet, auch soviel wie ein Todesurteil bedeuten. In vielen Fällen machten die französischen Besatzer kurzen Prozess. Schon etliche als Kriegsverbrecher identifizierte oder als solche beschuldigte Personen waren in der Stadt, in der sich das hohe Gericht der französischen Kommandantur eingerichtet hatte, nach kurzer oder auch längerer Verhandlung in einem Wald oder in den modrigen Kasematten des alten Forts an die Wand gestellt und erschossen worden. Man hörte viel, Genaueres wusste man nicht.

Inzwischen war im Rathaus Fritz Zoller, dem man vor einem Jahr die Stelle des Bürgermeisters übertragen hatte, über den Vorgang und die Entscheidung der Franzosen informiert worden. Zoller, ein aufrechter Mann und bekennender Thälmannkommunist, hatte während der Naziherrschaft schwer gelitten. Er hatte bis 1943 drei Jahre in Haft gesessen. Vorzeitig, hieß es, war er freigelassen worden, wurde aber aller seiner Ämter im Rathaus enthoben. Jetzt galt sein Wort im Dorf und speziell bei den französischen Besatzern. Sie hatten ihm sein Amt zurückgegeben mit weitreichenden Befugnissen.

»Wenn Sie uns diesen Mann wegnehmen, bricht die ärztliche Versorgung des Dorfes zusammen. Das geht nicht. Wir haben zudem mit mehreren schweren Erkrankungen zu kämpfen. Unter anderem mit der Ruhr. Doktor Kahnolt verfügt, wie er uns gezeigt hat, gerade bei solchen Erkrankungen über ausgezeichnete Kenntnisse. Wir kennen unseren Arzt. Er ist ein ehrenwerter Mann, ein bekennender Antifaschist. Er steht unseren Bewohnern Tag und Nacht zur Verfügung. Sie können uns den nicht wegnehmen. Das geht nicht. Es könnte das Sterben, den Tod vieler Menschen bedeuten.«

Der Offizier wiederholte die Geschichte von der sträflichen Beschönigung der Tat der Gestapo durch die Unterschrift des Arztes. »So. Ein Antifaschist! Und wie ist dann, bitteschön, seine Mitgliedschaft in der NSDAP zu erklären?«

»Sie können ihm doch nicht aus einer Jugendsünde einen Strick drehen! Einmal in dieser Partei gewesen, war es nicht so leicht, da wieder herauszukommen.«

»Ich muss mir das überlegen.« Der Offizier fuhr sich mehrere Male durchs Haar. Dann: »Ich versuche, Sie zu verstehen. Monsieur le maire, ich verstehe Ihre Bedenken. Warten Sie. Ich werde mit unserem Staatsanwalt in der Stadt die Sachlage noch einmal besprechen.«

Eine gute Stunde verging. Jakob wurde aus der Zelle geholt und zusammen mit seinem Fürsprecher wieder vor den Offizier gebracht.

»Gut, wir werden von der Überstellung in die Stadt erst einmal absehen. Ihr Arzt hat sich vorerst jede Woche hier zu melden. Ich werde die Angelegenheit zur endgültigen

Entscheidung der Kommandantur in der Stadt vorlegen. Doktor, Sie können gehen. Aber seien Sie versichert, das war nicht das letzte Wort.«

Jakob stammelte ein paar Worte des Dankes an Herrn Zoller.

»Schon alles gut«, meinte der.

Nichts war gut. Jakob wankte nach Hause.

»Lene, bitte, schick sie alle weg, ich kann heute nichts mehr hören.«

»Was war denn los? Du warst so lange weg. Ich habe mir Sorgen gemacht. Du bist ja ganz erschöpft. Wie siehst du denn aus! Die Patienten habe ich schon vor zwei Stunden weggeschickt«, empfing ihn Lene.

»Lass mich! Ich kann es dir nur schwer erklären. Eine Geschichte aus meiner Zeit in Frankreich, in Saintes. Sie verfolgt mich. Du erinnerst dich. Ich glaube, ich hab dir mal davon berichtet. Diese Geschichte hatte ich längst vergessen. Ich hatte Totenscheine unterschrieben, ohne die Toten gesehen zu haben. Das ist nicht erlaubt, ich meine, es ist verboten. Jetzt wollen die Franzosen mich zur Rechenschaft ziehen. Wie, weiß ich nicht. Mehr kann ich dazu nicht sagen.«

Sie fragte nicht weiter.

Vier Monate ließ die Entscheidung auf sich warten. Jakob meldete sich, wie angeordnet, wöchentlich im Rathaus. Jedes Mal in der Angst, nicht mehr nach Hause kommen zu können. »Es sieht gut aus«, machte ihm der Bürgermeister zuletzt Mut. Endlich die Nachricht, die Angelegenheit sei vorerst ad acta gelegt worden, er müsse sich nicht mehr melden.

Was würde noch auf ihn warten? Hatte er sich noch mehr zuschulden kommen lassen? Dieser verdammte

Krieg. Ein anhaltender Ausnahmezustand. Er hatte Befehlen zu gehorchen. Man hatte ihn nach Polen geschickt, nach Krakau. Er wollte das nicht. Er konnte sich nicht erinnern, etwas Falsches, etwas Verbotenes getan zu haben. Einzelne Erlebnisse dort wollte er lieber vergessen haben. Man hatte ihn nach Brüssel geschickt. Auch das wollte er nicht. Gewiss, da fielen ihm siedend heiß die Tage mit Camille ein. Und dann in Russland? Nein, er hatte auf niemanden gezielt oder gar geschossen. Er hatte niemanden getötet. Ja, Karl. Da war Karl. Jakob wollte sich nicht erinnern. Es sollte alles weg sein. Weg.

## 2. Hornberg

Die Natur hatte es gut mit Jakob gemeint, entgegen den Unkenrufen missgünstiger Verwandter. Die hatten es ohne Zweifel darauf abgesehen, der viel zu jungen Mutter ein schlechtes Gewissen, ein Schuldgefühl zu verpassen, und hatten sie entsprechend in Angst und Schrecken gehalten. Nachdem das auffällig zarte Kind im Jahre 1914 das Licht der Welt erblickt hatte, hieß es, den Schwächling würde diese Frau – selbst doch noch ein junges, einfältiges Frauenzimmer – niemals durch die Zeit des Krieges bringen.

Sie sollten sich irren. Jakob wuchs zu einem gesunden, hoch gewachsenen, blendend aussehenden, dazu sich charmant bewegenden Mann heran. Bald wies sein Gesicht markante Züge auf, die auch ein Wiedererkennen leicht machten. Die schwarzen, glänzenden, in weiten Locken fallenden Haare hatte er schon als Jugendlicher wachsen lassen und gegen den allgemeinen Trend weder streng gescheitelt, noch über Ohren oder Schläfen kurz geschnitten. Die dunklen, buschigen Brauen: ein Schmuckstück. Seine breiten Lippen zeugten von einer gewissen Offenheit, in der man sich allerdings auch irren konnte. Wenn er lachte, was er gerne tat, blitzten seine perlweißen Zähne hervor, die ungewöhnlich akkurat standen. Einzig seine Nase war im Bereich der Spitze etwas zu groß, vielleicht auch zu breit geraten. Mit diesem kleinen Makel konnte er aber leben, brachte er ihm doch eher weitere Sympathiepunkte ein.

Mit der Zeit lernte Jakob, die ihm von der Natur gegebenen Auszeichnungen an richtiger Stelle einzusetzen. Vom Vater hatte er einen scharfzüngigen Humor übernommen, der ihm – oft zu seiner Verwunderung – nicht nur Freunde einbrachte. Zweimal musste er die Schule wechseln, weil er die geforderte Disziplin nicht durchhalten konnte. In kleiner Gruppe fühlte er sich wohl, führte nicht selten die Unterhaltung. Je größer die Gruppe wurde, umso mehr hielt er sich zurück.

Schon als Kind und dann als Jugendlicher hatte er sich nahezu uneingeschränkt dem Gerede seiner Mutter Lydia angeschlossen, die sich, ohne dass er dies in seiner ganzen Tragweite erfassen konnte, zu einer kämpferischen Nationalsozialistin entwickelt hatte. Regelmäßig sprach sie vom Versailler Schandfrieden, und kritiklos pflichtete der Sohn seiner Mutter bei. Beide lebten in der festen Überzeugung, dass dieses Deutschland keinerlei Schuld am letzten Krieg treffe, dass das ehrwürdige Straßburg und das ganze benachbarte Elsass keinesfalls zu Frankreich, sondern schon immer zu Deutschland gehörten. Dort müsste es auch wieder eingegliedert werden. Es sollte wieder möglich sein, die astronomische Uhr im Münster des nahe gelegenen Straßburg zu bewundern. Ohne diese erniedrigenden Behinderungen an der Rheingrenze bei Kehl.

Mutter Lydia war ein Einzelkind, die verwöhnte Tochter eines Gastwirts, der im Nordbadischen ein über die Grenzen des Städtchens hinaus bekanntes, gut frequentiertes Speisehaus betrieb, das Wirtshaus zum Löwen. Der Vater bezahlte ihr die Ausbildung an der großherzoglichen Kochschule in Karlsruhe, der Hauptstadt des Landes. Eine

Ausbildung, auf die sie sich zeit ihres Lebens und nicht zu Unrecht etwas einbildete. Man kann es Leichtsinn nennen, dass sie kurz vor ihrem achtzehnten Lebensjahr schwanger wurde. Damit waren die Pläne, die der Vater mit ihr hatte, nicht mehr zu verwirklichen.

Sie gebar den Sohn. Wie einige der Vorfahren wurde er auf den Namen Jakob getauft. Ein Name, dessen Wahl Lydia später, ohne es je anzusprechen, wegen seiner angeblich jüdischen Herkunft bereuen sollte. Die voreheliche Zeugung, diese Schande, wollte sie ihrem Mann niemals verzeihen. Ob es die Schande oder die Schwere der Geburt war, die daran Schuld trug, konnten die Ärzte später nicht klären. Jedenfalls entwickelte die Mutter, kurz nachdem das Kind das Licht der Welt erblickt hatte, ein kaum zu beherrschendes Blinzeln. Häufig übermannte sie die Störung derart hartnäckig, dass sie ihre Lider für Minuten nicht öffnen konnte. Die Sicht war ihr in dieser Zeit versperrt. Ihr Mann meinte dazu, sie verschließe ihre Augen vor der Wirklichkeit. Sohn Jakob entwickelte sich zu ihrem Augapfel.

Das zweite Kind der Eltern, eine Tochter, starb, kurz bevor es das dritte Lebensjahr erreicht hatte, an den Folgen der Spanischen Grippe. In der anschließenden Trauerarbeit entschied sich die Mutter, die Pfade des täglichen Lebens, die sie möglicherweise für ausgetreten hielt, zu verlassen. Anders gesagt, sie wurde wunderlich. Daran änderte auch die Geburt eines weiteren Kindes nichts, zu ihrem Bedauern wieder eine Tochter.

Lydia machte sich fortan auf die Suche nach dem Natürlichen. Unter den wenigen Büchern im Regal befand sich das Exemplar über einen Helmut Harringa, ein Buch, in dem sie regelmäßig blätterte. Außerdem bezog sie Schriften über die aktuelle Lebensreform eines gewissen Fidus

oder verfolgte die Spuren des wenig bekannten Wander-
predigers Friedrich Muck-Lamberty. Zu den Verführ-
rungskünsten eines Adolf Hitler konnte es auf diesem
Boden nahtlos übergehen.

Von den genannten Lehrmeistern sowie einem Herrn
namens Alwin Seifert beeinflusst, achtete Lydia auf alles –
Außenstehende lachten und nannten es pedantisch oder
gar zwanghaft –, was sie an Nahrung zu sich nahm, was
sie ihrem Körper zuführte, was sie ihm anvertraute, wie
sie sagte. Diese Zufuhr, gleich was es war, hatte gesund
zu sein, wobei nicht einfach festzumachen war, was Lydia
darunter verstand. Es lag aber nahe, dass sie sich dabei an
ihren Lektüren orientierte. Fleisch stand zum Leidwesen
ihres Ehemannes immer seltener auf dem Speiseplan.
Konsum von Alkohol war von Übel, was das Ehepaar weiter voneinander entfernen sollte. Nicht zuletzt, weil der
Vater nach dem Essen gerne ein oder zwei Gläschen von
diesem köstlichen Schwarzwälder Kirschwasser trank.

Für gewöhnlich leitete sie den Morgen mit einer Rohkost
ein, wobei sie Wert darauf legte, bei der Zubereitung allein
zu sein. Auch musste ausreichend Zeit zur Verfügung
stehen. In ihrer weiträumigen Küche wollte sie deshalb
durch niemanden und nichts gestört werden. Die Proze-
dur begann mit der im eigenen Garten taufrisch geschnittenen Petersilie. Mit einem Wiegemesser hackte sie eine
reichliche Portion davon klein. Dabei schienen die Art des
Hackens und die schließlich erreichte Größe der Petersilie
von Bedeutung zu sein. Nach der Petersilie wurden Zwie-
beln in kleine Würfel geteilt. Sie wechselte das Messer, um
damit zwei oder drei Knoblauchzehen in dünne Scheiben
zu schneiden. Anschließend mischte sie sorgfältig die so
entstandenen drei Häufchen. Das Gemisch musste für

einige Minuten zur Ruhe kommen. Erst dann wurde es von ihr löffelweise in den Mund gegeben, ausgiebig malmend gekaut, eingespeichelt und schließlich geschluckt. Es bedurfte der Gewöhnung, in den ersten Morgenstunden in ihre Nähe zu kommen. Ihre Atemluft roch scharf. Möglicherweise war dies ein weiterer Grund für den Ehemann, sich zunehmend von dieser Frau fernzuhalten.

Nach dem Frühstück wies Lydia ihrer Zugehfrau, die inzwischen eingetroffen war, die anfallenden Arbeiten an. Anschließend tauschte sie die Hausschlappen mit den festen Schuhen und wanderte, immer in weiter, dunkelblauer Kittelschürze gekleidet, zu einem im Wald versteckten, von eiskaltem Quellwasser gespeisten Becken. Dort gab sie sich dem Kneippschen Wassertreten hin. Länger als eine halbe Stunde trat sie das Wasser, bis ihre Füße fast taub wurden. Derweil dachte sie nach. Worüber, verriet sie niemandem. Es blieb ihr Geheimnis. Vielleicht waren es die vielen Verluste, die sie bewegten. Der Kaiser war weg, das Elsass war weg, das Geld war weg, das Kind gestorben, die Liebe längst vertrocknet. Und dieses Chaos auf den Straßen.

Ein Großteil des Gemüses, das auf den Tisch des Hauses kam, wurde von ihr im eigenen Garten angebaut, einem weitläufigen, leicht ansteigenden, ausreichend besonnten, von einem düsteren Tannenwald begrenzten Gelände. In Ausnahmefällen, speziell wenn es sich um Äpfel handelte, wurde vom gleichgesinnten Nachbarn hinzugekauft oder gegen eigene Erträge getauscht. Auf diese Weise kam die Familie recht gut ernährt auch durch jene Zeiten, die man die schlechten nannte. Gedüngt wurde auf natürliche Weise. Darauf legte die Mutter großen Wert. Die Naturdüngung war auch Ursache dafür, so die feste Überzeugung des Vaters, dass die Familie fast jedes Jahr eine dieser aufwendigen Wurmkuren über sich ergehen lassen musste. Die Rezepte dafür entnahm Lydia dem Buch von Frau Doktor Anna Fischer-Dückelmann. Häufig folgte eine zweite Kur, da die erste gegen die Spulwürmer nicht ausreichend wirksam gewesen war.

An ihre langen, trockenkrausen, grauschwarzen Haare ließ sie keinen Friseur. Morgens steckte sie sich die sperrigen Haare im Nacken mit den Nadeln zu einer Rolle hoch. Zu Bett ging sie jeweils, nachdem sie sich mit einem Haarnetz bewaffnet hatte. Meist trug sie es noch am Morgen und nahm es erst kurz vor dem Mittagessen ab. Manchmal vergaß sie das auch.

Ein gespaltenes Verhältnis pflegte sie zu allem, was mit Strom und Elektrizität in Verbindung zu bringen war. Als der heranwachsende Sohn eine Begeisterung für den Funkverkehr zu entwickeln begann, befürchtete sie, dass mit seinen Apparaten der Strom ins Haus gezogen würde und ihren Schlaf stören könnte. Sie wollte es ihm nicht verbieten. Aber um der Gefahr zu entgehen, ließ sie ihr Bett auf Porzellanteller stellen. Dem Argument ihres Ehemannes, sie schlafe doch in einem Bett aus Holz, Holz isoliere gut und könne keinen Strom leiten, war sie nicht zugänglich.

Jakobs Vater Fritz war nach dem Krieg gegen Frankreich und den Rest der Welt, den er unbeschadet überstanden hatte, politisch und zu einem streitbaren Pazifisten geworden. Er trat der Deutschen Demokratischen Partei bei, wenige Wochen nachdem sich diese gegründet hatte. Als ihm Teile der Partei zu weit nach rechts rückten und seinem Eindruck nach nationalistische und antisemitische Tendenzen erkennen ließen, versuchte er es mit der Sozialdemokratischen Partei.

Hitler bezeichnete er als einen Blender, einen Gauner, einen Wirrkopf, einen gefährlichen Irren. Aus dieser Überzeugung machte er kein Geheimnis, was sich bald als Fehler herausstellen sollte. Kurz nach der sogenannten Machtübernahme wurde seine Sozialdemokratische Partei als staatsfeindlich eingestuft und bald verboten oder im Rahmen der Gleichschaltung, wie man es nannte, zur Auflösung gezwungen. Postwendend wurde Fritz seines Amtes als Bürgermeister des Schwarzwaldstädtchens enthoben. Er selbst war überzeugt, von einem dieser Proleten bei den Parteibonzen wegen seiner politischen Einstellung und seiner unverblümten Äußerungen angeschwärzt worden zu sein. In jedem Fall war ein sozialdemokratischer Bürgermeister mit der nun angebrochenen neuen Zeit nicht zu vereinbaren.

Die nahe Verwandtschaft versuchte, der vierköpfigen Familie mit ihrem nunmehr arbeitslosen Vater unter die Arme zu greifen. Ungeachtet dieser Hilfen wurde die finanzielle Lage der Familie zunehmend kritisch. Schließlich hatte sich Fritz, widerwillig, aus der Not geboren, wie er sagte, das braune Hemd übergestreift. Das heißt, er trat gegen alle Überzeugung der Hitlerpartei bei. Prompt konnte er wenig später den Posten des Bürgermeisters wieder übernehmen. Jener Parteitreue, den man an seiner statt eingesetzt hatte, erwies sich ohnehin schnell als beschränkt und unfähig. Er hatte das Städtchen nach wenigen Monaten ins finanzielle Chaos gestürzt.

An seinem Arbeitsplatz im Rathaus sprach er von nun an wohl oder übel mit fremder Zunge. Im engen Kreis der Familie verschaffte er sich dafür Luft, polterte ungehemmt gegen die braune Soße, wie er es nannte. Sein Missfallen führte regelmäßig zu giftigen Auseinandersetzungen mit der Ehefrau, wobei sich Jakob mehr als nötig der

Auffassung der Mutter anschloss und dem Vater freche Widerworte gab. Entsprechend angespannt und kaum lösbar entwickelte sich das Verhältnis des Jungen zum Vater. Mehr als einmal musste sich Jakob auch noch als Heranwachsender unter seinem Bett verkriechen, um dem Zorn des Vaters zu entgehen.

Wie so viele Paare nach langen Ehejahren wussten auch seine Eltern, auf welche Weise sie den anderen mit Sicherheit verletzen konnten. Ging die Familie gemeinsam durch das Städtchen, ließ es sich Lydia in ihrer grenzenlosen Verbundenheit mit dem Führer nicht nehmen, jeden, der ihnen begegnete – und es waren viele –, laut und auffällig mit stramm zum Hitlergruß gestrecktem Arm zu beglücken. Zu genau wusste sie, wen sie damit in Rage bringen konnte. Ihr Mann war gezwungen, sich dem Gruß anzuschließen. Er tat es verzögert und unvollständig. Als Bürgermeister musste er es sich gefallen lassen, unter ständiger Beobachtung zu stehen. Nach Hause zurückgekehrt, schraubte sich das Ehepaar regelmäßig hoch, die Wut des Vaters wollte sich entladen. Dabei entwickelte der Daumen seiner rechten Hand ein rhythmisches Zucken. Mit der Zeit hatte er gelernt, sich für die Zumutungen seiner Frau auf eigene Weise zu entschädigen. War er allein unterwegs, pflegte er zum Gruß nur den Borsalino zu lüften nach der Devise: Mit dem Hut in der Hand kommst du durchs ganze Land. Es war stadtbekannt, dass er sich nicht ohne Erfolg als Schürzenjäger betätigte.

Dem anhaltenden Unfrieden in der Familie geschuldet, entwickelte sich Jakob zu einem zusätzlichen Unruheherd. Er tat nicht nur zu Hause, sondern auch in der Schule nicht unbedingt das, was man als gut bezeichnen könnte. Schließlich fühlten sich die Eltern von dem widerspenstigen Jungen überfordert. Der Vater entschied: »Mir langt das jetzt, wir geben ihn in ein Internat.«

Zwölf oder dreizehn Jahre alt mochte Jakob damals gewesen sein. Er konnte sich nicht wehren. Die Wahl für das Internat fiel auf Heidelberg. In der Nähe dieser Stadt wohnte nämlich einer der sechs Brüder des Vaters, der Onkel Ferdinand, kurz Ferdi genannt. Die Eltern hofften, dass Ferdi einen fürsorglichen Blick auf Jakob werfen könnte. Was er auch tat, wenn auch auf seine Weise. Ferdi ging im benachbarten Mannheim einer, so seine Überzeugung, miserabel entlohnten Arbeit nach. Diese anhaltende Demütigung hatte in ihm eine Grundwut erzeugt, eine der Ursachen dafür, dass er sich zu einem bekennenden Revolutionär entwickelt hatte. Er hatte ein gutes Gespür für die Ungerechtigkeiten in dieser Welt. Und da es deren viele waren, befand er sich in anhaltendem Kampfzustand. Den Hitler hielt er für brandgefährlich. Jakob vernahm damit erstmals, dass es neben seinem Vater auch noch andere Menschen gab, die die Auffassung seiner Mutter keineswegs teilten.

Bleibenden Eindruck hinterließen die Demonstrationen in den Straßen von Mannheim, zu denen ihn der erhofft fürsorgliche Onkel ein- oder zweimal mitgenommen hatte. Ein Abenteuer war das! Ferdi hatte Jakob am frühen Morgen vom Internat abgeholt, gemeinsam waren sie mit dem Zug nach Mannheim gefahren. Schon am Bahnhof wurden sie von einer kaum überschaubaren Menschenmenge empfangen, die offensichtlich das Gleiche vorhatte. Vom Bahnhof aus marschierten Ferdi und Jakob mit den anderen zum Friedrichsplatz, dort wo der Wasserturm steht, und bogen von da in die breite Straße, die »Planken« genannt wird. Demonstrieren machte richtigen Spaß, es war aufregend, wie sie liefen, Jakob beim Onkel untergehakt, zusammen mit anderen wildfremden Menschen. Es war ein großartiges Gefühl von Gemeinschaft, was er da zum ersten Mal erleben durfte. Gemeinsam waren sie auf Kommando losgerannt, hatten sich angefeuert, hatten geschrien und immer wieder die gleichen kurzen Sätze skandiert.

An so viel konnte sich Jakob erinnern. Es waren zwei Männer, für die sie damals demonstrierten. Ihre ungewöhnlichen Namen – Sacco und Vanzetti – blieben ihm im Gedächtnis. Zwei Männer, denen man in Amerika Verbrechen wie Raub und Mord angehängt hatte und über Jahre den Prozess machte. Rechtschaffene Männer, wie Ferdi ihm mehrfach erklärte, einfache Arbeiter wie er, die nun schon mehrere Jahre unschuldig im Gefängnis saßen und dort auf die Vollstreckung des Todesurteils warteten. Jakob überblickte nicht, dass es sich in Mannheim um Demonstrationen handelte, die von Arbeitslosen, streikenden Arbeitern und vor allem von der kommunistischen Partei organisiert worden waren. Den Erklärungen seines Onkels entnahm er nur, dass es sich um bodenlose Ungerechtigkeiten handeln würde, gegen die zu demonstrieren Menschenpflicht sei. Auf jeden Fall müssten die beiden Männer, so dachte er, wieder freikommen.

Gefährlich wurde es damals, wenn berittene Polizei erschien. Auch sollte man, so sein Onkel, ein Treffen mit der Polizei möglichst meiden, wenn diese ihre Knüppel gezogen hatte. Ferdi mahnte Jakob, auf alle Fälle Zusammenstößen aus dem Weg zu gehen, wenn Demonstranten dazu übergingen, Steine aus dem Pflaster zu reißen. In solch einer Situation hatte ihn der Onkel mehr als einmal gepackt und rasch in eine der Seitenstraßen gezogen. Das sei sicherer, erklärte er. Es war aufregend.

Zum Schluss gab es eine heiße Bockwurst mit Weck, kostenlos. Die Brezeln waren schnell ausgegangen. Massenansammlungen dieser Art waren Jakob aber seitdem nicht ganz geheuer.

Die Demonstrationen nutzten nichts. Die Todesurteile wurden vollstreckt, wie Jakob wenig später vom Onkel erfuhr. Seitdem hatte er etwas gegen Amerikaner. Auch war er mutiger geworden. Denen da oben würde er es schon noch mal zeigen. Eine günstige Gelegenheit sollte sich bald bieten.

Ein Klassenkamerad verriet ihm, dass man in Heidelberg manche Straßenlaternen außer Funktion setzen könne. Man müsse nur kräftig mit dem Fuß gegen den Mast treten. Eines Abends machte sich Jakob ans Werk, seiner Wut den richtigen Ausdruck zu verleihen. Mit Tritten gegen die Laternenmasten verdunkelte er einen ganzen Straßenzug. Er hatte wohl nicht damit gerechnet, dass er von jemandem bei dieser eindrucksvollen Arbeit beobachtet worden war. Die Tage im Internat waren gezählt. Die Eltern mussten anreisen und wurden gebeten, ihren widerspenstigen Zögling zurückzuholen.

Die letzte Station seiner schulischen Karriere sollte das Schiller-Gymnasium in Offenburg werden. Die morgendliche fast einstündige Zugfahrt durch das liebliche Tal der Kinzig wurde für den Rest der unerledigten Schulaufgaben genutzt und schaffte, was wichtiger war, den notwendigen Abstand zum Elternhaus.

In diesem Gymnasium waren die Schüler allerdings dem Deutschlehrer Balleon ausgesetzt, einem Choleriker, den sie wegen seines kahlen Kopfes, seines untersetzten Körpers und seiner Leibesfülle zutreffend den Ballon nannten. Balleon stammte aus einfachen Verhältnissen und machte aus seiner Begeisterung für die neue Bewegung kein Geheimnis. Er legte Wert darauf, dass sein Unterricht mit einem lauten und strammen »Heil Hitler!«, möglichst mit dem gestreckten rechten Arm, eingeleitet wurde. Viele Stunden erschöpften sich in Berichten über die Ruhmestaten der neuen Partei. Es sei höchste Zeit, tönte Balleon, dass diese schlappe, völlig unfähige Regierung in Berlin endlich abgelöst würde. Hitler würde das deutsche Volk von seiner Ohnmacht und Zerrissenheit befreien und zu neuem Selbstbewusstsein führen. Er konnte von der Eigenart der deutschen Rasse und der sittlichen Überlegenheit gegenüber anderen Völkern schwadronieren, ohne dass deutlich wurde, woher er dieses Wissen nahm. Auch erfuhren die Schüler von ihrem Oberstudienrat zum ersten Mal vom Weltjudentum, das sich angeblich gegen Deutschland verschworen hätte. Er lehrte sie Lieder, die sie singen mussten. Und Jakob erinnerte sich an das Heldenlied der Arbeiter in Zechen und Gruben: *Hitler ist unser Führer, ihn lohnt nicht goldener Sold, der von den jüdischen Thronen vor seine Füße rollt.* Jeder, der es wagte, Einwände gegen Balleons Ausführungen vorzubringen, wurde von ihm und von etlichen inzwischen willfährig gewordenen Schülern niedergemacht. Solcher Widerstand schlug sich am Ende des Schuljahrs in entsprechenden Noten nieder.

Da war zum Glück noch der Kunstlehrer Doktor Gratewohl, ein Feingeist. Gratewohl verstand es im Gegensatz zu Balleon, der die neue Kunst als grausige Schmiererei bezeichnete, die Jugendlichen gerade für diese Kunst zu begeistern. Behutsam führte er sie zu einem Verständnis für die Bilder Max Beckmanns oder der Gruppe, die sich Blauer Reiter nannte. Jakob folgte beeindruckt den

Erklärungen seines Kunstlehrers, er verehrte ihn, was zu anhaltendem Konflikt mit Balleon führen sollte.

Es war kein Geheimnis, für Balleon waren die Franzosen die Erbfeinde. Sie waren es, die er für den Diktatfrieden von Versailles verantwortlich machte. Mal sprach er auch vom Schmachfrieden. Sein ausgemachter Hass richtete sich aber vor allem gegen den Kommunismus und alles, was er darunter verstand. Unvergessen blieben jene Tage, an denen er unter den Schülern Freiwillige für eine Sonderaktion geworben hatte. An einem Sonntag ließ er sie in zwei oder drei Lastwagen, die ihm seine Partei besorgt hatte, nach Karlsruhe kutschieren. Dort sollten sie unter den Kommunisten, so gut es ging, für Unruhe sorgen. Kommunisten, von denen Balleon für diesen Tag mitbekommen hatte, dass sie in einem größeren Saal an der Kaiserstraße eine Versammlung abhalten wollten. Jakob hatte sich zu dieser Fahrt gemeldet, aus Neugier, vor allem aber, weil er damit unentgeltlich nach Karlsruhe kam. Er hatte nicht bedacht, dass er zwei oder drei Jahre zuvor mit Onkel Ferdi zwar gegen Amerika demonstriert, aber dies zusammen mit den Kommunisten getan hatte.

In der Fächerstadt angekommen, sammelte man sich mit Jugendlichen aus anderen Schulen in einer Seitenstraße, alle gut erkennbar an der Kluft der Hitlerjugend. Auf ein Zeichen hin drang die Horde als Rollkommando in den Saal, brüllte wie angeordnet den Redner nieder und schlug, als sich erster Widerstand der Anwesenden regte, alles kurz und klein. Kaum ein Stuhl blieb heil. Vor fliegenden Biergläsern musste man sich in Acht nehmen.

Zunächst verfolgte Jakob neugierig das Getümmel von der Seitenwand des Saals aus, geschützt hinter einer Säule. Wer wie er ohne Blessuren aus der ersten Schlacht herausgekommen war, hatte Glück gehabt oder auch nicht richtig mitgemacht. Je nachdem, mit wem man sich draußen unterhielt. Bei einer der letzten Attacken wurde Jakob schließlich doch noch von einem Stuhlbein getroffen. Aus der Platzwunde an der linken Schläfe hatte es heftig geblutet. Auf solche und ähnliche Zwischenfälle war man aber eingerichtet. Während drinnen die Schlacht tobte, war in der Nähe des Gebäudes in Windeseile ein Zelt aufgebaut worden. Dort warteten selbst ernannte Sanitäter, die sich so einer Verletzung gerne annahmen. Zum Üben. Die Abläufe waren, wie man sagte, generalstabsmäßig geplant. Es blieb ihm ein großartiges, ein unvergessliches Erlebnis.

Nach Abschluss der Schulzeit und dem Erwachsenenalter zustrebend, gelang es Jakob endlich, sich aus der mütterlichen Umklammerung zu befreien und den quälenden Unfrieden des Elternhauses hinter sich zu lassen. Er hatte sich, gefördert von einem in der Nähe wohnenden Landarzt, aber auch auf Drängen der Mutter, für das Studium der Medizin entschieden. Die Wahl des Studienortes sollte auf eine von der Heimat möglichst weit entfernt liegende Universität fallen. Das war nach kurzen Umwegen jene in Kiel geworden. Nördlicher oder weiter weg ging nicht, wenn man mal von Breslau oder Königsberg absah.

Seine von der Mutter übernommene Überzeugung, die Partei mit ihrem Führer sei ein Segen für das Land und werde alles richtig machen, war schon geraume Zeit ins Wanken geraten. Zweifel waren aufgekommen. Er war sich unsicher, ob das alles der Wahrheit entsprach, was da von seiner Mutter, von seinen Lehrern und aus Berlin zu hören war. Erkennbar anderes oder Neues hatte er dem aber nicht entgegenzusetzen. Noch nicht.

## 3. Krakau

»Was haben wir denn hier? Ach, einen Doktor. Doktor Kahnolt. Richtig?«

»Ja, richtig!«

Jakob kannte diesen herablassenden, fast demütigenden Tonfall. Er brachte ihn jedes Mal zur Weißglut. Er versuchte, sich zu beherrschen. Zweimal schon hatte er sein Medizinstudium unterbrechen müssen. Es half nichts. Er musste die militärische Grundausbildung über sich ergehen lassen. Obwohl er der einzige Sohn der Familie war. Der Stammhalter, wie es doch hieß. Sollten die nicht vom Militärdienst verschont bleiben?

Man hatte ihm so sinnlose Kommandos eingebläut wie *Stillgestanden!*, *Die Augen links!*, *Das Gewehr über!* Er musste sich anhören, wie er und wen er und wer ihn zu grüßen habe. Rechte Hand an die Mütze, Handfläche nach außen, linker Arm gestreckt an die Hosennaht, Hacken, wenn möglich, zusammenschlagen. Wozu nur dieser Zirkus? Der militärische Gruß sei notwendig, wurde er belehrt, der fördere die Disziplin. Und Kommandos, ja, die ersparten das Denken, würden es überflüssig machen. Das könnte in bestimmten Situationen für das Überleben wichtig sein. Jakob verstand nicht recht. Beim Handeln sollte er das Denken ausschalten? Konnte so etwas gutgehen? Ihm wurden die verschiedenen Uniformen mit ihren Abzeichen erklärt, auch zeigte man ihm, wo das Messer steckt. Er bekam eine Pistole ausgehändigt und wurde angeleitet, wie er damit umzugehen habe. Für die Notwehr gedacht, versteht sich, mehr nicht. Ein Gewehr müsse er vorerst nicht tragen, da er ja für die medizinische Versorgung zuständig sei. Aber so ein Ding schon mal kurz in die Hand zu nehmen, das könne nicht schaden, hieß es.

»Und? Was können Sie denn noch außer Medizin, Herr Doktor? Erzählen Sie mal.«

»Was wollen Sie denn wissen? Gut, wenn ich überlege, während der Schulzeit habe ich mich mit Radiotechnik beschäftigt. Funkverkehr, ja, das faszinierte mich. Ich habe Empfänger gebaut und konnte damit weltweit Nachrichten hören, mit Kopfhörern. Ja, weltweit. Das ist aber schon lange her.«

»Schon mal gut. Und noch was?«

»Ich überlege. Ach ja, mit dem Morsealphabet kann ich auch umgehen. Und dann hat mich noch die Astronomie begeistert.«

»So, so, die Astrologie.«

»Nein, die Astronomie. Die Sternenkunde«, korrigierte Jakob und dachte *du Idiot.*

Der Offizier schien Jakobs Gedanken zu lesen. »Ob Astronomie oder Astrologie, das ist uns jetzt egal. Interessiert uns weniger. Aber Funkverkehr und Morsealphabet, das könnten wir gebrauchen. Werde ich notieren. Wir werden das für unsere Mannschaften berücksichtigen. Nachrichtenverkehr der Truppe, Sie verstehen. Noch was: Sie sprechen eine Fremdsprache?«

»Ich habe neun Jahre Französisch gelernt.«

»Französisch. Gut zu wissen. Wenn Sie sich also mit dem Funkverkehr schon etwas auskennen, dann werden wir Sie in nächster Zeit in diese Richtung weiterbilden.« Jakob ahnte es. Das hier sollte nichts anderes werden als die Vorbereitungen auf einen möglichen Einsatz. Etwa Einsatz in einem Krieg? Unmöglich!

Sie kommandierten ihn erneut von der Universität ab und bestellten ihn zu einer ihm hinreichend bekannten Kaserne in der Stadt, wo militärische Aus- oder Weiterbildungen stattfanden.

»Sie werden bei uns zunächst mal das Winkeralphabet lernen«, hieß es dort. Er hatte während seiner kurzen Zeit in der Hitlerjugend schon mal davon gehört, hatte aber keine rechte Vorstellung mehr. Winkeralphabet. Hörte sich zumindest gut an. Man erklärte ihm, dass man gelegentlich, wenn der Funkverkehr versagen sollte oder aus anderen Gründen nicht einsetzbar war, auf alternative Möglichkeiten der Informationsübermittlung zurückgreifen müsse. Da stünde dann zum Beispiel das Winkeralphabet zur Verfügung. Die Weitergabe von Informationen sei in diesem Fall zwar an Sichtkontakt gebunden, das heißt, der Empfänger müsse die Flaggen des Senders sehen können, sei es mit bloßem Auge oder mit einem Fernglas. Die Vermittlung von Information geschehe dafür völlig geräuschlos, das heißt, sie könne zumindest nicht abgehört werden, was in bestimmten Situationen durchaus von Vorteil sei.

So lernte er, der Offiziersanwärter – das war nunmehr sein Status – das Winkeralphabet. Nachfragen unerwünscht. Er bekam in die rechte und die linke Hand einen Holzstab, an deren Ende jeweils ein quadratisches, diagonal geteiltes, zweifarbiges, gelb-rotes Tuch hing.

Dann erfolgten die Anweisungen, die – warum auch immer – brüllend weitergegebenen Kommandos. Beide Flaggen nach unten halten, das konnte man sich leicht merken. Das bedeutete Pause, gleich der Leertaste auf der Schreibmaschine. Dann ging es von unten mit der rechten Flagge los: Den Buchstaben A signalisierte man im Uhrzeigersinn mit einem Winkel von 45 Grad, der Buchstaben B folgte bei 90 Grad und so weiter. Ab dem Buchstaben H wurde es schwieriger, ab jetzt musste man mit zwei Flaggen hantieren. Einen ganzen Text oder einen Befehl über die verschiedenen Positionen der beiden Flaggen zu vermitteln war schließlich Schwerstarbeit. Zu lernen gab es deshalb meist nur Ein-, Zwei- oder höchstens Dreiwortsätze oder Kommandos, etwa: *Gegner rechts, Nachschub kommt* oder *Rückzug*. Nach drei Tagen Winkerüben zeigte sich Jakob einigermaßen sicher. Er durfte zurück an die Universität.

Er wollte unbedingt Arzt werden. Die Ausbildung hatte er in Heidelberg begonnen, wenig später aber in Kiel fortgesetzt. Vor Kurzem konnte er das Studium abschließen. Eine Hochschullaufbahn, das war es, was ihm vorschwebte. An der Universität war sein Ehrgeiz nicht unbemerkt geblieben. Früh war der junge Student gefördert worden. Auf Anregung eines Dozenten begann er, sich wissenschaftlich mit der Frage nach den fruchtbaren und unfruchtbaren Tagen der Frau zu beschäftigen. Auch hatte er ein Interesse an Infektionskrankheiten, im Besonderen an den venerischen, entwickelt.

Der Professor, der ihn betreute, musste ihm nach Abschluss des Studiums und einer auf Umwegen erfolgten Promotion allerdings mitteilen, dass eine Anstellung als Assistenzarzt an der Universität vorerst nicht möglich sei. Er bedaure dies, aber eine entsprechende Stelle stünde gegenwärtig nicht zur Verfügung. Er könne ihm jedoch, bis sich etwas geändert habe, aufgrund seines Interesses an Infektionskrankheiten eine Anstellung am tropenmedizinischen Institut in Hamburg vermitteln. Er habe mit der Institutsleitung schon gesprochen. Dieses Angebot konnte Jakob nicht ausschlagen, auch wenn es den Abschied vom liebgewonnenen Kiel und vor allem von seiner Freundin Lene bedeutete, mit der er seit einigen Monaten zusammenwar.

An der neuen Arbeitsstelle, die er im Herbst 1939 antrat, freute man sich über den ehrgeizigen jungen Mediziner. Er wurde mit offenen Armen empfangen.

Das schmale Gehalt reichte gerade aus, um eine bescheidene Zwei-Zimmer-Wohnung in der östlich vom Zentrum Hamburgs gelegenen Siedlung Horn in der Nähe der Rennbahn zu mieten. Von dort war mit der Stadt-Bahn das im Stadtteil St. Pauli gelegene Tropeninstitut leicht erreichbar. Immerhin stand er finanziell zum ersten Mal auf eigenen Beinen. Die Abhängigkeit von den elterlichen Zuwendungen war damit beendet.

An den Wochenenden fuhr er regelmäßig nach Kiel, um sich mit Lene zu treffen. Die beiden hatten sich kurz vor seinem Umzug nach Hamburg verlobt. Jakob hatte Lene während seiner Ausbildung in der Kinderklinik der Universität kennengelernt, in der sie als Krankenschwester arbeitete. In ihr hatte er die Frau gefunden, die über ausreichende Kräfte verfügte, um den gutaussehenden Mann endgültig von seiner Mutter abzunabeln. Lene hatte es ihm nicht leicht gemacht. Ihre Nähe musste erarbeitet werden. Erst nach monatelangem Werben, nach

Aufmerksamkeiten, Geschenken und deutlichen Zeichen der Verlässlichkeit hatte sie den aus dem fernen Süden Deutschlands kommenden attraktiven Arzt schließlich erhört. Daheim hatte sie gelernt, dass dieser Prozess notwendig war, um der Bindung eine Zukunft zu geben.

Lene war von frohgemuter Natur, hatte blondes Haar und taubenblaue Augen. Sie passte durchaus in das Bild, das man sich vom neuen deutschen Menschen gezimmert hatte, ganz im Gegensatz zu Jakob, dem schwarzhaarigen, in schwierigen Verhältnissen aufgewachsenen Süddeutschen. Ihre Sicht auf die aktuelle Politik des Landes war nur schwach ausgeprägt, wich aber erheblich von derjenigen ihres Verehrers und schließlich Verlobten ab. Lene war als Jüngste in einem kinderreichen liberalen Pfarrhaus aufgewachsen. Unter den vier Söhnen befanden sich zwar Abweichler, insgesamt stand man aber dem sich krakenhaft ausbreitenden Nationalsozialismus ablehnend gegenüber. Für die besondere elterliche Fürsorge, die Lene als Jüngster zuteilgeworden war, konnte sie nicht verantwortlich gemacht werden. Eifersucht der drei älteren Schwestern, weniger der Brüder, blieb aber nicht aus. Lene hatte es im Kampf um ihren Platz in der Familie nicht leicht. Sie musste stark sein, um bestehen zu können. Das sollte sich später auszahlen.

Jakob hatte sich erst wenige Wochen an seiner neuen Stelle eingearbeitet, als ein Offizier der Wehrmacht beim Leiter des Instituts erschien und nach einem Gespräch verlangte. In Polen, genauer im erfolgreich eingerichteten Generalgouvernement, sei bei einem Teil der Soldaten ein gesundheitliches Problem aufgetreten. Wie sich in den letzten Tagen gezeigt habe, müsse man das ernst nehmen, begann der Offizier. Es breite sich ungebremst, wie er höre seuchenhaft, eine offenbar gefährliche Durchfallerkrankung aus. Man suche deshalb dringend nach einem Fachmann, der bei der Diagnostik und Therapie behilflich sein könnte.

»Wir denken, wir liegen mit unserer Suche nach einem Spezialisten bei Ihrem Institut richtig.«

Niemand aus dem Institut verspürte ein Bedürfnis, sich zu so einem Einsatz abziehen zu lassen. Im Gegenteil. Man suchte nach Möglichkeiten, wie man sich davor drücken konnte. In dieser Situation fiel der Leitung der erst kürzlich aus Kiel gewechselte Arzt Doktor Kahnolt ein. Der könnte doch einspringen.

»Wir haben hier einen jungen Arzt, der hat schon genügend Erfahrung, was Infektionskrankheiten anbelangt. Wenn es wirklich sein muss, den könnten wir entbehren. Aber nur für kurze Zeit.«

So wurde Jakob für diese Aufgabe bestimmt. Sich dagegen zu wehren war für den jungen Mann unmöglich.

»Wir haben für Sie einen ehrenvollen Einsatz in Krakau vorgesehen. Wir bitten Sie, sich für die Fahrt unmittelbar bereitzuhalten. Sie sollen uns dort bei einer Durchfallkrankheit helfen. Die nötigen Materialien, Mikroskope, Färbemittel und so weiter, Sie wissen das sicher besser, stehen in Krakau zur Verfügung. Sie werden in der Eigenschaft eines Arztes des deutschen Militärs, eines Offiziers, fahren. Uniform tragen ist also Pflicht. Die Ärzte vor Ort vermuten, dass es sich um Ruhr handeln könnte.«

Jakob hatte sich bis dahin mit Infektionskrankheiten beschäftigt. Sein Wissen betraf aber die Geschlechts-, nicht die Durchfallkrankheiten. Auch nicht die Ruhr, eine nicht ungefährliche Erkrankung mit hohem Ansteckungspotenzial. Eine Krankheit, bei der es zu anhaltendem wässrigem

Durchfall, infolge des Wasserverlustes zu Kreislaufkollaps, schnell zu einer Austrocknung des Körpers und schließlich zu einer lebensbedrohlichen Situation kommt. Jakob war also gezwungen, sich umgehend in dieses neue Gebiet einzuarbeiten. Für die Erkrankungen kamen nach seinen Informationen verschiedene Erreger infrage. Meist handelte es sich um Bakterien, die man leicht unter dem Mikroskop diagnostizieren konnte, weil sie sich massenhaft im flüssigen Stuhl des Patienten befinden. Gelegentlich kamen bei gleichem Beschwerdebild auch Amöben, große Einzeller, infrage. Aber die ließen sich ebenfalls leicht nachweisen. Als Therapie standen neben der Nulldiät und ausreichender Flüssigkeitszufuhr Medikamente wie die Sulfonamide zur Verfügung. An erster Stelle galt es jedoch, auf peinliche Sauberkeit zu achten.

Die alteingesessenen Mitarbeiter des Instituts unterstützten den jungen Assistenten geduldig mit einem Schnellkurs zum Mikroskopieren und zur Beurteilung von Bakterienwachstum. Sie waren froh, nicht selbst für diesen Einsatz herhalten zu müssen.

Die Abreise nach Krakau wurde auf den 5. Februar 1940 festgelegt. Zum ersten Mal sollte Jakob den weißen Kittel eintauschen gegen die Uniform eines Soldaten im Einsatz, eines Offiziers, eines Unterstabsarztes. Er war sich noch nicht sicher, wie weit er sich darin wohlfühlen würde. Die Kleider fassten sich steif und fremd an, und sie rochen fremd. Sie rochen seltsam. Im Hintergrund konnte er einen Schuss Mottenpulver wahrnehmen, was ihn wenig angenehm an den Kleiderschrank seiner Mutter erinnerte.

Die Fahrt in einem zivilen D-Zug der Reichsbahn führte zunächst nach Berlin. Dort war für den folgenden

Tag ein Transport der Wehrmacht nach Krakau entweder über Warschau oder über Breslau vorgesehen.

Berlin, die Weltstadt, kannte Jakob nur vom Hörensagen.

»Wenn du in Berlin bist und es bleibt dir etwas Zeit, dann musst du unbedingt das Haus Vaterland besuchen. Das musst du erlebt haben«, hatten ihm die Kollegen noch auf den Weg gegeben. »Und wenn du dort bist, geh gleich in den Palmensaal. Das reicht schon. Alles zu sehen und zu erleben ist an einem Abend oder auch an einem ganzen Tag gar nicht möglich. Als wir dort waren, sind wir zum Schluss übrigens immer noch in die Kammerlichtspiele gegangen. Das Theater liegt gleich nebenan. Dort laufen die neuesten Tonfilme, auch in Farbe. Können wir dir nur empfehlen. Dann hast du auch wirklich etwas von der Reise.«

Man hatte ihm als Offizier eine Reiseerlaubnis für die Polsterklasse ausgestellt. Im Abteil war ein Platz am Fenster reserviert. Er saß zunächst allein, was er als angenehm empfand. Kurz vor Abfahrt des Zuges erschien ein weiterer Reisender. Der weißhaarige Herr, Jakob schätzte ihn auf sechzig Jahre oder etwas mehr, grüßte überaus höflich, fragte förmlich, ob noch etwas frei sei, und wählte schließlich einen der beiden Plätze neben der Tür zum Gang.

Der Zug hatte die Vorstädte Hamburgs hinter sich gelassen, als ihn der Mitreisende ansprach: »Wenn ich fragen darf, Sie fahren wahrscheinlich auch nach Berlin?«

»Ja, ich muss nach Berlin, aber am nächsten Tag gleich weiter.«

»Ich hatte ja gehofft, einmal mit dem ›Fliegenden Hamburger‹ fahren zu können. Muss atemberaubend sein, mit so einem Zug durch die Landschaft zu reisen. Was

Schnelleres gibt es ja gegenwärtig nirgendwo sonst in Europa. Aber den Zug hat man wohl im Augenblick stillgelegt. Schade.«

»Fliegender Hamburger. Und warum hat man ihn stillgelegt?«

»Ja, der fährt mit Dieselmotoren. Den Dieselkraftstoff benötigt man jetzt für andere Zwecke.«

»So? Und für welche?«

»Na für das Militär natürlich, für den Krieg, den die Deutschen gerade führen.«

»Ach so.« Es trat eine Pause ein. Jakob schaute aus dem Fenster.

Dann fuhr der Fremde fort: »Und wohin werden Sie weiterfahren, wenn ich fragen darf?« Sein Gegenüber sprach in fehlerfreiem Deutsch. Er ließ allerdings einen Akzent erkennen, den Jakob nur schwer zuordnen konnte.

»Nach Krakau.«

»Ach, nach Krakau. Kenne ich. Das ist eine wunderschöne Stadt. Und was werden Sie dort machen?«

»Ich weiß nicht, ob ich darüber sprechen darf. Ich fahre in militärischem Auftrag. Auf jeden Fall soll ich mich dort um ein medizinisches Problem kümmern, das bei einem Teil der Soldaten aufgetreten ist.«

»Dann sind Sie also Arzt? Ach ja, jetzt sehe ich auch den Äskulapstab auf Ihrer Schulterklappe.«

»Ja, ich bin Arzt. Muss aber gestehen, ich stehe noch ganz am Beginn meiner Weiterbildung. Ich weiß also noch nicht viel. Eigentlich wollte ich eine Ausbildung an der Universität beginnen.«

»Und in welchem Fach? Hat das nicht geklappt?«

»Wollen Sie das wissen?«

»Ja, gerne! Ich kann Ihnen ja verraten, ich bin auch Arzt, Nervenarzt. Macht es Ihnen etwas aus, wenn ich den Platz wechsle und mich Ihnen gegenüber ans Fenster setze? Dann können wir uns besser unterhalten.«

»Aber nein, gerne.«

Jakob fasste zu dem unbekannten, auf den ersten Blick sympathisch wirkenden älteren Herrn Vertrauen und begann zu erzählen. »Ach, es ist inzwischen eine längere Geschichte geworden. Interessiert Sie das wirklich?«

»Ja, bin ganz gespannt. Dann wird unsere Reise auch kurzweiliger.«

»Der Chef der Klinik, also der Frauenklinik, an der ich arbeitete, hatte sich bei einem Kongress in Wien zufällig Vorträge eines Professor Knaus angehört. Professor Knaus, müssen Sie wissen, ist Chef der Frauenheilkunde an der Universität in Prag. Mein Chef war ganz begeistert zurückgekommen. Sein Kollege Knaus habe eine Studie vorgestellt. In der wollte er nachgewiesen haben, dass man relativ genau die Tage bestimmen könne, an der eine Frau fruchtbar ist, also empfängnisfähig. Natürlich eine Frau in gebärfähigem Alter. Ein Ergebnis, das von ziemlicher Tragweite sei, wie er meinte. Soll ich weitererzählen? Langweilt Sie die Geschichte nicht?«

»Aber nein, ganz und gar nicht, ist ja spannend, erzählen Sie doch bitte weiter.«

»Mein Professor, der mich betreute, meinte, da seien noch einige Fragen offen. Allen voran, ob das, was Professor Knaus mitgeteilt habe, überhaupt zutreffe. Und damit kam ich an das Thema meiner Dissertation. Ich war zu der Zeit noch Student an der Uni und arbeitete als Hilfspfleger in der Klinik für Gynäkologie, um finanziell über die Runden zu kommen. So bin ich überhaupt in dieser

Klinik gelandet. Ich konnte nicht ahnen, was da für eine Arbeit auf mich zukam. Ich sollte nun mehr oder weniger die Ergebnisse des Professor Knaus in einer noch umfangreicheren Studie nacharbeiten. Mit der Frage, ob man tatsächlich bestimmte Tage im Zyklus der Frau erkennen könne, an denen sie fruchtbar ist, also schwanger werden könnte. Ich darf so mit Ihnen reden?«

»Ja, natürlich, gerne. Und was ist daraus geworden?«

»Das kann ich Ihnen gleich sagen, nämlich nichts. Ich hatte bereits zwei Jahre daran gearbeitet und war eigentlich fast fertig. Alles geschrieben. Über fünfzig junge Frauen hatte ich in diesen zweieinhalb Jahren begleitet. So kann man das ja nennen. Ich hatte mir möglichst genau deren Blutungszyklus und, falls eine Schwangerschaft eingetreten war, den infrage kommenden Konzeptions- und den Geburtstermin notiert. Sie können sich vorstellen, dass solche persönlichen, intimen Informationen ein besonderes Vertrauensverhältnis voraussetzten. Das musste ich als junger Mann zu den Frauen erst einmal aufbauen. Viele haben von vornherein abgelehnt. Das hatte ich bei dem heiklen Thema auch nicht anders erwartet. Manchmal ist es mir dann doch gelungen. Schließlich hatte ich die Mädchen und jungen Frauen gefunden, die über den gesamten Zeitraum – je länger das war, desto besser – mitmachen wollten. Das hat, können Sie sich vorstellen, zu sehr persönlichen Begegnungen geführt.«

»Kann ich mir gut vorstellen.«

»Ein glücklicher Zufall hat sich dabei auch noch ergeben. Das kann ich Ihnen ja verraten. Ich habe eine wunderbare Frau kennengelernt, eine Krankenschwester im Klinikum. Mit ihr bin ich jetzt verlobt. Sie war es auch, der ich die Vermittlung mehrerer Probandinnen für die Studie zu verdanken habe.«

»Und arbeitet Ihre Verlobte jetzt auch in Hamburg?«

»Leider noch nicht. Wir bemühen uns gerade um einen Arbeitsplatz für sie.«

»Entschuldigen Sie, wir waren bei Ihrer Studie.«

»Ja. Das Ergebnis meiner Arbeit war eindeutig und stimmte im Wesentlichen mit dem überein, was ich den Veröffentlichungen des Professor Knaus entnehmen konnte. Aus den Daten lässt sich tatsächlich berechnen, wann die Frau besonders konzeptionsfähig ist. Das sind meist nur wenige Tage, manchmal ist es nur ein Tag. Natürlich kann man genauso berechnen, an welchen Tagen die Frau nicht fruchtbar, also nicht konzeptionsfähig ist. Das bedeutet dann den Großteil des Monats oder des Zyklus.«

»Das hört sich spannend an. Jetzt bin ich wirklich neugierig. Und wie wurde Ihre Arbeit dann beurteilt, wenn ich fragen darf?«

»Zunächst war es für mich interessant, mich in den wissenschaftlichen Streit einzulesen, der, wie zu erwarten, nicht ausgeblieben war. Es gibt nämlich neben dem Professor Knaus noch einen weiteren Wissenschaftler, der am gleichen oder ähnlichen Thema arbeitet, einen Professor Stieve. Auch der hat den Ruf, eine Koryphäe seines Fachs zu sein. Professor Stieve ist Leiter des Anatomischen Instituts in Berlin, ich glaube an der Charité. Er hat nachgewiesen, dass nicht nur die von Professor Knaus beschriebene biologische Uhr, sondern auch äußere, vor allem psychische Einflüsse die fruchtbaren Tage der Frau beeinflussen, die Uhr also verstellen können. Wenn man das so nennen kann. Ich habe versucht, diesen Hinweis in meiner Arbeit zu berücksichtigen. Und tatsächlich habe ich sechs oder sieben Frauen gefunden, bei denen ein besonderes Ereignis, einmal war das ein plötzlicher Todesfall in der Familie oder einmal ein schwerer Unfall in der Vorgeschichte, zu emotionaler Erschütterung führte. Bei diesen Frauen kam der Zyklus durcheinander. Oft blieben – meist vorübergehend – einzelne oder mehrere Monatsblutungen aus. Dann stimmten die Berechnungen nach Professor Knaus natürlich nicht mehr. Ihre grundsätzliche Gültigkeit hatten sie dadurch aber nicht verloren.«

»Sie haben eben einen Professor Stieve erwähnt.«

»Ja, ja. Das ist der, ich glaube, Anatom an der Charité. Also kein Frauenarzt.«

»Wissen Sie, wer dieser Herr ist, und wie er zu seinen Ergebnissen kam?«

»Nein, wieso? Soviel ich weiß, handelt es sich um einen anerkannten Wissenschaftler. In unsrer Klinik wurde immer voller Hochachtung von ihm gesprochen. Nach den Empfehlungen meines wissenschaftlichen Betreuers musste ich mich in meiner eigenen Arbeit ausführlich mit seinen Veröffentlichungen auseinandersetzen.«

»Lieber Kollege, ich will mich hier nicht näher auslassen. Aber dieser Professor Stieve ist auch mir bekannt. Ich musste mich in meinen Arbeiten kurz mit ihm beschäftigen. Nach meinem Eindruck gehört Herr Stieve zu jener Sorte von Wissenschaftlern, die vor lauter Wissensdrang alle Maßstäbe einer Moral vergessen oder je nachdem bewusst außer Acht lassen.«

»Das verstehe ich jetzt nicht.«

»Das kann ich Ihnen erklären. Herr Stieve hat die Ergebnisse seiner Untersuchungen an unzähligen Frauen gewonnen, die kurz zuvor hingerichtet worden waren.«

»Wie bitte? Was? Hingerichtet? Wirklich? Davon weiß ich nichts. Aus den Veröffentlichungen von Professor Stieve lässt sich das nicht entnehmen. Ich habe nur gelesen, dass es sich um Frauen gehandelt haben soll, die kurz vor den Untersuchungen zu Tode gekommen waren.«

»So kann man das auch nennen. Aber hören Sie weiter. Die Frauen wussten genau, dass ihre Hinrichtung, sollte sie tatsächlich erfolgen, mit dem Richtbeil durchgeführt würde. Stellen Sie sich vor, mit dem Beil. Als dann für die Scharfrichter immer mehr Arbeit anfiel, wurde auch die Guillotine wieder eingeführt. Nun ja! Wie man sich bei uns erzählt, verlangte Stieve, dass die Wächter die jungen Frauen, die in der Haftanstalt Plötzensee, ich glaube auch im Konzentrationslager Ravensbrück – ich weiß nicht, ob Sie davon schon gehört haben – inhaftiert waren, über Monate nach ihrer Regelblutung befragten.«

»Ich habe weder von einem Konzentrationslager Ravensbrück noch von einer Haftanstalt Plötzensee gehört. Davon war nie die Rede.«

»Jetzt stellen Sie sich vor, dieses Wachpersonal, meist waren es ja Frauen, verlangt nach solch intimen Informationen wie die Regelblutung. Was sollten die eingesperrten Frauen nur denken? Welches infame Motiv stand wohl dahinter? Dann teilte man ihnen ganz gezielt mit, dass sie demnächst hingerichtet würden. Statt der erhofften Gefängnisstrafe oder gar der Freilassung also die Hinrichtung. Herr Stieve verfolgte die These, dieser Schock würde den Eisprung und die Monatsblutung beeinflussen. Können Sie sich das vorstellen? Dieser Professor Stieve erhält vom Hinrichtungskommando die noch blutigen Leichname oder die Körper von jungen Frauen, manche fast noch im Mädchenalter, denen man gerade den Kopf abgeschlagen hat. Körper – so nehme ich an –, die noch die Wärme ihres jungen Lebens verströmten. Dass die Körper frisch sein sollten, oder wie man das auch nennen mag, das war der dringende Wunsch des Professors gewesen. Er wollte die Eierstöcke und das sie umgebende Gewebe in möglichst frischem Zustand untersuchen. Er gierte geradezu nach solchen Leichen, nach solchem Material, je nachdem wie man es einordnen möchte. Er brüstete sich damit, im europäischen Vergleich die meisten jungen Frauen untersucht zu haben. Ziemlich fragwürdig, das Ganze. Um nicht zu sagen, widerlich, Ekel erregend.«

»Hm. Ich kann dazu nichts sagen. Es wird mir ganz schlecht bei Ihren Schilderungen. Davon hat mir niemand jemals etwas gesagt. Ob das die anderen überhaupt wussten? Vielleicht war es ja gut, dass ich meine erste Dissertation nicht zu Ende bringen konnte.«

»Ich denke, diese unangenehmen Einzelheiten sind nur den Wenigsten bekannt. Und die, die davon wissen, schweigen lieber. Hoffen wir mal, dass solche Unmenschlichkeit eines Tages gesühnt wird. Aber zurück, wie sind die Ergebnisse Ihrer eigenen, wie mir scheint, doch wichtigen Arbeit aufgenommen worden? Sie sagten, Sie konnten die Arbeit nicht zu Ende bringen?«

»Ich habe es schon angedeutet. Abschlägig beurteilt. Nachdem ich die Arbeit endlich abgegeben hatte, wurde ich von meinem Professor gerufen. Ich hatte den Eindruck, es war ihm unangenehm. Er wirkte verlegen. Er teilte mir mit, er persönlich fände meine Arbeit in Ordnung, aber sie könne die Kommissionen nicht zufriedenstellen. Die Ergebnisse seien nachvollziehbar und sicher auch wichtig. Aber ich müsse verstehen, die Veröffentlichung von Möglichkeiten der Empfängnisverhütung – und darauf laufe meine Arbeit doch hinaus – sei von Regierungsseite alles andere als erwünscht. Er erklärte mir ganz offen, es sei in diesen Zeiten wichtig, dass aus Frauen Mütter von Kindern werden, Mütter möglichst vieler Kinder. Und schließlich riet er mir, die Arbeit beiseite zu legen, das heißt aufzugeben. Lesen Sie doch mal das Buch von unserer Kollegin, Frau Doktor Haarer, sagte er noch, dann werden Sie verstehen, wo es langgeht. Ich kannte diese Frau nicht, bis dahin nicht.«

»Wenn ich richtig verstehe, wollte man, dass diese Möglichkeit der natürlichen Empfängnisverhütung unbekannt bleibt? Mit dem Hintergedanken, dass Frauen viele Kinder gebären?«

»Genau! Kann man wohl so sagen. So war das. Oder so ist das. Was das für unser Land bedeutet, war mir erst mal egal. Persönlich stand ich jedenfalls vor dem Aus. Über zwei Jahre Arbeit umsonst. Sie können sich vorstellen, ich war wie gelähmt. Zum Trost hat man mir schließlich ein Thema aus der Geburtshilfe angeboten. Diese Arbeit konnte ich in wenigen Monaten zur Abgabe bringen, weil dazu von einem jüdischen Kollegen, den man – ich weiß nicht warum – von der Universität verwiesen hatte, schon etliche Daten gesammelt worden waren. Freilich hatte nach der Enttäuschung mein Wunsch abgenommen, in dieser Klinik eine Ausbildung zum Frauenarzt zu beginnen.«

»Das heißt, Sie haben die Ausbildung zum Frauenarzt nicht begonnen?«

»Leider nein. Man sagte mir, es gäbe gegenwärtig keine freien Stellen. Man hätte den Überhang an Kollegen abbauen müssen und dafür gerade erst deutsche Kollegen angestellt. Es ging an der Uni das Gerücht, es seien in den letzten Jahren zu viele jüdische Kollegen in unkündbaren Stellen angestellt gewesen. Da hätten angeblich Beziehungen eine zu große Rolle gespielt. Mir war das neu. Ich muss sagen, ich hatte keine Ahnung. Ich habe mir dazu auch keine weiteren Gedanken gemacht. Hätte ich vielleicht tun sollen. Ich bin mir nicht sicher, aber ich glaube, unter meinen Freunden waren keine Juden.«

Sein Gegenüber blickte eine Weile aus dem Fenster und schien zu überlegen. »Leider findet man in gewissen Zeiten immer Gründe, gerade die jüdische Bevölkerung für irgendeine Not, irgendeinen Missstand verantwortlich zu machen. Und dann vertreibt man sie aus ihren Positionen oder macht noch Schlimmeres. Diese Zeiten scheinen in Deutschland angebrochen zu sein.«

Jakob schien verwirrt. »Ich kann dazu nichts sagen«, brachte er heraus.

»Vielleicht ist es auch besser, wenn wir das nicht weiter vertiefen.«

Nach einer längeren Pause fuhr er fort: »Sie sagten anfangs, sie würden nach Krakau fahren. Eine sehr schöne Stadt, von den Deutschen ja verschont. Die Stadt soll kaum Zerstörungen zeigen. Man hat dort, wie ich gelesen habe, das Hauptquartier eines, wie es heißt, Gouvernements eingerichtet. Diesen Teil Polens nennt man jetzt so. Ein weiterer Teil des Landes gehört inzwischen wohl ganz zu Deutschland. Man hat ihn sich einverleibt, könnte man sagen.«

»Sie sind wohl kein Deutscher?«, wagte Jakob jetzt zu fragen.

»Nein. Ich komme aus Dänemark, genauer aus Aarhus. Ich arbeite dort an der erst vor ein paar Jahren gegründeten Universität.«

»Ach, aus Dänemark. Verwandte meiner Verlobten kommen auch aus Dänemark, aus Tondern, soviel ich weiß.«

»Dann haben wir ja Anknüpfungspunkte. Meine Frau ist eine geborene Deutsche. In Berlin, genauer in Spandau, will ich einige ihrer Verwandten besuchen und beraten. Ich halte es in der gegenwärtigen Situation für besser, sie kommen alle zu uns nach Aarhus. Wie denken Sie denn über den Überfall der Deutschen auf Polen? Sie wissen, was die Polen bisher in ihrer Geschichte durchgemacht, was sie erlitten haben?«

»Ich muss gestehen, ich bin in der Geschichte Polens nicht so bewandert. Uns wurde erklärt, die Polen hätten plötzlich mit einer Schießerei begonnen. Danach sei es zur Eskalation gekommen.«

»Und dann macht man das ganze Land nieder? Wissen Sie, wie Warschau jetzt aussieht, die blühende Hauptstadt, das Paris des Ostens? Zerschossen, in vielen Teilen zerstört, Ruinen. Selbst Krankenhäuser hat man nicht verschont, hat sie bombardiert. Stellen Sie sich vor, Krankenhäuser, unsere Arbeitsstätten. Wie ich gehört habe, mit Tausenden von Toten. Stellen Sie sich das vor, Tausende von Toten, Zivilisten, die mit diesem Krieg gar nichts zu tun hatten, ihn nie gewollt haben.«

Jakob rutschte unruhig auf seinem Sitz hin und her. »Ich kenne keine Einzelheiten. Wenn das stimmt, was Sie da sagen. Das wäre natürlich schrecklich.«

»Wir Dänen sind ja weit wehrloser als die Polen. Wenn das nur gutgeht und der Erfolg Ihres Landes, falls man das so nennen kann, nicht weitere Begehrlichkeiten weckt. Uns könnte man in einem Handstreich überrennen. Na, vielleicht werden Sie über Warschau fahren.

Dann können Sie ja mal aus dem Fenster schauen und selbst sehen, was da los ist.«

Der Zug näherte sich Berlin. Der Mitreisende verabschiedete sich: »Ich werde in Spandau aussteigen. Man erwartet mich dort. Es war eine sehr interessante Unterhaltung mit Ihnen. Ich wünsche Ihnen alles Gute und in jedem Fall die richtigen Entscheidungen.«

Jakob war erschöpft. Das Gespräch hatte ihn Nerven gekostet. Er schien von einer Schwäche ergriffen. Er wusste nicht so recht, warum. Was hatte ihm der Däne da alles gesagt? Warum wusste der so viel mehr als er? Er kam ins Grübeln. Hatte er sich in den letzten Jahren die falschen Fragen gestellt, die falschen Antworten gegeben? Hatte er sich überhaupt Fragen gestellt? Wo hatte er sich informiert? Hatte er etwas übersehen?

Der Zug erreichte den Lehrter Bahnhof. Endstation. Uniformen beherrschten das Bild auf den Bahnsteigen und in den Hallen. Jakob suchte nach der Bahnhofskommandantur, um sich die Adresse seiner Unterkunft geben zu lassen. Über den Ostausgang gelangte er nach draußen. Kalter Wind. Eine dünne Schneedecke lag auf Straßen und Bürgersteigen. Er ging am Ufer des Humboldthafens entlang auf die Invalidenstraße, dann vorbei am Hamburger Bahnhof, an Gebäuden der Charité und am Museum für Naturkunde. Nach etwa fünfhundert Metern erreichte er an der Kreuzung zur Chausseestraße auf der linken Seite die angewiesene Unterkunft. Man nannte ihm sein Zimmer, wo er sein kleines Gepäck ablegte. Er entledigte sich der Uniform. In ziviler Kleidung würde er sich in der Stadt wohler fühlen, wie ein normaler Mensch. Dann besann er sich. Er befand sich doch auf Dienstreise oder wie man das nennen wollte. Uniform tragen war Pflicht, das hatte man ihm eingeschärft. Wenn er sich irgendwo ausweisen musste, konnte es vielleicht Schwierigkeiten geben. Das hieß also: Anzug aus, Uniform wieder an. Den schweren Wollmantel drüber. Haus Vaterland, das sollte sein Ziel sein.

Er wanderte an diesem späten Nachmittag über die Luisen-, die Wilhelm- und die Leipziger Straße, über den Leipziger bis zum Potsdamer Platz, wo sich das Haus Vaterland befinden sollte. Der wilde Straßenverkehr, der Gestank des Benzins, der Lärm, das Gewühl auf den Bürgersteigen, das Geschrei der Burschen, die die Abendausgabe, der Alten, die die heiße Wurst loswerden wollten. Es übertraf alles, was er kannte.

Potsdamer Platz. Das Haus Vaterland war blendend hell erleuchtet und nicht zu übersehen. Leicht beklommen, in seiner Montur vielleicht fehl am Platze, passierte er das Eingangsportal. Eine riesige Weltkugel schwebte bedrohlich über den ersten Treppen. Er zahlte am Schalter eine Mark, Verzehr nicht eingeschlossen.

Und dann! Als wäre die Welt, wie er sie kannte, aus den Angeln gehoben! Das hatte er noch nie erlebt. Ein neues, ihm gänzlich fremdes, ein völlig schräges Publikum lief scheinbar ziellos hin und her. Woher sie nur alle kamen? Aus welchen Winkeln? Die Frauen in ihren aufgeputzten Garderoben, mit ihren Perlenketten, billigen Schmuck um den Hals, mit Hüten oft als Fantasiegebilden. Die Männer, aufgeregt, Schweißperlen auf der Stirn, geschniegelt in weißgestärkten Hemden, in Fracks oder Stresemanns mit aufgeplusterten Kavalierstüchlein. Pomade, glänzendes, tadellos gescheiteltes Haar, jeder Mann ein kleiner Valentino. Von überall her tönte Musik. Eine wirre Geschäftigkeit. Alle schienen etwas zu suchen. Ein Auf und Ab in den Treppenhäusern. Ein Vibrieren, eine Nervosität. Eine andere, ihm unbekannte Welt hatte sich hier versammelt. Erleichtert entdeckte er Männer in Uniform. Manche mit weißer Fliege, seidenem Kragen, roter Binde, farbigen Knöpfen, hellen Streifen an den Hosen, eine solche Pracht. Es erinnerte ihn an einen Besuch im Zirkus.

»Entschuldigung, zum Palmensaal?«

»Weiter oben«, antwortete jemand.

Er nahm die Stufen, um nach oben zu gelangen, ganz nach oben zum so wärmstens empfohlenen Ziel. Und er betrat einen riesigen, kaum überschaubaren, dampfenden Raum, prall gefüllt mit Menschen. Feuchtheiße, von schweren Düften durchzogene Luft, Stimmengewirr, Gelächter, Geschrei, Musik. Ein Lebenshunger, der ihm unbekannt war. Hemmungsloser Lebenshunger wollte hier gestillt werden. Die Kapitelle der Säulen rundum tatsächlich wie Palmblätter, weit ausladende Palmblätter. Unglaublich, völlig verrückt, so etwas hatte er noch nie gesehen. Spiegel, ja, überall Spiegel, und dann das Silber, das Gold an den Wänden, die riesigen Schalen an den Säulen und in den Nischen, exotische Früchte aus farbigem Glas. Der ganze Wirbel. Unfassbar.

»Haben Sie reserviert?«

Er hatte nicht.

»Kommen Sie bitte!« Er wurde zum freien Platz an einem der Tische im hinteren Bereich des Saales geführt. Er war froh, sitzen und sich etwas orientieren zu können. Die Bühne mit der Tanzfläche unter dem riesigen Kuppeldach und unter den Emporen war von seinem Platz gerade noch einsehbar. Dort tanzten die Paare mal eng umschlungen, dann wieder wild und ausgelassen zu einer Musik, die kaum Pausen einlegte.

Nach einigem Zögern bestellte er ein Glas Weißwein. Für gewöhnlich vermied er Alkohol. Er hob das Glas und wollte den ersten Schluck trinken, als sich eine junge Frau seinem Tisch näherte und mit geübtem Augenaufschlag um einen Tanz bat. Verkehrte Welt. Noch nie war er von einer Frau zu einem Tanz aufgefordert worden. Er hatte Bedenken, schon allein wegen der Uniform. Aber den Wunsch abzulehnen, das ging hier wohl nicht. Und er konnte tanzen, das wusste er. Es wurde Tango gespielt, Swing und auch dieser Charleston. Musik oder Tänze, die, soviel er wusste, eigentlich verboten waren. Egal. Sie, die sich ihm als Katja vorgestellt hatte, tanzte hemmungslos und ohne Bedenken. Beim Charleston wirbelte sie so wild ihre seidenbestrumpften Beine, dass der knappe Rock immer wieder hochflog und Blicke bis zum Schritt zuließ. Jakob wusste nicht, wohin er schauen sollte. Sie sei die Josephine von Berlin, meinte sie lachend. Ob sie das eine Mal tatsächlich taumelte, versehentlich rutschte und voll in seine Arme fiel? Ein ungewöhnlich scharfer Duft kam ihm in die Nase. Nach drei Musikrunden erschöpft und Schweißperlen auf der Stirn, wollte er sie zurück zu ihrem Tisch begleiten. Ihren Vorschlag, sich doch noch eine Weile zu ihm zu setzen, konnte er nicht ablehnen. Sie sah nicht schlecht aus. Er bestellte für sie den gleichen Wein.

Die Musik war laut. Eine Unterhaltung wollte trotz mehrerer Anläufe nicht so recht in Fahrt kommen. Ihm war das zu viel. Er fürchtete sich vor einer unklugen Entscheidung, vor einem gefährlichen Fehltritt. Als er ihr schließlich erklärte, dass er Berlin schon früh am nächsten Morgen verlassen werde, wurde sie schweigsam. Plötzlich stand sie auf, bedankte sich brav und war im Gewühl verschwunden. Das noch halb gefüllte Weinglas hatte sie mitgenommen.

»Was war das jetzt? Ich bin hier falsch«, murmelte er vor sich hin. »Nicht meine Welt.« Er dachte an den Dänen im Zug. Wie konnte man solche Unbekümmertheit, solche Ausgelassenheit mit dem Krieg zusammenbringen, der sich, nur wenige Monate zurückliegend, fast vor der Haustür der Stadt abgespielt hatte? Er trank noch einen Schluck, zahlte, stand auf und verließ den Saal. Er wagte einen kurzen Blick auf die ein Stockwerk tiefer gelegenen Terrassen. Ähnliches oder noch wilderes Getümmel. Über das große Café erreichte er den Ausgang und endlich wieder das Freie, den Potsdamer Platz. Ein kalter Wind wehte ihm entgegen und kühlte sein glühendes Gesicht. Noch leicht verwirrt, machte er sich auf zu seiner Unterkunft in einer Stadt, die, wie es schien, keinen Schlaf kannte.

Früh am nächsten Morgen, es war noch tiefdunkel, und es war kalt, die Stadt wirkte ungemütlich und erschöpft, fand er sich am Bahnhof Zoologischer Garten ein. Von dort sollte die Fahrt zunächst nach Warschau, dann weiter nach Krakau gehen. Über Breslau wäre es wohl kürzer und schneller gewesen, aber man hatte für ihn nun mal diesen Zug ausgewählt. Der Transport war ausschließlich für die Wehrmacht bestimmt. Eine größere Kompanie sollte nach Warschau gebracht werden. In Posen gab es einen kurzen Halt. Beim Blick aus dem Fenster sah er zum ersten Mal eine vom Krieg gezeichnete Stadt, zerstörte Häuser, Trümmer auf den Straßen. Abwehr eines Angriffs oder doch eher eines Überfalls? Er hatte keine rechte Meinung dazu. Er wusste zu wenig. Er wusste fast nichts.

Der Zug erreichte die Vorstadt Warschaus. Die zerschossenen oder auch gänzlich zerstörten Wohnhäuser und Fabrikgebäude rechts und links der Bahngleise waren nicht zu übersehen. Frauen und Männer räumten Trümmer von Gehwegen und Straßen. Das waren sie offensichtlich, die Folgen des jüngst angezettelten Krieges, von dem sein Mitreisender auf dem Weg nach Berlin gesprochen hatte. Jakob fühlte sich erleichtert, als zur Innenstadt hin das Ausmaß der Zerstörungen nachließ. Der große Bahnhof war, soweit er das überblicken konnte, unversehrt geblieben. Er verließ das Abteil und stieg in den auf dem Nachbargleis bereitgestellten Zug nach Krakau.

In der Dunkelheit des späten Abends erreichte er den Hauptbahnhof der Stadt. Eine Streife der Wehrmacht brachte ihn über den Westring zu seiner Unterkunft, die in der Universitätsstraße in unmittelbarer Nähe der Altstadt lag. An vielen Häusern, was er in der Dunkelheit noch erkennen konnte, hingen übergroße blutrote Fahnen, Hakenkreuzfahnen.

Sein Quartier lag im zweiten Stock des alten Hauses. Eine kleine, eingefallene Frau mittleren Alters mit sorgenvollem Gesicht hatte hinter einer einen Spaltbreit geöffneten Tür gewartet. Als sie den jungen, trotz seiner Uniform recht unschuldig wirkenden Mann erblickte, der da um Unterkunft bat, schien ihre Angst etwas zu weichen. Ihr Gesicht entspannte sich. Sie sei Frau Gutwinska, Ewelina Gutwinska. Ja, sie sei von der Stadtverwaltung oder wie man jetzt sagen müsse von der Kommandantur informiert worden. Sie habe ihn erwartet. Eigentlich sei seine Ankunft schon für den gestrigen Tag angekündigt gewesen. Ein Zimmer habe sie für ihn zurecht gemacht. Er möge entschuldigen, es sei bescheiden.

Die Verständigung war gut. Frau Gutwinska beherrschte die deutsche Sprache. Wenn es notwendig erschien, wechselte sie ins Französische, eine Sprache, mit der auch Jakob zurechtkam.

Sie führte ihn in das Zimmer, das sie schon vorbereitet hatte. Es roch nach Sauberkeit und Bohnerwachs. Dunkelbraune Dielen. Zusammengewürfelte Möbel. Bett, zwei Stühle, Tisch, Schrank. Falls er noch Hunger verspüre, in der Stube habe sie etwas vorbereitet. Eilig tauschte er die Uniform gegen den grauen Anzug. Das freundlich angebotene Abendessen, auch zu so später Stunde, wollte er nicht in der Arbeitskleidung, oder wie man das nennen mochte, der Kluft eines Soldaten, eines Angehörigen der deutschen Wehrmacht einnehmen. Die Geste des Kleiderwechsels war der Gastgeberin nicht entgangen. Während er aß, stand sie abwartend in der Türöffnung zur Küche. Sie nahm auch nicht Platz, als er sie mehrmals darum gebeten hatte. Er berichtete ihr, wer er sei und was ihn möglicherweise in Krakau erwarte. Sie blieb einsilbig. Sie stellte keine Fragen. Über sich selbst sagte sie nur soviel: Sie lebe erst seit drei Monaten hier, allein. Sie müsse dankbar sein, ein Dach über dem Kopf zu haben, etwas zu Essen und zum Heizen.

Am nächsten Morgen hatte Frau Gutwinska ihrem Gast ein Frühstück gemacht, Haferbrei, Marmelade, wohl Erdbeeren, dazu einen Hagebuttentee. Es schmeckte ihm.

»Wenn Sie wollen, können Sie auch gerne zum Abendessen kommen. Da gibt es sicher nichts Besonderes, aber ich hoffe, Sie werden zufrieden sein.«

In dieser gemütlichen Stube essen zu können wird wahrscheinlich angenehmer sein als zusammen mit den Offizieren in irgendeiner Kantine, dachte er.

»Vielen Dank für das Angebot. Das möchte ich gerne annehmen. Ich muss mich aber heute zunächst mal informieren, was man mit mir vorhat. Ich soll mich bei der Kommandantur melden, die hier auf der Burg zu finden ist. Können Sie mir sagen, wie ich am schnellsten zu dieser Burg komme?«

»Ach wissen Sie, unsere Straßen haben in den letzten Monaten fast durchweg neue Namen bekommen. Man hat uns erklärt, sie seien jetzt endlich wieder eingedeutscht worden. Wir wurden ja nicht gefragt. Ich muss mich erstmal selbst orientieren, wie die einzelnen Straßen jetzt heißen. Ich muss gestehen, ich bin noch völlig durcheinander. Aber wenn Sie das Haus verlassen, werden Sie auf der linken Seite den Wawel, also unsere Burg, sehen. Alle Wege führen dorthin. Es ist nicht zu verfehlen.«

Auf der Burg hatte sich Jakob im Bereich des Gouverneurs der Stadt, einem Herrn Wächter, zu melden. Er fragte sich durch, passierte etliche Kontrollen. Endlich gelang ihm die ordentliche Meldung im Vorzimmer eines ihm bis dahin unbekannten Mannes. Nach der Erledigung von Formalitäten hieß es, der Gouverneur wolle ihn persönlich kennenlernen. Er wurde in den Raum geführt, in dem Herr Wächter residierte, ein herrschaftlicher Raum, ein Gewölbe von kaum überschaubarer Größe. Hinter einem massiven, überdimensionierten Schreibtisch, der am anderen Ende des Raumes stand, etwa zehn Meter von der Eingangstür entfernt, saß ein hohlwangiger, blasser, asketisch wirkender Mann mittleren Alters, rechts und links von Hakenkreuzfahnen flankiert. Jakobs empfindliche Nase nahm den Geruch von Alkohol wahr. Er hatte ein höfliches *Guten Morgen* gesagt, als es vom Schreibtisch brüllte: »Ich bitte Sie, haben Sie etwa den Deutschen Gruß vergessen?« Jakob verbesserte sich schnell: »Heil Hitler!« Er schlug die Hacken zusammen, presste die linke Hand an die Hosennaht und führte, wie er es gelernt hatte, die flache Hand zur Mütze.

»Na also, geht doch!«

Jakob wagte, ein paar Schritte näherzutreten.

»Meine Güte, sind Sie jung. Sie wurden uns als Spezialist in Sachen Durchfallkrankheiten empfohlen. Ich möchte mal hoffen, das trifft zu.«

In schnarrendem Ton und mit einem Zungenschlag, den Jakob am ehesten dem Österreichischen zuordnete, brüstete sich Wächter, dass er in der Stadt vor einigen Monaten ein rein deutsches Krankenhaus habe einrichten lassen. Neben bestens ausgestatteten Fachabteilungen stünde dort auch ein Raum mit Mikroskopen und Färbematerial zur Verfügung.

»Alles deutsche Herstellung«, betonte er.

Was ihm aber wichtig sei, und allein deshalb habe er ihn kommen lassen: Man habe bisher keine Vorstellung, woher diese offenbar doch recht gefährliche, unvermittelt aufgetauchte Krankheit stamme.

»Ich bin mir ziemlich sicher, dass dahinter die alte polnische Elite steckt. Sabotage also. Die haben noch immer nicht begriffen, was die Stunde geschlagen hat. Ich vermute, dass der Erreger, um so etwas muss es sich ja wohl handeln, absichtlich in irgendein Essen gemischt oder ins Wasser gegeben wurde. Anders kann ich mir die Erkrankung nicht erklären, die bei unseren Soldaten ausgebrochen ist.«

Wächter verschärfte seinen Ton. »Ich erwarte von Ihnen, dass Sie Ihre Untersuchungen auch auf die Speisen und Getränke ausweiten, also auf das Trinkwasser, das unsere Soldaten angeboten bekommen. Dann werden wir ja sehen. Alle weiteren Informationen erhalten Sie von der Hauptabteilung Gesundheitswesen. Die hat ihren Sitz in der Burgstraße, nicht weit von hier. Und noch etwas. Ich weiß, Sie sind bei einer Polin einquartiert. Deren Mann und Söhne sind getürmt. Die halten sich irgendwo versteckt. Also hören Sie gut zu, was die Frau sagt, und melden Sie uns das. Abtreten!«

Jakob tat, wie ihm befohlen. Er atmete tief durch. »Heil Hitler!«

In der Hauptabteilung Gesundheitswesen wurde wiederholt, was ihm schon vor der Abreise in Hamburg mitgeteilt worden war. Im Augenblick lägen im deutschen Distriktkrankenhaus mehr als achtzig Mitglieder der Wehrmacht, die offensichtlich an diesem Durchfall erkrankt seien. Sieben Soldaten hätten sie schon verloren. Sie seien an Auszehrung und allgemeiner Schwäche verstorben. Manche seien auch wieder gesund geworden, aber täglich kämen neu Erkrankte hinzu. Nach diesem Lagebericht ließ man einen verängstigt wirkenden Herrn in weißem Kittel rufen, der Jakob als Laborarzt Doktor Borowski vorgestellt wurde.

»Der wird Ihnen bei den Untersuchungen behilflich sein. Im Krankenhaus erwartet Sie der Chefarzt der Inneren Medizin, unser Doktor Rißmann. Eine Koryphäe seines Faches. Er ist entsprechend informiert.«

Gemeinsam fuhr man zum Krankenhaus im Norden der Stadt in der Pradnicka Straße, ein Krankenhaus, das seit den letzten Monaten allein den deutschen Volksgenossen zugänglich war. Kollege Rißmann, nur wenige Jahre älter als Jakob, aber erkennbar selbstbewusster, empfing nicht im weißen Kittel, sondern in der Uniform eines Führungsoffiziers.

»Die Seuche hat in den letzten Wochen leider ein bedrohliches Ausmaß angenommen. Wir sind noch nicht so recht auf Infektionskrankheiten eingerichtet, verlassen uns deshalb ganz auf ihre diagnostische Expertise«, erklärte er. »Die Entscheidung über die adäquate Behandlung müssen Sie dann selbstverständlich uns überlassen.«

Auf dem Weg zum im Erdgeschoss liegenden Labor schwärmte Kollege Rißmann, dessen Stiefelschritt auf den Fliesen der Gänge dröhnte, von der optimalen Ausstattung seines Krankenhauses.

»Wir können mit Fug und Recht von uns behaupten, inzwischen das beste Krankenhaus in Krakau zu sein. Wir haben hervorragende Beziehungen zur Burg, speziell meine Abteilung. Selbst zu Gouverneur Wächter – Sie haben ihn, wie ich gehört habe, kennengelernt – verfügen wir über einen guten Draht. Das hat sich bisher auf die Ausrüstungen und Beschaffungen im Krankenhaus sehr positiv ausgewirkt. Wir sind auch vollkommen judenfrei.«

»Judenfrei. Und bringt das Vorteile?«, wagte Jakob zu fragen.

»Sagen Sie mal, wo kommen Sie denn her?«

Nach einer Pause: »Na ja. Ich werde hier mit einem ganz bestimmten Farbstoff, mit Methylenblau, die Bakterien anfärben. Falls ich welche finde. Die Technik haben wir einem Professor Ehrlich zu verdanken. Er war, soviel ich weiß, Jude. Sogar Nobelpreisträger.«

»Ist wohl besser, Sie unterlassen solche seltsamen Bemerkungen!«

Jakob zog es vor, den Mund zu halten.

Das Labor erwies sich als gut ausgerüstet. Dort erwartete Jakob eine weitere Assistentin, eine Frau Paltrow, eine schüchterne Frau, die ihm mit leiser Stimme in gebrochenem Deutsch mitteilte, sie sei für das Gießen der Agarplatten und das Färben der Präparate verantwortlich. Dem

Assistenten Borowski fiel die Aufgabe zu, das eingehende Untersuchungsmaterial vorzubereiten.

In den folgenden Tagen wurden überwiegend Stuhlproben der erkrankten Soldaten in das Labor gebracht. Jakob untersuchte entweder im hängenden Tropfen mit der Dunkelfeldtechnik oder nach Färbung des trockenen und nach Ehrlich und Pappenheim gefärbten Präparates im regulären Durchlicht. Schon am ersten Tag stellte sich heraus, dass in keiner der Proben, die man gebracht hatte, Einzeller zu finden waren. Um Amöben konnte es sich also nicht handeln. Tatsächlich waren es massenweise gramnegative, stäbchenförmige Bakterien, die für die Erkrankung verantwortlich sein mussten. In den angesetzten Kulturen konnte das typische Wachstum von Shigellen bestätigt werden.

Auf der Suche nach der Herkunft dieser Bakterien wurde Jakob schnell fündig. Es lag nicht am Wasser, sondern am Essen, das den Soldaten vorgesetzt wurde. Und es lag an der Küche für das Militär, die in einem ehemaligen Verwaltungsgebäude untergebracht war. Mehrere Küchenhilfen waren nacheinander an Fieber und Durchfall erkrankt. Sie waren, ohne es zu wissen, die Keimträger, hatten jedoch nicht gewagt, dem Dienst fernzubleiben. Es wäre ihnen umgehend als Arbeitsverweigerung ausgelegt worden und hätte den Verlust des Arbeitsplatzes oder Schlimmeres nach sich gezogen. Angst, Unwissenheit und mangelnde hygienische Vorsorge hatten schließlich zur Verbreitung des Erregers und damit zu dem seuchenhaften Auftreten der Krankheit geführt. Die hygienischen Verhältnisse in der Küche, die sich im vierten Stock des Krankenhauses befand, erschienen Jakob akzeptabel. Wahrscheinlich aber wurde entgegen den Vorschriften

Essen immer wieder mit demselben Aufzug transportiert, mit dem die schmutzige Wäsche in die im fünften Stockwerk liegende Wäscherei gebracht wurde. Das konnte ein zusätzlicher Infektionsweg sein.

Verschiedene Maßnahmen, die Jakob vorschlug, wie vorübergehendes Fernbleiben von krank erscheinenden Hilfen in der Küche und strenge Hygiene, was vor allem häufiges Händewaschen hieß, trugen schnell zur Eindämmung der Epidemie bei. Die gesamte Küche wurde ab jetzt täglich und mehrmals mit Sagrotan desinfiziert, im Krankenhaus der Essens- von dem Wäschetransport unter Aufsicht streng getrennt.

Schon nach der dritten Woche war sein Auftrag mehr oder weniger erfüllt. Die frei gewordene Zeit nutzte er, um die Stadt etwas besser kennenzulernen. Er streifte mehrmals durch die Altstadt und blieb dann meist am Hauptmarkt hängen, einem Ort, der erst kurz zuvor von seinen Leuten in Adolf-Hitler-Platz umbenannt worden war. Die Schönheit der Gebäude und Kirchen überwältigte ihn, machte ihn aber auch traurig. Er fühlte sich allein, litt unter Heimweh. Vielleicht war es auch die Kälte, die noch herrschte und die trotz seines schweren Mantels an ihm hochkroch. Er wanderte über den Park entlang der ehemaligen Stadtmauer, und es wurde ihm mehr und mehr bewusst, wie sehr zu Unrecht er sich hier befand. Vielleicht waren es die alten ehrwürdigen Häuser, die sich dicht an dicht drängten und so kostbar, so schutzbedürftig aussahen. Vielleicht war es die schier erdrückende Gegenwart seines Landes, schon äußerlich sichtbar an der ekelhaften Beflaggung. Vielleicht waren es der Hochmut und die Dominanz seiner Landsleute in ihren Uniformen, die ihn schmerzten. Vielleicht war es die Scheu der

Einheimischen, ihre Angst, die ihm nicht entgangen, die ihm unheimlich war, die ihm die Stimmung verdarb. Er konnte nicht verstehen, warum den Polen das Betreten ihrer eigenen Geschäfte, ihrer Lokale und Cafés verboten war. All diese Einrichtungen standen, zumindest den Aufmachungen zufolge, allein den deutschen Soldaten, Angehörigen der Wehrmacht oder anderen Deutschen offen. Mehrmals wagte er sich schlechten Gewissens in eines dieser aufregend schönen Cafés in den Tuchhallen, mehr um sich aufzuwärmen als um einen Kaffee zu sich zu nehmen.

Immer wieder war er aufgefordert worden, den Abend doch mit anderen Offizieren zu verbringen, mit denen er zwangsläufig ins Gespräch gekommen war. Manchmal hatte er die Einladung angenommen. Nicht weil er es gerne getan hätte. Man traf sich dann im Restaurant des Hotels Deutscher Hof, einmal auch im Ring-Kasino am Stephansplatz, wo Unterhaltungsmusik gespielt wurde. Da die Abende nach dem übermäßigen Genuss von Alkohol regelmäßig mit Liederbrüllen und den Berichten über wilde Frauengeschichten endeten, nahm er, so gut es ging, Abstand und verzichtete in den letzten beiden Wochen ganz auf die Gesellschaft. Die Art der Geselligkeit strengte ihn an. Alkohol war ihm ohnehin zuwider, nicht zuletzt, weil er bei ihm, gleich in welcher Form, Stunden anhaltende Migräneanfälle auslösen konnte. Auch die Einladung zu einem fröhlichen Ausflug nach Zakopane mit der zugegebenermaßen verlockenden Möglichkeit, Ski fahren zu können, lehnte er ab.

So zog er es vor, die langen dunklen Abende in der gemütlichen Küche seiner Wirtin zu verbringen, und wenn genügend Holz zum Heizen vorhanden war, auch in deren guter Stube. Frau Gutwinska hatte in den zurückliegenden Tagen Vertrauen, zuletzt eine geradezu mütterlich zu nennende Wärme gegenüber ihrem jungen Gast entwickelt. Obwohl Schmalhans in der Küche nicht zu übersehen war, hatte sie es verstanden, ihren Gast mit Essen abwechslungsreich zu verwöhnen. In den letzten Tagen setzte sie sich sogar zu ihm an den Tisch. Das Vaterunser vor dem Essen in lateinischer Sprache zu beten wurde von ihr nicht vergessen. So wuchs das Verständnis für die Lage des jeweils anderen immer mehr. Er hatte inzwischen Frau Gutwinska ausführlich von seinem Studium, von seiner Verlobten und seinen Plänen für die Zukunft berichtet. Ausführlicher über das Schicksal des polnischen Volkes zu sprechen wurde, soweit es ging, vorerst vermieden.

Eines Abends aber begann Frau Gutwinska: »Ich muss Ihnen etwas erklären, Herr Doktor. Ein oder zwei Wochen vor Weihnachten besaß meine Familie noch eine eigene Wohnung. Wir waren eigentlich guter Dinge, dachten, dass die Deutschen uns dort in Ruhe lassen würden. Was waren wir einfältig und gutgläubig. Die Sicherheit erwies sich bald als trügerisch. Unsere Wohnung lag im schönen Westen der Stadt. Vielleicht hat der Weg Sie schon einmal dort vorbeigeführt, und Sie kennen die Gegend etwas. Es war eine großzügige Wohnung, seit langem im Besitz unserer Familie.«

Sie machte eine Pause, schien zu überlegen, was sie dem jungen Offizier offenbaren dürfe. Dann fuhr sie fort: »Wir wurden ohne Vorankündigung gezwungen, die Wohnung zu räumen. Hals über Kopf geschah das. Am gleichen Tag wies man uns diese Räume hier zu, in denen ich jetzt lebe, wer weiß, wie lange noch. Ein Großteil unserer Möbel ging während dieses unvermittelten Umzugs, hm, sagen wir mal verloren. Darunter befand sich auch unsere schöne Barockkommode, ein Erbstück. Niemand konnte uns sagen, wohin diese Kommode und etliche andere Möbel verschwunden sind. Wir mussten schließlich zu der Überzeugung kommen, dass man sie uns abgenommen, man kann auch sagen, gestohlen hatte. Vielen unserer Freunde ist es ähnlich ergangen. Man hatte uns mitgeteilt, unsere Wohnungen seien jetzt für Neuansiedler vorgesehen, für Deutsche aus Wolhynien.«

»Das sind wahrscheinlich Deutsche«, meinte Jakob, »die von den Russen aus dem von ihnen besetzten Teil Polens ausgesiedelt worden waren.«

Frau Gutwinska schluckte. »Wir haben jedenfalls diese Wohnung zugewiesen bekommen. Hier haben zuvor natürlich auch Menschen gelebt. Wir sahen noch, wie von den schwarzen Männern eine jüdische Familie aus der Wohnung, Herr Doktor, man kann schon sagen, hinausgeprügelt wurde. Ihre Möbel mussten sie hierlassen. Jetzt stehen sie in dieser kleinen Wohnung, die ja nicht die meine ist. Ich habe immer das Gefühl, sie klagen uns an. Ich wage kaum, ihnen einen anderen Platz zu geben. Vielleicht verstehen Sie mich, ich komme mir hier fremd vor, selbst wie ein Gast, eher wie ein Eindringling. Vielleicht verstehen Sie mich.«

Er wusste, um wen es sich bei den schwarzen Männern handelte, von denen sie sprach. Er kannte ihren Ruf. »Ich höre das alles zum ersten Mal. Ich wusste nichts von alledem. Frau Gutwinska, glauben Sie mir, mir ist das wirklich unangenehm, peinlich. Was soll ich sagen? Ich kann das, was Sie mir da berichten, nur bedauern.«

»Das ist nett von Ihnen. Ich möchte Ihnen aber noch etwas anvertrauen. Es geht um meine Familie. Mein Mann und meine drei Söhne waren einen Tag nach dem erzwungenen Umzug plötzlich und ohne mich zu informieren verschwunden. Mein Mann ist Lehrer, er war Offizier in unserer polnischen Armee. Nun habe ich seit Wochen keinen Kontakt mehr zu den vier Männern und kein Lebenszeichen von ihnen. Können Sie sich vorstellen, in welcher Sorge ich lebe? Ich bin so beunruhigt. Nachts finde ich kaum Schlaf. Sich in der jetzigen Situation irgendwo zu verstecken ist ja für die vier fast unmöglich. Nirgends werden sie in Sicherheit sein. Wenn ihnen nur nichts zugestoßen ist.«

»Es tut mir sehr leid. Was Sie da berichten, tut mir sehr leid. Ich weiß nicht, was ich dazu sagen soll. Bitte verstehen Sie mich, ich glaube nicht, dass ich Ihnen helfen kann. Ich hatte hier ja nur einen ärztlichen Auftrag. Den habe ich erledigt. Ich habe während dieser Zeit keinen Deutschen näher kennengelernt, der für irgendwelche Entscheidungen verantwortlich wäre und den ich ansprechen könnte. Ich muss Ihnen jetzt auch etwas gestehen. Bitte erschrecken Sie nicht. Ich sollte nicht einfach bei Ihnen wohnen. Ich war auch auf Sie, wie soll ich es ausdrücken, angesetzt. Ich hatte den Auftrag, herauszubekommen, wo Ihre Angehörigen versteckt sein könnten. Aber bitte, vergessen Sie das jetzt schnell wieder.«

Nach längerem Schweigen antwortete sie: »Ich irre mich nicht. Ich bin mir sicher. Ich habe großes Vertrauen zu Ihnen gefasst. Ich habe Ihnen schon gesagt, dass ich nicht weiß, wo sich mein Mann und unsere Söhne befinden. Ich habe seit ihrem Verschwinden keinerlei Lebenszeichen von ihnen erhalten, nichts. Dazu werden Geschichten erzählt, die sind so beunruhigend, dass ich mir die Ohren zuhalten, sie lieber nicht anhören möchte. Ich vermute mal, Sie wissen nicht, was sich vor vier Monaten an unserer Universität abgespielt hat. Die schwarzen Männer, man sagt, sie seien es wieder gewesen, haben während einer Vorlesung alle dort versammelten Professoren verhaftet und abtransportiert. Stellen Sie sich vor, es sollen über hundert Personen gewesen sein. Wir sind mit einigen gut befreundet. Ein Glück, dass mein Mann an diesem Abend nicht dabei war. Wir kennen weder die Begründung für ihre Verhaftung – so muss man das wohl nennen – noch wissen wir, wohin man sie gebracht hat. Manche behaupten, sie lebten gar nicht mehr. Ich will das nicht glauben. Wohin soll das alles nur führen!«

»Soll ich, was Ihren Mann und Ihre Söhne angeht, doch etwas unternehmen? Soll ich nachfragen?«

»Ach, das ist sehr lieb von Ihnen. Aber ich glaube, besser nicht. Ich befürchte, das könnte meine Jungs, wo sie sich auch befinden mögen, in noch größere Gefahr bringen.« Nach einer Weile fuhr Frau Gutwinska fort: »Wenn ich Sie aber doch um etwas bitten dürfte. Wissen Sie, ich liebe Bücher. Sie sind mir ein unschätzbarer Trost geworden. Vor Kurzem wurde unsere Universitätsbibliothek wiedereröffnet. Wir waren so stolz auf das neu errichtete Gebäude und die große Sammlung von seltenen und kostbaren Büchern. Seit die Deutschen die Stadt übernommen haben, ist es uns, ich meine uns Polen, nicht mehr möglich, dort hineinzukommen. Man benötigt eine Sondererlaubnis, und die zu bekommen, ist schier unmöglich. Ich würde mich freuen, wenn Sie da etwas für mich erreichen könnten.«

»Das werde ich morgen sofort versuchen. Ich bin mir ziemlich sicher, dass wenigstens das möglich sein sollte.«

Und es war möglich. Frau Gutwinska bekam die Sondererlaubnis und konnte ihre Bibliothek besuchen.

Am Vorabend der Abreise hatte sie in der guten Stube noch einmal Feuer gemacht. Sie hatte Borschtsch gekocht, ein für Jakob ungewöhnliches Essen, was wohl an den Gewürzen lag, die verwendet worden waren. Roter Borschtsch, das sei die typisch polnische Spezialität, erklärte sie ihm, eigentlich ein Arme-Leute-Essen. Man nimmt Rote Beete, Möhren, Kartoffeln, Knoblauch und einige andere Gewürze. Jede Familie habe dafür ihr ganz eigenes Rezept. Anschließend servierte sie ihm gefüllte Teigtaschen, die Piroggen genannt wurden, und erklärte ihm, wie sie zubereitet werden. Diese hier mit etwas Fleisch. Er sei bei ihr ja als Gast gemeldet. Deshalb habe man ihr, was sonst undenkbar sei, eine kleine Portion Gehacktes überlassen.

Vor dem Essen wurde wie immer das Gebet gesprochen. Auch Jakob faltete jetzt die Hände. Er bedankte sich für die feine Suppe, die köstlichen Piroggen und schließlich für die liebevolle Beherbergung während der gesamten vier Wochen. Er bemühte sich, noch einmal Worte zu finden, die so etwas wie Zuversicht, vielleicht auch Trost ausdrücken sollten. Der rechte, der überzeugende Ton aber wollte ihm nicht über die trockenen Lippen kommen.

Die letzte Nacht war unruhig. Es musste gegen zwei oder drei Uhr gewesen sein, als er aus dem Schlaf gerissen wurde. Von der Straße drang ungewöhnlicher Lärm in sein Zimmer. Er stand auf, ging zum Fenster und öffnete vorsichtig die Gardine einen Spaltbreit. Auf der gegenüberliegenden Seite waren zwei Lastwagen vorgefahren, die hinteren Klappen heruntergelassen. Mit Knüppeln und unter wüstem Geschrei schoben und trieben Männer der SS eine Gruppe von Jugendlichen wie Vieh auf die

Lastwagen. Er sah, dass ein Junge zu Boden gestürzt war. Sie schlugen wild auf ihn ein und warfen schließlich den leblosen Körper zu den anderen auf die Ladefläche. Die Klappen wurden geschlossen. Die Wagen fuhren davon.

Jakob wankte zurück. Was hatte das zu bedeuten? Für den Rest der Nacht wälzte er sich im Bett und konnte keinen rechten Schlaf mehr finden. Er träumte. Er war dabei, eine Kerze anzuzünden. Das Streichholz fiel ihm aus der Hand und auf Boden. Der Teppich fing an zu brennen. Er versuchte, mit dem linken Schuh die Flammen auszutreten. Es schien ihm zu gelingen. Dann loderte die Flamme neben seinem Schuh aber wieder auf. Das Feuer breitete sich aus. Schließlich brannte der ganze Boden um ihn herum. Er rief um Hilfe. Dann wachte er auf.

Am frühen Morgen betrat er reisefertig ein letztes Mal die Küche seiner Wirtin. Im Herd brannte Feuer. Ein kleines Frühstück stand bereit. Frau Gutwinskas Gesicht verweint, aufgedunsen, die Augen gläsern, ihr Blick matt, ihre Mimik müde. Sie schien über Nacht gealtert. Eisige Stimmung.

»Sie haben mitbekommen«, begann sie nach einer Weile, »was heute Nacht dort unten auf der Straße abgelaufen ist? Haben Sie das mitbekommen! Diese Männer, diese schwarzen Männer, haben schon wieder Schüler aus dem Gymnasium, darunter auch Schüler meines Mannes, gesammelt, mitgenommen, abtransportiert. Denken Sie nur, das hat sich nun schon mehrmals so abgespielt. Bis heute haben wir keines der Kinder wiedergesehen. Das sind doch noch Kinder. Es verfolgen mich die schlimmsten Gedanken, glauben Sie mir, grässliche Vorstellungen, was den Kindern für Unrecht geschehen könnte. Ich habe

Angst. Ich bin so verzweifelt. Ich kann Ihnen gar nicht sagen wie sehr.«

Die Frau schluchzte, dann brach sie in Tränen aus.

Jakob suchte nach Worten. Seine Kehle war wie zugeschnürt. Er wusste nicht, was er antworten sollte. Er war in dieser Nacht offensichtlich Zeuge eines Verbrechens geworden, eines Verbrechens, für das sein Land, sein Volk verantwortlich war. Ihm fehlte jede Vorstellung. Er konnte keinen Zusammenhang herstellen, wie und warum das möglich war. Er war Zeuge geworden, wie von seinen eigenen Landsleuten die einfachsten Gebote der Menschlichkeit missachtet, schlimmer noch, mit Füßen getreten wurden.

Er spürte, wie ihm die Röte ins Gesicht stieg, und senkte den Kopf. Zu keiner Antwort fähig, stand er fassungslos vor der hilflosen, in sich zusammengesunkenen Frau. Er ahnte, dass auch er einen Teil der Verantwortung für dieses nächtliche Drama zu tragen hatte.

Schließlich fasste er sich, flüsterte: »Ich möchte mich vielmals bei Ihnen entschuldigen. Wenn ich das kann. Entschuldigung. Bitte. Verzeihung. Entschuldigung für das, was da draußen heute Nacht abgelaufen ist. Ich weiß nicht, ich verstehe nicht, was es zu bedeuten hat. Ich sehe keinen Zusammenhang. Ich kann nur hoffen, dass sich das alles schnell und für alle zufriedenstellend auflöst.«

Eine Pause trat ein. Das Feuer knisterte im Herd.

»Darf ich mich trotzdem nochmals für Ihre Gastfreundschaft bedanken. Sie war unverdient. Sie hat mir gutgetan.«

»Gott möge uns helfen. Ich habe Ihnen etwas Proviant für Ihre lange Reise eingepackt. Ach, und nehmen Sie es mir nicht übel, ich wollte Ihnen noch etwas mitgeben:

Diesen Krieg werden Sie niemals gewinnen, Sie werden ihn verlieren. Gott beschütze Sie.« Dann schlug sie ein Kreuz.

Der Zug nahm die kürzere Strecke über Breslau nach Berlin. Jakob saß in Fahrtrichtung. Er lauschte auf das eintönige Tak Tak, Tak Tak der Räder. Aus dem schmutziggrauen Fenster verfolgte er die vorbeiziehende friedliche, unschuldige und von einer dünnen Schneedecke überzogene Landschaft. Einer der Offiziere im Abteil stimmte ein Lied an: »Die Fahnen hoch, die Reihen dicht geschlossen«, und bald fielen sie alle mit ein in den Chor.

»Warum singt ihr das?«, fragte er.

»Warum denn nicht! Das macht uns Mut«, antwortete einer und ergänzte: »Der Text ist doch egal.«

Für ihn gab es nichts zu singen. Nicht mehr. Es gab auch nichts mehr zu sagen. Er war sprachlos geworden. Sein Bild von den Dingen, er brachte es nicht mehr recht zusammen. Die blutroten Fahnen an den Häuserfronten tauchten vor ihm auf, diese riesigen Fahnen, diese Macht, die die Straßen beherrschte, sie verschandelte und die Stimmung der so ehrwürdigen Stadt in Depression versinken ließ. Er erinnerte sich an ein Lied, das er selbst einmal gesungen hatte: *Schon flattern Hitlerfahnen über allen Straßen.* Er schämte sich. Er sah die hilflosen Jungen. Er sah, wie sie gedemütigt, der Willkür ausgeliefert und wie Schlachtvieh auf die Lastwagen getrieben wurden. Er wehrte sich gegen die Vorstellung, was ihnen möglicherweise widerfahren könnte. *Das Krankenhaus ist judenfrei.* Jetzt wusste er, was das zu bedeuten hatte. Die so ungenierte, hemmungslose Demonstration der Macht war erschreckend. Bisher war er all dem aus dem Weg gegangen.

Der Zug fuhr in die Dunkelheit. Gegen Mitternacht erreichte Jakob Berlin. Die ihm von seiner Mutter mitgegebene, in der Schule eingepaukte und sorgfältig vertiefte Vorstellung, die Deutschen seien eine privilegierte Gattung, war durcheinandergeraten. Sie galt nicht mehr.

## 4. Brüssel

Ende Juli 1940, Jakob war erst vor wenigen Monaten aus Krakau zurückgekehrt, da erreichte ihn ein neuer Befehl: »Halten Sie sich für einen Einsatz an unserer Westfront bereit.«

Seine Professoren wollten ihn dieses Mal nicht so einfach gehen lassen. Aber ihre Argumente, er werde dringend für die laufenden Forschungsvorhaben des Instituts benötigt, wurden nicht gehört. Er sollte umgehend nach Brüssel. Warum ausgerecht Brüssel, konnte man ihm nicht erklären. Alles Weitere würde er vor Ort erfahren.

Er kannte die Stadt nicht. Selbst das Land Belgien war ihm unbekannt. Er hatte Deutschland noch nie verlassen, wenn man einmal von seinem Auftrag in Polen absah und den kurzen Abstechern nach dem benachbarten Jütland. Er konnte dieser Reise also durchaus etwas abgewinnen, hoffte, sie käme weniger einem Kriegseinsatz als einem eher touristischen Abenteuer gleich.

Was ihm weniger gefiel, war der Umstand, den weißen Arztkittel erneut gegen den grauen Soldatenrock eintauschen zu müssen. In dieser Uniform fand er sich jedes Mal wie für ein absonderliches Theaterstück ausstaffiert. Der Stoff fasste sich fremd an und verbreitete einen ungewöhnlichen Geruch. Der Kragen schnürte den Hals. Nun saß er, gekleidet in diese Kluft, eingeklemmt und gleichgemacht zwischen anderen Uniformierten im Sonderabteil eines Zuges. Nicht ohne Verwunderung nahm er die Vorbereitungen wahr, die für einen kurzen Stopp auf dem Kölner Bahnhof getroffen worden waren. Junge Schwestern vom Roten Kreuz, in ihren weißen Schürzen sauber und angenehm anzusehen, standen auf dem Bahnsteig. Sie lenkten ab, hießen die Soldaten willkommen, reichten warme Erbsensuppe und belegte Brote durch Türen und Fenster.

Für den Abschied am Bahnhof Altona war Lene in aller Frühe eigens aus Kiel angereist. Es blieb nur wenig Zeit. »Bitte, melde dich regelmäßig, damit ich mich nicht ängstigen muss, und pass gut auf dich auf«, hatte sie ihn inständig gebeten.

»Die wollen mich ja erst mal in Brüssel haben. Ich weiß zwar nicht warum, aber ich denke, es ist dort völlig sicher. Es soll gar keine Kampfhandlungen geben, oder wie sie das nennen«, versuchte Jakob Lene und sich selbst zu beruhigen.

Am späten Nachmittag erreichte der Zug den Bahnhof der fremden Stadt. Ein richtiges Gespräch mit den anderen im Abteil, durchweg erst kürzlich zu Offizieren ernannte junge Männer, war während der langen Reise nicht aufgekommen. Die meisten hatten nach wenigen Kilometern ihre Hemmungen fallenlassen. Zuletzt waren sie angetrunken, hatten Lieder von Sieg und Ehre gesungen. Es war eine Erleichterung für ihn, als er Abteil und Zug endlich verlassen konnte.

In der großen Halle suchte er nach Orientierung. Schließlich fand er die Kommandantur, die an einem der mittleren Ausgänge des Bahnhofs zum Place Charles Rodier hin eingerichtet worden war. Zwei Männer in Uniform begrüßten ihn: »Heil Hitler! Sie sind bestimmt Doktor Kahnolt. Wir haben Sie erwartet. Wir sollen Sie zum Wohnhaus der Cattiers bringen. Die Leute dort sind informiert.«

Der offene Kübelwagen, der auf der Westseite des Bahnhofs auf sie gewartet hatte, roch nach frischer Farbe. Sie bogen vom belebten, von Cafés umsäumten Place Charles Rodier nach links in den Boulevard du Jardin Botanique ein und fuhren weiter in den Boulevard du Régent. Er hatte ein ungutes Gefühl, als er in diesem Wagen gleich einem Staatsgast durch die feinen Straßen der Stadt gefahren wurde. Von allen Seiten fühlte er sich beobachtet, obwohl die Menschen rechts und links der Alleen, die Spaziergänger, die Händler, die Gäste, die Kellner vor den Cafés und Restaurants kaum Notiz von dem Fahrzeug nahmen. Sie schienen in ihre üblichen Tagesgeschäfte vertieft. Von Krieg und Niederlage war jedenfalls wenig oder nichts zu spüren. Das konnte beruhigen. Er hatte jetzt zu lernen, was es heißt, ein Besatzer zu sein.

Die Familie Cattier, so wurde ihm während der Fahrt erklärt, habe Anweisung, ihm ein ansprechendes Quartier zu bieten. Das Haus verfüge auf jeden Fall über ausreichend Zimmer. Die Kommandantur habe zuletzt angeordnet, dass die Familie auch für seine Verpflegung zu sorgen habe.

»Morgen früh melden Sie sich bei der Stadtkommandantur. Die befindet sich seit einigen Tagen im Residence Palast. Das Gebäude ist leicht zu finden. Es liegt in der Nähe Ihrer Unterbringung. Bei der Kommandantur wird man Ihnen Ihre Aufgaben erklären. Mehr können wir dazu nicht sagen.«

Das Ziel lag in der Rue Guimard im wohlhabenden Quartier Léopold: ein gepflegtes mehrstöckiges Haus, die

Fassade, geschmückt mit zahlreichen steinernen Zutaten, mit Türmchen, Erkern, Säulen, Balustern und Balkonen, zeugte von gewachsenem Wohlstand. Es war, wie er später erfuhr, seit mehreren Generationen im Besitz der Familie. Jakob kannte die Paläste in den Seitenstraßen der Hamburger Innenstadt, die feinen Plätze, die Arkaden um die Innenalster. Dieses Haus erschien ihm noch um einiges prächtiger.

Er stieg aus. Man reichte ihm das Gepäck. Fahrer und Beifahrer warteten bei laufendem Motor. Er nahm die vier oder fünf Stufen zum Eingangsportal im rechten Seitenrisalit. Am Klingelknopf in der Vertiefung eines breiten, auf Hochglanz polierten Messingrings kein Hinweis, wer hier wohnen könnte. Er klingelte und wartete. Dann hörte er Schritte. Die hohe Tür öffnete sich. Er gab dem Fahrer ein Zeichen. Der Motor heulte auf, der Wagen fuhr ab.

Im Türrahmen stand eine junge Frau. Blasse Haut, leerer, ängstlicher Gesichtsausdruck. In schwarzer Bluse, schwarzem Rock und schwarzen Strümpfen schien es, als hätte sie sich für eine Trauerfeier zurecht gemacht, wären da nicht das gestärkte Krägelchen und die weiße Schürze mit aufwendig geklöppelten Rändern gewesen. Sie stellte sich als Louise vor, sprach Französisch und entschuldigte sich sogleich, dass sie kein Deutsch verstünde.

»Bonsoir Monsieur, vous êtes attendu. Puis-je vous prendre vos bagages?« Das verstand er mit seinem Schulfranzösisch. In den letzten Tagen hatte er sich bemüht, seine Kenntnisse aufzufrischen.

»Merci beaucoup, ce n'est pas nécessaire. Je peux le faire moi-même.«

Vom Vorraum, am Concierge vorbei – Jakob versuchte, so höflich wie möglich zu grüßen –, gelangten sie in das

Vestibül des Hauses, in eine Halle, so groß, dass darin eine dieser ihm bekannten holsteinischen Katen hätte Platz finden können. Durch das bunte Glasdach hoch oben fiel ein Rest Tageslicht und spiegelte sich auf dem weißen, fein geaderten Marmorboden. Zwei Stockwerke waren zu erkennen. Die hohen Wände waren mit dunklem, vielfach profiliertem Eichenholz verkleidet. Mehrere Flügeltüren gingen ab. Elektrifizierte Kandelaber waren bereits angeschaltet und gaben schwaches Licht. Zwei Achtung gebietende Ölbilder in breiten Goldrahmen fielen auf. Das eine zeigte das Porträt eines älteren, ernst und bedeutend blickenden Herrn, offensichtlich in seinem Sonntagsstaat, das andere eine vornehm gekleidete Dame. Vor ihrer breit gekrausten weißen Bluse prangte eine mit Brillanten besetzte Brosche.

Wohlstand, wohin er schaute.

»Ja, das sind die Herrschaften aus dem letzten Jahrhundert, die Bauherren des Hauses«, gab Louise zu verstehen.

Auf der rechten Seite des Foyers führte eine breite, sich nach oben leicht verjüngende Treppe mit aufwendig gearbeiteten Blättern im schmiedeeisernen Geländer zu einer umlaufenden Galerie im ersten Obergeschoss.

Louise betrat die erste Treppenstufe und bedeutete ihm, er möge ihr doch folgen, das Zimmer des Fremden befinde sich im ersten Stockwerk. Sie führte ihn zu einer der kassettierten, dunklen Türen, suchte umständlich in ihrer Schürze nach dem passenden Schlüssel, fand ihn schließlich und schloss auf. Sie ging über das unter ihren Schritten knarrende Eichenparkett zu einem der beiden bis zum Boden reichenden Fenster, schob die schweren Vorhänge zur Seite und öffnete einen der Flügel. Vor den Fenstern ein schmaler Austritt. Das Licht der Abendsonne fiel in den hohen Raum. Kniehohe Lamperie aus dunklem Holz wurde sichtbar, an den Wänden gemusterte Stofftapeten in hellem, kühlem Grün. Umlaufender blendendweißer Stuck, besonders ausladend in den Zwickeln der geschätzt vier Meter hohen Zimmerdecke, großzügig die Rosette um die mittige Deckenlampe, eine Schale aus farbigem Glas mit fünf abgehenden tropfenförmigen Leuchten. Links neben der Eingangstür ein freistehendes breites Bett aus schimmerndem Messing, darüber eine schwere Tagesdecke. Ein runder Tisch, Mahagoni. Drei Stühle mit geschnitzter hoher Lehne und lederbezogenen Sitzflächen. Eine wuchtige Kommode, auf der eine helle Marmorplatte lag, darüber ein fast bis zur Decke reichender Spiegel. Schließlich, unübersehbar, ein großer Schrank, Nussbaum, wahrscheinlich französischer Stil.

»Das ist Ihr Zimmer«, flüsterte Louise. »Sie können sich hier am Waschtisch waschen oder auch das Bad, zwei Türen weiter, benutzen. Hier, Ihr Schlüssel zum Zimmer. Wenn Sie von draußen ins Haus kommen, klingeln Sie bitte an der Pforte. Am Eingang wacht einer unserer Concierges. Der ist dort Tag und Nacht. Er wird Ihnen öffnen. Das Frühstück wird Ihnen aufs Zimmer gebracht. Und abends besteht für Sie die Möglichkeit, unten im Erdgeschoss zusammen mit den Herrschaften zu speisen, falls Sie das möchten. Das Essen wird gegen acht Uhr serviert. Sie werden dazu einen Gong hören. Das ist alles, was ich Ihnen ausrichten soll.« Sie murmelte noch etwas, was er nicht mehr verstand, verließ das Zimmer und schloss leise die Tür hinter sich.

Jakob strich mit zwei Fingern vorsichtig über die kalte Marmorplatte der Kommode. Dann setzte er sich auf einen der Stühle, atmete tief durch und versuchte, sich zu sammeln. Hier war er also angekommen. Dieser Luxus. Diese Pracht. Wenn er das mit seinem Zuhause verglich. Er schämte sich. Wann hatte er so etwas schon mal erlebt? Das hatte er sicher nicht verdient. Das grenzte an Missbrauch. So durften sich offenbar Menschen benehmen, die zu Besatzern geworden waren. Es fiel ihm schwer, er musste noch lernen, damit umzugehen.

Er saß vor den Resten der trocken und hart gewordenen Brote, die ihm Lene für die Reise mitgegeben hatte. Appetit wollte nicht mehr aufkommen. Draußen war es immer noch hell. Vom geöffneten Fenster strömten die warme Sommerluft und der Lärm der Stadt ins Zimmer. Noch einmal auf die Straße gehen? Doch lieber nicht. Er fühlte sich erschöpft. Er fühlte sich einsam. Es war wohl das Heimweh, das ihn gepackt hatte. Der hohe Raum, die schweren Möbel, die fremden Gerüche, zum Fürchten. Er wurde an den Ausflug mit den Eltern zum Schloss Favorite erinnert, diesem unheimlichen Schloss der Markgräfin Sybilla Augusta, wo die riesigen Porträts der Herrschaften und die Gobelins an den Wänden vor sich hin dunkelten. Dort hatte es ähnlich gerochen. Schließlich nahm er sich zusammen und versuchte, ein paar Eindrücke für Lene aufzuschreiben. Dann legte er sich hin, konnte aber keinen Schlaf finden.

Am nächsten Morgen – auf das Frühstück hatte er verzichtet – schlich er sich aus dem Haus. Er grüßte den Concierge. Vielleicht zu unterwürfig und unpassend. Bloß weg, schnell weg, dachte er, bevor ihm jemand begegnete, dem er sich hätte vorstellen müssen.

In der Kommandantur freute man sich, dass er da war. Aber im Augenblick habe man noch keine rechte Verwendung für ihn. »Eine Grippewelle haben wir schon hinter uns«, erklärte ihm einer der diensthabenden Offiziere. »Andere Krankheitsfälle gibt es, wie man uns gemeldet hat, gegenwärtig nicht oder noch nicht. Für die Überwachung der Bordelle haben wir schon ausreichend und überwiegend einheimisches Personal gefunden. Ihre Sprechstunden sind vorerst jeden Morgen von neun bis zwölf Uhr. Wenn Bedarf besteht, auch nachmittags von drei bis fünf Uhr. Nur so viel noch, und das ist uns wichtig: Wir wissen, dass die Cattiers, bei denen Sie jetzt einquartiert sind, wir wollen mal sagen, feine Leute sind. Die gehören zu einer einflussreichen Familie, kurz gesagt: zur Brüsseler Oberschicht. Wir wünschen uns deshalb, oder besser gesagt, Sie haben hiermit den Auftrag, aufmerksam zu sein und uns Bericht zu erstatten. Suchen Sie also durchaus das Gespräch mit dieser Familie. Und wenn sich dabei für die Sicherheit unserer Soldaten und unseres Landes irgendetwas ergeben sollte – Sie haben verstanden –, dann haben Sie unverzüglich Bericht zu erstatten. Für heute nutzen Sie die Zeit. Schauen Sie sich mal die Stadt an. Vielleicht können Sie auch noch die Ausstattung des Behandlungsraums in Augenschein nehmen, den wir Ihnen in diesem Gebäude eingerichtet haben.«

Er ließ sich den Raum zeigen und behielt für sich, wie bescheiden seine praktischen Kenntnisse als Arzt waren.

So lag unerwartet ein langer freier Tag vor ihm. Planlos streifte er durch die prächtigen Straßen und kam aus dem Staunen kaum heraus. Diese unzähligen Jahrhunderte alten, von immensem Reichtum zeugenden Gebäude. Die Fragen verfolgten ihn: *Was soll ich hier? Was wollen wir hier?* Im Grunde war ihm der Aufenthalt peinlich. Oder sollte er vielleicht eher stolz sein? Immerhin war da diese kühne Eroberung der Festung Eben-Emael, eine

Meisterleistung des deutschen Militärs, eine belgische Festung, die bis dahin als uneinnehmbar gegolten hatte. Die Zeitungen hatten ausführlich darüber berichtet.

Er erreichte den großen Platz vor dem Rathaus. Die Pracht der Fronten, der Giebel, der Balustraden, die zahllosen Skulpturen von Fürsten und Herzögen, nie gesehene verschwenderische Vergoldungen an den Häusern der Zünfte verschlugen ihm fast den Atem. Einen Moment dachte er an den schönen Marktplatz, ach ja, den Adolf-Hitler-Platz, von Krakau und hatte dabei kein gutes Gefühl. Nach zwei, drei Runden um den Platz wagte er endlich, im Café vor dem Zunfthaus »La Louve« auf einem der freien Stühle Platz zu nehmen. Dort hatten sich nämlich auch andere deutsche Uniformträger niedergelassen. Leicht beschämt, mit gesenktem Kopf, die Schultern etwas hochgezogen, bestellte er sich eine Tasse Kaffee – und war froh: Man hatte ihn sogleich verstanden.

Viel zu früh fand er in sein Zimmer zurück, ging auf und ab und wartete auf das angekündigte Zeichen, auf den Gong. Er war unschlüssig, ob er in der Ausgehuniform oder in Zivil erscheinen sollte. Schließlich fiel ihm wieder ein, dass das Uniformtragen Pflicht war, wenn man mit Einheimischen zusammen sein wollte. Dann eben Uniform.

Pünktlich erklang vom Erdgeschoss der Gong. Ein letzter Blick in den Spiegel über dem Waschtisch. Er straffte die Schultern, strich sich die Haare glatt und rückte die Krawatte zurecht. Jetzt würde sie ihn kennenlernen, die Familie, die man genötigt hatte, ihm Quartier zu geben. Die beiden Flügel der Tür, die von der Halle des Erdgeschosses zu einem benachbarten Raum führten, waren geöffnet worden. Im Türrahmen stand ein großer Herr mittleren Alters, dunkles Haar, an den Schläfen erstes Grau erkennbar. Er schien auf ihn zu warten.

Monsieur Cattier reichte ihm die Hand. »Sie sind also der Doktor Kahnolt, den man uns geschickt hat. Seien Sie willkommen! Ich nehme an, unseren Namen hat man Ihnen genannt.« Monsieur Cattier führte ihn in den Raum und an das Kopfende des, wie ihm schien, festlich gedeckten Tischs. Er stellte ihm seine Frau vor, die kaum jünger sein konnte als der Hausherr, dann seine beiden halbwüchsigen Söhne und eine ältere Verwandte.

»Willkommen Doktor Kahnolt«, wiederholte er vor den anderen. »Wir wollen Sie als Gast aufnehmen. Ich denke, wir werden miteinander auskommen.«

Jakob bedankte sich artig. Er sei hierhergeschickt worden. Das sei ein Befehl gewesen, versuchte er, sich für seine Anwesenheit zu entschuldigen. Er sei ja Arzt, kein Soldat. Er wisse bis jetzt nicht einmal genau, welche Aufgaben ihn hier erwarteten. Und dann noch diese Uniform, sie mögen entschuldigen, die müsse er tragen. Das sei Vorschrift. Leider. Er wolle in diesem Haus keinesfalls stören.

Man nickte, stand noch um den Tisch. Ein Aperitif wurde gereicht. Die Familie schien an ihm interessiert, sie wollte mehr über seine Herkunft erfahren. Sie wechselte zwischen den Sprachen, mal Französisch, mal Englisch, gelegentlich, wie ihm erklärt wurde, Flämisch und wohl ihm zuliebe auch immer wieder Deutsch. Er erklärte, er sei sechsundzwanzig Jahre alt. Vor zwei Jahren habe er sein Medizinstudium in Kiel, einer Stadt im Norden Deutschlands, abgeschlossen. Er habe sich schon früh für Infektionskrankheiten interessiert und arbeite gegenwärtig an einem sogenannten tropenmedizinischen Institut in Hamburg. Von dort habe man ihn abkommandiert. Fragen nach den Gründen habe er nicht stellen können.

Die Informationen schienen den Gastgebern vorerst zu genügen.

»Wein zum Einstand, Herr Doktor? Roten oder weißen?«, fragte ihn der Hausherr und nannte mehrere Sorten, die zur Wahl standen. Wein zum Abendessen! Jakob hatte keine Ahnung. Wein, das war Luxus und sein Wissen, was Weine anbelangt, entsprechend begrenzt. Eigentlich ging es nicht über die badischen Ortenberger hinaus. Und die kannte er, weil sein Vater von den dortigen Weinbauern zur jährlichen Probe eingeladen worden war. Glücklich und immer leicht angetrunken kam er dann nach Hause. Zwei oder drei Flaschen im Gepäck. Anlass zum üblichen Gezänk mit der Mutter.

»Oh bitte, entscheiden Sie doch.«

»Louise, dann bringen Sie uns bitte den roten Chateau Margaux, die Flasche steht in der Küche. Ich habe sie vor einer Stunde geöffnet.«

Man setzte sich. Der Platz rechts neben dem Hausherrn war für Jakob vorgesehen. Am anderen Ende des Tisches hatte die Ehefrau Platz genommen. Jakob hatte den Eindruck, sie habe ihm freundlich zugenickt. Die beiden Söhne auf der rechten Seite des Tisches, die als nahe Verwandte vorgestellte ältere Dame auf der linken.

In diesem Augenblick öffnete sich eine Tür, die ihm bis dahin nicht aufgefallen war. Verspätet erschien eine junge Frau, dem Aussehen nach fast noch im Mädchenalter. Wie selbstverständlich ging sie auf Jakob zu. Er war aufgestanden. Sie begrüßte ihn, lächelte ihn an.

»Das ist Camille, unsere Älteste«, stellte der Vater sie vor. Sein Stolz war nicht zu übersehen. Jakob blieb stehen, bis die Frau ihren Platz rechts neben der Mutter erreicht hatte. Er sah ihre auffällig geschnittenen Haare, ihre hohe Stirn, die helle Haut ihres Halses, ihre Hüften, ihre Beine, ihren weichen, fast schwebenden Gang. Er wusste nicht, wie ihm geschah. Röte stieg ihm ins Gesicht. Er setzte sich und atmete durch.

Die Hausherrin hatte ein Zeichen gegeben. Louise begann, das Essen aufzutragen. Eine willkommene Ablenkung. Man startete mit einem Salat. Erste Erfahrung mit dem duftenden, knusprigen, in grobe Stücke gebrochenen Stangenbrot. Dann auf neuen Tellern eine, wie es hieß, Paté aus Gänseleber. Danach ein warmes Gericht, drei kleine, bräunlich angebratene, fremdartig gewürzte Schlegel, offensichtlich Geflügel. Vielleicht Rebhuhn? Gern hätte er gefragt. Auf einem Holztablett, aufwendig dekoriert, wurden verschiedene, ihm unbekannte Käsesorten serviert. Zum Abschluss für jeden eine kleine Torte, belegt mit Himbeeren.

Seine Gedanken waren in Unordnung. Ein eigenartiges Gefühl hatte ihn erfasst. War er jetzt, was doch nahelag, die missliebige Einquartierung, der deutsche Eindringling, der Besatzer? Oder war er, wie es schien, willkommen? Wirklich willkommen, so wie der Hausherr mehrfach betont hatte, gar ein geladener, ein erwarteter Gast? Ihm war, als wäre es nicht der erste Abend, an dem er mit dieser Familie zu Tisch saß.

Die meiste Zeit starrte er auf seine wechselnden Teller. Nur ab und zu wagte er, den Kopf zu heben und streifte flüchtig seine Gegenüber. Der Hausherr bemühte sich, ein Gespräch in Gang zu halten. Und Jakob versuchte zu antworten, so gut es ging. Es strengte an. Er war nicht ausreichend konzentriert. Gewiss, da waren die sprachlichen

Barrieren. Er verstand nicht immer alles, manchmal auch wenig oder nichts. Er schämte sich ob seiner Unbeholfenheit. Und es war ihm unangenehm nachzufragen. Aber da war noch etwas anderes.

Da war diese junge Frau am anderen Ende des Tisches. Er versuchte, den Reiz, der von ihr ausging, zu ignorieren. Aber jedes Mal, wenn er den Kopf hob, drängte es ihn, zu ihr hinüberzuschauen. Sie schien es nicht zu bemerken. Ein- oder zweimal begegneten sich ihre Blicke.

Ihre dunkelblonden Haare fielen auf, eine Art Pagenschnitt, leicht links gescheitelt, mit rechts und links vor den Ohren weit nach vorn fallender Locke. Dahinter, so zumindest seine Erfahrung, musste eine ordentliche Portion Selbstbewusstsein stecken. Die Frauen, die er von der Universität kannte und die mit einem solchen Haarschnitt daherkamen, waren die Ausnahmen. Sie fielen auf, man kannte sie. Sie versprachen Abenteuer. Es hieß, man müsse sich vor ihnen in Acht nehmen. Die meisten hätten Flausen im Kopf. Er dachte an Lene. Sie trug ihre hellblonden Haare entweder in seitlichen Zöpfen geflochten, manchmal über beiden Ohren zu Schnecken eingerollt – das fand er eine Weile besonders anziehend – oder in einem dicken Zopf nach hinten gebunden. Gewiss, ihre Haare und Frisur sprachen für Gesundheit, für Bodenständigkeit. Unversehens erschien ihm Lene so deutsch. Und er wusste einen Augenblick lang nicht mehr, ob er das noch gut finden sollte.

Camilles Gesicht konnte er über den Tisch hinweg nicht in den gewünschten Einzelheiten erkennen, aber es schien so zu sein, dass er es als schön, als sympathisch empfand. Noch ein Kaffee. Ein Zeichen, dass das Abendessen beendet war.

»Camille, du wirst doch Malin noch kurz nach draußen führen. Da kann dich unser Gast ja begleiten und
die Gegend schon mal etwas kennenlernen«, meinte der
Hausherr.

Malin, das war der Hund, ein Rüde, mit einem glänzenden kastanienbraunen Fell. Er gehörte seit Jahren zur
Familie und stand in der Obhut der Tochter. Dieses über-
raschende Angebot abzulehnen kam nicht infrage. Im
Gegenteil, es wäre unhöflich gewesen. Und es kam gelegen.

Camille begrüßte ihn erneut. Sie verließen gemeinsam
das Haus. Draußen empfing sie der schwülwarme, süße
Sommerabend der Stadt. Der Hund hatte ausgiebig an
Jakob geschnuppert, schien ihn schließlich akzeptiert zu
haben. Er trottete nach einem ›aux pieds‹, abgesehen von
kleineren Ausflügen, wohlerzogen und ohne Leine neben
Camille her. Sie gingen eine Weile wortlos nebeneinander. Schließlich war die erste Scheu überwunden. Es war
Camille, die zu sprechen begann und bald plauderte, als
wären sie alte Vertraute. Sie erzählte etwas über den Hund,
einen irischen Setter, und erklärte dessen besonders edlen
Stammbaum. Sie schwärmte von ihrem Stadtviertel, von
dessen Entstehung im letzten Jahrhundert, von den so
unterschiedlichen Familien, die fast alle seit Jahrzehnten
hier wohnten.

Jakob verstand einiges, manches auch nicht. Mehrmals
wiederholte Camille das Gesagte auf Deutsch, das sie recht
gut beherrschte. Gegenseitig korrigierten sie ihre Sprach-
versuche, lachten und freuten sich mehr über die Fehler
als über die geglückten Sätze. Sie führte ihn bis zum großen Park am Palais du Roi, einen kurzen Weg durch eine
der baumbestandenen Alleen, und schlenderte schließlich
recht langsam, so als ob sie Zeit gewinnen wollte, mit ihm

zurück. Er fühlte erneut ein seltsames Vibrieren, eine warme Anspannung, ein Feuer, ja sogar ein Glücksgefühl, wie er es schon lange nicht mehr empfunden hatte. Statt von sich zu erzählen, wurde er immer stiller. Verlegen, sie könne etwas von seiner übereilten Zuneigung bemerken, gleichzeitig erschrocken über sich und sein aufkommendes Begehren, wo doch zu Hause die Verlobte wartete.

Zum Haus zurückgekehrt, verabschiedeten und bestätigten sie sich, dass man sich ja am kommenden Abend wahrscheinlich wieder sehen würde.

An der Pforte ließ sie ihm den Vortritt. »Veuillez d'abord!«

Dabei berührte sie ihn leicht an seiner rechten Schulter. Ein Stromschlag durchzuckte ihn. Er schlich in sein Zimmer, schloss leise die Tür und warf sich auf das Bett. Was war geschehen? Was hatte ihm den Kopf verdreht? Die Fantasie war kaum im Zaum zu halten. Auch die zweite Nacht verlief unruhig.

Vorschriftsgemäß meldete er sich jeden Morgen bei der Kommandantur, bekam aber keine rechte Aufgabe.

Wenige Tage nach dem ersten abendlichen Ausflug verabredeten sich die beiden für einen Spaziergang am Nachmittag. Es war Camilles Vorschlag gewesen. Sie schien darauf zu brennen, ihm ihre Stadt zu zeigen. Und sie kannte sich aus. Auch schien sie von keinen Bedenken gequält, einen Mann in deutscher Uniform an ihrer Seite zu wissen.

Zuerst führte sie ihn zur Rue du Chêne in der Nähe des Rathauses, dort wo das Manneken-Pis steht, die, wie sie meinte, weltberühmte Bronze-Plastik. Er hatte noch nie davon gehört. Ein kleiner Junge, der in hohem Bogen in eine Schale pinkelt. Camille erklärte ihm: »Das Kind hat, so wird erzählt, vor ein paar hundert Jahren zum Sieg der Brabanter in der Schlacht gegen die Flamen verholfen. Ein ewiger Konflikt in unserem Land. Leider. An den Festtagen – es gibt etliche davon in unserer Stadt – werden ihm zu Ehren kostbare, immer wieder wechselnde Kleider übergezogen. Ein großer Spaß.« Das wehrlose, unbekümmerte, nackte Kind stand in auffälligem Kontrast zu der Lage, in der sich die Stadt und das ganze Land gerade befanden. Jakob verspürte ein Unbehagen, sparte sich jedoch jeglichen Kommentar.

Camille ließ ihn die Galerien Saint-Hubert bestaunen. Diese luxuriösen Kaufhallen, glasüberdacht und hell, in denen zu seiner Erleichterung ein Treiben herrschte, das an keiner Stelle an Krieg oder Fremdherrschaft denken ließ. Verbote, die sich gegen die einheimische Bevölkerung richteten, wie sie ihm in Krakau so übel aufgefallen waren, konnte er jedenfalls nicht entdecken. Sie gelangten zum gotischen, zu Ehren der heiligen Gudula, Schutzpatronin der Stadt, erbauten Dom und schritten die breite Freitreppe zum Eingangsportal hoch. In der Kirche wies Camille auf die bunten Glasfenster hin und betonte, diese seien von besonderer Kostbarkeit. Anschließend spazierten sie über die Rue de Boucher, wo sie ihn auf die kleinen gemütlichen Restaurants aufmerksam machen wollte.

Sie erreichten ihr Lieblingscafé, das unweit des Rathauses in der Rue de la Colline gelegene »Au Gateau Royal«. Sie bestellte sich ein Kännchen Tee. Er entschied sich für eine Tasse Kaffee und staunte nicht schlecht, als ein Wagen voller süßer dicker Kuchen an ihren Tisch gerollt wurde. Camille wählte den gedeckten Apfelkuchen mit einer hellen Zitronenglasur. Gemeinsam genossen sie das eine

Stück und schauten sich erst gelegentlich, dann häufiger und manchmal auch etwas länger an. Und wussten nicht so recht oder ahnten vielleicht doch, wohin das Ganze führen würde.

»Lass uns doch du sagen«, schlugen sie nahezu gleichzeitig vor.

»Ich bin übrigens dreiundzwanzig«, erklärte sie. »Vor zwei Monaten habe ich mein Studium abgeschlossen, französische Sprache. Ich weiß jedoch noch nicht, wie es in der gegenwärtigen Situation unseres Landes weitergehen soll.« Und nach einer Pause: »Sag mal, ich habe, ich weiß nicht von wem, mitbekommen, dass du verlobt bist. Stimmt das? Einen Ring trägst du ja nicht.«

»Ach weißt du, zum einen mag ich für mich keinen Schmuck. Zum anderen wäre ein Ring am Finger in meinem Beruf und bei dem häufig notwendigen Händewaschen auch hinderlich. Ich meine aus hygienischen Gründen. Was sagtest du? Ach ja, in Kiel habe ich eine Freundin.«

Er lenkte ab. Er schwärmte von Kiel, der Stadt, in der er studiert und die er liebgewonnen hatte. Er gestand Camille, dass er weg wollte aus dem stickigen Milieu der Kleinstadt im Schwarzwald, in der er aufgewachsen war. Möglichst weit weg vom Süden Deutschlands, weg auch von den anhaltenden Streitereien seiner Eltern.

»Jakob, du nimmst mir das bitte nicht übel« – sie wechselte unvermittelt das Thema. »Aber ich frage mich, was ihr Deutschen wirklich wollt und wie das hier weitergehen soll. Ich vermute mal, eure Leute wussten genau, dass man mit uns Belgiern leichtes Spiel haben würde. Wir sind uns ja noch nie so recht einig gewesen, wohin wir eigentlich gehören. Einige von uns sind tatsächlich der Meinung, wir gehörten zu Deutschland. Jetzt sieht es aber so aus, als ob wir den Vorstellungen, ich meine, dem Willen oder doch eher der Willkür von euch Deutschen, völlig ausgeliefert sind. Euch Deutschen, Jakob, dich nehme ich natürlich aus!« Sie griff beruhigend nach seinem Arm, lachte. Eine eigentümliche Wärme durchströmte ihn. Er schaute auf den Kuchenrest und schwieg.

Nach einer Pause fuhr sie fort: »Da ist bei uns dieser Monsieur Galopin. Du wirst wahrscheinlich noch nichts von ihm gehört haben. Er hat großen Einfluss in unserem Land, ist aber eigentlich schwach. Gegen die neuen Herren, also gegen euch Deutsche, unternimmt er nichts. Meine Eltern sagen, er sei ein feiger Kollaborateur. Es gibt bei uns zu Hause regelmäßig Streit, wenn von ihm die Rede ist. Ich finde das schrecklich. Wie denkst du darüber?«

»Wenn er mit den Deutschen, also mit uns, zusammengearbeitet hat, dann müsste ich das ja gut finden. Ich kenne den Mann aber gar nicht. Ich habe keine Ahnung. Glaub mir, mit diesem Krieg will ich nichts zu tun haben. Militärdienst ist bei uns ja Pflicht. Da kam ich nicht drum herum. Ich konnte mich nicht befreien lassen. Ich habe schnell mitbekommen, dass Verweigerung bestraft wird, Lagerhaft, wie sie es nennen. In einigen Fällen habe ich gehört, dass sogar mit Todesstrafe gedroht wurde. Mein Studium hätte ich jedenfalls vergessen können. Ich fühle mich nicht als Soldat. Ich bin kein Soldat, auch wenn ich in diese verdammte Uniform gezwungen wurde. Ich bin Arzt. Ich habe nichts mit Kampf zu tun. Darf ich gar nicht. Ein Glück. Ich wäre auch gern in Hamburg oder Kiel geblieben.«

»Das verstehe ich«, sagte sie ruhig.

Jakob fuhr fort: »Viele sind davon überzeugt, dass die Franzosen unsere ausgemachten Feinde sind. Eine Zeit lang habe ich das auch geglaubt. Wir haben das so in der Schule gelernt. Es ist nicht leicht, da umzudenken. Für mich sah es bisher so aus, als ob es die Franzosen waren, die unser Land nach dem letzten Krieg ins Unglück gestürzt hätten, als würde nur zurückgeholt, was uns zusteht, was man uns damals weggenommen hat. Soviel ich weiß, haben die Franzosen jetzt mit dem Angriff gegen Deutschland, also mit dem Krieg, begonnen.«

Er fühlte sich zunehmend schlecht.

»Hm«, machte Camille. »Und das alles, glaubst du das denn? Und was haben wir in Belgien eigentlich damit zu tun? Wir sind doch wehrlos, mehr oder weniger wehrlos.«

»Das mit dem Angriff«, versuchte er zu erklären, »das hat man uns eben so gesagt. Ich habe keine Ahnung, aber es wird wohl stimmen. Soviel ich gehört habe, mussten die Deutschen von Holland und von Belgien aus gegen Frankreich vorgehen. Aus strategischen Gründen.«

Jetzt hatte er sich verheddert. Er fühlte, dass seine Begründungen nicht überzeugen konnten.

Sie stöhnte leise und schwieg einen Augenblick. Dann fuhr sie fort. »Sag mal, noch was anderes. Wo wir gerade dabei sind. Man erzählt sich bei uns so viele Geschichten über das, was in eurem Deutschland gerade abläuft. Ich habe gehört, dass man mit der jüdischen Bevölkerung, ich will mal offen sagen, gnadenlos umgeht. Ihre Kirchen, ich meine ihre Synagogen, abbrennt, ihre Wohnungen und Geschäfte plündert oder sogar zerstört. Es ist nicht zu fassen. Meine Eltern haben das mehrfach am Tisch berichtet.«

»Ich weiß nicht«, meinte Jakob, »es werden so viele Geschichten in Umlauf gebracht. Ich habe natürlich auch vom Feuer in Synagogen gehört, dass manche zerstört wurden, sogar in meiner Stadt, das stimmt wohl. Aber das sind doch einfach Taten von Verrückten. So etwas gibt es auch in anderen Ländern, überall, immer wieder. Die das getan haben, werden sicher zur Rechenschaft gezogen, ich meine, die werden bestraft. Man hört so viel. Ich versuche, mich da möglichst rauszuhalten.« Er hielt kurz inne. Dann erklärte er: »Ich habe von angeblichen Problemen mit Juden erstmals gehört, als ich zum Studium in Kiel war. Ach nein, da war vorher auch noch mein Deutschlehrer in der Schule. Ein schrecklicher Kerl. Der faselte etwas von Judenverschwörung, Verschwörung gegen die Deutschen. Was er genau sagen wollte, verstand ich nicht. Ich wusste weder damals noch wüsste ich heute, was ich gegen Juden haben sollte. Ich weiß nicht mal, wie sie aussehen. Ich nehme mal an, das regelt sich alles von alleine.«

»Nein, nein! Keinesfalls. Das glaubst nur du«, entfuhr es ihr. »Es sieht überhaupt nicht so aus, als ob sich das von alleine regelt. Im Gegenteil, es wird immer schlimmer. Zum Beispiel Polen. Man erzählt sich hier, und ich habe es auch in unseren Zeitungen gelesen, dass die Deutschen mit den Polen und vor allem mit den Juden dort unmenschlich, um nicht zu sagen gnadenlos, grausam, brutal umgegangen sind. Viele Polen seien verschwunden, abtransportiert worden. Keiner weiß, wohin. Möglicherweise in diese Konzentrationslager, wie sie es nennen.«

Jakob richtete sich auf, rutschte auf dem Stuhl hin und her. Er fühlte sich unwohl. Der Kuchen klebte jetzt im Mund. Das Gespräch setzte ihm zu. Er wusste nichts dazu zu sagen. Das Drangsalieren der Juden, auch manche Misshandlung an ihnen in seiner Universitätsstadt war ihm nicht entgangen. Er hatte sich jedoch keine weiteren

Gedanken dazu gemacht. Jetzt hätte er gern über etwas anderes gesprochen.

Aber Camille ließ nicht locker. »So richtig verstanden habe ich zum ersten Mal, was da in Deutschland vor sich geht, als in Antwerpen ein Dampfer ankerte. Antwerpen, du weißt, unsere schöne große Hafenstadt. Das ist noch nicht so lange her. Das war, wie ich mich erinnere, erst letztes Jahr. Soviel ich gehört habe, befanden sich auf diesem Schiff, übrigens ein deutsches, dicht gedrängt über tausend Menschen. Fast alle waren jüdischer Herkunft. Weißt du warum? Sie wollten den Misshandlungen entkommen, die ihnen in Deutschland drohten. Stell dir das vor! Den Misshandlungen entkommen! Hast du nichts davon gehört?«

Jakob zuckte mit den Schultern. »Ich habe keine Ahnung. Nein, nie etwas davon gehört.«

»Das ist schade. Es war nämlich schrecklich. Auch für uns. Keiner wollte diese Leute haben. Unglaublich. Schließlich haben wir hier in Belgien, ich glaube, hundert oder zweihundert der Gestrandeten aufgenommen. Mein Vater befürchtet jetzt, dass diese Menschen auch bei uns nicht mehr sicher sind, seit sich die Deutschen hier ausgebreitet haben. Er hat vor ein paar Wochen dafür gesorgt, dass einige von ihnen untertauchen konnten. Verstehst du, er hat dafür gesorgt, dass sie verschwunden sind. Verstehst du?«

Sie fuhr mit der Kuppe ihres linken Zeigefingers über den Rand seiner Tasse. Nach einer Pause ergänzte sie: »Sag mal, kannst du das bei dir behalten?«

»Was denkst du denn! Natürlich bleibt das bei mir.«

Er hatte noch nie von diesem Schiff gehört. Aber kein Zweifel, dass das zutraf, was ihm Camille da gerade berichtet hatte. Und dass in seiner Vorstellung wahrscheinlich einiges zurechtgerückt werden musste. Nur wie? Was wären dann seine Aufgaben gewesen? Was hatte er bisher falsch gemacht? Ob Camille ahnte, was er verschwieg? Dass er in Krakau gewesen war und dort Zeuge des brutalen Übergriffs seiner Leute auf die Jugendlichen wurde? Und seine Mitgliedschaft in der Partei. Wenn sie das wüsste!

»Lass uns doch damit aufhören! Lass uns heute Nachmittag noch von was anderem reden«, bat er. »Ich kann nichts dafür. Auch wenn ich mich nicht unschuldig fühle, ich meine, irgendwie bin ich auch für das Ganze verantwortlich. Ich habe dir schon gesagt, ich wurde abkommandiert: Sie werden nach Brüssel gehen, Befehl. Warum? Wieso? Ich bekam keine Antwort. Offen gestanden war ich auch gespannt auf das Abenteuer. Ich war neugierig, diese große Stadt kennenzulernen. Aber dieser Krieg macht mich sprachlos, ja traurig. Alles so sinnlos.« Sinnlos? Er überlegte, ob er das passende Wort gewählt hatte. »Ich weiß nicht, wohin das führen soll. Camille, glaub mir, es ist mir unangenehm, es ist mir wirklich peinlich, was wir hier veranstalten.«

Er versuchte, das Thema zu wechseln. Vorsichtig legte er seine Hand auf die ihre. Er schwärmte von seiner Universität, von Kiel, von seinen Ausflügen an die nahe See, von der Ostsee bei Laboe, von dem wunderbaren feinen Sandstrand dort, vom Baden und von den Fahrten mit einem Segelboot, das sie von Freunden leihen konnten.

»Oh, wir könnten doch versuchen, ans Meer, ich meine an unser Meer, zu kommen, nach De Panne«, rief sie begeistert, befreite sich jetzt aber von seiner Hand. »Das ist zwar eine etwas längere Fahrt, aber es wäre großartig. Wir zusammen. Unser Sandstrand am Meer, ich meine an der Nordsee, ist berühmt, weltberühmt. Du würdest staunen, ich bin mir ziemlich sicher, er ist um einiges schöner als der, von dem du da sprichst. An dieser Ostsee. Ich war schon über ein Jahr nicht mehr am Wasser. Es war nicht mehr möglich. Aber jetzt soll es wieder gehen, habe ich zumindest gehört.«

Jakob atmete auf. Eine willkommene Ablenkung. Dazu ein ungewöhnlicher, ein aufregender Vorschlag. Was konnte aus einem solchen Ausflug alles werden. Er hatte keine Ahnung, wo dieses De Panne lag, von dem sie da sprach, keine Ahnung, was sich dort in nächster Nähe abgespielt hatte.

»Ich werde meine Kommandantur gleich morgen um einen Urlaubstag und um Erlaubnis für den Ausflug bitten, den du da vorgeschlagen hast. Mal sehen, ob es klappt.«

Zwei Wochen später. »Papa, ich möchte Jakob das Meer zeigen. Und es wird die nächsten Tage Badewetter geben. Weißt du, den Strand und das Meer bei De Panne. Da kann man doch jetzt wieder hin, oder? Vielleicht können wir sogar baden. Jakob hat einen ganzen Tag frei bekommen und für mich einen Passierschein.«

»Wirklich? Er hat einen Passierschein für dich? Wenn du meinst. Soviel ich gehört habe, ist De Panne wieder zugänglich. Aber es ist nicht so einfach, dorthin zu kommen. Wegen der vielen Kontrollen. Kann auch sein, dass es ganz und gar unmöglich ist für uns aus Brüssel und damit auch für dich.«

»Aber Jakob hat für mich einen richtigen Passierschein ausgestellt bekommen.«

»Wenn das so ist. Auf jeden Fall müsst ihr vorsichtig sein. Ich weiß auch nicht, inwieweit dort Baden wieder möglich ist. Vielleicht ist der Strand verseucht, Öl, Benzin oder möglicherweise sogar Munition. Aber gut. Dann nehmt doch unser Motorrad mit dem Beiwagen. Das steht in der Garage.«

Jakob hatte Passierscheine besorgt. Die Beschaffung des Dokuments für Camille hatte über eine Woche gedauert und zu einigen Diskussionen geführt. Schließlich gab Jakob zu bedenken, dass die Verbindung zu dieser Frau Möglichkeiten bot, wichtige Informationen über die Familie Cattier herauszufinden. Der Passierschein für Camille wurde ausgestellt. Die Genehmigung zur Fahrt mit einem fremden Motorrad, dazu mit einer belgischen Saroléa, die Einheimischen gehörte, erhielt er nicht. »Nein, mit einem Zivilfahrzeug, das geht nicht. Kommt nicht infrage. Damit kämen Sie auch gar nicht weit. Nehmen Sie eines unserer B-Kräder. Nehmen Sie doch die neue Zündapp, die ist gerade geliefert worden.«

Jakob hatte am Tag des Ausflugs einen Pullover und Teile seiner Ausgehuniform angezogen. Richtig wohl war ihm freilich nicht, auch wegen der hohen Stiefel. Camille erklärte er, sie würden so einfacher durch die zahlreich aufgestellten Sperren und Kontrollen kommen. Camille war mit einem schweren Wollpullover mit hohem Rollkragen, einer Windjacke darüber und einer langen Hose erschienen. Über Kopf und Ohren hatte sie eine enge, bis zum Kragen reichende Motorradmütze aus Leder gezogen. Sie sah wunderbar aus. »Jetzt kann es losgehen«, rief sie vielleicht etwas zu betont fröhlich. Sie strahlte ihn an: »Hier im Korb ist Proviant aus der Küche. Wird für Tage reichen.«

Zwei Sperren, die erste unmittelbar hinter den letzten Häusern der Stadt, konnten sie nach kurzem Stopp passieren.

»Heil Hitler! Ihre Papiere bitte.« Jakob reichte die Dokumente. »Hm. Herr Doktor, und wer ist die Frau im Beiwagen?«

»Das ist Fräulein Cattier.«

»Und wer ist das?«

»Sie ist die Tochter meiner Gastgeber in Brüssel.«

»Ach so. Und das Motorrad, wo haben Sie das her?«

»Das hat mir die Kommandantur überlassen.«

Jakob wirkte nicht wie ein Geheimnisträger. Man nahm ihm wohl ab, dass er nichts Entscheidendes wusste, was er an seine Beifahrerin hätte weitergeben können.

»Gut. Alles klar. Fahren Sie weiter, Herr Stabsarzt! Heil Hitler!«

Eine letzte, diesmal länger dauernde Kontrolle mussten sie an der Behelfsbrücke über die Schelde über sich ergehen lassen. Auf der linken Seite der Straße lugten in Sichtweite Kugelpanzer aus kleinen Erdhügeln, kein Zweifel: Bunker. Bunker, die die Belgier zum Schutz gegen eine feindliche Aggression gebaut hatten. Daneben durchlöcherte Raupenfahrzeuge, drei Panzer oder was davon übriggeblieben war, einer ohne Ketten, ein ausgebrannter Lastwagen, ein paar Kanonen auf Lafetten. Zeugen des verzweifelten Kampfes eines Volkes, das alles versucht hatte, um in kriegerischen Auseinandersetzungen neutral zu bleiben. Die Stimmung der beiden auf dem Motorrad: gedrückt.

*Wo bin ich, nur nicht hinschauen*, dachte Jakob.

»Heil Hitler! Ihre Papiere!« Er zuckte zusammen, fasste sich und war bemüht, den Gruß nach militärischer Vorschrift zu beantworten.

»Wo wollen Sie denn hin, Herr Stabsarzt? Nach De Panne? Das gibt es ja nicht, nach De Panne. Wohl zum Baden? Und das haben die in Brüssel erlaubt? Das gefällt uns gar nicht.« Nach einer Pause. »Auf jeden Fall geben wir Ihnen zu Ihrer Sicherheit einen Mannschaftswagen mit. Der soll Sie bis De Panne begleiten.«

Die Unbeschwertheit des Ausflugs war damit vorerst beendet. Camille und Jakob, verfolgt und überwacht von einem Kübelwagen, konnten die sommerliche Schönheit der rechts und links stehenden Getreidefelder nicht mehr recht genießen. Nach etwas mehr als einer Stunde erreichten sie De Panne, eine kleine Siedlung am Meer. Einst ein Fischerdorf, war De Panne wegen seines ungewöhnlich breiten Sandstrandes zu einem beliebten Badeort der Brüsseler Oberschicht geworden. Manch einer hatte sich derart in den Ort verliebt, dass er sich in den Dünen eine Sommerresidenz hatte errichten lassen.

Erleichtert sahen die beiden, wie das Begleitfahrzeug am Ortseingang abdrehte. Camille wies den Weg zur Strandpromenade. Dort stellten sie das Motorrad ab. Die Weite des sich vor ihnen ausbreitenden flachen Strandes, die Freiheit der Sicht: überwältigend. Nein, sein Strand an der Ostsee konnte hier keinesfalls mithalten.

»Hab ich es dir nicht gesagt«, rief Camille stolz.

Sie zogen Schuhe und Strümpfe aus. Der feine Sand fühlte sich warm an zwischen ihren Zehen. Camille führte zielstrebig zu jenem Platz, an dem sich die Familie in den vergangenen Jahren immer wieder niedergelassen hatte. Wie oft waren sie an den Wochenenden mit ihrem Panhard zum Meer gefahren. Das war seit über einem Jahr nicht mehr möglich, weil das Strandgebiet vom belgischen Militär blockiert wurde – mit französischer und englischer Unterstützung.

Jakob schaute sich besorgt um. In einiger Entfernung sah er, gerade noch zu erkennen in den Dünen, dort, wo der Strand sich etwas zu verjüngen schien, zwischen Bäumen, hohem Gras und im Sand Unmengen an Kriegsmaterial: Trümmer von Lastwagen, Geschützen und Panzern. Er wusste ungefähr, was sich dort abgespielt hatte. Aber nicht, dass er heute so nah an diesen Ort herangeführt werden sollte. Er spürte einen Anflug von Übelkeit. Camille bemerkte sein Unbehagen. Sie versuchte, ihn zu beruhigen: »Ich sehe das auch zum ersten Mal. Unsere Freunde haben diesen Schrott hier zurückgelassen, als ihr Deutschen angerückt seid. Soll uns doch nicht stören! Lass uns einfach nicht hinschauen.«

Nicht hinschauen. Die Stimmung nicht verderben lassen. Das war nicht so einfach.

Zeit der Ebbe. Das Wasser hatte sich weit zurückgezogen. Vor ihnen breitete sich der flache, helle Strand in seiner vollen Schönheit aus. Nur wenige Badegäste waren zu sehen. Camille hatte sich spontan für einen Platz nah am Wasser entschieden. Jakob folgte ihr. Sie legte die buntkarierte Decke aus, beschwerte die Ecken mit einigen Steinen, die sie am Wasser gefunden hatte, und stellte den vollen Picknickkorb an den linken Rand. Umständlich zog sie ihre Kleider aus, umständlich einen hellgrünen Badeanzug an. War es Unbefangenheit oder Absicht? Kurz schien die Sonne auf die helle Haut ihres fast nackten Körpers. Er versuchte, auf das Wasser zu schauen. Sie warf sich auf die Decke, streckte die Arme über den Kopf und atmete tief die Seeluft ein. Nur wenig später setzte sie sich wieder auf, schlang die Arme um die zur Brust gezogenen Beine. Schaute aufs Wasser, dann fragend zu ihm.

Er war unsicher, er zögerte. Es war ihm alles zuviel. Auf der linken Seite, doch tatsächlich in Sichtweite, die Zeugen eines von seinen Leuten angezettelten Überfalls, die Reste eines Kampfes, einer überstürzt erfolgten Flucht, alles erst wenige Monate her. Und neben ihm eine völlig andere Welt. Der Reiz einer jungen, lebensbejahenden, frohgemuten Frau. Ein Mensch, der ihm offenbar wenig oder überhaupt nichts übelnahm. Ein Labsal. Aber es kostete Kraft, das aufkommende Begehren im Zaum zu halten.

Sie sah seine Verlegenheit, lachte ihn an. »Jetzt mach doch, zieh dich aus und leg dich in die Sonne, hier auf die Decke neben mich. Platz genug. Wärme tanken. Diese kurze Zeit, die wollen wir doch genießen.«

Ungeschickt, als wäre es das erste Mal, zog er Hemd und Hose aus und bemühte sich, im Sitzen und im Schutz eines blauen Handtuchs seine Badehose anzuziehen. Uniform aus, Badehose an. Das war ein Kleiderwechsel, an den er sich erst einmal gewöhnen musste. Es war doch nicht so einfach. Aus dem Soldaten der Besatzer sollte jetzt ein Mann werden, ein einfacher, zudem fast nackter Mann, ein ganz gewöhnlicher Badegast, mehr oder weniger schutzlos. Er war nicht mehr als Soldat der deutschen Wehrmacht zu erkennen, noch dazu mit einer einheimischen jungen Frau neben sich. Das beruhigte ihn.

Nun lagen sie stumm und angespannt nebeneinander, versuchten, sich in dieser unwirklichen Situation wohlzufühlen, verfolgten die Silberwolken am Himmel, wie sie über ihnen gemächlich und ungerührt ostwärts zogen. *Wie sollte dieses Abenteuer weitergehen, wo sollte es schließlich enden?*, fragte er sich. Und das fragte sie sich wahrscheinlich auch. Oder hatten beide bereits eine Antwort?

Camille richtete sich auf. Dann sprang sie plötzlich hoch und rannte über den heißen Sand zum Wasser. Wie bewunderte er die Lebensfreude dieser Frau. Er sah ihren schlanken Körper, verfolgte die schönen Bewegungen ihrer Arme und Beine, das Auf und Ab ihrer Hüften, ihre Schenkel, bewunderte ihr volles, so hell in der Sonne aufleuchtendes Haar, diesen Pagenschnitt, die wippenden Locken vor den Ohren.

Camille hatte das Wasser erreicht. Sie watete hinaus, bis es eine Tiefe erreicht hatte, dass sie untertauchen konnte. Ihr »So komm doch!« war durch die leichte Brandung gerade noch zu erahnen. Aber er konnte nicht, noch nicht. Er sah sich vorsichtig nach den vereinzelten Badegästen um. War es denn möglich, dass man ihn auch in der Badehose noch als einen Deutschen erkennen konnte? Die Uniform hatte er ausgezogen, seine Herkunft aber noch nicht ganz abgestreift.

Schon kam Camille zurück, warf sich bäuchlings neben ihm auf die Decke, streckte ihre Arme erneut über den Kopf, offen, so schien es, für alles.

»Weißt du übrigens, dass man bei klarem Wetter die Felsen von gegenüber sehen kann, also die Küste von England?«

Er antwortete nicht.

»Was ist mit dir? Was hast du denn? Lass uns doch jetzt zusammen ins Wasser gehen, solange die Sonne noch so warm scheint. Das Wetter kann sich hier schnell ändern.«

Endlich rührte er sich. Sie liefen gemeinsam ins Wasser, bis es tiefer wurde. Sie begann, ihn zu bespritzten. Er tat es ihr nach. Camille in ihrem Element. Sie rauschte durch das Wasser, tauchte unter, stieß sich wieder vom Boden ab, schnellte in die Höhe, um sogleich Kopf voran wieder zu verschwinden. Sie berührten sich, sie fassten sich ein oder zwei Mal an den Händen, ließen sich wieder los, berührten sich erneut. Eine zufällige Umarmung unter

Wasser. Keiner da, der es sehen konnte. Flüchtig, eher versehentlich trafen sich ihre Wangen. Das Begehren war nicht aufzuhalten.

Zurück zur Decke. Der Wind kam vom Meer, war frischer geworden, strich über ihr Gesicht und fuhr durch ihre Locken.

»Das Wasser wird jetzt schnell zurückkommen«, erklärte sie. »Ich denke, wir müssen hier weg. Ich schlage vor, wir ziehen in die Dünen. Dort sind wir auch besser geschützt, weniger Wind. Einverstanden?«

Er war einverstanden. Dagegen war nichts einzuwenden. Das war ein guter Vorschlag. Sie packten ihre Sachen und zogen über den Sand, dann durch den bis zu den Knien reichenden, im Wind singenden Strandhafer in eine der nahe gelegenen, von mannshohen Dünen umgebenen Senken. Rundum das hohe Gras. Nur schwer einsehbar. Wenn man so wollte: ein Versteck. Wieder wurde die Decke ausgebreitet, der Korb auf die linke Seite gestellt. Und Jakob versuchte zu vergessen, dass deutsches Militär, die als gnadenlos geltende Feldgendarmerie, auch hier patrouillieren konnte. Sorgfältig wurde die Uniform unter dem blauen Handtuch versteckt.

Seinen Kopf hatte er jetzt auf den linken Ellbogen gestützt und wagte zum ersten Mal, in Ruhe Camilles Gesicht zu studieren. Rechts und links neben ihrer Nase blitzten ihn Sommersprossen an. An ihren Augen blieb er hängen. Sie waren grün, smaragdgrün, wach und aufmerksam. War es etwa das, was die Faszination dieser Frau ausmachte? Was ihn anzog, ihn verwirrte? Weniger die dunkelblonden Haare, der Bubikopf, das fein geschnittene Gesicht, nicht die durchsichtige Haut. Vielleicht waren es ihre Augen, die so auf ihn wirkten. Eine grüne Iris, von feinen Strahlen wie den Speichen eines Rades durchsetzt, von kleinen Öffnungen durchbrochen. Von einem Ring umgeben. Ein Kunstwerk, ein Geheimnis.

Grüne Augen waren ihm unbekannt, waren ihm noch nie begegnet. Oder vielleicht doch? Es tauchte ein Bild vor ihm auf, das Bild, das im Schlafzimmer seiner Eltern links neben dem Wäscheschrank hing. Wie oft hatte er sich unbemerkt in das Zimmer geschlichen, um einen Blick darauf werfen zu können. Er hatte der Versuchung nicht widerstehen können. Wahrscheinlich nur, weil die Frau – eher ein Mädchen – fast nackt dastand. Fast nackt. Ein so schönes, von ihren langen Haaren umgebenes nacktes Mädchen, aufregend. Und jedes Mal musste er sich fragen, warum sie in einer Jakobsmuschel stand? Mag sein, dass das Bild ein Geschenk des Vaters war, als er, Jakob, geboren wurde. Das müsste dann zu einer Zeit gewesen sein, als noch ein Hauch von Harmonie zwischen den Eltern bestanden hatte. Dieses Mädchen war es, an das ihn Camille denken ließ. An deren Augen war er immer wieder hängenblieben. Waren sie wirklich grün gewesen? Sie schienen ihn jedes Mal zurechtzuweisen: »Was machst du hier? Schau mich nicht so gierig an. Das ist eine Sünde.« Eines Tages war das Bild abgehängt, verschwunden. Ein Verlust.

»Deine grünen Augen, hast du eine Idee, warum du grüne Augen hast?«

»Wie findest du sie?«

»Aufregend. Irgendwie aufregend. Mir kommt es so vor, als ob diese grünen Augen mehr sehen als andere. Sie haben etwas Lebendiges, auch etwas Durchdringendes. So als ob sie sehen könnten, was im Inneren des anderen gerade vorgeht.«

»Ganz schön aufregend, wenn das so wäre. Aber meine Augen sehen bestimmt auch nicht mehr als deine. Nein, die Augen habe ich ganz einfach von meiner Mutter übernommen. Sie sagt, meine Augen seien zuerst blau gewesen, früher, als ich noch klein war. Erst später hätten sie die grüne Farbe angenommen. Ich bin stolz auf dieses Erbstück. Ich weiß, dass es selten ist.«

»Meine Mutter«, erklärte Jakob, »ist übrigens überzeugt, sie könne an der Iris etwas über Gesundheit und Charakter des Betreffenden erkennen. Alle Organe und Körperteile, sagt sie, seien in der Iris abgebildet. Sie holt sich solches Wissen aus irgendwelchen Schriften, die sie sich besorgt hat. Ich erinnere mich. Oben läge zum Beispiel der Bereich des Gehirns.«

Er fuhr mit dem Zeigefinger über Camilles Augenbrauen. Dann streifte er vorsichtig ihr Augenlid. Es schien ihr wohlzutun. Er näherte sich dem oberen Teil ihrer Iris.

»Sie versuchte immer wieder, mir das zu erklären. Veränderungen hier oben zum Beispiel, ich weiß nicht mehr welche, würden darauf hinweisen, ob jemand zu Depression, Irresein oder Epilepsie neige. Irgendwie unheimlich. Oder? Und dann hier«, sein Finger fuhr behutsam weiter, »die Bereiche der Iris rechts und links sollen die Eigenschaften der Haut repräsentieren. Grüne Augen sollen wie die blauen auf ein ausgeprägtes lymphatisches System hinweisen, ein System das besonders sensibel auf äußere Reize reagiert. Das würde bedeuten, dass du besonders sensibel reagierst.«

Camille lachte.

»Ich weiß nicht. Ich war schon damals davon überzeugt, dass das keine ernst zu nehmende Wissenschaft ist. Ich bin mir auch ziemlich sicher, dass meine Mutter noch nie grüne Augen gesehen hat. Mit meiner Augenfarbe ist sie zufrieden. Muss ja so sein. Mit der Augenfarbe von Lene, du weißt, ist sie nicht ganz einverstanden. Begründet hat sie das nie.«

Camille schwieg. Jakobs Mutter hatte noch anderes an seiner Verlobten zu bemängeln. Aus ihrer Überzeugung, ihr Sohn hätte etwas Besseres verdient, machte sie kein Geheimnis. Sie hatte eine klare Vorstellung davon, wie ihre zukünftige Schwiegertochter auszusehen habe. Einen ordentlichen akademischen Beruf sollte sie haben. Eine Ärztin zum Beispiel oder eine Lehrerin sollte sie sein, aber doch keine Krankenschwester! Eine Krankenschwester, die auch sonst nichts vorzuweisen hatte, keinen Besitz, nichts? Schließlich befürchtete sie, dass diese Lene, aus frommem Pastorenhaushalt stammend, ihre politische Überzeugung nicht teilen und ihrem Sohn womöglich den Kopf verdrehen könnte. Lene war im Hause Kahnolt alles andere als mit offenen Armen empfangen worden. In mancher Hinsicht hätte Camille den Wünschen der Mutter wohl mehr entsprochen.

»Meine Mutter, das muss ich zugeben, ist eine glühende Verehrerin des Führers, geradezu leidenschaftlich, fast peinlich. Sie ist sogar Parteimitglied.« Es schien jetzt nicht der rechte Augenblick für das Geständnis, zusammen mit ihr in die Partei eingetreten zu sein. Das war ihm in diesem Moment richtig unangenehm, das war beschämend. Das passte überhaupt nicht mehr. Das war ein Fehler gewesen. Er wusste nicht mehr, wie es zu diesem Entschluss kommen konnte.

Seine Nase näherte sich der Haut ihres rechten Oberarms.

»Hm, wie du duftest. Du duftest nach dem Salzwasser, vielleicht nach Seetang, Muscheln, nach dem Meer. Nach

Ausfahrt, nach der Weite, ich meine nach so etwas, ja vielleicht wie Freiheit. Freiheit, ja die Unbeschwertheit, die mir fehlt, nach der ich mich sehne.« Nach einer Pause: »Vielleicht auch nach Abenteuer?«

»Wie meinst du das?« Eine leichte Röte überzog ihr Gesicht.

»Ach, nur so.« Er streifte mit Lippen und Zunge vorsichtig die letzten Tropfen salzigen Wassers von ihrer rechten Schulter.

»Heute Morgen, als wir losfuhren, hast du übrigens einen ganz ungewöhnlichen Duft hinter dir hergezogen. Der hat mich irgendwie ganz benebelt. Was war denn das?«

»Ach, das war ein Parfum«, lachte Camille.

»Also doch, dachte ich mir. Ein Parfum. Da kenne ich mich überhaupt nicht aus. Meine Mutter benutzt manchmal ein Parfum. Tosca heißt es, glaube ich. Vielleicht nach dieser Tosca in der Oper benannt. Die Geschichte ging ja, soviel ich weiß, nicht so gut aus.«

»Tosca? Ein Parfum? Kenne ich nicht.«

»Wenn meine Mutter den Geruch von Tosca verströmte, das war meist sonntags und zum Glück selten, bekam ich jedes Mal Kopfschmerzen. Dann gibt es bei uns noch das Kölnisch Wasser. Nach einer Hausnummer benannt, Siebenundvierzig-Elf. So einfach ist das. Nach diesem Parfum riecht bei uns fast jede Zweite. Mich erinnert der Geruch immer an ein schlecht gelüftetes Schlafzimmer. Manchmal an ein Schlafzimmer, in dem ein gerade Verstorbener liegt.«

»Aufhören! Aufhören!«

»Entschuldige, das passt jetzt wirklich nicht. Mir kommen solche Erinnerungen. Aber was war das für ein Duft bei dir heute Morgen?«

»Wirklich?«, sie sah ihn ungläubig an. »Du kennst dieses Parfum nicht? Du kennst Chanel nicht? Ein Parfum von Chanel, ich meine von Coco Chanel.«

»Coco Chanel? Hab ich noch nie gehört und den Geruch bestimmt noch nie in der Nase gehabt. Coco Chanel, klingt gut.«

»Aber die kennt doch jeder! Coco, sie ist Französin. Sie war auch schon zwei- oder dreimal zu Besuch in unserem Hause. Und ja, das könnte dich vielleicht interessieren, sie sprach begeistert von eurem Hitler, Adolf Hitler. Meinem Vater, das möchte ich betonen, behagte das gar nicht. Das Parfum hat sie nach sich selbst benannt, Chanel. Sie schien mir auch sonst ziemlich von sich überzeugt. Chanel Numéro Cinq. Cinq, fünf, so erklärte sie uns, weil es die fünfte Zusammenstellung von Gerüchen gewesen sei, die ihr damals in Grasse oder war es in Cannes, ich weiß es nicht mehr genau, zumindest in einer Stadt an der Côte d'Azur, zur Auswahl vorgestellt worden waren. Kennst du übrigens Grasse? Ich durfte letztes Jahr meinen Vater nach Cannes begleiten. Er hatte dort zu tun. Wir wohnten in einem feinen Hotel, Hotel Carlton, und er machte mit mir einen Ausflug nach Grasse. Dort lebt alles von der Herstellung von Düften. Eine aufregende Stadt, liegt ganz im Süden. Man hört jetzt allerdings, die Italiener hätten sich die Stadt unter den Nagel gerissen. Ach, es ist so schlimm, was der Krieg alles mit sich bringt.«

Es trat eine Pause ein. Er streifte vorsichtig über ihre Hand.

Camille fuhr fort: »Coco brachte das Parfum einmal als Geschenk mit. Meine Mutter sollte es beurteilen. Da ist der Duft von Maiglöckchen, von Rosen und verschiedenen anderen Blumen drin. Ein richtiges Kunstwerk. Heute

Morgen hast du wahrscheinlich den ersten Geruch wahr-genommen. Er ist frisch, soll Appetit auf mehr machen. Das hat uns Coco so erklärt. Er verflüchtigt sich bald. Wichtig sei der anhaltende Geruch, ein Geruch, der sich erst später, vielleicht erst nach Stunden entfaltet. Ich kann es schwer beschreiben. Aber es ist ja weniger wichtig, wie ich es wahrnehme, sondern wie es auf andere wirkt. Coco erklärte uns damals, es sei der Geruch von Sandelholz und vor allem von Amber.«

»Amber? Was ist denn das?«

»Davon hatte ich bis dahin auch noch nie was gehört. Coco wollte uns nicht verraten, was das genau sei. Angeblich findet man den Stoff im Meer. Er soll Wohlbefinden, Geborgenheit bewirken, aber auch anregend sein.«

»Anregend wozu?«

»Na ja. Das kommt wohl auf die Situation an.«

»Ich habe so etwas noch nie in der Nase gehabt. Ich glaube, das gibt es bei uns gar nicht. Ich finde, erst macht es neugierig. Dann verlangt es aber nach mehr. Oder? Man will es nicht mehr hergeben. Fast wie eine Sucht. Ich finde, unser Begriff *Riechen* trifft nicht das, was man dabei erlebt. *Riechen*, das klingt so tierisch, irgendwie niedrig. Ich weiß nicht, wie man es sonst nennen sollte. Wenn ich den Duft nicht verlieren will, muss ich dir immer näherkommen. Da könnte ich schnell den nötigen Abstand verlieren.« Er flüsterte kaum hörbar: »Und dann auch den Anstand. Ich muss gestehen, es verführt, es schwächt den Widerstand. Ob das die Absicht des Parfums ist? Ich meine, das wäre dir doch sicher nicht recht? Oder?«

Camille zuckte mit den Schultern.

»Das musst du wissen. Es ist halb so wild. Es ist ein Geschenk meines Vaters. Er meinte, seine Frau, also meine

Mutter, sei schon fast zu alt dafür. Das sei eher etwas für jüngere Frauen. Ich trage es manchmal. Gefällt es dir denn nicht?«

»Doch, doch, es gefällt mir schon. Es gefällt mir sogar sehr. Aber ich finde, es verändert. Dich und mich. Und es verunsichert mich. Ich glaube, es schwächt mich. Ich muss aufpassen, dass mein Verstand nicht aussetzt. Dass ich nicht irgendwelchen Unsinn mache. Ich kann doch nicht allein wegen dieses Geruchs schwach werden, mich in dich verlieben oder so.«

»Hast du *verlieben* gesagt?«

Sie lachten sich an. Es wirbelte in seinem Kopf.

Einen Augenblick lang war ihm, als nehme er den Geruch wahr, den er von seiner Lene kannte. Während der Arbeit roch sie nach Krankenhaus, Asepsis, versteht sich. Wenn sie sich außerhalb des Krankenhauses trafen, verbreitete sie den Geruch von Kernseife. Sie roch nach Sauberkeit und Treue. Auch nicht schlecht. Parfum schien ihr unbekannt, die Anschaffung unnötig, vielleicht auch zu teuer. Für den Pastorenhaushalt, aus dem sie kam, eher so etwas wie Verschwendung.

Über Camille gebeugt, fuhr er mit der Kuppe seines rechten Zeigefingers an ihrer Oberlippe entlang. An ihrem tief geschnittenen Cupidobogen hielt er an. Sie ließ es geschehen. Sie hatte die Augen weit geöffnet, blickte zum Himmel, sagte nichts. Er sah das Pochen ihres Halses.

Vorsichtig fuhr er jetzt mit dem Daumen unter den rechten Träger ihres Badeanzugs. Kurz streiften ihn ihre grünen Augen. Dann blickte sie wieder zum Himmel, schloss zwischendurch die Lider, als ob sie etwas genießen würde. Er zog den Träger zurück. Auf der hellen Haut, zwischen ihrer rechten Schulter und dem Ansatz des Halses meinte er, unterschiedlich große, leicht pigmentierter Färbungen zu erkennen.

»Oh, hier, das sind deine Plejaden«, flüsterte er.

»Was, Plejaden?«

»Ja, diese kleinen Flecken auf deiner Haut, so kreisrund angeordnet. Wie die Plejaden. Die Plejaden, das sind ganz besondere Sterne. Ich liebe sie. Ziemlich hell im Bereich der Milchstraße, sieben Sterne oder mehr, alle nach griechischen Göttinnen benannt. Man kann die Jahreszeiten nach ihnen bestimmen, je nachdem, wann sie am Himmel erscheinen und wann sie wieder verschwinden. Diese Sterne haben sich bei dir abgebildet. Das hat sicher etwas zu bedeuten.«

»Was du alles weißt.«

Erneut fuhr er unter den Träger, als wolle er nach weiteren Sternen suchen, streifte ihn langsam von der rechten Schulter, und immer weiter, bis ihre hell leuchtende, kleine Brust ungeschützt frei lag. Kein Widerstand. Dann fuhr er mit den Lippen über die kühle Haut. Die goldenen Härchen und die Spitze über dem schmalen roten Ring stellten sich auf. Er hielt inne, war sich unsicher, wie es jetzt weitergehen sollte. Sein Puls hatte sich beschleunigt, sein Gesicht gerötet.

Sie sah ihn an und schien sich etwas zu wünschen. Aber dann plötzlich. »Oh, Jakob, du blutest ja, du blutest aus der Nase«, rief sie und richtete sich auf.

Jetzt sah auch er die dicken roten Tropfen und wie sie sich auf ihrer weißen Brust ausbreiteten. Erschreckt versuchte er, sie wegzuwischen. Mit den Fingern drückte er die Nasenflügel zusammen, atmete durch den Mund. Seine Hand voll Blut. Im Mund süßlicher Geschmack.

Camille rückte den Träger ihres Badeanzuges wieder zurecht. Sie drehte sich zu den beiseite gelegten Kleidern und kramte in ihrer Windjacke nach einem Taschentuch. »Da, nimm, das brauch ich nicht mehr. Wir können es nachher wegwerfen.« Er sah die eingestickten Initialen. »Das schöne Tuch! Du musst entschuldigen, dieses Nasenbluten kommt manchmal vor. Nein, eigentlich selten. Aber immer, wenn ich aufgeregt bin.«

Sie blieb ganz ruhig. »Aufgeregt?«

»Stell dir vor, ja. Ich bin verwirrt. Ich verliere den Faden. Ich fürchte, völlig zu vergessen, warum ich hier bin. Und fühle mich dabei noch wohl.«

Das Nasenbluten hatte so schnell nachgelassen, wie es gekommen war. Camille zerknüllte das verschmierte Taschentuch und legte es beiseite. Sie löste den Knoten des grünen Tuchs über dem Korb und breitete auf der Decke die Überraschungen aus, die man ihnen aus der Küche mitgegeben hatte.

»Was für ein schöner Tag!«, rief sie. »So wohl habe ich mich schon lange nicht mehr gefühlt!« Sie fuhr mit ihren weichen Lippen über seine linke, noch glühende Wange. »Ich mag dich! Es ist schön mit dir«, hauchte sie ihm ins Ohr. Das hatte er ihr auch sagen wollen.

Sie teilten sich die Quiche, den Kuchen und den heißen Kaffee aus der Thermosflasche. Seine Erregung hatte nachgelassen. Er war dankbar dafür. Er streckte sich dicht neben ihr aus, Haut an Haut. Sie blickten gemeinsam in den Himmel und genossen das helle Licht des Tages. Jakob wusste nichts mehr zu sagen.

»Sag mal, vermisst du deine Verlobte nicht?«, fragte sie ihn plötzlich.

»Warum fragst du?«

»Nur so!«

»Im Augenblick nicht«, gab er zu. »Und du, hast du keinen Freund?«

»Im Augenblick nicht«, lachte sie.

Camille hatte sich wieder aufgerichtet. »Mir fällt etwas ein. Ich habe einen Vorschlag. Weißt du was, wir suchen uns zum Schluss an der Promenade ein gemütliches Café. Es wird sicher wieder eines geöffnet haben. Ich glaube, das ist jetzt das Beste.«

Flüchtig berührten ihre Lippen seinen linken Mundwinkel. Sie streifte den nassen Badeanzug ab. Wieder war ihr Körper nackt und ungeschützt zu sehen. Dann aber zog sie sich rasch die Kleider an. Jakob bemühte sich, im Schutz des blauen Handtuchs, die Badehose gegen die Uniform zu tauschen. Aus dem Badegast am Strand wurde wieder ein Soldat, ein deutscher Soldat. Wie gerne hätte er endgültig auf diesen Rollenwechsel verzichtet.

Camille packte die Sachen zusammen. Sie verließen das Dünenparadies. Sie führte ihn zu einem der Cafés, das seit ein paar Wochen wieder geöffnet hatte. Vielleicht waren es auch erst ein paar Tage. Der Ober, ein großer, grauhaariger, ernst blickender Herr, musste Camille erkannt haben. Er begrüßte sie, kniff dann aber die Augen leicht zusammen, als ob er schärfer sehen wollte. Was bedeutete ihre Begleitung in deutscher Uniform? Er fragte nicht, er machte sich seine Gedanken. Es schien wenig Erfreuliches zu sein. Das war Verachtung. Camille tat, als hätte sie es nicht bemerkt. Sie bestellte für sich, wie sie das in den Jahren zuvor häufig getan hatte, einen Tee und eine Gauffre-Waffel mit Himbeeren.

»Das musst du versuchen. Das ist eine Spezialität«, schwärmte sie. »Ich lade dich ein.«

Er konnte nicht ablehnen und staunte nicht schlecht, als der Ober die Gauffres servierte. Er kannte die Waffeln, weil sie seine Mutter gelegentlich gebacken hatte. Mit dem speziellen Eisen über dem Herd, klein, flach und in Herzform. Aber diese Waffeln hier waren dick und groß, groß wie ein Brikett. Sie schmeckten ähnlich oder sogar besser als die der Mutter.

Die lange Rückfahrt nach Brüssel verlief ohne größere Zwischenfälle. Der Tag hatte Spuren hinterlassen, hatte die feinen Nerven blank gelegt. Und er war noch nicht zu Ende.

Während des Abendessens berichtete Monsieur Cattier ausführlich über die zunehmenden Einschränkungen, die die deutsche Kommandantur über die Stadt verhängt hatte. Jakob war verlegen. Er gestand, dass er diese Entwicklung zutiefst bedaure. Er wusste nicht mehr, wo er stand. Er schätzte die Familie. Seine Zuneigung zur Tochter des Hauses konnte er nicht mehr verbergen.

Nach dem Essen begleitete er Camille wie üblich zum Park. Mehrmals fanden sich wie zufällig ihre Hände. Er war beunruhigt. Die Berührung tat so gut. Sie kehrten zurück. Der Concierge nahm den Hund in Empfang. Was er wohl dachte? Sie stiegen die breiten Stufen der Treppe zum ersten Stock hoch. Dort befand sich auch Camilles Zimmer. Er wusste das.

»Entres donc, pour une minute«, sagte sie, nahm ihn an der Hand, und schon befand er sich in ihrem Zimmer. Fenster und Vorhänge waren halb geöffnet. Die Abenddämmerung füllte den Raum. Von draußen drang das Rauschen der Stadt herein. Es duftete nach warmem Sommer. An den Wänden war geblümter Stoff gespannt, ockerfarben. Ein breites Lit en Bateau. Eine Einladung. Es war mehr. Eine Aufforderung, eine Verführung.

Sie standen sich eine Weile gegenüber, unfähig, so viel Freiheit zu genießen. Sie wussten nichts zu sagen. Camille blickte vom Boden auf, lachte verlegen.

*Halt Dich zurück*, sagte ihm eine Stimme.

Aber es war zu spät.

»Je pense qu'il vaut mieux, y aller maintenant«, stammelte er nach einer Weile. »Imagine-toi que ton père entre ici!«

»Mon père n'entre jamais dans ma chambre.«

Er ging auf sie zu, nahm sie in die Arme und drückte sie an sich. Die Wärme und der Duft ihres Körpers überfielen ihn. Er wagte, ihre Stirn zu küssen, dann ihre fiebrigen Wangen. Ihr Mund begann sich zu öffnen. Tränen liefen. Sie atmete schwer. Er wusste nicht wie. Er begann alles zu vergessen, alles hinter sich zu lassen. Er knöpfte ihre Bluse auf, streifte sie langsam ab, tastete nach ihrer Brust. Sie ließ sich Zeit, befreite ihn langsam von seinem grauen Gefängnis. Sie zogen sich zum Bett, fielen auf den weichen Kahn. Duft von Zimt und Karamell. Die letzten Kleidungsstücke rutschten auf den Boden. Jakob wollte etwas sagen. Sie legte den Finger auf seinen Mund. Sie schloss die Augen. Vorsichtig tastete er sich an die Orte der Verführung. Er spürte das Pochen in ihrem warmen Körper, ihre Bewegungen, ihre Erregung, ihr Verlangen. Dann wurden sie vom Kahn fortgenommen in eine andere Welt.

Etliches später. Die Wirklichkeit begann, ihn zurückzuholen. In der Ferne meldete sich das, was man Gewissen nennt. »Camille, je dois y aller maintenant.«

Langsam ließ sie ihn los. Er stand auf, zog seine Uniform an. Sie warf sich ein Hemd über und begleitete ihn zur Tür. Vor der Tür eine letzte Umarmung. Er atmete sie noch einmal ein, verabschiedete sich von ihren Wangen, ihrem Mund, ihrem Hals, ihren Brüsten.

»C`était merveilleux«, hauchte sie ihm ins Ohr.

Dann öffnete sie die Tür, warf einen Blick auf den Gang. Niemand. Ein leichter Schubs. »Vas-y!« Er schlich in sein Zimmer, warf sich auf das Bett. Seine Augen wanderten am Stuck der Zimmerdecke entlang. Was jetzt? Diese wunderbare Frau! Hatte er allen Anstand verloren? Kollaboration! Seine Lene?


»Jakob, mein Vater möchte mit dir nach dem Essen etwas besprechen. Ich glaube, es geht um uns beide«, kündigte Camille frohgemut ein paar Tage später an.

Und wirklich, nach dem Abendessen sprach der Hausherr ihn an: »Haben Sie noch etwas Zeit? Ich würde Sie gerne kurz zu mir bitten. Ich möchte etwas mit Ihnen besprechen.«

Jakob betrat zum ersten Mal das Arbeitszimmer des Hausherrn. Er hatte kein gutes Gefühl. Monsieur Cattier bat ihn freundlich, in einem der schweren lederbezogenen Sessel Platz zu nehmen. Er selbst setzte sich ihm schräg gegenüber, stand aber noch einmal auf, um sich eine Zigarre aus einem in der Ecke stehenden Schrank zu holen. »Das ist eine Cohiba, ein gutes Stück, kommt aus Havanna. Wir haben sehr gute Beziehungen dorthin«, erklärte er. »Aber Entschuldigung, rauchen Sie? Darf ich Ihnen eine anbieten?«

»Das ist sehr freundlich. Nein, vielen Dank. Ich rauche nicht.«

Herr Cattier ließ sich Zeit beim Anzünden. Dann begann er: »Zugegeben, wir waren anfangs nicht unbedingt begeistert, als man uns mitteilte, wir hätten einem deutschen Soldaten Quartier zu bieten. Jetzt haben wir Sie in den beinahe acht Wochen, die Sie schon bei uns sind, als einen sehr angenehmen Gast, ja als eine echte Bereicherung kennengelernt. Ich weiß nicht, wie Sie zu diesem Hitlerdeutschland stehen. Und ehrlich gesagt, ich will es auch nicht so genau wissen. Meine Frau und ich haben lange darüber gesprochen. Ich vermute mal, meine Einstellung zu der gegenwärtigen Situation ist Ihnen bekannt. Unsere Stadt hat ja bisher wenig gelitten. Aber wenn es so weiter geht, und einiges spricht leider dafür, dann weiß ich nicht.«

Jakob bemühte sich um Glaubwürdigkeit. Er betonte, dass auch er mit den deutschen Überfällen auf die Nachbarländer keinesfalls einverstanden sei. Er könne dafür keine Rechtfertigung finden.

Monsieur Cattier ging nicht darauf ein. Er fuhr fort: »Ich muss Ihnen zunächst eine Sache anvertrauen. Und ich gehe davon aus, das heißt, ich bin überzeugt, dass es bei Ihnen gut aufgehoben ist. Es betrifft unsere beiden Söhne. Was die Jungs anbelangt, das muss ich Ihnen sagen, sind wir in größter Sorge. Leider hören wir immer häufiger, dass junge Männer unseres Landes von Ihren Leuten, speziell von der SS, einfach abgeholt werden. Wir werden deshalb alles unternehmen, alles was in unseren Möglichkeiten steht, die beiden vor dem Zugriff der deutschen Wehrmacht zu bewahren. Nur, damit Sie sich nicht wundern. Wir werden unsere Söhne wegsperren. Ich meine, wir werden sie in den nächsten Tagen verschwinden lassen. Ihnen die Reise ins Ausland, vielleicht in die Schweiz oder nach Amerika ermöglichen. Das wird nicht einfach sein bei den gegenwärtigen Kontrollen. Aber wir werden das schaffen.«

Monsieur Cattier machte eine längere Pause. Er zog zwei-, dreimal an seiner Zigarre und blies langsam den hellen Rauch in den Raum. Mit der linken Hand massierte er mehrmals seine Schläfe. Dann fuhr er fort. »Das ist das eine. Aber es ist etwas anderes, eigentlich weit Erfreulicheres, worüber ich mit Ihnen sprechen wollte. Es geht um Camille. Uns ist natürlich nicht entgangen, dass sich zwischen unserer Tochter und Ihnen, ich möchte es mal so nennen, ein freundschaftliches Verhältnis oder vielleicht auch mehr entwickelt hat. Camille schwärmt von Ihnen. Wir akzeptieren die Freundschaft und können uns auch durchaus vorstellen, dass diese Verbindung Bestand haben könnte, dass ihr eine Zukunft gehört. Verstehen Sie mich bitte recht. Sie haben uns ja berichtet, dass in Deutschland eine junge Frau auf Sie wartet, eine Frau, wohl eine Kollegin oder Mitarbeiterin, mit der Sie eine Verlobung eingegangen sind. Das ist natürlich ein ernst zu nehmendes Problem, das nur Sie allein lösen können. Ich meine, wenn dieses Versprechen wieder gelöst werden könnte, ich meine einvernehmlich gelöst werden könnte, wären wir gerne bereit zu helfen. Wir könnten uns in diesem Fall auch eine Entschädigung vorstellen, ich meine im finanziellen Bereich. Ich hoffe, Sie verstehen mich richtig.«

Jakob atmete tief durch. Er fühlte sich unbehaglich in dem tiefen Sessel und schlug die Augen nieder. Jetzt wurde es wirklich ernst. Noch vor wenigen Monaten hatte er sich in einer ähnlichen Situation befunden. Damals saß er seinem zukünftigen Schwiegervater gegenüber. In einem ähnlich großen, halbdunklen Raum. Er erinnerte sich an die Respekt einflößende Sammlung von Bronzefiguren hinduistischer Gottheiten auf dem Schreibtisch in der Nähe der beiden Fenster. Erinnerungen aus der

Missionarszeit des Großvaters in Andhra Pradesh. Er hatte zu erklären, wer er sei, und um das Einverständnis zu bitten, Lene, die jüngste Tochter, ehelichen zu dürfen.

Das Vertrauen, das ihm jetzt in diesem Brüsseler Arbeitszimmer entgegengebracht wurde, war schwer zu ertragen. Er, der Besatzer, der sich hier, wenn auch unfreiwillig die Schwäche des überfallenen Volkes ausnutzend, in ein bequemes Nest gesetzt hatte. Ihm gegenüber der besorgte Vater, der diesen Eindringling, statt ihn zu verachten, willkommen hieß. Der Jakobs Verbindung zu seiner einzigen Tochter förderte, die Liebe des Fremden zu ihr eindeutig begrüßte. Welche Überlegungen mochten hinter dem Angebot stehen? Jakob kam sich verlogen vor.

Kein Zweifel, er fühlte sich zu Camille mehr als hingezogen. Und das Gefühl war nicht aufzuhalten. Im Gegenteil, es war immer stärker geworden, stärker vielleicht als alles, was ihn mit Lene verband. Er fühlte sich hin und her gerissen. Camille, diese lebendige, lebenslustige junge Frau. Die es ihm zu keiner Zeit übelnahm, sondern ihm mit einer Leichtigkeit darüber hinweghalf, dass er aus diesem ihr verhassten Land kam, die ihn immer öfter vergessen ließ, warum er eigentlich hier war.

Und zu Hause die Verlobte, gewiss liebevoll, durchsetzungsstark, aber auch etwas schwerfällig. Mit der sich die Spannung in den Gesprächen schnell erschöpfte. Nicht schlimm. Aber doch. Warum kam er erst jetzt zu dieser Einsicht? Vielleicht stimmte es ja auch nicht. In welche Schwierigkeiten hatte er sich nur gebracht?

Wie würden seine Vorgesetzten die Verbindung zu Camille auffassen? Nur zu gut erinnerte er sich an die Anweisungen. Er hatte sie sich kurz vor Antritt seiner Reise noch einmal anhören müssen. Mehrmals war ihm eingeschärft worden, dass engere Kontakte mit der einheimischen Bevölkerung auf jeden Fall zu unterlassen und wenn es nicht anders ginge auf das Notwendigste zu beschränken seien. Intimitäten seien strikt untersagt. Zuwiderhandlungen zögen entsprechende Konsequenzen nach sich.

Er bemühte sich um Glaubwürdigkeit: »Monsieur Cattier, ich weiß nicht, was ich sagen soll. Sie machen mich verlegen. Ich fühle mich natürlich geehrt, ja wirklich geehrt. Und ich muss gestehen, ich fühle mich zu Camille hingezogen. Sie ist großartig. Ich kann mich nicht gegen dieses Gefühl wehren. Ich weiß nicht, wie ich das Problem lösen soll. Wahrscheinlich muss ich, wenn ich einmal zu Hause bin, sehen, wie die Lage ist. Ich meine, wenn ich Heimaturlaub bekomme. Dann müsste ich mich noch einmal ausführlich selbst befragen.«

»Das kann ich verstehen. Dann befragen Sie sich ruhig noch einmal zu Hause. Und behalten Sie unser Angebot im Auge.«

Was waren die Überlegungen dieses Vaters, dass er seine einzige Tochter einem Fremden, noch dazu einem Gegner, zur Frau anbot?


Nur eine Woche später. September 1940. Jakob wurde zur Kommandantur gerufen. Er ahnte nichts Gutes. Und tatsächlich der Befehl: »Sie werden Brüssel sofort verlassen und zurückkehren. Packen Sie Ihre Sachen. Innerhalb der nächsten vier Tage. In Hamburg werden Sie weitere Anweisungen erhalten.«

Tatsächlich hatte er in den beiden Monaten, die er in der Stadt war, kaum etwas zu tun gehabt. Mal die Verletzungen eines Rekruten an der Hand, undefinierbare

Magenschmerzen bei jemandem, Fieber, Kopfschmerzen, Schwindel bei einem anderen, das Übliche eben. Einmal auch der Syphilis-Verdacht bei einem Offizier. Und dann die vorzeitigen Wehen bei einer wichtigen Dame aus der Stadt. Seinen Vorgesetzten waren Informationen über seine enger gewordene Verbindung zu einer jungen Belgierin zugetragen worden. Er hätte es sich denken können, dass denen seine Liebschaft, oder wie man es nennen sollte, keineswegs entgangen war. Er hätte es sich denken können. Nachrichten, Informationen, die man sich von seiner Einquartierung bei der Familie Cattier erhofft hatte, waren ausgeblieben. Das Ganze musste so schnell wie möglich beendet werden. Er wurde nicht darauf angesprochen. Es hieß ganz einfach, zurück, Schluss hier. So schnell wie möglich zurück nach Deutschland.

Es half nichts. Er musste ihr den Befehl gestehen, den Befehl, dass seine Abreise unmittelbar bevorstünde. Camille wurde blass. Ihre Lippen bebten. Sie hielt den Atem an, rang nach Luft. Das durfte nicht wahr sein. Dann fing sie hemmungslos an zu weinen. Die Tränen rannen ihr über das Gesicht. Sollte alles schon zu Ende sein, nur weil irgendjemand das befohlen hatte? Wem musste man hier gehorchen? Wohin sollte ihn das Schicksal verschlagen?

»Liebe, glaub mir, ich habe alles versucht. Aber es ist ein Befehl. Es hilft nichts. Dem kann ich mich nicht widersetzen. Das wäre Dienstverweigerung. Ich muss zurück«, stammelte er. Beide wussten es. Das Pflänzchen der Liebe, so wild aufgeschossen, war jung und zart und leicht verderblich. Er schluckte. Sie wischte sich die Tränen aus dem Gesicht.

Sie hatten beschlossen, am Tag der Abreise den Weg zum Bahnhof im Norden der Stadt zu Fuß zu nehmen. Das Gepäck sollte von einem der Hausboten zur Station gebracht werden. In aller Frühe machten sie sich auf den Weg. Die Luft war kühl, der Himmel wolkenverhangen. Camille war kaum wiederzuerkennen. Ihre Augen wirkten wie blind, das Grün der Iris schien verblasst. Die Lider angeschwollen, die Wangen eingefallen, die Lippen ausgetrocknet, das Gesicht ausdruckslos. Alles Leben schien aus ihr gewichen. Sie sagte nichts.

Sie schritten durch die Allee des noch menschenleeren Parks, jenes Parks vor dem Palais du Roi, ihres Parks, durch den sie Wochen zuvor zum ersten Mal und dann fast täglich gemeinsam gegangen waren. Sie kamen am kleinen Theater vorbei. Vor den Stufen der Kathedrale machten sie halt. Sie setzten sich auf eine der Bänke dort, nahmen sich in die Arme und umklammerten sich. Camille atmete heftig. Irgendwann mussten sie sich wieder erhoben haben, die Beine bleischwer. Sie nahmen die Rue Pacheco, gingen am Saint-Jean-Krankenhaus entlang und in Richtung Botanischer Garten – dem Ende entgegen. Wieder und wieder hielten sie an, schauten sich fragend an, hofften auf irgendein Wunder, eine glückliche Fügung, einen rettenden Einfall. Er kam nicht. Er konnte nicht kommen.

Viel zu früh erreichten sie den Bahnhof. Auf dem langen Weg die Zeit für eine Aussprache zu finden, Zeit für eine Entscheidung, etwa für die Planung einer gemeinsamen Zukunft – diese Hoffnung hatte sich zerschlagen. Was sollte auch gesagt werden? Sie spürten nichts als die schwere Zunge, den trockenen Hals, die Stimme, die den rechten Ton nicht finden konnte. Sie spürten den Schmerz über den drohenden Verlust. Die Zeichen der

Zuneigung, ja der Liebe, der Versuch des Innehaltens, Festhaltens, Umarmens – nichts verhinderte den endgültigen Abschied. So sehr sie auch nach Möglichkeiten suchten. Aber irgendwelche Versprechungen geben? Es war so sinnlos. Es wäre unaufrichtig gewesen, es hätte sich nach Betrug angehört.

Jakob nahm sein Gepäck in Empfang. Er war schwach. Camille begleitete ihn durch die unruhige Halle bis auf den Bahnsteig. Uniformierte Männer, wohin sie schauten.

»Was wollen die nur alle bei uns?«, murmelte sie und fügte hinzu: »Ich verabscheue diese Eindringlinge, diese aufgeblasenen Männer. Sie benehmen sich alle wie Sieger. Wir bleiben wohl endgültig die Verlierer. Ich hasse diesen unseligen Krieg.«

Neugierige Gesichter an den Fenstern der Waggons. Da wurde gelacht, gepfiffen und irgendetwas gegrölt. Derweil stand das Paar still und ratlos auf dem trostlosen Bahnsteig. Was war jetzt das Richtige? Wenn er nur aus der Uniform hätte ausbrechen können. Verlegen und kraftlos reichten sie sich zum Abschied die Hände. Nichts weiter. Keine Umarmung. Nichts mehr. Schon nahezu wie Fremde. Der Graben zwischen ihnen hatte sich wieder aufgetan: er der Besatzer, sie das verlorene Mädchen. Das Unvermeidbare meldete sich zurück, erbarmungslos. Sie fuhr über ihre trockenen Lippen. Tränen liefen über ihre Wangen. Er wollte sie wegwischen. Sie wehrte ab. »Schreib mir, bitte schreib mir. Wenn du willst und dich entscheiden kannst, komme ich sofort nach Deutschland. Oder sonst wohin. Jakob, du weißt, was du mir bedeutest. Ich vermisse dich. Schon jetzt.«

Er hatte den Wagen bestiegen und sein Abteil gesucht. Der Abpfiff gellte über den Bahnsteig. Es war so weit.

Überraschend reichte sie ihm durch das herabgelassene Fenster seines Abteils ein in grünes Papier eingeschlagenes, mit gelber Schleife sorgsam umwickeltes Päckchen, das sie bis dahin erfolgreich verborgen gehalten hatte.

»Bitte, pack es erst aus, wenn der Zug aus der Stadt ist.« Krachend fielen die letzten Türen zu. Die Lokomotive fauchte, ihre Räder begannen sich zu drehen. Dunkler Rauch stieg zum gläsernen Dach des Bahnhofs. Ein helles Knirschen über dem Bahnsteig. Wagen nach Wagen setzte sich in Bewegung. Camille hatte ein weißes Taschentuch in der Hand. Abschied. Grinsende Gesichter an den Fenstern. Sie winkten sich zu. Winkten weiter. Schon nach der ersten Kurve des Zuges hatten sie sich aus den Augen verloren. Beide ahnten es. Nein, sie wussten es. Es würde zu viel Kraft kosten. Es war vorbei.


Jakob hatte sich in dem voll besetzten, von süßsäuerlichen Ausdünstungen und den Andeutungen von Mottenpulver durchzogenen und schon reichlich gefüllten Abteil eingerichtet und Platz auf einem der acht Sitze genommen. Die Wirklichkeit schlug zu. Sein enger Kragen ließ ihm kaum Luft. Er hielt das Päckchen fest in Händen. Er hatte die Augen geschlossen. Er musste sich Zeit lassen und versuchen, Ordnung zu schaffen. Nach einiger Zeit, der Zug hatte Brüssel längst hinter sich gelassen, war es schließlich so weit. Vorsichtig zog er die Schleife auf und entfernte das grüne Seidenpapier. Ein bunter Karton kam zum Vorschein. Jakob zögerte, dann öffnete er ihn. Im Karton ein gläsernes Flakon. Er hielt inne, schloss erneut die Augen. Dann zog er es heraus, dieses schwere Glas mit kurzem Hals und blauem Schraubverschluss. Auf dem Etikett: D'Orsay Paris. Eau de Cologne. Er senkte den Kopf. Sein

Nachbar in Uniform, zu ihm gebeugt: »Oh, was für ein Geschenk. Das kann doch nicht ohne Folgen bleiben.«

Was für ein Geschenk. Er fing an zu grübeln. Hatte er sich zu diesem Abenteuer hinreißen lassen, ohne an die Folgen zu denken? War es die Einsamkeit in der fremden Stadt gewesen? War es der einfältige Wunsch nach einem Abenteuer? War es etwa allein der Reiz des Fremden, vielleicht nur der fremden Sprache, oder einfach des anderen? Oder entsprang es doch einer Überzeugung, einer echten Empfindung, einer Liebe? Hatte er die offene, die zuletzt so ungeschützte Zuneigung der jungen Frau ausgenutzt, hatte er sie missbraucht? Hatte er seine Liebe zu Hause leichtfertig aufs Spiel gesetzt, sein Versprechen gebrochen? Mein Gott, die Tochter des Pastors! Er fand keine Antwort.

Auf der langen Fahrt blieb ihm ausreichend Zeit zurückzublicken und nachzudenken. Er hatte sich verändert. Jedenfalls war er nicht mehr derselbe, nicht mehr jener, der hier erst vor wenigen Wochen so neugierig und scheinbar unbeschwert angekommen war. Fast hatte er vergessen, dass sich sein Land im Kriegszustand befand. Nicht vergessen hatte er, was ihm Camille von den Deutschen, den von seinen Landsleuten angerichteten Verbrechen, ja vom Grauen mitgeteilt hatte. Und da waren doch auch noch die Erlebnisse in Krakau. Er kam langsam zu sich, in seinen Händen noch immer das Geschenk.

## 5. Saintes

Januar 1941. Gerade hatte Jakob wieder an seinem Arbeitsplatz Fuß gefasst, da erhielt er den dritten Marschbefehl. Erneut sollte es gen Westen gehen. Diesmal nicht nach Brüssel, nein deutlich weiter, nach Frankreich an die Atlantikküste oder doch in Küstennähe. Sie hätten in erster Linie an ihn gedacht, hieß es, weil er, wie sie seinem Bogen entnehmen könnten, Französisch spreche. »Frischen Sie Ihre Kenntnisse auf, was Geschlechtskrankheiten betrifft«, wurde ihm noch aufgegeben.

April 1941. Nur wenige Tage vor der Abreise nannten sie ihm das endgültige Ziel. Eine Kleinstadt im Westen Frankreichs in Küstennähe. Von Saintes hatte er noch nie gehört. Er suchte in Bibliotheken nach Informationen, fand jedoch, abgesehen von wenigen Sätzen, nichts. In Saintes habe er sich um die Angehörigen der deutschen Wehrmacht ebenso wie um die französische Zivilbevölkerung zu kümmern. Was seine Aufgabe bei der Zivilbevölkerung im Einzelnen anbelange, dazu werde er genauere Informationen vor Ort erhalten. Seinen Hinweis, er verfüge doch kaum über praktische Erfahrungen als Arzt, wollte man überhört haben.

Niemand gab ihm Auskunft, wie lange sich der Aufenthalt in Frankreich hinziehen sollte, an welchen Zeitraum in etwa gedacht war. In dieser Unsicherheit gab es für Jakob und Lene ausreichend Gründe, vor der Abreise doch noch schnell zu heiraten. Er schien die letzten Prüfungen auf Beständigkeit und Treue erfolgreich bestanden zu haben. Das war notwendig geworden, nachdem Lene, was nicht ausbleiben konnte, Andeutungen über sein Abenteuer in Brüssel mitbekommen hatte.

In aller Eile wurden die Vorbereitungen für die Hochzeit getroffen. Der Februar war bestimmt nicht die beste Zeit für so ein Fest, was die Anreise von Lenes weitverzweigter, vom Norden Hessens bis ins benachbarte Dänemark verstreuter Verwandtschaft anbelangte.

Lenes Vater Heinrich, ein großer, aufrecht gehender, stets schwarz gekleideter Mann, den Zwicker an einer goldenen Kette, verkörperte Ernst und Würde, wie man sie von einem Geistlichen erwartete. Er war der Auffassung, unter seinen Schafen – es waren vor allem Bauern und Krabbenfischer – befänden sich im Wesentlichen Gottlose. Er war kein Mann der langen Rede. Gewiss, seine Gebete vor und nach den Mahlzeiten konnten nur schwer ein Ende finden. Im schlimmsten Fall nahmen sie das Ausmaß von Predigten an. Nun hatte Heinrich sich noch schnell bei seinem Amtsbruder im Schwarzwald nach der Glaubensfestigkeit des zukünftigen Schwiegersohns erkundigt. Dieser antwortete umgehend. Jakob sei getauft und konfirmiert. Über ihn sei nichts Nachteiliges bekannt. Als Kirchgänger habe er den jungen Mann allerdings nicht wahrgenommen.

Die zukünftige Schwiegermutter Magdalena, eine zupackende, lebensfrohe Frau, war mit einem Erfahrungshorizont ausgestattet, der weit über das Übliche hinausreichte. Drei Jahre ihrer Kindheit hatte sie in Gudur verbracht, einer Stadt im südindischen Andhra Pradesh, und die Weltmeere mit der Candaze durchquert. In Indien hatte ihr Vater, einer Erweckung folgend und von der Hermannsburger Mission delegiert, die Aufgabe übernommen, Heiden zum Christentum zu bekehren. Trotz dieser selbstlosen Tätigkeit waren die deutschen Missionare als Folge des letzten Krieges von den Engländern aus dem Land geworfen worden.

Für den Familienfrieden war es jedenfalls entscheidend, dass diese starke Frau den Bräutigam mit offenen Armen empfangen hatte.

»So ein schöner Mann!«, gab sie vor anderen unumwunden zu, »mit südländischem Einschlag, und zum Glück kein Pfarrer. Das passt doch gut zu uns.« Das Mutterkreuz in Gold, das ihr die Stadtoberen ein oder zwei Jahre zuvor für die acht, in ihrem Fall sicher nicht dem Staat, sondern dem Herrn geborenen Kinder verliehen hatte, erwähnte sie bei Gelegenheit, hielt es jedoch schon wegen des überall sichtbaren Hakenkreuzes versteckt, schließlich auch, weil es von vielen als Karnickelorden bezeichnet wurde.

In der Familie war man überrascht, wie es Lene, dieses Aschenputtel, geschafft hatte, sich einen derart attraktiven Mann zu angeln. Verdeckte oder auch offen ausgetragene Eifersüchtelei bei dem einen oder anderen der sieben Geschwister blieb nicht aus.

Jakobs Eltern hatten den weiten Weg vom Schwarzwald nach dem eisigen Holstein trotz Krieg und unfreundlicher Jahreszeit auf sich genommen. Mutter Lydia sorgte kurzfristig für Schockstarre. Gerade angekommen, ließ sie es sich nicht nehmen, die Gesellschaft mit ihrem zur Gewohnheit gewordenen gestreckten Arm und einem lauten »Heil Hitler!« zu begrüßen. Ihr Mann konnte es nicht verhindern. Wer ihn kannte, sah jedoch, wie der Daumen seiner rechten Hand rhythmisch zuckte. Es verbot sich in diesen Kreisen, den Namen Hitler in den Mund zu nehmen. Lene hatte zusammen mit ihren Eltern darauf vertraut, dass sich der Einfluss der Schwiegermutter nicht allzu sehr auf den Bräutigam hatte auswirken können. Diese Hoffnung schien inzwischen berechtigt.

Nach der kirchlichen Trauung, die der Schwiegervater ausgedehnt, ermahnend und auf die Pflichten der Ehe hinweisend in der vollbesetzten Kirche zelebriert hatte, kam die ungleiche Gesellschaft im Saal des Pfarrhauses zusammen, wo das Festmahl eingenommen werden sollte. Die Vorbereitungen dafür hatte sich die Schwiegermutter nicht nehmen lassen. Sie war es gewohnt, für viele Menschen zu kochen, die tagtäglich um ihren Tisch saßen. Dass ihre Kochkünste begrenzt seien, hätte niemand auszusprechen gewagt. Schon viele Tage vor dem Fest waren die Zutaten für das Essen gehortet worden. Als Vorspeise gab es eine warme, reichlich verdünnte Gemüsebrühe mit kleiner Reiseinlage. Gut, die Zeiten ließen nichts anderes zu. Danach kam, für den ersten Hunger, lauwarmes Rübenmalheur ohne alles auf den Tisch. Das sei eine holsteinische Spezialität, wurde verkündet. Doch die Kochwurst fehlte. Von einer Delikatesse konnte zumindest für die aus dem Süden Angereisten nicht die Rede sein. Schwiegermutter Lydia, die schon zu Beginn für alle sichtbar mit langen Zähnen gearbeitet hatte, raunte der rechts neben ihr sitzenden Braut ins Ohr, Tierfutter habe sie lange genug gegessen, das nehme sie jetzt nicht mehr zu sich. Als Hauptspeise folgte dann die große Überraschung: ein Curry-Gericht, in Erinnerung an die Zeiten in Indien. Man hörte ein höfliches Ah und Oh. Der Reis war wie immer aufgequollen und verkocht, pappte an Löffel, Gabel und selbst am Gaumen. Dafür gab es davon so reichlich, dass die Sättigung aller Gäste gesichert war. Und allein darauf kam es an. Das Curry konnte als gelungen bezeichnet werden. Mit etwas Glück fand man darin auch Reste von Fisch. Freilich war es nach alter Gewohnheit scharf, so scharf, dass zumindest die Gäste aus dem Schwarzwald mit ihrem verwöhnten Gaumen schmerzhaft das Gesicht verzogen. Lydia meinte zu allem Überfluss, das Curry würde stinken. Als die Brautmutter, Gastgeberin und Köchin »Schmeckt Euch mein Curry? Ich kann mich krank dran essen« ausrief und der Bräutigam darauf antwortete, er sei es schon, drohte die Stimmung zu kippen. Die Geschwister der Braut fanden diese Bemerkung mehr als unpassend, um nicht zu sagen unverschämt. Welchen Proleten schafft uns Lene da ins Haus? Die Nachspeise, ein kleiner Grießkloß mit Vanillegeschmack an heißen Sauerkirschen – Eingemachtes aus dem Glas, ein Mitbringsel von Tante Marie, der jungfräulich gebliebenen Schwester der Brautmutter –, besänftigte da nur wenig.

Kurz nachdem die Hochzeit überstanden war, hatte Lene, wie vereinbart, ihr Zimmer in Kiel aufgegeben und war zu Jakob in dessen kleine Hamburger Zwei-Zimmer-Wohnung gezogen. In der Stadt wollte sie sich nach einer neuen Arbeitsstelle umsehen. Die Unbeschwertheit, die ihr das Leben in Kiel beschert hatte, war einem diffusen Unbehagen gewichen. Was sollten etwa die unerwartet einsetzenden Abwürfe einzelner Bomben auf die Stadt bedeuten?

Der Zug fuhr von Hamburg über Brüssel nach Paris. Während des über einstündigen Aufenthaltes in Brüssel schloss Jakob die Augen. Gern hätte er den Wagen verlassen und sich die Füße vertreten. Aber er wagte nicht einmal, aus dem Fenster zu schauen. Camille konnte überall sein. Wenn sie ihn entdeckt hätte – er wäre vor Scham im Boden versunken. Andererseits, was für eine Gelegenheit! Mit aller Kraft wehrte er sich gegen die Sehnsucht nach einem Treffen mit ihr. Eine Sehnsucht, die man schlichtweg als Untreue hatte auffassen müssen. Er war sich darüber im Klaren. Aber welche Erklärung hätte er ihr dafür gegeben, dass er sich kein einziges Mal gemeldet hatte? Kein einziges Mal. Nichts. Er hatte ihr nicht einmal mitgeteilt, dass er geheiratet hatte.

In der Nacht lief der Zug im Bahnhof Paris-Nord ein. Erschöpft ließ sich Jakob vom Gewühl in dem unübersichtlichen Gebäude treiben. Endlich fand er die Kommandantur. Dort war der Stützpunkt eingerichtet. In der Nähe des Bahnhofs sei ein Hotel für die deutsche Wehrmacht geräumt worden, hieß es. Die Unterkunft könne er zu Fuß erreichen.

Früh am Morgen des folgenden Tages wurde er zum Bahnhof Montparnasse gebracht, wo der Zug Richtung Bordeaux und Saintes abfahren sollte. Soweit er das Leben in den breiten Straßen der Stadt beurteilen konnte, fielen ihm keine Besonderheiten auf. Von einer Besetzung durch sein Land war wenig zu sehen, wenn man von ein paar versprengten Gruppen in deutschen Uniformen absah. Und von roten Hakenkreuz-Fahnen vor manchen Gebäuden. Aber nichts von dem, was ihn in Krakau so beunruhigt hatte. Sein Herz klopfte, als er den Eiffelturm zu Gesicht bekam. Welch ein Geschenk für den jungen Mann!

Am Nachmittag erreichte der Zug sein vorbestimmtes Ziel. Eine verträumte Kleinstadt mit fast dörflichem

Charakter, mit einem eigenen, für Jakob neuen, südländischen Flair. Er solle sich in der Nähe des Bahnhofs, im Gelände der Abbaye aux Dames melden, hieß es. Dort hätte die deutsche Kommandantur ihr Quartier aufgeschlagen. Für ihn sei auch ein ärztlicher Besprechungs- und Untersuchungsraum eingerichtet worden. Seine Unterbringung mit anderen Offizieren sei in einem freigeräumten Hotel auf der rechten Seite des Flusses, dem anderen Zentrum der Stadt, vorgesehen.

Einen Tag nach der Ankunft erhielt Jakob erste Belehrungen, wie er sich zu verhalten habe. »Es scheint hier alles ruhig. Aber bedenken Sie, dass Sie sich in Feindesland bewegen. Das heißt in jedem Fall Vorsicht!«

Die erste freie Zeit nahm er, um sich in der kleinen Stadt vorzutasten. Sie schien ihm im Vergleich zu dem, was er von seiner Heimat zu kennen meinte, gelinde gesagt, wenig entwickelt. Die Häuser, die meisten grau in grau, wirkten abgewirtschaftet, fast ärmlich. Der Putz bröckelte an vielen Stellen. Von den Sockeln hatte sich vereinzelt bis zu den kleinen Fenstern der Erdgeschosse dunkelbrauner Schimmel hochgearbeitet. Der Reichtum, so er bestanden haben sollte, musste schon einige Zeit zurückliegen. Und dennoch verbreitete die Stadt mit ihren Cafés, mit den Stühlen und Tischen bis auf die Straßen eine wohlige, einladende Atmosphäre. Jakob wagte sich ein Stück am Ufer des Flusses entlang, der Ende April noch hohes Wasser führte. Lieber wäre es ihm gewesen, er hätte unerkannt in Zivil und ohne aufzufallen gehen können wie die anderen Spaziergänger. Mit der verhassten Uniform aber war er schon von weitem als Fremdkörper zu erkennen. Als ein Herr, der er gar nicht sein wollte, der bei den Einheimischen, da war er sich sicher, alles andere als Wohlwollen auslöste.

Von solchen Gedanken abgelenkt, stieß er auf zwei junge Männer in Uniform, die entspannt vor einer Staffelei saßen. Sie zeichneten das vor ihnen liegende monumentale zweibogige Tor, ein Relikt aus römischer Zeit, wie Jakob später erfuhr. Die Abendsonne warf malerisch ihre Schatten auf das baufällige Gemäuer. Eine Gruppe von Kindern schaute über die Schultern der soldatischen Künstler und kommentierte laut, was bisher auf dem Papier zu erkennen war. Passanten warfen verschämte Blicke zu den Herren in Uniform. War er in einem Feriencamp gelandet, in dem jeder nach Belieben seinen Hobbys nachgehen konnte? Oder war er Soldat und Besatzer in einem niedergemachten Land? Hatte man hier so viel Zeit, so viel Muße, mehr als in Deutschland? Er näherte sich den beiden und sprach sie an. Sie erklärten ihm, dass sie vom Kunststudium in Karlsruhe zur Armee weggeholt worden seien. »Ja, freie Zeit steht uns hier mehr als ausreichend zur Verfügung«, meinten sie. »Da nutzen wir doch jede Gelegenheit, um in Übung zu bleiben.«

»Und die Staffelei, die Farben und das alles, wo haben Sie denn das her?«

»Das Material haben wir zum Teil aus Deutschland mitgebracht. Zum Teil auch in Royan besorgen können, die Stadt liegt nicht weit von hier. Oh, unsere Bilder sind ziemlich begehrt. Wir haben schon ein paar an Offiziere und auch an Einheimische verkaufen können.«

Am dritten Tag wurde Jakob zusammen mit einem ihm zugeordneten Sanitätsgefreiten, der sich ihm als Karl Gerber vorgestellt hatte, zur deutschen Feldkommandantur gerufen. Die hatte sich in der siebzig Kilometer entfernten größeren Stadt Angoulême eingerichtet. Der dort amtierende Feldarzt wollte Jakob genauere Anweisungen geben, wie seine zukünftige Tätigkeit auszusehen habe.

Ohne das »Heil Hitler!« oder den militärischen Gruß einzufordern, begann jener ungewöhnlich freundlich: »Herr Kollege, schön dass Sie zu uns gefunden haben. Nehmen Sie doch bitte Platz. Man hat Ihnen sicher schon mitgeteilt, dass Sie in Saintes – übrigens ein nettes Städtchen – für die übliche ärztliche Versorgung unserer Soldaten verantwortlich sein werden. Soweit notwendig, soll das auch für die französische Zivilbevölkerung gelten. Haben Sie dazu Fragen?«

»Nein, ich denke nicht.« Dass er kaum über praktische Erfahrung verfügte, wollte er hier nicht noch einmal vorbringen.

»Das ist gut. Ich habe Sie wegen einer anderen, aus unserer Sicht weitaus dringenderen Aufgabe hierher bestellt. Das muss ich Ihnen etwas ausführlicher erklären. Es geht, so werden Sie das möglicherweise sehen, um ein etwas delikates Thema. Es geht um die Bordelle oder die Maisons de tolérance, wie sie hier genannt werden.« Der Feldarzt lachte und meinte, man würde ja auch in Deutschland gelegentlich den schönen Begriff des Freudenhauses verwenden.

Er fuhr fort: »Gleich vorweg: Wir haben volles Verständnis dafür, dass unsere Soldaten hier im Besatzungsgebiet und damit fern ihrer vertrauten Heimat, ihrer Angehörigen, ihrer Familien, ja, auch ihrer Ehefrauen unter einen gewissen Druck geraten. Ich denke, fast jeder von uns Männern kennt solche Bedürfnisse. Man kommt eben in Situationen, wo sich dieser Druck einfach entladen muss. Das steht nach unserem Verständnis auch nicht im Widerspruch zur Moral. Damit fertig werden muss jeder auf seine Weise. Die Regeln der Manneszucht dürfen natürlich nicht außer Acht gelassen werden. Oder wie sehen Sie das? Sie wissen, was ich meine.«

»Hmm, ich verstehe«, antwortete Jakob.

»Ich will es klar sagen, die sexuelle Befriedigung der Soldaten fördert nach unseren Erfahrungen ihren Einsatz- und Kampfeswillen. Sie verstehen, dass es uns darauf ankommen muss. Das ist entscheidend. Ich kann nicht verhehlen, dass unsere Soldaten bei den Französinnen, wie wir jetzt gesehen haben, eine gewisse Bewunderung hervorrufen. Wahrscheinlich sind es die Körpergröße und die Männlichkeit, die viele ausstrahlen. Ich verstehe, dass man da schwach werden kann. Unabhängig davon dulden wir aber keinen engeren Kontakt mit der Zivilbevölkerung und wollen das keineswegs fördern. Sind irgendwelche Formen von Abhängigkeit zu erkennen, haben Sie das unverzüglich zu melden. Und mit allen Mitteln zu unterbinden. Das hat dann ja nichts mit der von uns geübten militärischen Disziplin zu tun.«

Jakob war kurz abgelenkt. Es war Camille, die vor ihm auftauchte.

»Entschuldigung, hören Sie mir noch zu?«

»Ja, ja, schon.«

»Gut. Dann fahre ich fort. Uns ist die Sache nämlich wichtig. Notgedrungen. Wir müssen, soweit das möglich ist, den ungeregelten Kontakt, Sie verstehen, den unkontrollierten Geschlechtsverkehr mit Französinnen, ich meine mit Prostituierten, unterbinden. Aus verschiedenen Gründen. Das bedeutet, die Frauen dürfen ihr dafür vorgesehenes Haus nicht verlassen, es sei denn zusammen mit einer von uns autorisierten Begleitung. Nach den bisher vorliegenden Erfahrungen befürchten wir nämlich, dass gerade die Prostitution außerhalb des Hauses zur Verbreitung verschiedener Geschlechtskrankheiten führt.«

»Sie denken an Syphilis?«

»Genau. In erster Linie an die Syphilis. Aber auch an Tripper, ich meine Gonorrhoe. Sie verstehen mich. Die Syphilis kann zwar spontan ausheilen, das wissen wir. In den meisten Fällen aber schwelt sie weiter und ist hoch ansteckend. Aber das wissen Sie natürlich besser als ich. Entschuldigung, kann ich Ihnen eine Zigarette anbieten?«

»Vielen Dank, ich rauche nicht.«

Der Feldarzt zog die Schublade seines schweren Schreibtischs auf und nahm sich aus der farbigen Blechdose eine Finas. Beim Anzünden der Zigarette ließ er sich Zeit. Nach einem tiefen Zug blies er genüsslich den Rauch in die Gegend und erklärte dann weiter: »Die nicht registrierten, die sozusagen privat, wir sagen hier auch wild, arbeitenden Prostituierten verbreiten weit häufiger Geschlechtskrankheiten als jene, die in den Maisons de tolérance ihre Dienste anbieten. Das wissen wir, und das muss mit allen Mitteln unterbunden werden. Leider landen gegenwärtig regelmäßig Frauen auf der Straße, gerade auch im jugendlichen Alter. Entweder sie sind von zu Hause ausgerissen, während der Flucht, man könnte sagen, verloren gegangen, irgendwie hängengeblieben, oder sie vagabundieren sonstwie herum. Wenn Sie durch Ihre Untersuchungen feststellen sollten, dass einer unserer Soldaten von solch einer Prostituierten angesteckt wurde, dann haben Sie sofort Meldung zu machen. Wir werden die Frau, falls wir sie ausfindig machen, vor ein Kriegsgericht stellen. Die lokale französische Polizei haben wir beauftragt, konsequent nach wilder Prostitution Ausschau zu halten. Diese Frauen müssen unbedingt einem der registrierten Bordelle zugeführt werden. Es gibt keine Alternative. Wenn sie sich weigern sollten oder dies aus einem anderen Grund nicht möglich ist, werden wir sie internieren.«

»Internieren. Und was heißt das?«

»Na, wir bringen sie dann in irgendeine Art Lager, wenn es sein muss, in eines der Konzentrationslager. Anders geht das nicht. Aber haben Sie bis hierhin irgendwelche Fragen?«

»Nein, ich denke nicht.«

»Als Hauptaufgabe wartet auf Sie die ärztliche Überwachung der einen Maison de tolérance in Saintes, von der wir bisher Kenntnis haben. Die genaue Adresse erfahren Sie vor Ort. Sie werden die dort arbeitenden Frauen erfassen und in regelmäßigen Abständen untersuchen. Außerdem werden Sie klare Anweisungen geben, was die spezielle Hygiene anbelangt. Selbstverständlich ist jede Arbeit ohne Gummi – ich meine, ohne Präservativ – strengstens verboten. Unsere Soldaten sind ebenso wie die übrigen Angehörigen der Wehrmacht zu registrieren, wenn sie ein Bordell besucht haben. Gehen Sie da rigoros vor, ohne Wenn und Aber. Sie haben sicher schon gehört, dass Ihnen in dem Gebäudetrakt neben der ehemaligen Klosterkirche ein Labor zur Verfügung steht. Es handelt sich ja im Wesentlichen um die Wassermann-Reaktion. Aber Sie kennen sich sicher besser aus als ich.«

»Das heißt, ich soll alle diese Frauen wöchentlich und möglicherweise mehrmals untersuchen?«

»Das überlassen wir Ihrer Entscheidung. Selbstverständlich können Sie für Ihre Arbeit die französischen Ärzte mit einbeziehen. Die wären dann für jene Fälle zuständig, bei denen ein Verdacht auf Geschlechtskrankheiten vorliegt.

Natürlich werden Sie die französischen Kollegen kontrollieren. Stichproben sind unbedingt notwendig.«

»Und wo sollen diese Untersuchungen stattfinden?«

»Wir haben für Sie die Praxis eines Arztes in der Innenstadt räumen lassen auf der rechten Seite des Flusses. Die Praxis verfügt auch über einen Untersuchungsstuhl. Den Sanitätsgefreiten Gerber haben Sie ja bereits kennengelernt. Er soll Ihnen bei allen Arbeiten zur Hand gehen. Noch zu Ihrer persönlichen Information: Für Offiziere haben wir eine eigene Wohnung eingerichtet. Das wollen wir aber nicht an die große Glocke hängen. Die genaue Adresse wird man Ihnen in Saintes mitteilen. Soviel ich weiß, liegt das Etablissement in der Rue de Souche.«

Auf dem Heimweg erklärte Jakob dem Sanitätsgefreiten Karl – er hatte dem sympathischen Mann schon bald das Du angeboten –, was ihnen in Saintes blühen würde.

»Wie es aussieht, hat man uns beiden eine ganz besondere Aufgabe aufs Auge gedrückt. Wir sollen uns um die moralische, ich weiß nicht, wie ich es nennen soll, um die ganz spezielle körperliche Sauberkeit unserer Mannschaften kümmern. Und um den Erhalt der Kampfeskraft, wie mir erklärt wurde. Es geht um Geschlechtskrankheiten, im Wesentlichen um die Syphilis, die der Kommandantur Sorgen bereitet. Ja, die Syphilis. Diese Lustseuche. Warum wir Deutschen die Syphilis ausgerechnet Franzosenkrankheit oder sogar französische Krätze nennen, ist mir schleierhaft. Hier in Frankreich nennt man sie, wie ich gehört habe, englische, und die Engländer, das weiß ich, sprechen von italienischer oder neapolitanischer Krankheit. Jeder schiebt die Schuld an dieser unheimlichen Infektion auf das Nachbarland. Wenn man sich eine Syphilis einhandelt, hat das eben fast immer mit Seitensprung, mit Fremdgehen, dem Besuch eines Bordells und somit, wie man's nimmt, mit Schuld, mit Untreue, mit Ehebruch und leider häufig auch mit Gewalt zu tun. Prostitution ist, so wie ich das sehe, moralisch bedenklich.«

»Und deutsche Krankheit? Die Bezeichnung gibt es nicht?«

»Meines Wissens nicht. Hat wahrscheinlich nichts zu sagen. In jedem Fall besteht ein Zusammenhang mit sexuellen Übergriffen gerade von Soldaten auf Frauen. Auf Frauen des überfallenen Volkes. Die Männer bringen anschließend die Krankheit mit dem Erreger sozusagen als Geschenk in ihre Heimatländer.«

»Man erzählt sich – ich bin mir aber nicht sicher, ob das so stimmt –, dass die Frauen in Frankreich mit dem Geschlechtsverkehr offener oder freizügiger umgehen, jedenfalls lockerer als wir Deutschen«, meinte jetzt Karl.

»Ich glaube nicht, dass unsere Vorstellungen von einer besonders lockeren Moral in Frankreich zutreffen. Wenn man das überhaupt Moral nennen möchte. Die Generalität bewegt jedenfalls die Sorge, unsere Soldaten könnten an jeder Straßenecke der Verführung einer wilden, attraktiven, womöglich schwarzhaarigen Französin erliegen. Der Reiz der französischen Frau sei eben unerreicht. So sagt man. Ist wohl was Wahres dran.«

»Wenn das das größte Übel an diesem Krieg wäre, käme man ja noch zurecht, oder?«

»Unter unseren Soldaten wären dann aber sicher auch welche, die sich mit der Syphilis infizieren. Und sie schnell verbreiten. Eine Katastrophe wäre das.«

»Du hast dich wohl mit dem Problem schon vor unserem Aufenthalt hier beschäftigt?«

»Ja, richtig. Man hatte mir das schon vor der Fahrt hierher angekündigt. Das heißt, ich wusste ungefähr, was mir hier blühen würde. Die Syphilis ist ja wirklich eine unheimliche Krankheit. Sie kämpft im Verborgenen, führt sozusagen ihren eigenen Krieg. Es gibt zwar seit einiger Zeit Medikamente, mit denen man die Krankheit behandeln kann. Aber Vorbeugung ist natürlich weitaus wichtiger.«

Jakobs medizinischer Beistand Karl war 36 Jahre alt, zehn Jahre älter als er selbst. Man hatte ihm den Dienstgrad eines Sanitätsgefreiten verpasst, weil er in dem Dorf bei Waldshut, wo er mit seiner Familie lebte, bei der örtlichen Feuerwehr eine Ausbildung zum Sanitäter absolviert hatte. Seine medizinischen Kenntnisse reichten weit über das Übliche hinaus. Er kannte sich bei internistischen Erkrankungen aus. Er wusste, wie man bei chirurgischen Problemen, bei kleineren oder größeren Wunden, Verletzungen, bei Entzündungen und Abszessen vorzugehen hat. Selbst bei einer Amputation hatte er schon assistiert und wusste, welche Aufgaben ihm dabei zukommen konnten. Eine richtige Hilfe.

Von Beruf war Karl Tischler. In seinen weichen Gesichtszügen offenbarte sich ein gutmütiger Mensch. Das schloss vereinzelte cholerische Ausbrüche nicht aus. Seine Beine waren für den massigen Oberkörper etwas zu kurz geraten. Dennoch war er flink, zeigte Kraft und körperliche Ausdauer. Etwas, was Jakob gänzlich abging. Karl liebte das französische Essen. Das schien ihm aber auch das einzig Erfreuliche in Saintes zu sein, dem Zwangsaufenthalt, wie er ihn nannte. Fast täglich schrieb er Briefe an seine Frau Anna, die er mit den drei Kindern, das jüngste war gerade ein Jahr alt geworden, allein zu Hause lassen musste. Und ebenso häufig erreichten ihn Briefe aus der Heimat. Das Öffnen und Lesen dieser Briefe war für ihn eine heilige Handlung, die er sich für eine ruhige Stunde am Abend vorbehielt. Aus seiner Abscheu gegen alles Politische, gegen all diese Herren in Berlin, machte er keinen Hehl. Mehrmals führte sie zu wütenden Ausbrüchen mit hitzigem Kopf, so dass ihn Jakob zur Vorsicht mahnen musste. Karl zeigte seine Sehnsucht nach zu Hause ungehemmt. Auch Tränen hielt er nicht zurück. Die Arbeit mit Jakob hielt er für sinnvoll, insgesamt kam er sich aber überflüssig vor. Ohne Zweifel, zu Hause wäre er weit dringender gebraucht worden. Seine Werkstatt stand still, die Auftraggeber mussten sich gedulden. Ob das Versprechen eingehalten würde, er könne nach kurzem Einsatz bald wieder nach Hause zurückkehren? Er bezweifelte es.

Karl war katholisch und zeigte eine Frömmigkeit, die Jakob schon in der Jugend abhandengekommen war. Nachdem Karl die alte Abteikirche in der Nähe der Kommandantur entdeckt hatte, die nach einer bewegten Geschichte erst wenige Jahre zuvor wieder als Kirche zugänglich gemacht worden war, wurde sie für ihn zum ersehnten Ort der Einkehr, der Besinnung und des Trostes. Und das mindestens einmal in der Woche. Zunehmend wurde Jakob, ohne sich recht dagegen wehren zu können, von der ihm naiv erscheinenden Frömmigkeit des Sanitäters angesteckt. Immer häufiger schloss er sich Karls abendlichem Besuch in der Kirche an. Dort saßen sie dann stumm nebeneinander.

Bei einem der gemeinsamen Besuche unterbrach Karl nach einer Weile ihr Schweigen und begann zu erzählen: »Schon mein Vater war Tischler gewesen. Eigentlich war er mehr. Er war Kunstschreiner. Hier in Frankreich heißt das *Ebeniste*, ein Schreiner also, der mit dem wertvollen Ebenholz umzugehen versteht. Eine schöne Berufsbezeichnung. Auch mein Vater verwahrte ein größeres Stück Ebenholz, von dem er behauptete, es käme aus dem fernen Ceylon, zusammen mit Elfenbein in einem verschließbaren Schrank. Er restaurierte alte, zum Teil sogar sehr alte und sehr schöne Möbel, die ihm die Leute anvertraut hatten. Schon als Kind hatte ich ihm über die Schulter schauen dürfen. Er erklärte mir immer wieder etwas zu den verschiedenen Stilen und zu den Epochen, in denen die Möbel, die man ihm gebracht hatte, hergestellt worden waren. Auch etwas zu den verschiedenen Hölzern, die er verwendete. Dann begann die Tragödie. Ende 1914 wurde er zum Militär eingezogen. Vielleicht hat er sich auch, wie viele damals, freiwillig gemeldet, ich bin mir nicht sicher. Zwei Jahre nach Kriegsbeginn, ich hatte gerade meinen zwölften Geburtstag gefeiert, hieß es, er werde vermisst. Man informierte unsere Mutter, dass er während dieses entsetzlichen Gemetzels an der Somme verschwunden war. Wir mussten davon ausgehen, dass er tot war. Meine Mutter hoffte trotzdem fest auf die Rückkehr des Vaters. Über ein Jahr wartete sie auf ein Lebenszeichen. Schließlich entschloss sich die Familie schweren Herzens, den Vater für gefallen erklären zu lassen. Vielleicht ist er irgendwo begraben. Die Orte, an denen er beerdigt sein könnte, waren aber nach Ende des Krieges nicht erreichbar. Mit sechzehn Jahren musste ich die Schule abbrechen und, unterstützt von der Mutter, die Werkstatt des Vaters übernehmen. Es war keine leichte Zeit für mich. Ich hatte plötzlich die Verantwortung für die ganze Familie zu tragen. Zwei Jahre später konnte ich wenigstens das Abitur nachholen.«

Zwischen Jakob und Karl begann sich eine enge Freundschaft zu entwickeln.

Die Deutschen hatten sich in der armen, ausgebluteten Stadt gut eingerichtet. Genauer gesagt: Man lebte in Saus und Braus. Gerade für die Offiziere wurde alles getan, was ihnen das Leben fern von Familie und Beruf so angenehm wie möglich machte. Abends traf man sich regelmäßig in einem der Cafés, meist im Cours National, und ließ es sich dort oft bis nach Mitternacht gut gehen. Die Einwohner zogen sich derweil lieber in ihre Häuser zurück. In der Kantine der Abtei blieb eigens ein Raum reserviert, der die Offiziere vor Störungen durch Rekruten und Unteroffiziere schützen sollte. Dort wartete, gedeckt mit weißen, täglich frischen Leinentüchern, ein Tisch, der nichts vermissen ließ. Weiße Servietten, handtuchgroß. Verschiedene Gläser, blank poliert. Wasser aus Vichy, Wein aus der Region. Ausgesuchte Speisen, noch um einiges opulenter als das, was den Nachgeordneten vorgesetzt wurde.

Zur Mittagszeit wurde alles aufgetischt, was die französische Küche zu bieten hatte. Ein Koch und mehrere Hilfen aus der Stadt, die man verpflichtet hatte, hatten für täglich wechselnde Speisepläne zu sorgen. Austern als Vorspeise oder eine der ungewöhnlich raffiniert gewürzten Pasteten. Es gab Wild: Reh, Wildschwein, Rebhuhn, Fasan. Oder Schnecken, gebratene Froschschenkel. Jede Woche ein anderer Fisch, fangfrisch vom Hafen besorgt. Hummer und Garnelen keine Seltenheit. Forellen *aux amandes*.

Käse. Ja, Käse wurde in verwirrender Vielfalt angeboten, für die Offiziere eine glatte Überforderung, völliges Neuland. Von zu Hause kannte Jakob wie die meisten anderen, die aus der gleichen Gegend Süddeutschlands kamen, den Bibbeliskäs, eine einfache Quarksorte, aus saurer Milch hergestellt, gelegentlich mit Kräutern verfeinert. Gut, neuerdings, seitdem das Elsass wieder eingegliedert worden war, konnte sich auch ein Käse aus dieser Region, etwa der streng riechende Munster-Kas, vielleicht auch einmal ein Hartkäse, auf den badischen Tisch verirren. Viel mehr war es aber nicht. Der Genuss der zahllosen Käsesorten, die ihnen nun serviert wurden, war ein Abenteuer. Hier offenbarte sich einmal mehr, was Frankreich von Deutschland unterschied. Da waren der cremige Chaource, oder der Crémeux de Bourgogne, die harten, würzigen, monatelang gereiften Käse aus dem Jura wie der Comté, der südfranzösische Roquefort, überhaupt: die Schafs- und Ziegenkäse. Dazu das Weißbrot, dieses wohlriechende warme Baguette, frisch aus dem Ofen. Alles zusammen eine willkommene Verlängerung des oft zweistündigen Mahls, an dessen Ende nicht selten noch eine Süßspeise überraschte. Als krönender Abschluss, etwa eine Crème brulée, eine Mousse au chocolat, diesen weichen, fetten Quark, mit Honig und Nüssen verfeinert, oder ein Flan, ein flacher Apfelkuchen, eine *tarte tatin*. Ausgesuchte Weine dazu, die Flaschen bereits entkorkt. Vom Chateau Lafite oder aus dem nahen Anbaugebiet Pomérol. Niemand unter den Soldaten konnte die Qualität der Weine richtig einschätzen. Man trank die Kostbarkeiten so selbstverständlich, wie Wasser aus dem Hahn.

Es fehlte also an nichts, zu keiner Zeit. Um den Tisch saßen allerdings mehr oder weniger Barbaren, einfache Leute aus dem Osten. Wilde, Hunnen, Boches, Fritz oder Kartoffelkäfer, wie sie von den Einheimischen gelegentlich genannt wurden, des doryphores qui rongent tous. Für die meisten war diese Art des Speisens völliges Neuland. Sie gewöhnten sich auffällig schnell daran. Bald sahen sie es als selbstverständlich an.

Gewiss, ein so reichhaltiges Mahl verlangte nach Ruhepause, nach Mittagsschlaf. Man wurde schlapp, man wurde träge. Man nahm an Gewicht zu. Der Dorn der Gürtelschnalle musste sich ein anderes Loch suchen.

Jakob war an das, was man im Badischen unter Kochkunst verstand, von seiner an der großherzoglichen Kochschule zu Karlsruhe ausgebildeten Mutter Lydia herangeführt worden. Das war nicht schlecht und gewiss auch französisch beeinflusst. Die Vorbereitungen für das Mittagessen im Hause Kahnolt begannen, jeweils unter Lydias Anleitung, regelmäßig um neun Uhr morgens. Sorgfältig abgeschmeckte Suppen aus über Stunden zu Brühe gekochten Rinderknochen, dann mit Markklößchen oder von scharfem Messer fein geschnittenen Pfannkuchen, den Flädle, und Schnittlauch serviert. Die große Hauptspeise, etwa aus dem tags zuvor platt ausgerollten, zu Nudeln geschnittenen und über einem Tuch im Schlafzimmer getrockneten Teig. Schmale Nudeln für den Alltag, breite Nudeln für Fest- und Feiertage. Dazu duftendes Rehgulasch. Keine Bratkartoffeln mit Spiegelei, kein Sauerkraut mit Blutwurst. Keine Ähnlichkeiten auch mit der mehr als schlicht zu nennenden Hausmannskost aus der Gegend, in der seine frisch Angetraute aufgewachsen war. Jakobs Vorschlag, sie solle ihrer Schwiegermutter doch einmal für ein- oder zwei Wochen über die Schulter und in die Töpfe schauen, hatte Lene dankend abgelehnt.

Doch was er hier in diesem Saintes auf die Zunge bekam, war etwas ganz anderes. Es entsprach keinesfalls der Tristesse vieler Häuser in der Stadt. Das war eine völlig andere Liga. Allein seine erste Bekanntschaft mit Austern, den Marennes, wie sie nach dem Ort ihrer Anzucht genannt wurden: ein Erlebnis! Unglaublich, dass es bei diesen Austern auch noch entscheidende Unterschiede in Größe und Geschmack gab, je nachdem wie und wo sie aufgezogen worden waren. Bald bereitete es Jakob Vergnügen, Expertise zu entwickeln. In einer Art Ratespiel, das der Koch ihm gelegentlich aufgab, sollte er die Unterschiede erkennen. Im Laufe der Zeit entwickelte er eine Vorliebe für Austern, die hier huitres de parc genannt wurden. Da gab es zwar noch raffiniertere Sorten, aber Jakob blieb bei den Parkaustern. Er lernte es, ihre feste Schale mit einem speziellen spitzen Messer mit kurzem Griff zu öffnen, wenn sie nicht schon geöffnet auf den Tisch kamen. Er lernte es, die Austern mit Zitronensaft zu beträufeln, um ihre Frische am reflexartigen Zusammenzug des dunklen Fleischsaums zu beurteilen. Er lernte es, den Schließmuskel von der Schale zu lösen und das Weichtier schließlich als Ganzes in den Mund zu ziehen. Ein köstlicher Geschmack von eingefangener Meeresluft und frischem Meerwasser. In diesen Augenblicken konnte er manches oder gar alles vergessen.

Am Ende eines solchen Mahls und nach mehreren Gläsern Pomérol tönte plötzlich Leutnant Löffler – er war erst zwei Wochen zuvor zur Mannschaft gestoßen: »Wisst ihr übrigens, was hier in dieser Stadt erfunden wurde? Die Guillotine. Stellt euch vor, die Guillotine. Die wurde hier erfunden. Übrigens von einem Arzt, von einem deiner Kollegen, Jakob, einem Doktor Guillotin. Ein raffiniert gearbeiteter Apparat. Das Fallbeil ist nämlich schräg geschnitten. Eine gute Sache, weil man nicht, wie zuletzt, oft mehrmals zuschlagen musste. Keiner von diesen Scharfrichtern ist mehr nötig. Man drückt auf einen Hebel, das schwere Beil saust runter, der Kopf fällt in den Korb, und die Sache ist erledigt.«

»Hör doch auf!«, Jakob war aufgestanden. »So etwas und dazu beim Essen zu erwähnen ist doch mehr als geschmacklos. Das macht dir wohl noch Spaß. Mir wird richtig schlecht.« Er stürzte aus dem Raum und schlug die Tür hinter sich zu.

»Was ist denn mit dem los?«, brummte Löffler. »Unser Arzt hat wohl keine richtigen Nerven. Und mit dem an die Front? Das kann ja heiter werden!«

Seit etlichen Wochen arbeitete Jakob nun schon mit Karl in den zugewiesenen Praxisräumen in der Stadt. Die ärztliche Routine hatte sich bisher in Alltagsproblemen erschöpft – Durchfall, Armbruch, Platzwunde, Tripper, Kopfschmerzen, Hautausschlag, Lausbefall, zweimal die Krätze –, bis eines Morgens unangemeldet ein Unteroffizier namens Kambeitz erschien und nach sofortiger Behandlung verlangte. Erster Eindruck: ein fetter, aufgeblasener Typ. Jemand, der nicht gelernt hat, sich zu benehmen. Alkoholgeruch. Das konnte unangenehm werden.

»Herr Doktor, ich muss Sie sofort sprechen. Stellen Sie sich das vor! Ich glaube, ich bin doch tatsächlich angesteckt worden. Ich war gestern in unserem Bordell. Sie wissen wo. Übrigens eine ganz miese Unterkunft. So etwas habe ich noch nie erlebt. Ich habe dort eine Frau besucht. Sie heißt Sophie, das habe ich mir gemerkt. Hat sie zumindest behauptet. Und heute morgen habe ich hier unten zwei Schwellungen festgestellt. Ich bin sicher, die hat mich doch tatsächlich angesteckt.«

»Dann zeigen Sie das mal her.«

Jakob zog sich Gummihandschuhe über. Kambeitz ließ seine Hosen runter. Eine Jammergestalt kam zum Vorschein, die Uniformjacke über dem dicken Bauch gespannt, weiter unten die nackten Storchenbeine.

»Bitte die Vorhaut zurückziehen.«

Der schmierig belegte Penis verbreitete einen durchdringenden Gestank.

»Nächstes Mal waschen Sie sich, bevor Sie zum Arzt gehen.«

Unterhalb der Eichel waren schon mit bloßem Auge zwei rötlich verfärbte, leicht nässende Schwellungen zu erkennen. Jakob fuhr vorsichtig über die gering erhabenen Knoten, prüfte ihren harten Randwall, ihre Schmerzempfindlichkeit. Dann tastete er in der Leistengegend.

»Und hier. Ach, die Lymphknoten sind auch schon angeschwollen. Tja, es sieht ganz so aus, als ob Sie sich wirklich etwas geholt haben. Nach dem Befund ganz klar Syphilis. Ich möchte mal sagen, es kommt nichts anderes in Frage. Und Sie meinen, diese Sophie, so soll sie doch heißen, hat Sie gestern angesteckt? Gestern?«

»Ja, natürlich! Die war's. Ich habe davor noch mit keiner Frau Verkehr gehabt. Also seit ich in diesem verschlafenen Saintes bin.«

»Dann machen wir das doch so. Kambeitz, Sie nehmen jetzt mal draußen Platz, und Karl, du gehst hin, suchst nach dieser Sophie und sagst ihr, sie soll sofort herkommen. Oder besser, du bringst sie gleich mit.«

Karl verschwand und kam wenig später mit Sophie zurück, einer verängstigten, verhärmten jungen Frau, nicht viel älter als zwanzig. Sie zitterte und brach sogleich in Tränen aus.

»Sie sind Sophie? Jetzt beruhigen Sie sich. Sie müssen keine Angst haben. Wir möchten Ihnen nur ein paar Fragen stellen. Der Offizier, der da draußen sitzt – Sie haben ihn gesehen? –, behauptet, mit Ihnen zum ersten Mal Geschlechtsverkehr gehabt zu haben. Gestern. Trifft das zu?«

»Ich weiß nicht, ich habe ihn nicht genau angeschaut, aber ich glaube ja. Ja, gestern.«

»Er behauptet, Sie hätten ihn angesteckt. Sie können sich denken, womit. Ich muss Ihnen leider sagen, dass ich Sie jetzt kurz untersuchen muss. Bitte, machen Sie sich unten frei und setzen Sie sich dort auf den Stuhl.«

Die Frau weinte erneut.

»Karl, reich mir doch mal bitte das Spekulum. Sophie, ich muss Sie bitten, Ihre Beine nicht so zusammenzupressen. Sonst kann ich nichts sehen.«

Die Scheide der Frau war außen und innen sauber, geruchsfrei und ohne irgendwelche Entzündungszeichen.

»Gut, Sie können sich wieder anziehen. Aber wir müssen noch Ihr Blut untersuchen. Karl, bitte, nimm mal bei der Frau Blut ab und schick es gleich ins Labor. Eine Frage noch, Sophie. So heißen Sie doch?«

»Ja, so heiße ich.«

»Sie haben, wie ich hoffen darf und wie es die Vorschrift verlangt, mit einer Capote, ich meine mit einem Gummi, gearbeitet?«

»Natürlich, Herr Doktor, hab ich. Der Herr Offizier hat sich zuerst dagegen gewehrt und hat an mir herumgefummelt. Dann konnte ich mich aber zum Glück durchsetzen.«

Sophie wurde zur Blutabnahme in den Vorraum geschickt. Nach einer Weile erschien Karl wieder.

»Karl, ich muss dir sagen, da stimmt was nicht. Das ist doch Lehrbuchwissen, dass sich von gestern bis heute keine Zeichen einer Infektion bemerkbar machen können. Diese Schwellungen, die wir bei dem Kambeitz gesehen haben, entwickeln sich frühestens nach zehn Tagen. Darum kann der Geschlechtsverkehr von gestern niemals die Ursache für die Infektion sein. Das heißt, Kambeitz sagt die Unwahrheit, er lügt uns an. Er verschweigt etwas. Vielleicht hat er wirklich keine Ahnung. Aber eigentlich sollte er wissen, worauf er – ich meine nicht nur als Soldat – zu achten hat. Hoffen wir, dass er diese Sophie nicht angesteckt hat. Die Frau müssen wir auf jeden Fall in den nächsten Wochen engmaschig überwachen. Verkehr mit ihr ist streng verboten. Ich hoffe nur, dass tatsächlich mit Kondom gearbeitet wurde. Wenn man das als Arbeit bezeichnen kann. Wir müssen jetzt sehen, wann und wo sich dieser Kambeitz die Syphilis eingefangen hat. Und wenn wir es richtig machen, müssen wir natürlich nach der Frau oder den Frauen suchen lassen, mit denen er in der Zwischenzeit möglicherweise auch Verkehr hatte. Hol den Kerl wieder rein.«

Karl kam mit Kambeitz.

»Um es gleich zu sagen«, herrschte Jakob den Unteroffizier an, »es ist unmöglich, dass diese Sophie Sie angesteckt hat. Es muss jemand anders gewesen sein, und das macht die Sache deutlich komplizierter. Seit wann sind Sie denn bei uns in Saintes?«

»Genau seit einer Woche, Herr Doktor.«

»Aha. Und davor?«

»Ich war zuerst sechs Wochen in Paris stationiert. Kann auch etwas länger gewesen sein. Kennen Sie Paris, Herr Doktor? Also dort ist wenigstens etwas los. Ich war mit ein paar Kumpels mehrmals in so einem Kabarett im Montmartre-Viertel, so heißt es doch. Ich erinnere mich, irgendetwas mit Galette hieß das Etablissement, ziemlich bekannt, einfach toll. Wir konnten uns kaum sattsehen, so viele halbnackte Weiber. Vielleicht kennen Sie das auch, Herr Doktor?«

»Jetzt lenken Sie nicht ab! Was soll der Unsinn. Wir haben hier die Ursache Ihrer Entzündung abzuklären. Also weiter! Was war da noch?«

»Die Toiletten waren, ich will mal sagen, in einem mäßigen Zustand. Wahrscheinlich habe ich mich dort angesteckt.«

»In der Toilette? Wäre denkbar, aber doch ziemlich ungewöhnlich und ungemütlich dazu. Jetzt erinnern Sie sich mal etwas genauer!«

»Ach so, ja, das hätte ich jetzt fast vergessen. Da hatte ich eine nette Frau in dem Café nebenan kennengelernt. Sie sprach auch etwas Deutsch. Wir haben uns so gut verstanden und waren zwei- oder dreimal zusammen.«

»Und was soll das heißen, zwei- oder dreimal zusammen?«

»Na ja, sie hat mich dann mitgenommen.«

»Unteroffizier Kambeitz, ziemlich unverfroren das Ganze. Sie machen diese Sophie für Ihre Infektion verantwortlich, was völlig unmöglich ist. Das wissen Sie sicher genauso gut wie wir. Es ist doch naheliegend, dass es diese Frau war, von der Sie da jetzt sprechen. Die muss Sie angesteckt haben. Wenn Sie uns nicht noch weitere Frauen verschwiegen haben. Die Frau werden wir natürlich nicht mehr ausfindig machen können. Sie wissen ganz genau, dass so ein wilder Verkehr strengstens verboten ist. Ich muss Sie der Kommandantur hier in Saintes und auch in Angoulême melden. Sie können jetzt nicht mehr weg. Wir werden Sie zunächst in ein Krankenhaus bringen lassen.

Was dann folgt, weiß ich nicht. Heimaturlaub können Sie mit Sicherheit vorerst vergessen. Aber noch eine Frage. Wieviel Alkohol trinken Sie?«

»Kaum.«

»Jetzt sagen Sie mal. Ich rieche es doch bis hierher! Und das am frühen Morgen!«

»Vielleicht ein Glas am Abend, Rotwein.«

»Das ist doch nicht alles!«

»Es können auch mal mehr werden.«

»Und was noch?«

»Wenn da noch Cognac rumsteht, trinke ich mit den anderen natürlich auch mal was von dem.«

»So wie ich das einschätze, trinken Sie zu viel. In Ihrem Bauch sitzt eine viel zu dicke Leber. Ich muss Sie darauf hinweisen, Sie wissen das sicher auch. Das kann üble Folgen haben. Jetzt gehen Sie noch einmal in den Vorraum.«

Dann wandte er sich an seinen Helfer: »Karl, ich habe noch eine Bitte an dich. Dieser widerliche Geruch, ich meine den Gestank, der von seinem Genital ausgeht, der kann nicht von der Syphilis kommen. Der spricht meines Erachtens für noch eine weitere Infektion. Klär ihn bitte draußen auf, was sorgfältige Hygiene bedeutet. Was die Ursache für den Geruch ist, das können die dann im Krankenhaus herausfinden. Es ist ja eher ein Glück, dass wir gleich die Diagnose stellen konnten. Wenn die Geschwüre nämlich verschwunden sind, die wir bei Kambeitz gesehen haben – das ist meist nach vier Wochen der Fall –, wird die Diagnose der Syphilis ziemlich schwierig. Dann verlangt es nach Kenntnissen, über die ich, ehrlich gesagt, selbst nicht so recht verfüge. Natürlich haben wir auch die Wassermann-Reaktion, die uns weiterhelfen kann. Es muss nach weiteren Symptomen, in erster Linie auf der Haut gesucht werden. Soviel ich weiß, können die sehr vielfältig sein, mal wie Masern, mal wie Schuppenflechte oder auch wie etwas anderes aussehen. Das erschwert die Diagnose ganz erheblich. Man denkt gar nicht mehr an die Syphilis als mögliche Ursache.

Was Unteroffizier Kambeitz anbelangt, ist das weitere Vorgehen klar. Um die arme Sophie sollten wir uns weiter kümmern. Ich denke, wir beobachten sie wie üblich die kommenden zwei bis drei Wochen. Wenn sie dann beim Wassermann-Test sauber bleibt, fragen wir sie, ob sie in dieser Maison de tolérance bleiben möchte. Wenn nicht, geben wir ihr einen Entlassungs- und wenn nötig einen Passierschein, einen *Laissez-passer*, wohin sie will.«


Nach sechs Wochen Saintes war ihm der erste Heimaturlaub genehmigt worden. Er freute sich auf zwei volle Wochen mit Lene. Zugleich hatte er ein ungutes Gefühl, was ihn in Hamburg erwarten würde. Er wusste aus ihren Briefen, dass die Stimmung dort keinesfalls heiter, sondern eher gedrückt war und dass es an vielem fehlen würde. Über Tage machte er sich Gedanken, was mitzubringen sinnvoll wäre. Er schaffte sich eigens einen Koffer an, in dem die Überraschungen sicher verstaut werden konnten. Kaffee, Tee, Kakao, Zucker, Schokolade, auch Schinken, Butter und selbst Eier, bruchsicher verpackt. Als Überraschung hatte er an zwei Paar Seidenstrümpfe und eine Flasche Parfum gedacht. Chanel Numéro 5. Er hatte das Parfum Tage zuvor in einem Geschäft im nah gelegenen Rayon entdeckt. Der günstige Wechselkurs machte die Anschaffung erschwinglich.

Die Tage mit Lene wurden dann vornehmlich im Bett verbracht. Mal gab es auch einen Spaziergang um die Rennbahn oder bis an die Alster. Gestört wurden sie nur vom Geheul der Sirenen, das sie mehrmals zum sofortigen Aufsuchen des Luftschutzkellers zwang. Zweimal leisteten sie Folge, einmal wollten sie es überhört haben und blieben in ihrer Wohnung. Jakob vermied es, allzu ausführlich von Saintes zu berichten. Welchen Eindruck würde es machen, wenn Lene von ihm erfahren sollte, dass er mit den anderen Offizieren im Feindesland wie die Fürsten hauste und niemals so etwas wie einen Fliegeralarm erlebte. Dass man sich dort mit Delikatessen vollfraß, während man hier Hunger litt. Dort den Pomérol aus Flaschen trank, hier froh sein musste, wenn sauberes Wasser aus dem Hahn kam. Erst jetzt lernte Jakob das Rennen in den Luftschutzkeller kennen, zusammen mit den anderen aufgeregten Hausbewohnern. Auch die ständig präsente unterschwellige Angst, die hier herrschte, war ihm völlig neu. Die Sorge um Nahrungsmittel, die Lebensmittelkarten, all das war für ihn gewöhnungsbedürftig. Es belastete ihn und verstärkte sein schon lange bestehendes schlechtes Gewissen. Mit einem mulmigen Gefühl ließ er Lene zurück. Sie war stark geblieben. Auf dem Weg zum Bahnhof aber weinte sie.

Zurück in Saintes. Das Leben dort hatte sich wenig verändert. Nichts deutete auf so etwas Hässliches wie Krieg hin, wenn man von der latenten Gefahr absah, ins Visier von Heckenschützen zu geraten. Man erzählte sich solche Geschichten von anderen Städten. In Saintes und Umgebung war es aber ruhig geblieben, nichts Derartiges war bisher bekannt geworden. Einmal wurde der Tod eines

Unteroffiziers gemeldet. Es war aber nicht, wie zunächst vermutet, die Tat irgendwelcher Partisanen gewesen. Es war das fremde Pferd, das er sich irgendwo unter den Nagel gerissen hatte und mit dem er nicht umgehen konnte. Keine Kugel aus dem Hinterhalt, sondern der Huftritt des Pferdes hatte ihn, wie Jakob eindeutig feststellen und auf der Sterbeurkunde dokumentieren konnte, tödlich am Kopf getroffen. Die fünf Geiseln ließ man zum Glück wieder frei.

Inzwischen wurden für die Mannschaften fachkundig geführte Touren durch die Stadt organisiert. Jakob sah in diesem angeblich so unbedeutenden Provinznest Bauwerke und Ruinen, die tatsächlich aus der Römerzeit stammen sollten. Von der Existenz solcher Ruinen hatte er vielleicht in der Schulzeit einmal gehört. Aber jetzt direkt davorzustehen war doch etwas anderes. An drei die Silhouette der Stadt weit überragenden ehrwürdigen Kirchengebäuden wurde ihnen geduldig der romanische, gotische, byzantinische oder maurische Einfluss erläutert.

Trotz dieser organisierten Unterhaltung wurde es zunehmend schwierig, die Männer bei Laune zu halten. Viele Soldaten, herausgerissen aus Ausbildung, Beruf und Familie, wussten die Zeit nicht recht zu nutzen. Meist saßen sie müßig herum, langweilten sich, schlugen die Zeit tot, spielten Karten, rauchten die preiswerten Orientzigaretten oder tranken übermäßig den jederzeit zur Verfügung stehenden Wein oder Cognac. Viel zu häufig wurde der Weg zur Höhle des Lasters, zur Maison de tolérance, eingeschlagen.

Um weiter für Abwechslung und Ablenkung zu sorgen, wurde ein Büro für die Organisation von Ausflügen außerhalb von Saintes mit der Besichtigung von Schlössern und dem Besuch von Museen eingerichtet. Alles kostenlos, selbstverständlich. Besonders beliebt waren die Ausflüge zu einem der unzähligen Weingüter, die mit ihren Schlössern verstreut in der Umgebung lagen. Erstaunlich, wie freundlich sie überall empfangen wurden. Eine ganze Gruppe von erfahrenen Winzern und Kellermeistern wartete darauf, die Führungen fachkundig zu begleiten. Bemerkungen wie Eindringling oder Besatzer oder gar Feind waren niemals zu hören. Im Gegenteil, man hieß die Herren in ihren feinen Uniformen herzlich willkommen, sprach sogar immer wieder von Freunden.

Die Größe der kühlen Kellergewölbe, die Zahl der sorgfältig auf Hunderten von Metern in mehrstöckigen Regalen gelagerten Flaschen – auf vielen Exemplaren erzählten Staub und Spinnweben vom unglaublichen Alter einzelner Jahrgänge – überstieg alles, was die Herren je gesehen hatten. Kaum einer hatte eine Vorstellung von der Qualität und der Geschichte dieser Weine, von der Arbeit und der Erfahrung, die dahintersteckten. Die eingehende Degustation blieb nicht aus. Fachmännisch erfolgte für die Ignoranten die Beschreibung von Farbe, Blume, Geschmack und Abgang einzelner Weine. Und zum Abschied, selbstverständlich, eine kleine Aufmerksamkeit: jeweils zwei Flaschen ausgesuchter Rotwein. Für die Freunde.

Einer der Offiziere hatte von Biarritz gehört, diesem bei den Franzosen so beliebten mondänen Badeort an der Atlantikküste ganz im Süden. In seiner Fantasie entstand eine nie dagewesene Pracht. Das müsste man gesehen haben, wenn man schon mal hier war. Mehrere Kameraden konnte er für die Reise begeistern. Ein großer Ausflug wurde organisiert. Jakob verzichtete.

Acht Offiziere hatten sich zwei Citroëns mit Fahrern besorgt. Sie ließen sich am frühen Morgen die weite Strecke nach Biarritz und am gleichen Abend wieder zurück kutschieren. In Biarritz fotografierten sie sich gegenseitig an der Strandpromenade, um die Bilder später ihren Liebsten nach Hause zu schicken. Zurückgekehrt, packten sie ihre Eroberungen aus. In der Stadt hatten sie ein Spezialgeschäft für Lederhandschuhe entdeckt und gleich drei, vier oder noch mehr Paar gekauft.

»So etwas gibt's in Deutschland gar nicht«, rief einer der Offiziere. Es war wieder dieser aufgeblähte Löffler. »Ihr glaubt es nicht! Ein riesiges Sortiment von Handschuhen. Schaut mal hier das Leder, wie fein und wie weich. Und die Poren. Soll Hirschleder sein. Das haben die Verkäufer gesagt. Ich will's mal glauben. Sie wussten gut Bescheid. Sie haben uns auch geduldig die Herstellung erklärt. Aufwendig, sage ich euch. Riecht mal! Dieser Geruch, wie findet ihr den?«

Die Zuhausegebliebenen durften bewundern, tasten und riechen.

»Irgendwie männlich, finde ich, oder? Was meint ihr? Passen wie gemacht für meine Hände. Ich hab mir gleich schwarze, braune und diese feinen hellen gekauft. Es war zum Lachen. Der Laden war nach uns fast leer. Heinrich zeig doch mal her! Heinrich hat Handschuhe aus einem ganz teuren Leder gefunden. Was sagten die? Peccary-Leder oder so. Nie gehört. Heinrich, jetzt zeig sie doch mal her!«

Heinrich packte die in weißes Seidenpapier eingeschlagenen hellbraunen Handschuhe aus und zog sie vorsichtig an. Die Umstehenden bestaunten ihre Qualität, ihre Geschmeidigkeit. Wirklich, wie eine zweite Haut.

»Und was ist das, Peccary-Leder?«

»Das hab ich die im Geschäft auch gefragt«, erklärte Heinrich. »Es sei die Haut von Schweinen. Hört sich erst mal nicht so gut an. Aber von wild lebenden, angeblich nur in Südamerika vorkommenden Schweinen. Ihre Haut hat viele unregelmäßige Poren, daran soll man das Leder erkennen können, natürlich auch an der besonderen Geschmeidigkeit und Weichheit. Eigentlich eher etwas für Frauenhände. Na, ja. Mir gefallen sie. Sind erschwinglich gewesen. Dank unserer Umrechnung. Neben dem Handschuhgeschäft gab es übrigens eine Abteilung, die Parfums verkaufte. Da haben wir noch einmal zugeschlagen«, gestand Heinrich. »Ich hab mir ein Parfum geleistet, das den schönen Namen *Quelques Fleurs* trägt. War nicht ganz billig. Riecht aber wunderbar. Es sei das Produkt eines der ältesten französischen Hersteller. Damit werde ich meine Freundin überraschen.« Die Umstehenden wurden mit einer Riechprobe beglückt.

Wie ein Paukenschlag erreichte die unvorbereiteten Wehrmachtstouristen die Nachricht vom 22. Juni 1941. Ungläubig vernahmen sie, die Deutschen hätten Russland angegriffen. Ein Schock. Warum denn das? Polen, Frankreich und all das andere, das genügte doch.

Jakob war mit weiteren Offizieren erneut nach Angoulême gerufen worden, wo man ihnen mitteilte, was sie schon wussten: Deutsche Truppen rückten seit einigen Tagen erfolgreich gegen die Bolschewiken vor. Sie sollten sich, hieß es, darauf einstellen, dass dies auch das Leben hier in Frankreich verändern würde. In jedem Fall müsse man sich für einen Einsatz bereithalten und sich entsprechend vorbereiten.

»Außerdem müssen wir uns darauf einstellen, dass unsere Soldaten, die im Osten so tapfer für das Vaterland kämpfen, für Tage oder Wochen hierherkommen werden. Sie dürfen und sie sollen sich erholen und ihre Kampfkraft stärken, auch etwas Abstand finden von ihrer schweren Aufgabe im Feld. Alle Möglichkeiten der Entspannung sollen für sie bereitgehalten werden«, hieß es. »Stabsarzt Kahnolt, da haben wir besonders an Sie gedacht.« Jakob verstand.

Vier oder fünf Monate später erschienen die ersten Soldaten. Erschöpft. Gezeichnet. Leer. Es wurde nicht gern gesehen, dass sie von ihren Erfahrungen an der Front berichteten. In lauten Gesprächen war dann von anstrengenden, aber erfolgreichen Märschen zu hören und dem wie zu erwarten dürftigen Widerstand der Russen. Schokolade war immer mal wieder nötig gewesen. Nicht ungefährlich, da ihr Genuss zur Unterschätzung der Kälte führen konnte. Hinter vorgehaltener Hand erfuhren die verwöhnten Offiziere von Saintes noch andere Geschichten. Und die klangen keinesfalls beruhigend, die klangen fürchterlich. Gräuel, die keine Märchen waren. Von Blitzkrieg konnte offensichtlich keine Rede mehr sein. Im Gegenteil. Die erfolgsverwöhnten Truppen mit ihren Generälen hatten den früh hereinbrechenden russischen Winter offensichtlich unterschätzt, und alles deutete darauf hin, dass die geplante Einnahme von Moskau kläglich scheitern würde. Die erste große Niederlage, von der niemand reden, die es nicht geben durfte.

Die bis dahin durchweg gehobene Stimmung schlug um. Die lauten Töne verstummten. Jeder wusste: Die sorgenfreien Tage waren gezählt, konnten bald endgültig vorbei sein.

Umso wichtiger wurden jetzt die Ablenkungen. Die größeren wurden von der eigens für touristische Angelegenheiten eingerichteten Agentur geplant und waren allein den Offizieren vorbehalten. Ein Ausflug sollte in das nahe gelegene Cognac führen. Jakob hatte sich angemeldet. Er bestand darauf, dass Karl trotz seines niederen Dienstgrades mitkommen durfte. Mit einem großen Citroën und einem Panhard, diesem luxuriösen Achtzylinder, den man sich aus dem Fuhrpark eines kurz zuvor geflüchteten Fabrikanten geholt hatte, sollte es bei strahlendem Sonnenschein nach Cognac gehen, einer Stadt, die den meisten zumindest vom Namen her bekannt war. Über die Hügel und an endlosen, sorgfältig gepflegten, friedlich ausgebreiteten Weinbergen entlang wurden sie in die berühmte Stadt gefahren. Dort empfing sie ein bestens Deutsch sprechender älterer Herr. Er sei hier einer der Kellermeister. Seine Unterwürfigkeit war peinlich. Die Herren aus Saintes erfuhren etwas über die Trauben, die für die Herstellung des Cognacs verwendet wurden. Trauben verschiedener Sorten, die aber jeweils aus der Region kommen mussten. Erklärt wurde ihnen das mehrfache Destillieren des alkoholhaltigen Saftes und die jahrelange Lagerung in Eichenfässern. Sie wurden in einen der großen Keller geführt, wo Hunderte Fässer Weinbrand darauf warteten, in Flaschen abgefüllt zu werden. Die typisch bernsteingleiche Farbe und den Geruch würde der Brand durch die Gerbsäure der Eiche erhalten, woraus die Fässer gemacht waren. Je länger die Lagerung, und das konnten sechs und mehr Jahre sein, desto dunkler der Brand.

Jakob wagte aus der Reihe der zunehmend gelangweilten Zuhörer die Frage: »Sagen Sie, warum sind die Wände und das Gewölbe des Kellers schwarz gestrichen?«

»Ach, interessant, dass Sie danach fragen. Das ist keine Farbe, das ist ein Pilz«, wurde ihm erklärt, »ein Pilz, der sich von dem immer etwas aus den Fässern entweichenden Alkohol ernährt und die Wände schwarz überzieht. Völlig harmlos.«

Die Gruppe erfuhr zuletzt, warum sich Unternehmen wie Rémy Martin oder Hennessy – die meisten hatten die Namen nie zuvor gehört – gerade hier niedergelassen hatten. Zur Erinnerung wurde jedem Gast die Flasche eines länger gelagerten Cognacs überreicht. An den Kellerbesuch schloss sich direkt die Stadtführung an.

Zum Schluss fand sich die Gruppe im großen Stadtgarten wieder, um dort ihr Picknick und einen ersten Schluck aus einer der geschenkten Cognacflaschen zu genießen. Im Schatten alter Buchen hatten sie eine Bank gefunden, lachten laut und ließen es sich gutgehen.

»Wenn ich hier den Geruch vom Holz der Bäume, gerade auch der Eiche, der in dem Cognac steckt, in die Nase bekomme«, begann Karl überraschend, »dann habe ich Heimweh. Ich kann mir nicht helfen. Dann habe ich solche Sehnsucht nach meiner Werkstatt. Und ich frage mich, was ich hier soll. Wir leben wie die Urlauber! Ich werde zu Hause viel nötiger gebraucht.«

Einem der Offiziere, die zugehört hatten, gefiel das gar nicht. »Passen Sie auf, was Sie sagen!«, rief er erbost. »Wir haben hier einen wichtigen Auftrag zu erfüllen. Ich würde Ihnen raten, den Mund zu halten, sonst passiert noch etwas. Man kann Sie auch schnell versetzen. Dorthin, wo Sie sich vielleicht sinnvoller eingesetzt fühlen.«

»Karl kann doch von seinem Beruf erzählen und offen sagen, dass er sich nach seiner Familie und seiner

Werkstatt sehnt. Das geht uns doch allen so. Oder?«, versuchte Jakob die Situation zu entschärfen.

»Jetzt fängst du auch noch an. Mit ähnlich blöden Sprüchen haben wir den letzten Krieg verloren!«, wurde nachgesetzt. »Besser, ihr haltet den Mund.«

Damit war der Spaß an diesem Tag vorbei.

Nach Hause zurückgekehrt, setzten sich Jakob und Karl auf die Bank vor ihrer Kirche. »Vielen Dank, Jakob, dass du mich in Schutz genommen hast. Es wird ja immer schlimmer, schon fast gefährlich, wenn man seine Meinung sagt.«

»Aber du musst auch wirklich aufpassen, was du sagst und vor allem zu wem. Das kann schnell schief gehen. Ich habe den Eindruck, trotz der angeblich so entspannten Situation wird die Stimmung immer gereizter. Das hängt wohl mit dem Krieg in Russland zusammen.«

»Als ich den Geruch von Eichenholz in die Nase bekam, wahrscheinlich von der geöffneten Cognacflasche, du glaubst es nicht, da tauchte vor meinen Augen plötzlich meine Werkstatt auf, meine Werkbank, wie ich sie verlassen habe, mit allen Einzelheiten und den Werkzeugen, die darauf lagen. Eigentlich wollte ich der Gruppe nur etwas über die Besonderheiten der Bäume und den Geruch ihres Holzes sagen. Aber dann packte mich diese Sehnsucht. Ja, und das Heimweh. Kannst du dir das vorstellen? Jedes Holz verströmt seinen ganz eigenen Geruch. Und wenn ich den in die Nase bekomme, dann entsteht bei mir Heimweh, richtige Sehnsucht nach zu Hause. Dass mir fast die Tränen kommen. Ich weiß nicht, warum.« Karl geriet ins Schwärmen. »Das Holz der Eiche zum Beispiel riecht nach dem ersten Schnitt leicht säuerlich. Wenn Eiche schließlich einige Jahre Lagerung hinter sich hat, erscheint ein moosiger Geruch aus dem Hintergrund, der an Waldboden erinnert, auch an Schokolade, an dunkle Schokolade. Da wird mir dann eine eigene Geschichte vom Standort, von der einstigen Heimat dieses Baumes erzählt. Aber Nussbaum, das ist mein Lieblingsholz. Holz vom französischen Nussbaum. Ja, tatsächlich vom französischen Nussbaum. Je älter das Holz, desto mehr verbreitet es einen Geruch, der der weichen äußeren Schale der Nuss ähnelt. Bei Nussbaumholz gibt es übrigens eine Besonderheit, die kaum jemand kennt. Interessiert es dich?«

»Ich habe keine Ahnung davon. Aber erzähl doch! Das lenkt von unserem Ausflug ab.«

»Also, im Bereich zwischen den Wurzeln und dem Stamm, dort wo der fruchttragende Trieb okuliert wurde – du verstehst mich –, entwickelt sich im Laufe vieler Jahre eine dicke Auftreibung. Wir nennen sie Wurzelmaser- oder einfach Maserknolle. Dieser Teil des Baums ist für uns Schreiner von unschätzbarem Wert. Ich erinnere mich, dass mein Vater einmal zwei großartige Maserknollen bei einer Auktion erstanden hatte. Ich war damals dabei, als er mit unserer Gattersäge eine der Knollen in dicke Scheiben schnitt. Der Vater war richtig aufgeregt. Jede Knolle ergibt im Schnitt ein lebhaftes Muster, und das in den verschiedensten warmen Rot- und Brauntönen, ein wahres Kunstwerk. Zum Verarbeiten fast zu schade. Man kann auch Pech haben. Etwa wenn irgendeine Baumkrankheit die Zeichnung des Musters gestört oder im schlimmsten Fall verunstaltet und unbrauchbar gemacht hat. Viele Kunden bringen uns ihre alten Möbel, um sie restaurieren zu lassen. Da haben sich Risse gebildet im Holz, oder das Furnier ist abgeplatzt. Oder der Wurm hat gewütet. Für das Ergänzen des Furniers eignet sich in solchen Fällen das Holz der Maserknolle besonders gut. Dann wird ein dickes Furnier geschnitten, das zu dem beschädigten Bereich des Möbels passt. Ich kann von Glück sagen, dass wir in unserer Werkstatt eine große Sammlung von Hölzern haben, lange gelagert und jederzeit zur Verarbeitung bereit. Langweile ich dich?«

»Nein, nein. Ganz im Gegenteil. Ich lerne ja dazu.«

»Häufig kommt es vor, dass meine Auftraggeber einen ganzen Baumstamm vorbeibringen. Den hatte vielleicht schon ihr Vater oder Großvater gefällt. Aus diesem Holz soll ich dann ein Möbelstück schreinern, vielleicht eine Kommode oder einen Schrank. Das mache ich gern. Ist der Stamm noch nicht aufgeschnitten und gelagert, müssen sich die Leute gedulden. Dann kann es sein, dass noch ein paar Jahre auf das Möbelstück gewartet werden muss. Holz bewegt sich immer ein wenig, und je kürzer die Fällung zurückliegt, desto unruhiger ist es. Zu schnelles Trocknen, etwa in beheizten Räumen, ist gefährlich, führt meist zu Rissbildungen. Die äußeren Teile des Bretts, der Splint, verlieren dann schneller an Wasser als der Kern. Und wenn man Pech hat, ist das Holz für das Möbelstück unbrauchbar. Schrecklich. Manchmal muss ich schon verleimtes Holz mühsam aufschneiden und in kleineren Teilen wieder zusammenleimen. Man braucht Geduld, viel Geduld.« Karl war in seinem Element. »Jakob, es tut mir so gut, wenn du mir zuhörst.«

Nach einem der gemeinsamen Besuche der Klosterkirche, die inzwischen zur wöchentlichen Tradition geworden waren, machte Karl vor dem Eingangsportal halt. »Jakob, warte mal. Ich will dir etwas zeigen. Jedes Mal, wenn ich diese wunderbare Kirche betrete und auch, wenn ich sie wieder verlasse, muss ich vor diesem Portal stehen bleiben. Schau dir die Steinmetzarbeiten an den Kapitellen an, ich meine an den Säulen hier rechts und links. Fällt dir da etwas auf?«

»Hm. Ziemlich verwirrend. Figuren, Geflecht oder wie man das nennen kann. Ich sehe Menschen. Sie stehen auf dem Kopf. Sieht aus, als würden sie so etwas wie Handstand machen. Sehe ich das richtig?«

»Genau, so sehe ich das auch. Und was siehst du noch, ich meine, zwischen den Beinen der Menschen, falls es Menschen sind?«

»Das sind Gesichter oder doch eher Fratzen, Ungeheuer, so etwas wie Monster, die da hervorglotzen. Soll wohl Angst einjagen.«

»Als ich mir diese Steinmetzarbeit zum ersten Mal so richtig angeschaut habe, dachte ich: Es könnte doch sein, dass alle sündigen Menschen nicht in diese Kirche kommen können, auch wenn sie sich auf den Kopf stellen. Das wären dann an erster Stelle auch wir, ich meine wir Besatzer! Wir kommen da nicht rein.«

»Meinst du? Das sind ja Aussichten. Ich sehe da aber auch so etwas wie Flügel an den Seiten der Figuren.«

»Die sehe ich auch. Auf dem Kopf stehend oder mit vorgestreckten Händen auf dem Boden ankommend, als ob sie im Sturz wären, dazu die Flügel. Es könnten gestürzte Engel sein.«

»Gestürzte Engel? Hab ich auch schon mal gehört. Ich weiß aber nicht, was es bedeuten soll.«

»Sie stellen das Böse dar. Sie werden verstoßen. Wegen ihrer bösen Taten verstoßen, man kann auch sagen wegen ihrer Sünden, vielleicht aus dem Himmel oder je nachdem aus dem Paradies. Und sie werden zu Dämonen, Dämonen, die auch für uns gefährlich werden können. Eingang in die Kirche: unmöglich.«

»Und warum zeigst du mir das?«

Karl beugte sich zu Jakob und flüsterte: »Der Dämon, jetzt pass auf, das ist der Satan, den sie den Führer nennen. Und da wir uns nicht wehren, droht allen Unheil. Ich muss immer daran denken, wenn ich durch dieses Tor gehe.«

»Mensch, Karl, spinnst du. Bist du wahnsinnig? Das könnte uns beide um Kopf und Kragen bringen, uns glatt das Genick brechen. Wenn das jemand hört. Sei bloß still.«

Karl schwieg. Nach einer Weile: »Mal sehen, wem das Genick gebrochen wird. Wollen mal hoffen, dass wir nicht zu denen gehören.«

Wortlos gingen sie ein letztes Stück gemeinsam. Dann trennten sich ihre Wege, und jeder suchte sein Schlafquartier auf. Beide dachten an ein Drama, das sich erst kürzlich in ihrer Mannschaft abgespielt hatte. Simon, ein junger Offizier, noch grün hinter den Ohren, frisch und unverbraucht direkt von der Universität, war zu ihrem Bataillon gekommen. Einige Wochen zuvor hatte er angeblich lauthals geäußert, man könne diesen Krieg gegen Russland, genauso wie damals Napoleon, niemals gewinnen. Er hatte ohne Umschweife gesprochen, gesagt, dass er auf keinen Fall eine Waffe in die Hand nehmen würde. Das war für manche zuviel. Die Gestapo holte Simon ab. Nach kurzem Verfahren soll er, wie man sich zuflüsterte, wegen angeblicher Zersetzung der Wehrkraft an die Wand gestellt worden sein.

An einem Sonntag im Spätsommer, es war inzwischen Jakobs fünfter Monat in Saintes, hatte er sich wieder einmal das B-Krad genommen, um mit Karl nach dem nahen Royan zu fahren. Sie wollten zum Café vor dem Casino

Municipal an der Grande-Conche, wo sich ein großartiger Blick auf den Strand bot. Alle Plätze auf der Terrasse des Cafés waren an diesem Tag besetzt, Paare, Familien mit ihren Kindern. Ein fröhliches, ein buntes Durcheinander. Jakob und Karl standen mit anderen am Rand der Terrasse und warteten auf freie Plätze. Sie fühlten sich beobachtet. Keine freundlichen Blicke. Jetzt näherte sich ihnen ein am Frack mit roter Schärpe erkennbarer Oberkellner. Er bat sie mit professioneller Freundlichkeit, ihm doch zu folgen, und führte sie zu einem der Tische, an dem kurz zuvor ein junges Paar Platz genommen hatte. Er gab den beiden Zeichen, die Stühle zu räumen. Jakob sah es und wollte widersprechen. Es half nichts. Schon hatte das Paar fluchtartig die Terrasse verlassen. Der Oberkellner schob die Stühle zurecht. Jakob und Karl setzten sich. Es blieb ihnen nichts anderes übrig.

»Ich weiß nicht, wie es dir geht, Jakob, aber ich schäme mich«, flüsterte Karl. »Ich schäme mich, wenn ich hier in meiner Uniform sitze und diese unverdienten Privilegien genieße. Ich fühle mich richtig schlecht. Schau dich um, wie sie uns von allen Seiten beobachten! Siehst du auch, dass die Einheimischen ihren eigenen Strand nicht benutzen dürfen? Was wollen wir hier nur? Hast du gehört, dass sie hungern, weil wir uns vollfressen und ihnen mit unserem günstigen Kurs alles wegkaufen? Wie soll das nur weitergehen? Ich spüre, dass wir hier wirklich nichts verloren haben. Wir sollten zurück und dieses schöne Land denen überlassen, denen es gehört. Und meinetwegen, wenn die Zeit reif ist, als einfache Reisende zurückkommen. Stell dir vor, eines Tages rüstet die ganze Welt gegen uns. Ich bin mir fast sicher, das wird kommen. Und du wirst sehen, das wird unser Ende sein.«

Plötzlich hörte Jakob die Abschiedsworte seiner Wirtin in Krakau.

»Ich fürchte, du wirst recht behalten, aber sag das bitte nicht zu laut.« Nach einer Pause: »Ich bin ziemlich ratlos. Was könnten wir denn jetzt noch ändern?«

Karl ließ nicht locker. »Wahrscheinlich nichts! Ich finde … Schau dich doch einmal um, wir sitzen hier wie Fremdkörper in unseren Uniformen. Wir werden wie die Fürsten behandelt, nehmen die andauernde Bevorzugung herablassend oder wie jetzt eben notgedrungen in Kauf.«

Er beugte sich zu Jakob und fuhr leise fort: »Sie hassen uns. Sie lachen uns ins Gesicht und bedienen uns. Aber sie verachten uns. Und sie sagen nichts. Wie sollten sie auch. Sie warten nur auf die erstbeste Gelegenheit, um es uns doppelt und dreifach zurückzugeben, um zurückzuschlagen, uns ins Gesicht zu spucken. Und man kann es ihnen nicht verdenken. Ich weiß nicht, ob du auch gehört hast, dass hier vor Kurzem einer unserer Soldaten, der Wache geschoben hatte, erschossen wurde. Wahrscheinlich von Partisanen, flüstert man sich zu. Ich fühle mich jedenfalls nicht wohl. Ich bin mir sicher, es kocht unter dieser dienstbeflissenen Oberfläche. Und so ungefährlich ist es für uns nicht, auch hier und jetzt nicht. Ich komme mir so fehl am Platze vor. Mir schmeckt es nicht. Das kann ich dir sagen, ich bin zum letzten Mal hier.«

Jakob schwieg.

»Und damit das klar ist«, fuhr Karl fort, »ich hab mich nicht, wie es etwa mein Vater noch getan hat, freiwillig zu diesem Kriegseinsatz gemeldet. Eines Tages wurde ich einfach informiert, dass man mich einzieht. Ich weiß nicht, warum es gerade mich getroffen hat. Und dann bin ich hierher abkommandiert worden. Was ja noch ein

Glück ist, falls das nicht die Ruhe vor dem Sturm bedeutet. Ich muss dir gestehen, ich habe ein ganz schlechtes Gefühl. Ich versuche jetzt zwar, mein Bestes zu geben, aber ich hoffe, dass ich bald wieder nach Hause kann, dass mich jemand hier ablöst. So, wie man mir das versprochen hat. Aber noch einmal, nimm es mir nicht übel, ich bin zum letzten Mal hier in diesem Café gewesen!«

An einem der kommenden Vormittage erschienen in Jakobs Ambulanz zwei Männer der Gestapo. Sie legten ihm die Totenscheine von drei Jugendlichen zur Unterschrift vor. Auf den Scheinen stand: »Tod durch Ertrinken.«

»Wo kann ich die Toten sehen?«, fragte Jakob.

»Tut uns leid, die Angehörigen haben die Verstorbenen bereits beerdigt. Unterschreiben Sie!«

»Und wo sollen gleich drei junge Männer, siebzehn, achtzehn Jahre alt, ertrunken sein?«

»Sie wurden außerhalb der Stadt einige hundert Meter flussabwärts im Wasser treibend gefunden.«

»Konnte kein anderer Arzt sie vor der Beerdigung sehen?«

»Unterschreiben Sie jetzt, und stellen Sie keine Fragen zu Vorfällen, die Sie nichts angehen.«

Das klang seltsam. War es vorstellbar, dass die Leichname schon am Tag nach diesem, wie es schien, tragischen Tod beerdigt worden waren? Jakob wusste, dass er auf einer Leichenschau bestehen musste. Er fühlte sich überrumpelt. Er fühlte sich nicht gut. Er war nicht vorbereitet auf so eine Situation. Dann unterschrieb er, ohne die Toten gesehen, ohne das Ertrinken als Todesursache überprüft zu haben. Im selben Augenblick war ihm klar, dass er einen Fehler begangen hatte. Er war zu schnell schwach geworden, fürchtete sich vor der Autorität der Gestapo. Unnötigerweise. Er hätte noch mehr Fragen stellen müssen. Niemand hätte ihn daran hindern können. Er hätte sich durchsetzen müssen.

Wenig später erfuhr er, dass die drei Jugendlichen von SS-Männern über die Brüstung der Bernard Palissy-Brücke in die Charente geworfen und nicht ertrunken, sondern ihren Verletzungen erlegen waren. Er war entsetzt und tauschte sich mit Karl über den Vorfall aus. Der beruhigte ihn und meinte, Jakob wäre sicher nichts anderes übriggeblieben, als zu unterschreiben. Es sei eben schwer, sich gegen die Bosheit der Welt zu wehren. Jakob war sich nicht sicher. Vielleicht hätte er sich doch weigern sollen.

Die wöchentlichen Kontrollbesuche im Bordell in der Rue désiles wurden immer mehr zu einer Zumutung. Für Jakob wie für die Frauen. Dieser dampfende, durchdringende Geruch nach Schweiß, abgestandenem Parfum, Sperma und scharfem Desinfektionsmittel, der die Räume durchzog, verschlug ihm jedes Mal den Atem. Viele der Frauen waren nach Jakobs Einschätzung minderjährig. Sie waren irgendwann, auf welche Weise auch immer, in dieses Etablissement gelangt, der Sous-maîtresse ausgeliefert, eingesperrt. Das Haus durften sie nur noch in Begleitung verlassen. Und eine dafür irgendwie autorisierte Begleitung zu finden, war schier unmöglich. Hier wollte Jakob in jedem Fall für Erleichterung sorgen. Wer aus dem Etablissement heraus wollte und einen zuverlässigen Eindruck machte, bekam von ihm den nötigen Passierschein, den Laissez passer.

Eines Tages stand Jakob wieder am Eingangstresen des Bordells und besprach mit der Sous-maîtresse die Zugänge und Abgänge, sprach auch über jene Frauen, bei denen eine Kontrolluntersuchung anstand. In diesem Augenblick trat ein junges Mädchen an ihn heran und bat ihn dringend um ein Gespräch unter vier Augen. Die Sous-maîtraisse machte Anstalten, die Bittstellerin zu verscheuchen. Jakob bat das Mädchen um Geduld, versprach aber, vorbeizukommen und sie anzuhören.

»Wo arbeitet die junge Frau?«

»In Kabine vier.«

Er wandte sich an das Mädchen: »Gehen Sie zurück in Ihr Zimmer, ich komme zu Ihnen.«

Jakob ging an der roh gezimmerten Bar des Treffpunkts vorbei, vor der auf Lederhockern zwei halbnackte Frauen saßen. Sie ließen sich nicht stören. Jakob zog einen Vorhang beiseite und gelangte in den Hausgang. Er klopfte an die Tür der Kabine vier und betrat nach einem »Entrez!« den ihm bereits vertrauten Arbeitsraum einer Prostituierten. Ein kleines Zimmer, vielleicht drei mal drei Meter groß. Auf dem Boden ein Mosaik aus verschiedenen, meist grauen Fliesen. Ein oder zwei zerbrochen. Die Wände mit Stoff bespannt, rötlich gemustert, ausgeblichen. In der Mitte ein schmales, angerostetes Eisenbett. Rechts daneben ein Stuhl mit zerschlissenem Polster, hinter einem Vorhang eine kleine private Ecke. Die zarte Frau, sicher noch im Mädchenalter, stand auf und verbeugte sich. »Vielen Dank, Herr Doktor, dass Sie kommen. Wollen Sie sich nicht setzen. Man sagt hier, Sie hätten ein gutes Herz.«

»Danke, ich bleibe lieber stehen. Was gibt es?«

»Herr Doktor, bitte helfen Sie mir. Ich bin nicht freiwillig hier. Ich wurde gezwungen. Ich war vor zwei Wochen auf dem Weg nach Hause. Ich wohne gar nicht hier. Ich komme aus der Nähe von Nontron. Das werden Sie wahrscheinlich nicht kennen. Es liegt südöstlich, unmittelbar an der Grenze im freien Teil unseres Landes. Plötzlich hielt neben mir ein Auto an, deutsche Wehrmacht. Zwei Soldaten sind herausgesprungen, haben mich gepackt und in den Wagen gezerrt. Sie sind ziemlich aufdringlich geworden. Ich konnte mich kaum wehren. Meine Bluse wurde zerrissen. Ich kann sie Ihnen zeigen. Und ich hatte schreckliche Angst, was jetzt wohl passieren würde. Sie drohten, mich irgendwo rauszuwerfen. Schließlich fuhren sie die lange Strecke nach Saintes – ich war noch nie hier – und brachten mich in dieses Haus. Ich sollte hier arbeiten. Sie wissen sicher gut, was das bedeutet. Es ist eine Schande für mich. Oh Gott! Helfen Sie mir. Ich will wieder nach Hause. Ich habe mit dieser Maison überhaupt nichts zu tun. Sie sagen, es würde schon alles gut werden, ich sollte mich erst mal eingewöhnen. Ich will mich nicht eingewöhnen. Ich will nach Hause. Was denken Sie, welche Sorgen sich meine Eltern machen. Und wenn sie hören, dass ich hier gelandet bin. Oh Gott! So eine Schande. Sicher haben sie keinerlei Nachricht von mir. Seit über zwei Wochen.«

»Wenn das stimmt, was Sie da sagen, und ich glaube Ihnen, dann sorge ich dafür, dass Sie hier rauskommen. So schnell wie möglich. Ich melde mich.«

Noch am selben Tag begab sich Jakob zum Kommandeur der Stadt und berichtete ihm von dem Vorfall. Nach einigem Hin und Her wurde das Mädchen mit einem Militärwagen und einer Entschuldigung über die Grenze zurück zu ihren Eltern gebracht. Die Soldaten, die ihre Macht missbraucht hatten, konnten nicht ausfindig gemacht werden. Jakob hielt es für wenig wahrscheinlich, dass man sie zur Verantwortung gezogen hätte.

Den Briefen, die Jakob von Lene erhielt, war zu entnehmen, dass der Küchenzettel zu Hause immer schmaler geworden, fast alles kontingentiert und nur auf Bezugsscheine zu bekommen war. Lene schrieb, es fehle ihr vor allem an Zucker und Butter. Tee sei fast gar nicht mehr aufzutreiben. Der Kaffee schmecke nach Zichorie, echter Bohnenkaffee sei nirgends zu finden. Wenn er wieder Urlaub bekomme, und sie hoffe doch, das sei bald, wüsste sie nicht, was sie ihm anbieten sollte. Briefe mit ähnlichem Inhalt kamen bei allen Soldaten an. Eine Herausforderung für die Maden im Speck, die sie hier waren. Für die Lieben zu Hause wurden wieder und wieder ganze Läden leer gekauft, Plünderungen gleich. Lebensmittel wie Eier, Butter oder Schinken und Speck, auch Hasen oder gerupfte Hühner sammelte man auf Hamstertouren in den umliegenden Dörfern. Mancher war so dreist, sich zu beschweren, wenn nicht alles zu jeder Zeit verfügbar war. Unter den Offizieren entwickelten sich die Einkaufsausflüge und das gemeinschaftliche Packen zur ausgelassenen Nachmittagsbeschäftigung. Man wollte die Daheimgebliebenen am eigenen Luxus teilhaben lassen, stellte sich deren große Augen beim Auspacken vor.

Auch Jakob packte ein- oder zweimal pro Monat ein Paket zusammen, in dem sich mindestens Butter, gut verpackt, Kaffee, Tee, Zucker und eine oder zwei Schachteln Galettes, feine Plätzchen, befand. Der Einkauf war ihm peinlich. Mehrmals schickte er einen der Unteroffiziere los.

Vorfrühling 1942. Tagsüber konnte es schon wieder angenehm warm werden. Erneut wurde Jakob zur Feldkommandantur nach Angoulême beordert. Er ahnte es. Jetzt würde es ernst werden. Warum fuhr man ihn diesmal die siebzig Kilometer im bequemen Peugeot 402, diesem auffälligen Wagen, von dem er wusste, dass er wenige Monate zuvor einem französischen Kollegen abgenommen worden war, mit dem ihn sogar eine Freundschaft verbunden hatte? Begründung: Man benötige das Auto ganz einfach dringender als er.

»Wir informieren Sie«, wurde er unterrichtet, »dass die Zusammenstellung einer Division vorgesehen ist, die unsere tapfer kämpfenden Armeen in Russland entlasten soll. Sie haben in Zukunft den Anweisungen des Majors Hünemann Folge zu leisten, der die Nachrichtentruppe der Division leiten wird. Wir werden für diese Truppe Soldaten zusammenziehen, die aus der Region Baden und Württemberg stammen. Wir denken, da bleibt für alle im Feld immerhin so etwas wie ein Heimatgefühl.«

»Und was heißt das für meinen Sanitätsstab?«

»Ihrer Sanitätsabteilung, die Sie dann als Stabsarzt – die Beförderung habe ich veranlasst – leiten sollen, werden zwei weitere Ärzte und acht Sanitäter zugeordnet. Sie alle werden in die Kompanie von Major Hünemann eingegliedert. An zwölf oder sechzehn Träger und weitere Hilfskräfte haben wir ebenfalls gedacht.«

Von militärischer Übung oder gar kriegerischen Auseinandersetzungen war bis zu diesem Zeitpunkt nichts zu sehen und zu hören gewesen. Das sollte sich ändern. Einen Vorgeschmack bekam Jakob, als er, der Arzt, genau wie die anderen Soldaten ohne nähere Begründung nach Süden vor die Mauern der alten Stadt gefahren wurde. Dort sollte auf offenem Feld geübt werden.

Der Drill begann auf dem leicht hügeligen Gelände mit Robben. Wie Kriechtiere. Immer wieder wurde geschrien:

»Köpfe runter! Mensch, ihr Idioten, Köpfe runter! Mit Händen und Ellenbogen den Körper vorziehen! Schneller! Schneller! Wohl zu fett geworden! Mit den Füßen abdrücken! Arsch und Knie runter! Flacher vorwärtskommen! Nur so seid ihr sicher, wenn ihr nicht abgeknallt werden wollt. Ist das klar!«

In den folgenden Stunden sollte er mit dem kleinen Klappspaten das Ausheben von Schützengräben üben. Ausheben von Schützengräben! Und zwar im Akkord. Sein Rücken meldete sich.

»Stellen Sie sich vor, Ihnen bleibt kaum Zeit, sich in Sicherheit zu bringen. Da werden Sie froh sein, in so einen Graben springen zu können. Je mehr Schweiß hier auf dem Übungsplatz fließt, desto weniger Blut wird an der Front vergossen.«

Er hasste solche Belehrungen. Und er hatte Angst. Er wurde, das fühlte er verschwommen, auf eine Realität voller Gefahren vorbereitet, wahrscheinlich ging es um Leben oder Tod. Aus der Tiefe drangen unbekannte Bilder, Unheil verkündend. Dieses unheimliche Gerassel von Panzerketten kannte er bisher nur aus der Ferne. Jetzt, auf dem Übungsfeld, fuhren sie, Höllenlärm verbreitend, losgelassen und wie wild geworden kreuz und quer. Die Panzer mit ihren Geschützen. Das Zielen und Schießen auf den Feind sollte geübt werden.

Am zweiten Tag des Drills: der Höhepunkt der Dreistigkeit. Jakob bekam eine Kugel aus Eisen in die Hand gedrückt.

»Stellen Sie sich eine Handgranate vor. Sagen wir mal, ein russisches Modell. Im Ernstfall sehen unsere Granaten etwas anders aus, sind leichter und weiter zu werfen.« Dann wurde er plötzlich angeherrscht: »Aber egal, werfen Sie!«

Jakob dachte an seine Erfahrungen aus der Schulzeit. Im Sport hatten sie eine Kugel von ähnlichem Gewicht werfen müssen. Es war schon damals nicht seine Disziplin gewesen. Er nahm die Kugel in die linke Hand und legte das kalte Eisen in die Kuhle seiner linken Schulter.

»Halt, was machen Sie denn da? Rechte Schulter, rechte Hand!«

»Ich bin Linkshänder«, Jakob legte die Kugel erneut auf die linke Schulter und versuchte, seine ganze Wut in den Wurf zu packen, die Wut auf den Drill, die Erniedrigung, den Missbrauch seiner Person. Er erreichte nicht mehr als sieben Meter.

»Was? Mehr geht nicht? Mensch, das Ding wiegt doch weniger als 500 Gramm! Das kann doch nicht wahr sein! Herr Offizier, jetzt versuchen Sie es noch einmal, und strengen Sie sich gefälligst an!«, brüllte der Feldwebel, stolz, einen Offizier vor sich zu haben.

Jakob warf erneut.

»Meine Güte, auch nicht viel besser. Das kann für Sie ja ganz schön gefährlich werden. Sie können so eine Granate, wie es aussieht, nur werfen, wenn Sie anschließend einen ausreichenden Splitterschutz haben. Das heißt also: Werfen und sofort in Deckung!«

Jakob ließ die Kugel sinken. »Es muss Ihnen doch bekannt sein, dass ich als Arzt nicht zur kämpfenden Truppe gehöre. Gar nicht dazu gehören darf. Ich werde also auf keinen Fall so ein Ding in die Hand nehmen.«

»Es wird Situationen geben, da wird Ihnen Ihr Arztsein überhaupt nichts helfen. Im Ernstfall haben Sie die Ihnen anvertrauten Verwundeten zu verteidigen. Dann werden Sie froh sein, so ein Ding in der Hand und das Werfen geübt zu haben.«

»Sie meinen, ich soll dann aus dem Verbandsplatz heraus Handgranaten werfen? Niemals. Das käme doch glattem Selbstmord gleich.«

»Ich rate Ihnen, seien Sie vorsichtig, auch wenn Sie Doktor sind. Von Ihnen müssen wir uns nun wirklich nicht darüber belehren lassen, was richtig ist und was nicht.«

Jakob schrieb an Lene: »Meine Liebe. Wenn ich richtig gerechnet habe, wird unser Kind in den nächsten Tagen geboren werden. Ich hoffe, du bist in dem Averdieck-Krankenhaus in guten Händen. Ich bin leider weit weg und kann nichts tun, als nur fest an dich zu denken. Zum Glück wohnt ein Teil der Verwandtschaft in Hamburg, auch Elisabeth, mit der du inzwischen, wie du geschrieben hast, eine richtige Freundschaft schließen konntest. Und die wie du ganz auf sich gestellt ist, weil ihr Mann ebenfalls eingezogen wurde, im Feld ist, wie sie sagen.

Heute kann ich dir leider nichts Gutes berichten. Ihr habt ja mitbekommen, und wir hatten uns darüber schon ausführlich geschrieben, dass unsere Wehrmacht seit Mitte letzten Jahres gegen Russland vorgeht. Ein riesiges Land. Wir haben hier den Angriff mit gemischten Gefühlen, um ehrlich zu sein, mit großer Sorge, aufgenommen. Diese Sorge geht, von wenigen Ausnahmen abgesehen – es sind immer die gleichen – durch alle Reihen. Und es sieht so aus, als ob die unbeschwerten Wochen und Monate in Frankreich, die sicher unverdient sind und mir im Hinblick auf deine Situation jedes Mal ein schlechtes Gewissen verursachen, ihrem Ende zu gehen. Du weißt, alles, was ich denke und fühle, kann ich im Brief nicht schreiben. Man hat mir angekündigt, dass ich zusammen mit fast allen anderen Offizieren hier an die russische Front geschickt werde, um, wie es heißt, die dort kämpfenden Einheiten zu entlasten. Man hat mir auch schon die Kompanie mitgeteilt, in der ich für die ärztliche Versorgung zuständig sein soll, eine Nachrichtenabteilung unter der Leitung eines Majors namens Hünemann. Dieser Mann hat sich vor einigen Wochen bei uns vorgestellt. Mit seinem sympathischen Bauchansatz hat er mich an meinen Vater erinnert. Ich habe den Eindruck, er war wie ich kein überragender Sportler. Dafür wirkt er besonnen, erfahren, ist bestimmt kein Draufgänger. Familienvater, ich schätze mal, wenig mehr als fünfzig Jahre alt. Von Beruf sei er Architekt, hat er uns verraten. Ich denke, er ist, wie man sagt, ein Mann der Pflicht, aber auch der Vernunft. Mit seiner Haltung zu Berlin rückte er nicht heraus. Ich war mir sicher, er wusste, warum er sich in dem Punkt ausschwieg. Aber ich kann mir denken, was in seinem Kopf vorgeht. Nämlich: Ist doch alles Mist.

Ich mache mir keine Illusionen. Aber solche Abteilungen sind leider oft mittendrin im Kampfgeschehen. Zum Glück, ohne selbst eingreifen zu müssen. Du kannst dir denken, was das bedeutet: ohne selbst schießen zu müssen. Ein Trost. Allerdings sind wir auf den Schutz durch die anderen angewiesen. Sicher auch nicht immer ein gutes Gefühl. Das Einzige, was mich freut: Karl wird mich begleiten und unterstützen. Ich habe dir schon mehrfach von ihm berichtet. Er ist mir eine große Hilfe, ein Freund, und auch ein wenig Trost. Trost ist mir natürlich auch, dass ich allein die Aufgabe habe, Verletzungen zu versorgen und das Leid verwundeter Soldaten zu mildern.

Zur Geburt unseres Kindes – ich bin davon überzeugt, es wird alles gutgehen – werde ich zwei Wochen Heimaturlaub bekommen. Zuerst haben sie wegen der jetzigen

Situation gemeckert. Ich rechne aber fest damit. Dann werden wir beide, oder vielmehr wir drei, diese Tage voll genießen! Davon lassen wir uns nicht abhalten. Von Hamburg soll ich, sie sprechen hier von den ersten Maitagen, über Breslau zur Truppe stoßen. Ein dickes Paket, wahrscheinlich ein letztes, habe ich gestern für dich aufgegeben. Ich freue mich auf dich.«

Diesen Brief hatte Lene wie immer mit großer Spannung erwartet – die Nachricht, die er enthielt, hatte sie befürchtet. Wie verzweifelt war sie, dass ihr gerade erst angetrauter geliebter Mann zu einem Einsatz an der Front abkommandiert werden sollte. Jetzt, in den letzten Tagen ihrer Schwangerschaft. Was sollte das alles bedeuten? Unfassbar.

## 6. Charkow

Die sorglosen Zeiten in der Idylle des französischen Städtchens waren vorbei. Diese Form des militärischen Einsat-
zes, die nichts anderem als ausgedehntem Urlaub glich,
gehörte endgültig der Vergangenheit an. Die Nachrichten
aus Russland kamen immer näher. Das an Völlerei gren-
zende Leben, das sie bisher gedankenlos genossen hatten,
schien den meisten Offizieren nicht mehr so recht zu
behagen. Etwa das Mittagsmahl. Es hatte sich sonst über
Stunden hingezogen. Die mit Hummerfleisch gefüllten
Pasteten, die geeisten Austern. Sie schmeckten nicht mehr.
Die so beliebten Ausflüge in die Umgebung – bitte nicht
schon wieder! Der Wein wurde weiter getrunken und auch
der Cognac, der sich als ein echter Quell der Entspannung
erwies. So nahmen die meisten Abende das Ausmaß von
Saufgelagen an. Gelacht, gesungen und gelärmt wurde oft
nur noch im Rausch.

Die Kommandantur in Angoulême hatte ihnen gesagt,
wie es steht. Sie hatten kein Blatt vor den Mund genommen. Die Truppe hätte lange genug auf der faulen Haut
gelegen. Damit sei jetzt Schluss. Sie müssten schleunigst
von einer Schutz- in eine Kampftruppe umgebildet werden. Man könne da keine Rücksicht nehmen. Die gegen
den Russen kämpfenden Soldaten benötigten dringend

Unterstützung. Die angekündigten Vorbereitungen galten folglich dem Einsatz in Russland. Ein Albtraum. Dass es dazu kommen könnte, hatte man immer wieder befürchtet. Man hatte es bisher erfolgreich verdrängt.

Es sollte sich nicht herumsprechen, aber alle wussten davon: Feldwebel Richard, sie kannten ihn als sympathischen, lustigen Kerl von etwas über dreißig, hatte sich am helllichten Tag auf die Bank des kleinen Parks der Stadt gesetzt und sich mit seiner Walther eine Kugel in den Kopf gejagt. Die Gestapo war in Aufruhr. Sie unternahm alles, um den Vorfall unbemerkt zu lassen. Sie hatten doch tatsächlich dem Toten noch im Park seine Uniform ausgezogen. Seine Herkunft sollte vertuscht werden. Richard hatte sich die Waffe offensichtlich in den Mund gesteckt und dann abgedrückt. Er musste sofort tot gewesen sein. Aus dem großen Loch in seinem Hinterhaupt quoll blutiger Brei. Jakob wurde gerufen. Er musste den Tod bescheinigen. Unter Strafandrohung war er an seine ärztliche Schweigepflicht erinnert worden. Dem Beispiel des Feldwebels sollten wenige Tage später vier weitere Soldaten folgen. Jakob teilte sich Karl in der Kirche mit. Er weinte.

Auf den Straßen der Stadt mit ihren einladenden Cafés, wo es bis dahin so friedlich zugegangen war, machten sich Unruhe und Geschäftigkeit breit. Das verhieß nichts Gutes. Militärfahrzeuge fuhren mit unnötig hoher Geschwindigkeit durch die Quartiere. Wie aus dem Nichts tauchten Panzer auf, ein Bild, an das manche sich kaum noch erinnern konnten. Panzer mit ohrenbetäubendem Motorenlärm, mit unheimlichem Gerassel, mit dem schrillen Quietschen ihrer Ketten. Panzer, die die kaum befestigten Straßen aufwühlten und das alte Pflaster zerstörten. Warum nahm man keine Rücksicht? Das sah wie Krieg aus.

Die Einwohner der Stadt und ihrer Umgebung hatten sich darauf einzustellen. Angehende Freundschaften kühlten ab, verwandelten sich hier und dort gar in Feindschaften. Jetzt galt es, Befehle durchzusetzen. Von der bisher geübten Rücksicht war nichts mehr zu erwarten. Die Besatzer zeigten endlich ihr wahres Gesicht, zeigten, wer sie wirklich waren: Gegner, Ausbeuter, Plünderer, Feinde. Was die Bewohner an Motorisiertem und noch Funktionsfähigem besaßen, musste abgegeben werden, wechselte den Besitzer, wechselte zum Besatzer. Die Pferde wurden eingesammelt, selbst Fahrräder requiriert. Jetzt wurde es ernst. Zuwiderhandlung oder Verheimlichung von Besitz wurden bestraft, oft nach Gutdünken.

»Für die Bevölkerung ist eine ungewohnte Situation eingetreten. Sie müssen vermehrt mit Attacken aus dem Hinterhalt rechnen«, hieß es. »Also achten Sie darauf! In der Stadt mindestens zu zweit gehen!«

Jakob wurde zusammen mit anderen Offizieren fast täglich zu einem Übungsplatz gefahren, der in Richtung Bordeaux lag. Dort musste er weiteren militärischen Drill über sich ergehen lassen. »Das tun wir nur zu Ihrem Schutz«, wurde ihm erklärt.

Inzwischen war seine Abteilung aufgefüllt. Die zwei neuen Kollegen, die zu Unterstabsärzten ernannten Lehmann und Friedrich, waren unmittelbar nach Abschluss ihres Medizinstudiums aus Heidelberg herbeordert worden. Auch die sechs jungen und unerfahrenen Sanitätsgefreiten zeigten sich gelehrig und ließen sich nicht allzu widerwillig von ihrem zukünftigen Vorgesetzten Kahnolt führen, der nur unwesentlich älter war als sie. Und dann gab es noch eine Menge Hilfskräfte und Träger.

Lene hatte in Hamburg einen Sohn zur Welt gebracht. Ausreichend Grund, trotz der drängenden Zeit endlich noch einmal Heimaturlaub genehmigt zu bekommen. Von Fronturlaub konnte ja nicht die Rede sein.

»Herzlichen Glückwunsch zu Ihrem Sohn. Solchen Nachwuchs können wir gebrauchen. Sie bekommen die Freistellung«, erklärte ihm jemand von der Kommandantur. »Aber nach Ablauf Ihres Urlaubs ist für Sie Schluss hier in Frankreich. Sie kommen nicht mehr hierher zurück. Sie gehen dann direkt zu Ihrem Einsatz in Russland. Wo genau, wissen wir noch nicht, das werden Sie aber rechtzeitig erfahren.«

Zusammen mit dem Entlausungsattest bekam Jakob den Reiseschein mit Platzkarte. Von Hamburg sollte es nach Ablauf zweier Wochen in Richtung Breslau gehen. Dort würde er auf seinen Truppenteil stoßen.

Er versuchte, sich auf das Wiedersehen mit Lene zu freuen. Seit Weihnachten, schon über drei Monate, war er nicht mehr bei ihr gewesen. Die Freude über das Kind hätte er mit Lene gerne geteilt. Gegen Ende ihrer Schwangerschaft hatte er mehrfach um Heimaturlaub gebeten. Vergeblich. Er könne sich doch denken, dass das Training jetzt absoluten Vorrang habe. So hatte es geheißen.

Unbestimmte Angst hatte sich wie ein Geschwür bösartig in ihm ausgebreitet. Sie durchdrang sein gesamtes Denken, vergiftete jede Stimmung. Was erwartete ihn in diesem Russland? Wenn alles zutreffen sollte, was da erzählt wurde. Um Gottes Willen! Und Saintes? Er hatte es hier gut gehabt, ohne Zweifel zu gut. Er hatte sich an die Unbeschwertheit, an den Luxus gewöhnt.

Lene wartete am Bahnhof Altona. Sie war angespannt. Der Zug hatte Verspätung. Darauf hatte sie sich eingestellt.

Es regnete immer wieder. Über zwei Stunden hatte sie abwechselnd auf dem Bahnsteig, auf dem der Zug ankommen sollte, und dann in der Bahnhofshalle ausgeharrt. Den unruhigen Säugling hatte sie zwischendurch versorgt.

Endlich, er war es. Jakob war ausgestiegen. Sie hielten sich wortlos in den Armen und konnten sich für Minuten nicht loslassen. Diese Mischung aus übergroßer Freude, bohrendem Schmerz und bedrückender Angst. Übel und gnadenlos. Beide fühlten es. Sie weinten.

Den Tisch in der Küche schmückte ein frischer Blumenstrauß. Lene berichtete von der Geburt. Sie waren sich einig gewesen, dass das Kind, falls es ein Junge wäre, auf den Namen Friedrich getauft würde. Und dabei sollte es bleiben. Jakob schien von der Nachricht wenig beunruhigt, dass der Junge blau angelaufen und fast stranguliert zu Welt gekommen sei. Die Nabelschnur hätte sich zweimal um seinen Hals geschlungen. Es habe nicht viel gefehlt, dann hätte sie ihn erdrosselt. Die Hebamme sei zum Glück erfahren gewesen. Sie hätte geistesgegenwärtig und mit geübtem Griff die beiden Schlingen über den Kopf des Kindes gezogen. Der Säugling hätte dann entschieden, sich nach dieser Befreiung rasch zu erholen.

Spätabends grübelte sich Jakob in den Schlaf. Mehrmals schreckte er schweißgebadet hoch. Am Morgen war er wie zerschlagen, in den ersten Stunden kaum ansprechbar. Gegen Mittag kam er endlich in die Gänge.

Er ahnte, wie gut Lene wenigstens ein paar Worte des Trostes getan hätten. Mehrmals hatte es Bombenabwürfe über der Stadt gegeben. Sie meinte: »Es stimmt überhaupt nicht, wie übrigens vieles andere auch, was uns da so lautstark verkündet wird. Immer wieder sollen wir den Ernstfall üben. Ich weiß nicht, von welchem Ernstfall sie sprechen. Was ist denn noch zu befürchten? Auf was soll ich mich einstellen? Etwa auf noch mehr Bomben? Und wenn eine davon unser Haus trifft? Ich will gar nicht daran denken. Und die Lebensmittelkarten. Das Essen ist fast bis aufs Letzte rationiert.«

»Ich habe das von Frankreich aus schon mitbekommen«, gestand er. »Dass es aber so schlimm ist, wie du sagst und wie ich es nun mit eigenen Augen sehe, das hatte ich nicht erwartet. Ich hatte gehofft, meine kleinen Pakete hätten für etwas Entspannung sorgen können.«

»Ach ja, das haben sie schon. Zuletzt wollte ich aber besonders sparsam mit den Karten umgehen, damit wir etwas mehr hätten, wenn du kommst. Und es für dich nicht so aussieht, als ob wir hungern müssten. Da hieß es dann von unseren Verwaltungen, die Rationen auf der Karte würden verfallen, wenn ich sie nicht am Tag der Gültigkeit einlöse.«

»Und was heißt das für dich?«

»Na, was heißt das? Ich muss fast jeden Tag auf die Straße runter, muss meine Zuteilung einlösen, natürlich mit dem Kleinen auf dem Arm. Vielleicht hast du eine Vorstellung, wie es ist, wenn die Sirenen an allen Ecken aufheulen. Ich fange dann immer an zu frieren, es läuft mir eiskalt den Rücken herunter. Ein Schrecken, eine Angst ist das. Immer wieder muss ich in aller Eile das Notwendigste zusammenpacken und runter in diesen modrigen Luftschutzkeller. Und der ist voll von Menschen aus unserem Haus und oft auch von Leuten aus dem Haus nebenan. Die haben alle genau solche Angst wie ich. Ich, jedes Mal mit Friedrich auf dem Arm. Er fürchtet sich auch, er schreit so viel. Ich mag mir gar nicht vorstellen, was das zu bedeuten hat, warum unser Keller in den letzten Wochen noch einmal befestigt und angeblich sicherer gemacht worden ist? So haben sie uns gesagt.«

Er wusste nicht, was er darauf antworten sollte. Sie nahmen sich in den Arm, pressten sich aneinander. »Lene, wir dürfen nicht an das Schlimmste denken«, flüsterte er ihr ins Ohr. Sie wusste, dass er an das Schlimmste dachte.

»Doch! Doch«, schluchzte sie. »Ich mache mir solche Sorgen. Um dich, Jakob, aber du siehst, auch um unser Kind und um mich. Ich überlege immer wieder, ob ich nicht die Wohnung hier aufgabe und vorübergehend zu meinen Eltern nach Husum ziehe. Ich denke, dort ist es etwas sicherer.«

Sie sprachen es nicht aus, aber sie waren sich einig. Der Krieg war ein Werk des Satans. Alles hätte so schön sein können. Sie hatten sich die Landkarte angeschaut. Dieses Russland flößte nichts als Angst und Schrecken ein. Die unfassbare Weite des Landes war doch niemals zu beherrschen oder zu erobern oder wie auch immer sie das nennen wollten. Wohin sollte Jakob nochmal geschickt werden? Es könnten Tausende von Kilometern werden. Tausende von Kilometern, die sie trennen würden.

»Kennst du diese Sprüche, dass die Tapferkeit des Soldaten und die Sparsamkeit der deutschen Hausfrau für den Sieg bürgen?«, sprach Lene weiter. »Sag mir bloß, wo ich die Verfasser von solchem Schwachsinn finde. Wissen die um meine Sorgen, um meine Angst, wenn ich auf die Straße gehen oder in den Luftschutzkeller rennen muss? Kennen sie deine, eure Entbehrungen? Ich möchte mir gar keine Vorstellungen machen, was dir da in diesem Russland droht. Kennen die Schwachköpfe die Wirklichkeit tatsächlich?«

Gegen Abend besserte sich die Stimmung. Jakob erzählte von seinem Freund Karl. Unvergessen, wie der ihn auf die Steinmetzarbeiten am Eingangsportal der Klosterkirche aufmerksam gemacht und versucht hatte, ihm zu erklären, was sie bedeuten könnten.

»Karl hatte recht. Ich darf es nicht sagen, ich darf es nicht einmal denken. Aber ich bin zunehmend überzeugt. Wir werden von einem Ungeheuer beherrscht. Ich war so einfältig, so dumm. Meine Uniform nennen sie tatsächlich Ehrenkleid. Stell dir vor: Ehrenkleid. Bis es zum Totenhemd wird.«

»Jakob, was soll das? Erschreck mich nicht so!«

»Entschuldige. Ach, ich habe alles zu spät verstanden. Ich habe in Frankreich ein paarmal Tote gesehen, aber keinen einzigen, der durch den Krieg umgekommen wäre.« Von den Soldaten, die sich mit ihrem Selbstmord so grausig zugerichtet hatten, sprach er nicht.

»Aber das wird sich ändern. Ich will dir gar nicht sagen, was uns zuletzt zu Ohren gekommen ist. Gegen Russen kämpfen. Ich kenne gar keinen Russen. Es wird behauptet, sie seien unsere Feinde, also auch meine Feinde. Aber ich habe ja gar nichts mit ihnen zu tun, noch nie etwas mit ihnen zu tun gehabt! Sollen sie doch sein, wie sie wollen. Ich weiß nicht, wie ich mich verhalten soll. Ein Glück, ich muss nicht schießen, ich meine, auf einen Menschen schießen. Es ist mir sogar verboten«, flüsterte er. Lene schwieg.

Ein letzter langer Spaziergang. An der Rennbahn vorbei und wieder bis zur Alster. Der Abschied schließlich still. Jedes Wort zu viel. Ein Würgen in der Kehle. Die Tränen, sie rannen ihr über das Gesicht. »Schreib mir! Schreib mir bitte häufiger, als du es aus Frankreich getan hast. Wenn es irgendwie geht, jeden Tag, damit ich beruhigt bin.«

Am Bahnhof von Breslau traf Jakob wie vereinbart auf den Sanitätsteil seiner Truppe. Er freute sich, Karl wiederzusehen. Aber die Stimmung war gereizt. Keiner wusste so recht, was ihm bevorstand. Jeder hatte seine eigenen Vorstellungen. In jedem Fall keine guten. Man hatte in Saintes zuletzt genug gehört. Von den Soldaten, die auf Urlaub oder zur Erholung, wie es hieß, an den Atlantik verschickt worden waren. Geschichten von ihren Einsätzen. Geschichten, die so unglaublich waren, so furchterregend, so schrecklich. Von endlosen Märschen, von Schmerzen und Blut, von lebensgefährlichem, ja tödlichem Kampf, von der mörderischen Hinrichtung Unschuldiger, vom Niederbrennen ganzer Siedlungen, vom brutalen Abschlachten ihrer Bewohner, von Dreck und Staub und Sümpfen und unerträglicher Kälte. Von Erfrierungen an allen Gliedern bis zum Tod. Von Ungeziefer, von Wanzen und Flöhen und Läusen überall. Und hinter jedem Baum, in jedem Gehöft, in jeder Siedlung die Gefahr, von todesmutigen Heckenschützen abgeknallt zu werden.

Je weiter sich der Zug von der Grenze Polens entfernte, ein Land, das die Deutschen erst drei Jahre zuvor an sich gerissen und mit den Russen fast freundschaftlich geteilt hatten, desto größer wurde Jakobs Entsetzen. Wo er hinschaute die Spuren der Gewalt: zerstörte oder bis auf die Grundmauern abgebrannte Häuser, Unmengen zerschossenes Kriegsgerät, das man zurückgelassen hatte, elende Behausungen, abgerissene Zelte, in Karren umherziehendes Volk. Bettler, die sich an die Fenster des Zuges wagten, wenn er wieder einmal für Stunden zum Stehen gekommen war, häufig ohne erkennbaren Grund. Und immer wieder tote Tiere. Ein totes Pferd, aus dessen Schenkel sich Menschen wie wild Fleischteile herausschnitten. Am angetrockneten Blut des Stumpfes massenhaft Fliegen.

Die endlose Überfahrt auf einer, wie es schien, notdürftig errichteten Brücke über einen Fluss, den sie den Dnjepr nannten, ließ ihn befürchten, sie könnte sein Ende sein. Ein Fluss von so ungeheuerlicher, nie gesehener Breite. Jakob sah auf das braune Wasser, die wilden, gierigen Strudel. Die tiefliegende Sonne warf rotes, unruhiges Licht auf das Wasser. Über diesen Fluss kommst du nie mehr zurück. Er fühlte die grenzenlose Verzweiflung, fühlte, wie ihn Erschöpfung erfasste, Resignation, ein Zustand der Erlahmung. In einem engen Raum ohne Licht, ohne Ausgang, ohne Hoffnung.

Nach zwei weiteren Tagen der Fahrt über flaches, eintöniges Land, vorbei an zerstörten oder niedergebrannten Siedlungen, durchgerüttelt, völlig erschöpft, wurde er zusammen mit seiner Mannschaft bei einer Stadt ausgeladen, die Merefa hieß und in der Nähe einer Großstadt namens Charkow lag. Dort wollte man sich sammeln, kurz eingewöhnen und die Zeit nutzen, um endgültig kampftauglich zu werden.

Major Hünemann war zuvor in den einzelnen Waggons aufgetaucht und hatte sie aufgeklärt. Nach seinen letzten Informationen würden ihnen nach der Ankunft höchstens zwei Tage Übungszeit zur Verfügung stehen. Anschließend sollten sie sich auf einen längeren Marsch einstellen. Die kämpfende Truppe müsse durch sie so schnell wie möglich entlastet werden und mit ihnen zusammen den letzten Widerstand des Russen brechen. Bei aller gebotenen Vorsicht sei dies, wie man ihm mitgeteilt habe, unschwer zu bewerkstelligen. Was er verschwieg? In nächster Nähe tobte seit Tagen ein unerbittlicher Kampf. Und seine eigene Truppe war miserabel ausgerüstet und schlecht vorbereitet. Ihre Sicherheit war von einem gut gerüsteten, erfahrenen Infanterietrupp abhängig. Der war aber nicht vorhanden oder noch nicht eingetroffen. Dafür war die Truppe selbst auf eine kaum überschaubare Größe angeschwollen. Lauter arglose, völlig kampfunerfahrene, meist blutjunge Männer.

Zwei Tage später war das Entladen der Waggons abgeschlossen. Die Fahrzeuge des kleinen Aufklärungsbataillons wurden in Position gebracht und erste Manöver absolviert. Die Einbindung in die kämpfenden Truppen musste unter höchstem Zeitdruck geübt werden. Major Hünemann entschied, die Lage sei für den unbewaffneten Teil der Truppe zu unsicher. Damit war Jakobs Sanitätsteil gemeint. Der Russe würde zwar gejagt, aber versprengte, auch größere Gruppen russischer Soldaten könnten noch von verschiedenen Seiten einbrechen. Die eigentliche Front verlaufe, wie man ihn informiert habe, mindestens vierzig Kilometer weiter östlich.

»Sie bewegen sich jetzt etwa zwanzig bis dreißig Kilometer in Richtung Nordosten auf die Stadt Wolschansk zu und gehen dann in eines dieser Maisfelder, wie wir sie vom Zug aus immer wieder gesehen haben. Dort verteilen Sie sich so breit wie möglich und graben sich ein. Einzeln. Und schleunigst. Nehmen Sie ausreichend Wasser und etwas Proviant mit. Wir müssen damit rechnen, dass sich die Lage erst nach zwei, möglicherweise sogar erst nach drei Tagen beruhigt. Also richten Sie sich entsprechend ein. Zu Ihrer Sicherheit geben wir Ihnen eine bewaffnete Einheit mit, die das Gelände vorab durchkämmen wird.«

Sie erreichten nach diesem ersten längeren Marsch – Jakob genoss den Vorzug, mit einem B-Krad gefahren zu werden – ein in seiner Größe schier unübersehbares, im leichten Ostwind friedlich wogendes Maisfeld. Einige Tage zuvor hatte es noch geregnet. Jetzt brannte die Sonne heiß vom fast wolkenlosen Himmel. Die Fahrzeuge hatten gut sichtbare Staubwolken hinter sich gelassen. Die Maispflanzen erreichten knapp Hüfthöhe, standen aber ziemlich dicht. Es reichte aus. Man konnte sich in einem der Felder verstecken. Jakob, die beiden anderen Ärzte, Karl mit den Sanitätern, die Träger und die Hilfen drangen zu Fuß etwa zwei- bis dreihundert Meter in das Feld ein, bestrebt, möglichst wenig oder besser gar keine Spuren zu hinterlassen. Dann begannen sie breit verstreut, mit ihren Klappspaten den Boden zu bearbeiten. Der war in den letzten Tagen staubig und bretthart geworden. Jakob stieß auf schweren und feuchten Lehmboden. In der Ferne hörte er das Knirschen von Eisen, einmal auch das kurze Rattern von Schüssen. Er hatte keine Ahnung. Maschinengewehre? Seine Leute oder Russen? Soldaten mit Erfahrung hätten helfen können, die hätten es sicher gewusst. Die russischen Maschinengewehre schießen langsamer, hatte man sich im Zug gesagt. Aber langsamer als was? Niemand war in der Nähe, den er hätte fragen können. Der Lärm entfernte sich. Dann verstummte er ganz. Wieder trat Stille ein. Nur das Rauschen des Maisfeldes war noch zu hören. Ebenso unheimlich. Es könnte sich jemand heranschleichen. Er unterbrach die Arbeit, hielt inne, lauschte. War da etwas?

Die Angst trieb ihn weiter. Nach einer Stunde Arbeit hatte seine Grube eine Größe erreicht, dass er sich kniend darin verstecken konnte. Er beendete das Graben, versuchte noch, die Umgebung so gut wie möglich zu tarnen. Dann sprang er in das Loch. Halb sitzend hockte er dort mit angezogenen Beinen. Schnell wurde ihm klar, dass er es in dieser Lage nicht lange aushalten würde. Man müsse mit zwei, vielleicht auch mit mehr Tagen rechnen, hatte es doch geheißen. Er verfluchte seine Körpergröße. Auf die war er einmal stolz gewesen, sie ließ ihn viele überragen. Es half nichts, er musste noch tiefer graben. Aber er war erschöpft, er konnte nicht mehr. Und der Rücken.

»Karl! Karl hörst du mich?«, versuchte er leise, aber deutlich zu rufen. »Karl, ich schaffe es nicht. Dieser verfluchte Lehm. Kannst du mir helfen?« Karl hatte gehört. Karl war stark. Er schlich sich im Zickzack heran und begann ohne zu fragen mit dem weiteren Aushub. Der braune Boden blieb hart und schwer. Karl bemühte sich, die Öffnung so klein wie möglich zu halten. In der Tiefe erweiterte er die Höhle, um für seinen Freund ausreichend Bewegungsraum zu schaffen. Schließlich musste die Größe ausreichen. Jakob hatte derweil die ausgehobene Erde, den grauen Staub und den fetten Boden breit über die Oberfläche verstreut, möglichst ohne zu viele Pflanzen niederzutreten. Abgebrochene Maishalme sammelte er ein und legte sie über sein Grubenloch. So unauffällig, so zufällig wie möglich sollte es aussehen. Er dachte an Räuber und Gendarm, das sie im Wald von Hornberg gespielt hatten. Tausende von Kilometern entfernt. Jetzt war er in Russland. Wie ernst war es eigentlich? Gegen wen wurde gekämpft? Nun gut, er hatte nicht zu kämpfen, er hatte ja nur die Wunden zu versorgen. Aber wer sollte sein Feind sein, wer der Räuber, wer der Gendarm? War es der Russe, der Sowjet, der Bolschewik, der Kommunist? Manche sprachen vom Iwan. Er kannte sie alle nicht.

»Danke Karl, vielen Dank.« Jakob rutschte vorsichtig in die Grube. Sie war jetzt so tief, dass er auch stehend fast darin verschwand. Er lehnte sich an die feuchte Lehmwand. Er ging in die Hocke, setzte sich mit angezogenen Beinen auf den Boden und schlug die Arme um die Knie. Dann stand er wieder auf. Die Knie zitterten. Sein Körper schüttelte sich. Das kam von der fürchterlichen Angst und der Verzweiflung. Seine Lage, ausweglos, sinnlos. Warum bin ich nur hier? In seinen Ohren klebten die Worte der Gastgeberin aus Krakau: *Diesen Krieg werden Sie nie gewinnen. Diesen Krieg werden Sie nie gewinnen.* Er sah den Fluss, den sie überquert hatten, über den er nie mehr zurückkommen würde. Es wurde ihm schwindlig. Das Sehen trübte sich. Jetzt nur nicht ohnmächtig werden. Wäre aber vielleicht eine Erlösung. Er trank Wasser. Was mache ich hier, was mache ich in diesem Loch? Wie konnte ich in einen solchen Abgrund geraten? Sollte das meine Berufung sein? *Ein Soldat harrt dort aus, wohin ihn die Pflicht stellt!* Wer war auf diesen irren Spruch gekommen? Er dachte ans Überleben. Ob der Tod die bessere Lösung wäre? Ob er sich sein Grab geschaufelt hatte? Da waren Lene und das Kind, für die es sich doch lohnen sollte zu überleben. Sein Hemd klebte. Er nahm den Helm ab, wischte sich den kalten Schweiß von der Stirn. Niemand, der seine nassen Augen sehen konnte.

Entsetzt horchte er auf. Er hörte das Knirschen, dieses helle, schrille Quietschen von Eisen, das sich jetzt näherte. Eindeutig Panzer. Schnell wieder den Helm aufsetzen. Er hörte das Rauschen niedergewalzter Kornhalme. Oder war es nur der Wind? Der Boden unter seinen Füßen begann zu beben. Er spürte sein Herz. Wild geworden schlug es gegen die zu eng gewordene Brust. In etwa fünfzehn

Metern Entfernung näherte sich das eiserne Ungetüm. Es ratterte langsam vorbei. Russen. Neben und hinter ihm liefen sie mit Gewehren bewaffnet. Sie übersahen sein Loch. Sie entdeckten ihn nicht. Gewehrsalven. Mehrere Explosionen. Dann wurde es wieder ruhiger. Vorbei. Was ist mit den anderen, mit Karl? Er hörte nichts. Besser unten bleiben.

Drei oder vier Stunden mochten vergangen sein, eine Ewigkeit. Raus aus dem Loch oder drinbleiben? Er setzte sich auf den Boden, zog die Knie bis ans Kinn, umklammerte seine Beine. Dann stand er wieder auf. Er horchte. Mein Gott. Erneut hörte er das Gerassel der Ketten. Ein Panzer. Oder mehrere? Jetzt aber aus entgegengesetzter Richtung. Unsere Leute? Nein, wieder Russen! Diesmal, so schätzte er, werden sie noch näher rankommen. Und wenn ihn einer der Russen, die um den Koloss springen, entdecken würde? Wenn einer von ihnen in sein Loch fiele? Genau, in sein Loch, wie in eine Fallgrube. Er atmete zu laut. Die Schläge seines Herzens zu laut. Das Schlagen der Zähne, ungebremst. Sicher konnten sie ihn hören. Was sollte er nur tun, wer konnte ihm helfen? Er griff nach seiner Pistole, wollte sie entsichern. Die Hände flatterten. Es war unmöglich. Ein Schuss hätte sich lösen können. Das wäre das Ende gewesen.

Er rang nach Luft. Wie ein Blitz schoss sie ihm durch den Kopf: diese Geschichte, die vom letzten, so elenden Krieg handelte. Das Buch war ja nicht erwünscht oder genauer, es war verboten. Es sei wehrkraftzersetzend, hieß es. Aber er hatte es gelesen. Da befindet sich ein Soldat in ähnlicher Situation wie er selbst in diesem Augenblick. Er ist zwischen den kämpfenden Fronten in einen halb mit Wasser gefüllten Bombentrichter gerutscht und hat dort wenigstens Schutz vor den über seinen Kopf hinwegfegenden Kugeln gefunden. Plötzlich rutscht ein feindlicher Soldat, ein Franzose, in das gleiche Loch. In Todesangst sticht der Deutsche mit seinem Dolch auf den entsetzten Franzosen ein. Und erlebt dessen langsames Sterben. Hautnah. Grausam.

Kalte Schauer liefen über seinen schweißnassen Rücken. Jakob fasste nach der Stelle, wo das Messer steckte. »Wenn mir jetzt das Gleiche passieren sollte, wenn hier einer reinstürzt? Was sollte ich machen? – Ich werde zustechen«, entschied er und schien mit einem Mal gefasster.

Die Geräusche entfernten sich, wurden leiser. Jakob kam zu sich. Vorsichtig wagte er, durchzuatmen, ohne sich zu bewegen. Er lauschte. Wieder war allein das gleichmäßige Rauschen der Maispflanzen über ihm zu hören. Seine Knie hatten aufgehört zu zittern. Das Licht der untergehenden Sonne drang zwischen die Halme. Schnell füllte die Dunkelheit sein Loch. Kälte und Feuchtigkeit drangen in die Uniform. Sie begann, modrig zu stinken. Er trank und aß etwas von dem, was man ihnen mitgegeben hatte. Er wollte wachbleiben. Die Beine hatte er angezogen, die Ellenbogen auf die Knie, den Kopf in die Hände gestützt. So schlief er ein.

Er wusste nicht, wann er aufgewacht war. Aber er lebte. Eindeutig. Es mochte schon mehrere Stunden hell sein. Er fühlte sich wie zerschlagen. Die Beine hatten sich verzogen. Mühselig stand er auf, dehnte sich, trank mehrere Schluck Wasser, horchte nach draußen. Das Feld rauschte lauter als am Vortag. Und jetzt war er sicher, neben dem Rauschen noch ein anderes Geräusch wahrzunehmen. Etwas wie ein Knistern? Feuer? War das Feuer? Etwa Feuer? Dann Brandgeruch, eindeutig Brandgeruch. Besser jetzt raus aus dem Loch! In etwa hundert Metern Entfernung brannte das gesamte Feld. Er konnte es kaum fassen. Und der Wind hatte zugenommen. Das Feuer schien sich in die andere Richtung zu fressen, weg von seinem Versteck.

Jakob sah mit Erleichterung, wie auch Karl aus seinem Erdloch gekrochen kam. Gott sei Dank. Er war davongekommen. Jetzt tauchten Panzer und Melder auf. Deutsche. Dahinter eine Gruppe von Soldaten. Sie hätten den Gegner ausschalten, sie hätten sich befreien können, hieß es.

»Schaut nach den anderen!«, ordnete Major Hünemann noch vor Sonnenuntergang an. Über zwanzig Kameraden fehlten. Sechs von ihnen fanden sie zusammengekrümmt verbrannt in ihren Gruben. Sie hatten nicht gewagt, ihre Löcher zu verlassen. Vielleicht waren sie auch entdeckt und erschossen worden. Weitere zehn lagen außerhalb des Feldes, erschossen oder von Panzern zerquetscht. Sie fanden elf Russen, die tot in der Nähe ihres eisernen Ungetüms lagen. Wahrscheinlich war ihnen der Abwurf einer Kette zum Verhängnis geworden.

Achtzehn verwundete Kämpfer wurden entdeckt und von den Trägern zum schnell aufgebauten Verbandsplatz geschleppt. Sie hatten unterschiedlich schwere Verletzungen. Jetzt waren Jakobs Kenntnisse gefragt. Sie waren kaum vorhanden. Wen konnten sie vor Ort versorgen, wer musste aufgrund seiner Verletzungen zum Hauptverbandsplatz oder weiter nach hinten zum Lazarett gebracht werden? Bei wem blieb nichts anderes übrig, als die Schmerzen zu lindern? Das wäre dann die Spritze gewesen. Immerhin. Jakob murmelte vor sich hin: »Lass dir nur nicht anmerken, dass du völlig überfordert bist. Lass dir nur nichts anmerken. Das schafft nur Unruhe.« Fleischwunden durch Streif-, Steck- oder Durchschüsse.

Geschosse oder Splitter aus solchen Wunden entfernen, war eine üble Angelegenheit. Blutig, aber machbar. Mit Karls Hilfe wurde genäht und genäht. Jakob hatte eine unruhige Hand. Manche Nähte gerieten gut, andere kreuz und quer. Hauptsache, man sah das rohe Fleisch nicht mehr, und das Bluten hörte auf. Solche Wunden mussten vor Ort ausheilen. Das war Vorschrift. Knochenverletzungen, kompliziert oder nicht, sollten ebenfalls am Platz versorgt werden. Auch das war Vorschrift. Das bedeutete, unter Schmerzensschreien, vielleicht nach etwas Äther den Arm oder das Bein langziehen, den Knochen nach Gefühl richten und dann schnell eingipsen. Wenn Gelenke wie das Knie betroffen waren, versorgte Jakob sie notdürftig. Danach hieß es aber: Ab in den weiter hinten liegenden Hauptverbandsplatz. Die sollten entscheiden. Den Gefreiten Leidner hatte ein Lungendurchschuss links erwischt. Zum Glück hatte die Kugel, wie es schien, größere Gefäße verschont. Leidners Kreislauf war einigermaßen stabil geblieben. Beunruhigend war, dass er immer schlechter Luft bekam. Jakob wusste nicht, was als Erstes getan werden sollte. Eine Bülau-Drainage, gut, die konnte er noch legen, das war aber auch schon alles. Es hieß auch hier: So schnell wie möglich weg, Transport zum Verbandsplatz in der Hoffnung, er kommt durch, kommt dort noch lebend an. Zum Glück kein Verletzter, bei dem die Diagnose Bauchschuss lautete. Da wäre eine Entscheidung schwierig, da wäre in den meisten Fällen nichts mehr zu machen, wären Tag oder Stunde des Sterbens vorauszusehen gewesen.

Für die toten, durch Verletzungen und Verbrennungen teilweise bis zur Unkenntlichkeit entstellten Kameraden wurde eine Grube ausgehoben. Jakob versuchte, sich von dem Elend abzulenken. Er füllte mechanisch ihre Karteikarten aus, dokumentierte die Art der Verletzungen, unterschrieb die Totenscheine mit dem anzunehmenden Sterbezeitpunkt. Feldwebel Großkurt kümmerte sich um die jeweiligen Erkennungsmarken, die man den Angehörigen schicken würde, und trug den Ort des Grabes ein. Major Hünemann ordnete an, auch die toten Russen, die sie entdeckt hätten, zu beerdigen. Einige Sanitätsgefreite hatten Blumen gesammelt. Die lagen jetzt auf den Gräbern. Einen Pfarrer gab es nicht. Es war Karl, der ein Vaterunser betete. Fast wie zu Hause.

*Was werden sie mit dir machen? Wenn es so weit ist?*, dachte Jakob, und es wurde ihm leicht schwindlig.

Die meisten waren von den Strapazen der zurückliegenden Tage, dem ersten Kampf mit der andauernden Bedrohung durch den Tod, vollkommen erschöpft, wie ausgeleert, wie krank. Sie waren müde, angstverschwitzt, ungewaschen, unrasiert, schmutzig. Viele waren verschämt. Sie hatten sich vor Angst in die Hosen gemacht. Manche waren nicht ansprechbar, rauchten, betäubten sich sonst wie, saßen zusammengesunken und gleichgültig herum – andere sprangen ungeschützt wie die Irren durch die Gegend. Wieder andere sangen unsinnige Lieder oder brüllten laut herum. Sie hatten zum ersten Mal dem Tod ins Auge geschaut. Hatten Blut, Tote, tote Kameraden gesehen, darunter Freunde, viele entsetzlich entstellt. Dieser fürchterliche Geruch. Den Krieg in dieser Form hatten sie nicht gekannt. Der sprengte jede Vorstellung. An den mussten sie sich wohl gewöhnen, wenn das überhaupt möglich war. Wer hatte das veranlasst? Und wohin sollte das Ganze noch führen?

Am späten Nachmittag erschien Oberst Grützner. Ein dicker Herr, die Uniform zu knapp, so quälte er sich aus seinem gepanzerten Kübelwagen und ließ die Offiziere zusammenrufen. In der Luft stand der Geruch von Eau de Cologne. »Ich habe Mitteilung bekommen, dass bei Ihnen alles gut gelaufen ist. Die Verluste sind überschaubar. Das ist ja erfreulich, sehr erfreulich.« Nach einer Pause: »Aber ich muss Ihnen auch sagen, die rechte Angriffslust der Truppe, ich meine die Kampfbegeisterung, die haben wir noch vermisst. Sie und ihre Soldaten haben sich, so wie es aussieht, doch lieber in Deckung gebracht. Acht erledigte russische Panzer, aber, wie ich gehört habe, mindestens fünf, die entkommen konnten. Das kann man nicht als Erfolg bezeichnen. Gut, ich verstehe, Sie verfügen noch über keine ausreichende Kampferfahrung. Wir haben hier aber die Aufgabe, einen Krieg zu gewinnen. Wir müssen angreifen und nicht verteidigen. Da muss sich bei Ihnen doch noch einiges ändern.« Er sagte es und rauschte davon.

Am Abend saßen sie mit Major Hünemann zusammen. »Nehmen Sie das nicht so ernst«, meinte der fast tröstend. »Für mich ist wichtig, dass Sie im Kampf keine unnötigen Risiken eingehen. Jeder Mann ist wertvoll. Und da ist manchmal Deckung besser als Angriff.«

Bereits am nächsten Mittag kündigte sich weiterer Besuch an, diesmal speziell für Jakobs Abteilung. Oberstabsarzt Doktor Wilhelm. Er wollte sich nach dem erfolgreichen Kampf ein Bild von der ärztlichen Versorgung so unmittelbar hinter der Front machen. Unter Geleitschutz wurde er in einem geputzten, mit dem roten Kreuz markierten Kübelwagen vorgefahren. Seine Uniform schien so frisch gebügelt, so strahlend, als ob ein Dinner auf ihn wartete. Etliche Auszeichnungen prangten an Kragen,

Brusttasche und Revers. Neben ihm seine Ordonnanz, ein Bursche, der ihm den Staub von den Stiefeln zu wischen hatte. Im Schnelldurchgang ließ sich Wilhelm von Jakob die Versorgung jener weniger schwer Verwundeten zeigen, die am Verbandsplatz verblieben waren. Darauf folgte eine kurze Inspektion des Materiallagers.

»Großartige Arbeit, Herr Kollege. Ich bin sehr zufrieden. Wollen mal sehen, wie wir das honorieren können. An etwas darf ich Sie noch erinnern. Ist ja klar, dass von Ihrer Seite alles darangegeben werden muss, die Verletzten wieder tauglich zu machen. Sie haben mich sicher verstanden. Ich meine natürlich kampftauglich! Und noch was: Gehen Sie mit unserem Verbandstoff weniger großzügig um. Alles, was waschbar ist, wiederverwenden, nicht wegwerfen, auf keinen Fall. Ihre Mannschaft ist noch vollständig?« Er wartete nicht auf die Antwort, verabschiedete sich, sprang in den laufenden Wagen, um möglichst schnell wieder im sicheren Bereich zu landen.

»Er wird heute Abend fürstlich speisen. Ihm wird Wein eingeschenkt, Wein, den sie sich aus Frankreich besorgt haben. Vielleicht auch Champagner. Sie werden Karten spielen. Sie werden anregende Gespräche führen über Kunst und Literatur oder so. Über alles andere, nur nicht über den Krieg. Vielleicht bestellen sie sich auch Musik dazu. Und wir machen hier die Arbeit, gelinde gesagt«, flüsterte Jakob vor sich hin.

Und an Karl gewandt: »Du siehst, wir erledigen die Drecksarbeit, und dieser Goldfasan fährt mit seinem überdosierten Selbstbewusstsein zurück, gut informiert, wie er sich bestimmt einbildet, aber ahnungslos, gewaschen und gekämmt. Der Herr fährt zurück zum schicken Abendessen. Ich bin sicher, das wartet auf ihn. Von den

toten Kameraden und von denen, die wir zum Hauptverbandsplatz weitertransportieren lassen mussten, wollte er
nichts wissen. Von den Schwerverletzten, den Verstüm-
melten, für ihr Leben Gezeichneten. Nichts, keine Frage
danach. Lag wohl außerhalb seiner Befugnisse.«

Die folgenden zwei Tage brachten keine Entspannung.
Im Gegenteil, es drohten völlig neue Gefahren. Es hieß,
auf dem befreiten Gebiet, diesen paar Kilometern, müsste
nach Heckenschützen gesucht werden. Sie sprachen von
Durchkämmen. Eine hochgefährliche Arbeit. Sie hatten darauf hingewiesen. Es war allen bewusst. Russische
Einzelkämpfer, die sich versteckt hatten oder einfach hängen geblieben waren, würden erbittert, würden bis zum
Letzten kämpfen, bis zu ihrem sicheren Tod. Da gäbe es bei
denen keine Hemmungen mehr. Jakob und seine Mannschaft bewegten sich hinter denjenigen, die die Gegend zu
säubern hatten. Ihre Aufgabe war es, das Gelände nach
Verwundeten abzusuchen. Sie konnten aber jederzeit vor
die Mündung von Russen geraten, die in ihrem Versteck
übersehen worden waren.

Wieder lag totale Angst in der Luft. Er trottete hinter
den anderen her, fühlte sich aber wie ausgeliefert und von
allen Seiten bedroht, zumal wenn sie die Sicherheit eines
Waldes verließen und, was mehrfach der Fall war, gezwungen waren, über freies Feld zu gehen. Er hörte Schüsse.
Mehrmals warf er sich wie die anderen auf den Boden.
Er sah abgebrannte Hütten, verlassene Gehöfte. Er sah in
ihrem Blut liegende Tote, Bauern, Männer, Frauen, Kinder, Uniformierte, durch Schüsse und Granaten grausam
zugerichtet. Einige bewegten sich noch. Der Gestank von
verbranntem Holz und Fleisch in der Luft. Umherirrende

Tiere. Es war nicht zu fassen. Es war zu viel, was die Augen und die anderen Sinne zu ertragen hatten.

Der Befehl lautete unmissverständlich: »Sie haben nach unseren Verletzten zu schauen. Vorsicht. Fremde und Einwohner liegen lassen.« Menschliche Gefühle hatten den Rückzug anzutreten. Gleichgültigkeit, Verrohung zogen ein. Wie viele Verletzte versorgt werden mussten und wie schwer die Verletzungen waren, Jakob wusste es längst nicht mehr.

Am frühen Abend des vierten Tages hieß es, man sei jetzt soweit sicher. Die endgültige Einquartierung in ein Dorf könne erfolgen. Sie waren froh, in der unversehrt gebliebenen Schule, die man den Einheimischen abgenommen hatte, eine sicher erscheinende Unterkunft gefunden zu haben. Die verbliebenen ukrainischen Bewohner, so hieß es, würden als friedlich und eher deutschenfreundlich eingeschätzt. Jakob versuchte, auf andere Gedanken zu kommen. Er wagte zusammen mit Karl und Löffler einen Spaziergang ums Dorf. Es blieb ruhig. Sie redeten nicht.

Am fünften Tag war der Besuch eines der Hauptverbandsplätze vorgesehen, der sich in einem Vorort der etwa vierzig Kilometer südwestlich liegenden Stadt Charkow befand. Der Besuch war notwendig geworden, weil dringend Nachschub an Verbandszeug, Schienen und Nahtmaterial gebraucht wurde. Jakob, Friedrich und Karl ließen sich für die etwa eintägige Fahrt ausreichend Proviant mitgeben. Man fuhr einigermaßen sicher in einem gepanzerten Kübelwagen, vorneweg ein bewaffnetes Begleitfahrzeug und der Lastwagen. Alle gut sichtbar mit dem roten Kreuz versehen.

»Die Strecke ist minenfrei«, versicherte ihnen Major Hünemann. »Ich rate dennoch zu gesteigerter Vorsicht.«

Ohne Zwischenfälle erreichten sie nach einer Stunde einen nordöstlichen Vorort der Stadt. Staub, Rauch, Spuren des Straßenkampfes, Trümmer. Etliche Häuser rechts und links ausgebrannt, offensichtlich nicht mehr bewohnt. Sie fuhren langsamer und kamen an eine Straßenkreuzung. Von dort, hieß es, würden sie zum Verbandsplatz weitergeleitet werden. Der sei in einem unversehrt gebliebenen Verwaltungsgebäude eingerichtet worden.

Auf der Straße räumten müde und ausgezehrt erscheinende Gestalten, junge Frauen in abgerissenen Kleidern, im Staub stehend mit Eimern Trümmer an den Straßenrand. Andere fegten mit dünnen Reisigbesen.

»Fahren Sie mal langsamer«, bat Jakob den Fahrer, »ich glaube, ich habe deutsche Stimmen gehört.« Der Fahrer hielt an. Eine der Frauen wagte sich zu ihnen.

»Wo kommen Sie denn her?«, fragte Jakob.

Sie flüsterte. Man habe sie vor einer Woche hierhergeschafft. Sie seien Deutsche, sie kämen aus Berlin. Sie seien gezwungen worden. Sie hätten jetzt die Straßen zu reinigen. Sie bekämen, seit sie hier sind, nichts als Wassersuppe zu essen. Einige von ihnen würden immer schwächer. Hunger.

Jakob sah den Stern an ihrer linken Seite.

»Helfen Sie uns«, flehte die bleiche Frau ihn an. »Bitte. Helfen Sie uns. Bitte. Wir haben nichts zu essen. Seit Tagen Wassersuppe. Wassersuppe. Wir werden immer schwächer. Die Arbeit ist zu schwer, die Steine, die großen Trümmerreste. Wir arbeiten, bis wir umfallen. Bis wir tot umfallen. Wer von uns nicht mehr kann, für den ist Schluss. Den machen sie fertig. Bitte helfen Sie uns. Bitte!«

»Weiterfahren!«, schrie vom Straßenrand jemand, den sie bisher nicht wahrgenommen hatten.

»Wir kommen zurück«, gab Jakob ein Zeichen.

»Jakob, verstehst du das?«, flüsterte Karl. »Das kann doch nicht wahr sein. Schafft man diese Frauen von Berlin hierher, damit sie wegräumen, was unsere Leute angestellt haben. Warum müssen sie hungern? Bei dieser Arbeit.«

Jakob nach einer Pause: »Ich weiß nicht, was ich dazu sagen soll. Ich begreife es nicht.«

Karl schwieg eine Weile. Dann sagte er: »Mir macht das richtig Angst, ich sage dir, wir stecken tief im Sumpf. Dass das so kommen würde, das habe ich schon in Saintes befürchtet. Du erinnerst dich an die Dämonen. Ich fühle mich ganz schlecht. Mir wird richtig übel. Ich fürchte, wir kommen da nicht mehr raus. Ich sehe niemanden, der diesen Wahnsinn stoppen könnte. Und ich sage dir, wir werden das büßen müssen. Wir werden vor die Hunde gehen. Du wirst sehen.«

»Mensch, Karl, hör doch auf, was soll das?«, flüsterte Jakob.

Am Nachmittag fuhren sie die Strecke zurück. Die Frauen arbeiteten noch immer auf der Straße. Auf ihrer Höhe gab Jakob in sicher erscheinender Entfernung vom vermuteten Aufpasser ein Zeichen. Der Fahrer verlangsamte das Tempo. Jakob öffnete die Luke am Boden des Wagens, und Karl ließ einen Großteil des Proviants, den sie zurückgehalten hatten, auf die Straße fallen. Im Rückfenster sahen sie, wie die Frauen in Windeseile alles unter ihren Kleidern verschwinden ließen.

Sie waren fünfzig Meter gefahren. Plötzlich knallten zwei oder drei Schüsse. Eine der Frauen lag auf der Straße. Ihr linker Arm zuckte. Der Fahrer verlangsamte das Tempo. »Was machen Sie? Weg, schnell weg, schnell weiterfahren!«, riefen sie ihm zu.

Auf dem Rückweg Schweigen, Betroffenheit. Niemand wusste etwas zu sagen. Durften sie das zulassen?

Am Abend saßen Teile der Mannschaft im Schulgebäude mit Major Hünemann zusammen. Als die Stimmung im Raum vertraulich wurde und sie davon ausgehen konnten, dass nur noch Gleichgesinnte um den Tisch saßen, berichteten sie, was sie in der Stadt erlebt hatten.

Major Hünemanns Meinung war gefragt. Er überlegte und suchte nach Antwort. »Ich kann verstehen, was Sie gemacht haben. Aber es sieht so aus, als ob Sie die Frauen in Lebensgefahr gebracht haben.« Nach einer Pause fuhr er fort: »Tut mir leid, offiziell kann ich, was Sie da veranstaltet haben, nicht billigen. Schon allein, weil es sich um Lebensmittel unseres Bataillons gehandelt hat. Genauer gesagt, es könnte sich um Missbrauch handeln. So wird man das auslegen. Dazu in Kriegszeiten. Ich rate Ihnen dringend, schnell alles zu vergessen. Wenn das jemandem zu Ohren kommt. Ich bin sicher, das wird man Ihnen übelnehmen. Das kann Bestrafung nach sich ziehen. Man wird es als Ungehorsam auslegen. Ja, man kann es sogar, je nachdem, wer von den Herren entscheidet, als Kriegsverbrechen bezeichnen. Ich möchte mir das gar nicht weiter ausmalen. Wir sind hier unter uns, aber irgendwelche Scharfmacher könnten mit sonstwas drohen. Also halten Sie sich zurück und schweigen Sie um Gottes Willen darüber. Wir benötigen hier jeden einzelnen Mann.«

Jakob bot an, die Brote von seinem Sold zu bezahlen.

»Doktor Kahnolt, Sie haben mich nicht verstanden. Ich habe doch gesagt, Sie sollen den Mund halten. Am besten, Sie vergessen die Geschichte sofort. Ich habe jedenfalls nichts von alledem gehört.«

Jakob ließ nicht locker. »Mich bewegt aber doch noch etwas«, warf er ein, »nämlich eine Frage. Woran erkennt man eigentlich, dass jemand Jude ist? Wenn sie den Stern nicht gehabt hätten, hätten sie doch alle so ausgesehen wie wir. Die jungen Frauen – gut, ich soll nicht mehr darüber reden – sahen alle ganz normal aus. Abgesehen davon, dass man ihnen Lumpen angezogen hatte. Und den Hunger sah man natürlich. Viele Juden sind, wie ich gehört habe, auch Christen, also evangelisch oder katholisch. Sind sie dann immer noch jüdisch? Ich weiß, dass man meinen Vater gezwungen hatte – er war ziemlich aufgebracht darüber –, für die ganze Familie, also auch für mich, einen Ahnenpass vorzulegen, aus dem hervorgehen sollte, dass in unserer Verwandtschaft niemand jüdisch ist oder war. Der Pass reichte, wie ich mich erinnere, über hundert Jahre zurück. Da stand zwar immer, dass die Vorfahren katholisch oder evangelisch getauft waren, aber sie hätten doch genauso gut jüdisch sein können. Manche hießen mit Vornamen auch Salomon oder Jakob. Wie ich. Sind das nicht bevorzugt jüdische Namen?«

»Lieber Doktor Kahnolt, wir haben hier unsere Aufgaben zu erfüllen. Mit möglichst wenigen Verletzten und Verlusten. Lassen Sie uns diese Fragen später einmal besprechen. Nur so viel, und dann ist aber genug: Man hat versucht, die Juden über diesen Ahnenpass, von dem Sie sprechen, und über unsere Kirchenbücher ausfindig zu machen. Das wissen Sie wahrscheinlich auch. Um sie dann zu verfolgen. Sie können sich jetzt Ihre eigenen Gedanken machen, was ich davon halte.«

Hünemann machte eine scharfe Handbewegung, unmissverständlich, abschließend. Jakob verstand. Das

Thema musste endgültig beigelegt werden. Schluss damit. Ein andermal. Aber wann?

Sechs Wochen später. 15. August 1942. In der Gegend eines Flusses, den sie Don nannten. Grauen, Verzweiflung, Trostlosigkeit und schließlich grenzenlose Angst beherrschten inzwischen alles. Einer der gepanzerten Nachrichtenwagen war aus dem Hinterhalt von Granaten getroffen worden. Über Funk kam die Mitteilung, es habe zwei Schwerverletzte gegeben. Karl wurden vier Träger zugeteilt, sie erhielten Feuerschutz. Sie konnten die Verletzten auf die Tragen laden und waren schon auf dem Rückweg, als plötzlich erneut eine Granate in ihre Richtung flog. Die Träger konnten sich mit den Verletzten über einen flachen Hügel in Sicherheit bringen. Aber Karl schaffte den schnellen Rückzug nicht. War er gestolpert oder trotz seiner kräftigen Statur schwach geworden? Vielleicht war es die Folge des Fiebers, unter dem er die Tage zuvor gelitten hatte. Oder etwas anderes ließ ihn den Anschluss verlieren. Offenbar hatten ihn die irgendwo versteckt liegenden Russen entdeckt. In der Senke musste er von Splittern der Granate getroffen worden sein. Er schrie. Er schrie fürchterlich. Er schrie mörderisch. Er schrie wie wahnsinnig.

Major Hünemann entschied: »Wir müssen ihn da rausholen, bevor er uns krepiert. Doktor Kahnolt, das ist doch ein Freund von Ihnen, könnten Sie das machen? Wir benötigen ohnehin Ihre ärztliche Entscheidung. Welche Hilfe benötigt er. Ist überhaupt noch Hilfe sinnvoll. Schon deshalb. Machen Sie das. Soweit ich das überblicke, ist die Strecke bis dorthin jetzt sicher. Vorsichtshalber werden Sie von Feldwebel Kramer und Herold begleitet. Die werden

Ihnen Rückendeckung geben, falls doch noch Russen in der Nähe sein sollten. Aber unwahrscheinlich.«

Keine Frage, das war jetzt Jakobs Aufgabe.

Karl lag in der Senke, vielleicht hundert oder zweihundert Meter entfernt, möglicherweise auch weniger. Hinter einer leichten Erhebung konnten sich die Russen eingegraben und versteckt haben. Man sah sie nicht. Gut möglich, dass sie noch dort hockten. Der Weg zu Karl war jedenfalls gefährlich. Nur das stellenweise kniehohe Gras konnte etwas Deckung bieten.

Jakob wurde mit Verbandszeug und zwei Ampullen Morphium ausgestattet. Eine Spritze war aufgezogen. Doch wie sollte er damit zu dem verletzten Karl kommen, die gesamte Strecke von fast zweihundert Metern? In jedem Fall musste ein großer Teil des Weges robbend zurückgelegt werden. Jakob erinnerte sich an Saintes, wo er diese Fortbewegungsart gelernt und verflucht hatte. Jetzt war ihm die Übung vonnutzen. Aber es war nicht seine Sache. Damals nicht und in der Aufregung jetzt schon gar nicht. Immer wieder geriet er mit dem Oberkörper zu hoch. Der Notfalltornister saß zu locker, rutschte auf seinem Rücken hin und her. An mehreren Stellen stand hohes Gras, das einigermaßen Schutz bot. Aber der Bereich, wo Karl lag, war gut einsehbar. Auf dem Weg zu dem Verletzten musste auch eine etwas höher liegende Bodenwelle überwunden werden, und die letzten Meter bis zu Karl bedeuteten sicher höchste Gefahr. Die beiden Grenadiere begleiteten Jakob bis zu dem Bereich, wo sich die erste Bodenwelle erhob. Die konnte er im Schutz des Grases einigermaßen sicher überwinden. Er robbte weiter. Nach den ersten fünfzig Metern musste er eine Pause einlegen. Er holte Luft. Seine Beine zitterten. Er konnte es nicht bremsen. Er hörte Karl schreien.

»Ich muss das jetzt erledigen, ich muss das hinter mich bringen, ich muss ihm helfen«, befahl er sich. Den Gedanken, dass es auch ihn treffen könnte, hatte er sich inzwischen verboten. Es gab kein Zurück. Er robbte weiter. Jetzt alles geben! »So flach wie möglich am Boden bleiben, so flach wie möglich bleiben, mit den ausgestreckten Ellenbogen vorziehen, Hintern so nah wie möglich am Boden, mit den Beinen, mit den Füßen nachtreten«, wiederholte er vor sich hin. Karls Schreien kam näher. Die zweite Bodenwelle hatte er überwunden. Er sah Karl. Jetzt hieß es, den besonders gefährlichen Teil vorwärtszukriechen, noch etwa zwanzig Meter. Endlich hatte er den Verletzten erreicht. Er hatte das unbestimmte Gefühl, jemand müsste ihn entdeckt haben. Aber waren die Russen überhaupt noch da? Es war so ruhig geblieben. Abgesehen von Karls Schreien. Die waren kurz in ein Wimmern übergegangen, als er Jakob erblickte. Dann schrie er wieder. Er lag auf dem Rücken. Da lag ein Mensch, ein Fremder, ein Bild des Grauens. Die Uniform von Granatsplittern durchlöchert, der rechte Stiefel aufgeplatzt. Blut aus mehreren Wunden. Unter der aufgerissenen Jacke das Brustbein links aufgebrochen, zwei Rippenknochen ragten heraus, daneben das Soldbuch. Aus der großen Wunde quoll das Blut über die Uniform, hellrotes Blut, schwach pulssynchron. Es rann auf den Sand. Dort hatte sich eine rotbraune Lache gebildet.

»Karl, ich bin's, halt durch. Wir holen dich hier raus«, flüsterte Jakob ihm zu, wenngleich er sah, dass jede Hilfe zu spät kam. Karl war nicht zu retten. Die Verletzungen waren tödlich. Das war zu sehen. Das war eindeutig.

»Karl, bitte, halt durch. Aber hör auf zu schreien, hör jetzt auf zu schreien.« Jakob holte das bereits aufgezogene Morphium aus seinem Gepäck, versuchte zitternd, eine

Stelle zu treffen, von der aus sich das Medikament schnell im Körper ausbreiten und wirken konnte. Ein leises Pfeifen, dann explodierte die erste Granate. Eine Staubwolke, Sand spritzte auf. Jakob schätzte, etwa zweihundert Meter entfernt, vielleicht auch weniger, auf der linken Seite. Gewehrsalven seiner Leute in Richtung des angenommenen Verstecks. Die Russen waren also doch noch da. Sie schossen das Ding nicht auf Sicht, sie schossen es einfach nach Gehör. Er kannte sie inzwischen, diese widerlichen Granaten, die Unberechenbarkeit und die grausame Wirkung ihrer tausend Splitter.

Jakob versuchte zu erklären: »Karl, die sind noch in der Nähe. Die lassen nicht locker. Aber sie sehen uns nicht. Die beschießen uns beide nach Gehör, nach deinem Schreien. Die nächste Granate könnte näher bei uns einschlagen. Die Splitter könnten uns beide treffen. Also bitte, bitte sei still, bitte.«

Karl schrie erneut.

»Karl, bitte sei ruhig. Sie können uns hören. Sie werden uns umbringen, wenn du nicht still bist. Sie müssen hier irgendwo stecken. Ganz in der Nähe im Graben liegen.«

Karl schrie nochmals, dann folgte ein Jammern: »Anna, Anna.« Jakob sah in die aufgerissenen, nassen Augen seines Freundes, sah seine Todesangst. Er sah seine Frau, die er verehrte, liebte, der er die vielen Briefe geschrieben hatte. Er sah seine Kinder, die kleine Elisabeth, die ihn kaum gesehen hatte.

»Karl, ich bitte dich, sei jetzt still. Die haben uns entdeckt. Wenn du weiter so schreist, werden sie nicht aufhören, ihr Zeug herzuschicken.«

Das Morphium begann zu wirken. Karl wurde ruhiger. Sein Atmen schneller und flacher. Erneut ein Pfeifen, jetzt flog eine zweite Granate. Jakob verfolgte ihren Aufschlag. Er schätzte, etwas mehr als hundert Meter entfernt. Sie explodierte in ihre tausend Teile, ohrenbetäubend. Weit spritzte der Sand. In den Ohren setzte ein Singen ein. Erneut mehrere Gewehrschüsse. Karl röchelte schwach. Die Splitter hatten sie nicht erwischt. Jakob überlegte: Wenn sie es noch einmal versuchen, noch näher kommen, dann sind wir dran. Und Karl ist nicht zu retten.

Ohne nachzudenken, als ob er von irgendwoher einen Befehl erhalten hätte, als ob er fremdgesteuert würde, rollte er den Körper des Sterbenden über sich und hielt sich an ihm fest. Das warme Blut des Freundes rann ihm über Hände und Hals. Das Herz hämmerte wild gegen die Brust. Wenige Sekunden später hörte er das leise Zischen der herannahenden dritten Granate, ihr höllisches Zerbersten, das Aufspritzen des Sandes. Sie musste etwa fünfzig Meter oder etwas mehr entfernt aufgeschlagen sein, das konnte er noch abschätzen. Er spürte einen scharfen, fast schmerzlosen Stich. Dann wurde es Dunkel. Alles verlor sich in der Ferne.


Er erwachte, als ihm jemand eine Spritze in den Oberschenkel rammte, ihn grob schüttelte. Schmerzen in der rechten Schulter. Einzelne Wahrnehmungen kamen zurück. In der Ferne hörte er wie im Tauchgang das Kommando »Dawei! Dawei!«.

Ach so, in russischen Händen, blitzte es in seinem Kopf. Es ist aus. Russische Gefangenschaft. Die werden mich fertig machen. Oder ich krepiere so. Krieg zu Ende. Alles zu Ende. Er verlor erneut das Bewusstsein.

Wann er wieder zu sich gekommen war? Er wusste es nicht. Er befand sich auf der Trage in einem Zelt. Er erkannte die Flecken in der Plane über sich. Richtig, das musste das Zelt seines eigenen Verbandsplatzes sein. Geruch von Jod, von Zigarettenqualm. Von Urin und Kot. Keine russischen Soldaten. Keine russische Gefangenschaft. Es dämmerte ihm: Russen für die Bergungsarbeit benutzt. Ach so. Das kannte er. Wäre zu gefährlich gewesen für die eigenen Leute. Er hörte Stimmen, die ihm vertraut waren. Leichte Entspannung.

»Den Toten draußen lassen«, hörte er jetzt.

Er konnte nicht gemeint sein. Er war ja nicht tot, er lebte noch. Noch. Wieder spürte er sein Herz. Es schlug wie wild. Durch den grauen Film, der sich vor seinen Augen gebildet hatte, nahm er unscharf Major Hünemann wahr.

Oh, sogar Hünemann haben sie gerufen. Wenn die den geholt haben, kann es doch nicht so gut um mich stehen. Das war die Regel. Jetzt erkannte Jakob ein Gesicht. Das musste Stabsarzt Friedrich sein, der mit dem treusorgenden Blick aus den tief liegenden Augen. Dann einen Sanitäter, vielleicht war es Rudolf? Ein tüchtiger Mann.

»Was ist los mit ihm?«, hörte er Hünemann fragen.

»Die äußeren Verletzungen bekommen wir in den Griff, Herr Major« Das war Friedrich, die Stimme kannte er. »Schwierigkeiten werden die kleinen Splitter in der rechten Hand machen. Und als wir ihm die Kleider auszogen, haben wir leider noch drei oder vier kleine Schnittverletzungen am Brustkorb rechts entdeckt. Dort müssen Splitter reingefahren sein. Perkutorisch entwickelt er gerade einen Pneumothorax rechts. Ich vermute, der obere Lungenflügel ist teilweise kollabiert. Es muss auch eingeblutet haben. Ich lege ihm gleich eine Drainage und versuche abzusaugen. Mal sehen, was da ist. Vielleicht geht es ihm dann auch besser. Der Bauch ist in Ordnung. Ich denke, wir werden ihn auf jeden Fall durchbringen.«

Hünemann: »Doktor Kahnolt, hören Sie uns?«

Er hörte. Er wollte sprechen. Das Atmen gelang nicht. Blut quoll aus seinem Mund.

Hünemann: »Doktor Kahnolt, Jakob, hören Sie uns?«

Jakob versuchte zu nicken. Ein kalter Schmerz schoss in die rechte Halsgegend.

Hünemann: »Jakob, Sie überstehen das. Jetzt stark bleiben!«

Es war wieder Friedrich, der ergänzte: »Jakob, es ist weniger schlimm, als es aussieht. Du hast ein paar Splitter abgekriegt. Wir werden jetzt einige hier am rechten Arm, an der Hand, an der rechten Schläfe und am Hals entfernen. Der große Splitter an der Schläfe ist in der Kopfhaut stecken geblieben. Da hast du richtig Schwein gehabt. Es sah schlimmer aus, als es tatsächlich war. Dort hat es aus ein paar kleineren Arterien geblutet, du weißt, wie bei Platzwunden. Aber das ist jetzt auch gut.«

Jakob hauchte: »Meine Augen.«

»Ja, richtig. Schwester Gertrud wird dir gleich das Blut aus den Augen waschen. Dann kannst du wieder besser sehen. Deine Augen sind aber in Ordnung. Jakob, hörst du uns? Du hast wirklich großes Glück gehabt. Wir kümmern uns gerade um die Lunge.«

Friedrich sprach von Glück. Er konnte nicht wissen, dass auf ihn, wie auf fast alle der Mannschaft, in drei Monaten der Tod wartete.

»Mehr können wir hier vorerst nicht machen. Wir bringen dich zu unserem Hauptverbandsplatz und warten die Röntgenaufnahme der Lunge ab, dann werden wir weitersehen.«

Jakob wollte sich bedanken. Er bekam erneut einen Hustenanfall. Blut floss über seine Lippen. Blutspritzer auf der Uniform des Majors.

»Friedrich wird Sie begleiten. Sie sind hier in Sicherheit. Das Granatennest der Russen hatten unsere Leute übersehen. Das hätte nicht passieren dürfen. Das tut mir sehr leid. Das haben wir jetzt aber ausgehoben. Das haben wir unschädlich machen können.«

»Wo ist Karl?«, flüsterte Jakob.

Hünemann ließ Friedrich antworten: »Karl? Warum? Karl konnten wir bergen.«

»Was ist mit Karl?«

»Ich sage dir doch, wir konnten Karl bergen.«

»Was ist mit Karl?«

»Ja, Karl hat es leider erwischt. Er ist tot. Er war schon tot, als unsere Leute zu euch durchgekommen waren.«

Jakobs Sinne schwanden erneut.

»Kreislauf. Gebt ihm Sauerstoff und noch eine Ringer! Ist Tetanus erfolgt?«, rief Friedrich.


Den Splittern in den rechten Lungensegmenten war nach den ersten röntgenologischen Ergebnissen unter den bestehenden Bedingungen am Verbandsplatz operativ nicht beizukommen. »Zu langwierig der Eingriff, zu starkes Blutungsrisiko«, entschied der Chirurg. Es war auch fraglich, ob man die Splitter überhaupt entfernen sollte. Das Bluten aus dem Mund hatte nachgelassen. Die Atemzüge blieben schnell und flach. Jakob durfte nicht angefasst werden. Bewegung löste wilde Schmerzattacken aus. Er schrie jedes Mal. Dabei schien er das Bewusstsein zu verlieren.

Major Hünemann informierte Stabsarzt Friedrich: »Ich nehme an, der Rücktransport mit einem unserer

Sanitätswagen über diese Pisten ist für ihn zu beschwerlich, dauert mir auch zu lange. Ist mir zu unsicher. Einzelne Nester von Russen, wie üblich diejenigen, die ihre Kompanie verloren haben, sind besonders gefährlich. Sie beherrschen leider immer noch das Gelände. Das wollen wir ihm nicht zumuten. Morgen früh erwarten wir ein Versorgungsflugzeug. Ich denke, bis dahin schafft er es. Ich werde dafür sorgen, dass er da reingeschoben und die etwa zweihundert Kilometer über den Frontverlauf nach Stalino ausgeflogen wird. Dort ist er so gut wie in Sicherheit. Das Lazarett in der Stadt ist groß und gut ausgerüstet, soviel man mir gesagt hat. Ich habe ihn angekündigt. In Stalino wird man weitersehen. Jedenfalls können wir sicher sein, dass er von dort schnell mit einem der Lazarettzüge in die Heimat kommt. Die gehen regelmäßig ab.«

Nach einer Pause Hünemann: »Schade, dass wir ihn verlieren, unseren Arzt. So ein netter und tüchtiger Mann. Aber, ich denke, es wird gut für ihn sein. Und gut für seine junge Frau und seinen kleinen Sohn. Der wurde doch gerade erst geboren.«

Die Nacht verging im Dämmerschlaf. Die spitzen Schmerzen reagierten kaum auf das Morphium. Immer wieder schrie Jakob auf. Wenn seine Gedanken für Momente etwas klarer und geordneter wurden, kam ihm nur das eine: Der Albtraum soll vorbei sein, der Wahnsinn vorbei. Ich darf jetzt nicht aufgeben, ich darf jetzt nicht wegtreten. Ich muss jetzt durchhalten. Ich will nach Hause. Ich will zu meiner Lene, zu unserem Kind.

Das Flugzeug, eine Heinkel 111, landete knapp nach dem Morgengrauen auf dem provisorisch eingerichteten Platz. Essensrationen, Kisten mit Verbandzeug, Munition wurden eilends herausgeschafft. Dann ging es an die Auswahl der wenigen Kämpfer, die aufgrund ihrer Verletzungen in das Feldlazarett oder ganz nach Hause transportiert werden sollten. Es ging um die Entscheidung, für wen sich der Aufwand lohnen würde und für wen nicht. Mehr als zwölf liegende Personen, zusammen mit einem begleitenden Sanitäter, konnten ohnehin nicht transportiert werden. Entweder war man privilegiert, oder es bestand deutliche Aussicht auf Wiederherstellung. Bewusstlos nach Kopfverletzung: keine Chance. Mit von Gas geblähtem Bauch: dem Tod geweiht. Die hatten ja alle die roten Streifen auf ihrer Karte: Mit dem Sterben war zu rechnen. Da war nichts zu machen. Das Sterben, nach aller Erfahrung, qualvoll und langsam. Jeder wusste das. Die Hoffnungslosen, falls sie es konnten, sie riefen, sie schrien, sie flehten verzweifelt. Es wurde gebetet. Jeder wollte weg. Einige rafften sich auf. Sie verließen ihre Trage, humpelten bis zum Flugzeug, krallten sich am Fahrgestell fest. Die beiden Piloten weigerten sich, abzuheben. Die Feldpolizei musste eingreifen.

»Erschießt uns doch. Wir sind alle. Macht doch Schluss mit uns!«, wurde geschrien. Man riss sie los.

Jakob wurde vorsichtig in das Flugzeug gehoben. Der Knall eines Schusses war zu hören. »Gebt ihm den Sitzplatz oben«, hörte er Hünemann rufen. Er wurde auf den Sitzplatz gehoben und festgebunden. Ein privilegierter Platz, im Kampfeinsatz für den Heckschützen vorgesehen. Auf den Rundumblick hätte er verzichten können. Nachdem das Flugzeug abgehoben hatte, zeigte sich das ganze Desaster. Jakob drehte sich mit dem Sitz, drehte sich bei jeder Kurve. Er war dem Sitz ausgeliefert. Den vielen Schleifen, die das für seine Wendigkeit bekannte Flugzeug fliegen musste. Möglicher Flakbeschuss. Man hatte vergessen, den Sitz zu fixieren. Sein Schreien, seine Hilferufe gingen im Lärm der beiden Flugzeugmotoren unter. Niemand kam ihm zu Hilfe, niemand, der den Sitz hätte fixieren können. Der Flug dauerte eine Stunde. Er wurde zur Tortur. Mehrmals musste sich Jakob übergeben unter aufschießenden brennenden Schmerzen. Blut im Erbrochenen. Auf diesen elenden Platz hätte er gerne verzichtet, hätte gerne auf dem harten Boden des Flugzeugs gelegen, wie die anderen. Auch wenn er dort hin und her gerollt wäre. Aber er hätte sich vielleicht festhalten können.

Das Flugzeug landete ohne Zwischenfälle in der Nähe von Stalino. Der völlig erschöpfte, anhaltend mit Ohnmacht kämpfende Jakob wurde ins Lazarett der Stadt gefahren. Die erneuten Röntgenaufnahmen der Lunge zeigten fünf Stecksplitter im rechten Lungenflügel, mehrere im rechten Oberarm, zwei in der rechten Halsgegend.

»Die in Ihrem Hals sind zu nah an der Schlagader, die werden wir Ihnen noch rausholen. Die Entfernung der anderen Splitter im Arm und in der Lunge, das würde zu blutig, das lassen wir lieber«, erklärte ihm der Chirurg, ein Oberstabsarzt. Jakob war alles egal. Die andern sollten entscheiden.

Schon am folgenden Tag wurde er in einen Lazarettzug gehoben, der am Bahnhof unter der Obhut der Ungarn bereitstand. Dankbar nahm er wahr, dass der Zug vorbildlich gepflegt und mit allem ausgestattet war, einschließlich zweier Operationswagen. Das war beruhigend. Endlich wieder ein sauberes Bett, weiße Laken, keiner dieser hartnäckigen Flöhe, keine heimtückischen Wanzen. Was ihm auffiel und gar nicht unangenehm war: Die Ärzte und Schwestern ließen mehr oder weniger offen erkennen, dass sie diesen Krieg für einen Wahnsinn hielten und dass die

Deutschen an dem ihnen zugefügten Leid eigene Schuld trugen. Was Jakob anbetraf, so hatte er sich längst von Führer und Partei und all den Großsprechern losgesagt. Von diesen Abgründen hatte er sich endgültig getrennt. Dafür hatten sich bei ihm eine Leere, ein Gefühl der Schuld und eine grausame Verzweiflung eingenistet.

Jakobs Kreislauf stabilisierte sich. Er konnte sich für Minuten selbstständig aufrichten, brauchte aber immer wieder Morphium. Es wurde ihm bereitwillig verabreicht. Fünf Tage nach der Verwundung konnte der Verband um den Hals abgenommen werden. Sein Gesicht hatte wieder Form angenommen, die Schwellungen waren zurückgegangen. Schwester Klara brachte ihm einen Spiegel, er hatte darum gebeten. Erstmals nach der Verwundung sah Jakob sein Gesicht: die Wangen eingefallen, tiefe Augenhöhlen, die Barthaare lang und struppig, fünf Nähte an der rechten Schläfe, über die rechte Halspartie bis zur Schulter reichend ein breites, in grünliche Verfärbung übergehendes Hämatom, drei oder vier Nähte auch dort.

»Wir haben Ihre Frau erreicht, Herr Doktor Kahnolt. Sie ist informiert. Sie weiß Bescheid, dass Sie nach Hause kommen. Sie können von Glück sprechen, Herr Doktor, dass Sie nach vier Monaten Russland schon in die Heimat zurückkehren können. Ich denke doch für immer«, meinte Schwester Klara.

Über sein Gesicht huschte ein Lächeln.

Meist betreute ihn diese Krankenschwester, die sich ihm als Klara vorgestellt hatte und, wie sie ihm erklärte, normalerweise an der Universitätsklinik in Pécs arbeitete. Ihr jugendliches, liebenswertes Gesicht war von tiefschwarzen Haaren umrahmt, hinten zu einem einzelnen Zopf geflochten. Ihre Freundlichkeit erschien nicht professionell. Sie wirkte ehrlich, mitfühlend. Das spürte er. Und es tat ihm gut.

»Ich habe in Ihrer Krankengeschichte geblättert. Da haben Sie ja wirklich Glück gehabt, dass es Sie nicht so erwischt hat, wie den Mann, der tot neben oder über Ihnen gelegen haben soll.«

Es trat eine Pause ein. Jakob fing an zu weinen.

»Herr Doktor, was ist mit Ihnen?«

Er weinte. Er weinte immer mehr. Er konnte nicht aufhören. Die Tränen liefen über sein von den Splittern gezeichnetes Gesicht. Er richtete sich auf, fiel zurück in das Kissen. Und schluchzte. Er konnte nicht antworten.

»Was ist mit Ihnen? Kann ich Ihnen helfen? Haben Sie Schmerzen? Soll ich den Arzt holen? Habe ich etwas falsch gemacht?«

»Nein, nein.« Er schluckte. »Keinen Arzt holen.«

»Aber was ist dann?«

»Der Mann, Karl.« Jakob holte Luft. »Das ist mein Freund. Das war mein bester Freund. Das war Karl. Ich hab ihm so viel zu verdanken. Ich hab ihn verloren. Ich seh ihn immer wieder vor mir, ich spür ihn über mir. Es war schrecklich, grausam, ihn so zugerichtet zu sehen. Ich sollte ihn retten. Es war unmöglich. Ich weiß nicht, was ich getan habe.«

»Es wird doch in jedem Fall das Richtige gewesen sein«, versuchte ihn Klara zu beruhigen. Sie strich ihm übers Haar. Sie reichte ihm ein Tuch.

»Ich weiß es nicht.«

Klara kam jetzt mehrmals am Tag. Es tat ihm gut. Sie lenkte ihn ab. Sie sprach über den Zug, darüber, dass sie noch mehr als zwanzig weitere Verletzte zu betreuen habe. Sie sei überwiegend mit dem Wechseln von Verbänden beschäftigt.

»Manche Wunden wollen sich einfach nicht schließen. In vielen Fällen ist es zu Entzündungen gekommen, so wie bei der einen Wunde hier an Ihrem rechten Arm. Ich nehme mal an, da ist am Anfang nicht so sauber gearbeitet worden.«

»Was ist denn da …?«

»Machen Sie sich keine Sorgen. Das kriegen wir schon in den Griff. Da kennen wir wirklich viel Schlimmeres.«

»Aber Brand ist es nicht, Sie verstehen? Wenn Sie den Verband öffnen, riecht es etwas faulig. Sie können mir schon sagen, was los ist. So richtige Schmerzen habe ich an diesem Arm eigentlich nicht mehr.«

»Nein, nein, da kann ich Sie beruhigen. Dann würde es Ihnen doch viel schlechter gehen. Sie haben auch kein Fieber mehr. Die Wunde ist, seit ich sie verbinde, schon etwas ruhiger geworden. Kaum noch Eiter. So wie ich unseren Arzt verstanden habe, soll es sich um eine einfache Schmierinfektion handeln. Sie sind sicher schon gleich nach Ihrer Verwundung gegen Gasbrand geimpft worden. Aber Sie haben Recht, wir haben es im Zug in vier Fällen mit Gasbrand zu tun. Da sind wir, ehrlich gesagt, ziemlich hilflos. Wir sind ja froh, wenn wir so viele Verwundete wie möglich durchbringen. Aber zweimal schon war eine Amputation notwendig geworden. Na, ich will Sie jetzt nicht beunruhigen. Bei Ihnen sieht ja alles gut aus.«

»Nein, sie beruhigen mich. Es tut mir gut, dass Sie so viel Zeit für mich haben.«

»Ich werde Sie wahrscheinlich bis Breslau begleiten. Dann wird unsere ungarische Mannschaft durch eine deutsche ausgetauscht. Ich bin nicht sicher, ob es für Sie im gleichen Zug weitergeht. Wahrscheinlich werden alle

Verwundeten in einen anderen Zug umgeladen, einen deutschen Zug.«

Ihr Land sei solidarisch mit Deutschland, warum das so sei, wisse sie nicht. Sie verabscheue den Krieg. Und übrigens verabscheue sie auch manch anderes. Darüber wollte sie sich aber nicht weiter auslassen. Sie habe sich freiwillig zu diesem Einsatz gemeldet, weil sie das Leid lindern wolle, das dieser fürchterliche Krieg den Menschen zufüge.

Vierter Tag der Fahrt. Der Zug war für Stunden zum Stehen gekommen. Durch die Scheiben des Wagens sah Jakob die üblichen Bilder des Krieges: zerstörte Panzer, abgebrannte Höfe, niedergemachte Dörfer, Kadaver von Kühen, Schafen, Pferden. Er sah Menschen, die mit ihren jämmerlichen Fuhrwerken westwärts oder sonstwohin zogen.

Eine überraschend schmackhafte warme Mahlzeit wurde zum Mittag ausgeteilt. Oder war es einfach der Appetit, der sich wieder einstellte? Schwester Klara setzte sich zu Jakob und unterstützte ihn beim Essen. Dabei versuchte sie, ihn abzulenken, ihn zu unterhalten. Sie erzählte: »Mein Vater ist Offizier und Arzt wie Sie. Er wurde eingezogen, kurz nachdem die Deutschen in Russland einmarschiert waren. Man hat ihn gezwungen. Wie meine Familie heute weiß, musste er mit seiner Mannschaft nach Moskau vorrücken. Ich habe ihn seitdem nur ein- oder zweimal wiedergesehen. Es war jedes Mal schrecklich. Er war so abgemagert, er war ganz dünn geworden. Gespenstisch. Die Kleider hingen an seinem Leib. Er wog vielleicht noch fünfzig Kilo, vielleicht auch weniger. Die Ohrmuschel seines rechten Ohrs war abgefallen, die Nasenspitze sah ganz schlecht aus. Er zeigte uns auch seine Füße. Mehrere Zehen fehlten. Eine Elendsgestalt. Alle waren froh, dass wenigstens seine Finger nicht sonderlich gelitten hatten. Ich hatte meinen Vater als einen fröhlichen Menschen gekannt. Er verstand es, eine ganze Gruppe zu unterhalten. Ich erkannte ihn nicht mehr wieder. Er war einsilbig geworden und sprach kaum noch ein Wort, Gesellschaft konnte er nicht mehr aushalten. Wir haben viel geweint.«

»Schwester Klara, bitte hören Sie auf. Es handelt von Ihrem Vater, und es ist schwer. Aber ich kann es nicht ertragen.«

Klara verstummte.

»Aber bitte, etwas anderes. Können Sie mir sagen, was mit meiner Lunge los ist? Das Atmen fällt mir immer noch sehr schwer. Wenn ich tiefer einatmen will, geht es gar nicht, dann habe ich einen widerlichen, stechenden Schmerz, hier rechts oben.«

»Wenn Sie wollen, rufe ich den leitenden Arzt.«

»Nein, nein. Vielen Dank, der war ja schon ein paarmal hier. Da war ich aber noch nicht imstande, die richtigen Fragen zu stellen. Ich habe nur auf ihn gehört: Richten Sie sich auf. Versuchen Sie, so tief wie möglich ein- und auszuatmen, noch mal, gut, das wird schon, hat er gesagt – Sie kennen das – und war wieder verschwunden. Und ich war zu schwach. Ich war froh, mich wieder hinlegen zu können. Sagen Sie mir doch einfach, was da los ist.«

»Eigentlich darf ich das nicht, aber soviel ich weiß, stecken in Ihrem rechten Lungenflügel, also im Oberlappen, vier oder fünf Splitter von der russischen Granate. Gemein, diese Granatsplitter, da haben wir leidvolle Erfahrungen machen müssen. Ihr Lungenlappen ist kollabiert. Er funktioniert nicht mehr recht. Deshalb fällt Ihnen wohl das

Atmen so schwer. Aber das wird sicher besser. Immerhin hat es, wie es heißt, nur den oberen Lappen erwischt. Die anderen beiden auf der rechten Seite sind in Ordnung. Die Chirurgen haben entschieden, dass man alles so lassen sollte. Auf keinen Fall eine Operation. Da müsste der Brustkorb geöffnet und nach den Splittern gesucht werden. Das wäre wie nach Nadeln im Heuhaufen suchen. Viel zu blutig sei das alles. Und ob der Lungenteil nach so einer Operation wieder funktioniere, sei auch unsicher.«

Jakob fragte sich, warum Klara ihm manchmal fast zärtlich übers Gesicht strich und mehrmals abends in sein Abteil und an sein Bett kam, um mit ihm zu sprechen und ihn zu trösten. Es tat gut, gehörte zu ihrer Art der Pflege und war doch hoffentlich kein schlechtes Zeichen. Sie würde ihm sicher nichts verschweigen. Er hatte nicht den Eindruck, dass sie ihm etwas über seinen Verletzungszustand verheimlichte.

Aber das Atmen mit den nadelstichartigen Schmerzen in der rechten Brust blieb beängstigend. Ein Durchatmen war nicht möglich. Er malte sich aus, dass er es kaum überstehen würde, wenn sich vom Schmutz eine Entzündung in seiner Lunge ausbreiten sollte. Mehrmals am Tag litt er unter heftigen Hustenanfällen, nach denen er auch immer wieder den Geschmack von Blut auf der Zunge spürte. Spuckte er auf das Taschentuch, färbte es sich rot.

Nach sechs Tagen und etlichen, manchmal Stunden dauernden Stopps, die die Angst schürten – Jakob wusste vom Beschuss durch feindliche Flugzeuge –, erreichte der Zug endlich den Hauptbahnhof von Breslau. Er bedankte sich bei Schwester Klara. Sie hatte ihm gezeigt, was Mitgefühl und Fürsorge leisten können. Er hatte sich erholt. Selbst die Wunden am rechten Oberarm schienen zu heilen. Seine psychische Verfassung war allerdings schwach geblieben. Beim Abschied liefen Tränen.

Bevor er in den bereitstehenden Zug der Reichsbahn umgeladen wurde, erschien ein Major an seinem Bett.

»Stabsarzt Kahnolt?«

»Ja.«

»Ich habe eine ehrenvolle Aufgabe. Ich darf Ihnen das Verwundetenabzeichen in Silber überreichen. Dann habe ich für Sie das Eiserne Kreuz zweiter Klasse. Außerdem werden Sie zum Oberstabsarzt befördert.«

»Gut. Und wo sollen diese Abzeichen getragen werden?«, brummte Jakob.

»Sie freuen sich wohl gar nicht? Das Verwundetenabzeichen auf der linken Seite, am besten auf der Brusttasche. Und das Eiserne Kreuz im Knopfloch.«

Jetzt wusste er es. Auf die Auszeichnungen hätte er genauso verzichten können wie auf die Verletzungen. Was die Beförderung mit seinen Verletzungen zu tun haben sollte, erschloss sich ihm auch nicht. Immerhin versprach sie höheren Sold. Wenigstens das.

Der von den Deutschen organisierte Zug war wenig gepflegt, die Umgangsformen waren durchweg rau. Gehen konnte er nicht. Noch nicht. Dafür war er noch zu schwach.

»Herrgott, dann müssen wir ihn halt rübertragen«, hörte er jemanden zischeln.


Auf mehreren Irrfahrten gleichenden Umwegen wurde Jakob in ein Städtchen geschafft, in dem ein altes, von Ordensschwestern geführtes Krankenhaus zu einem Lazarett umfunktioniert worden war. Dort sollte er sich auskurieren und anschließend, wenn alles gut ging, im gleichen Haus die Stelle eines Arztes übernehmen. Sie hatten diesen

Ort im Schwarzwald vielleicht ausgewählt, weil sie der Nähe zu seiner Heimat gesundheitsfördernde Eigenschaften zuschrieben. Jakob galt als nicht mehr kampftauglich.

Die Genesung machte unter der Pflege der Schwestern weitere Fortschritte. Gegen Ende des Jahres 1942 konnte er den Dienst als Oberarzt im Krankenhaus übernehmen. Die Schwestern waren erleichtert, einen einsatzfreudigen und zugleich dankbaren Arzt an ihrer Seite zu wissen.

Ende Januar 1943 schrieb Jakob an seine Frau: »Liebe Lene, jetzt bin ich seit über vier Monaten in diesem gemütlichen Städtchen, in das es mich verschlagen hat. Was ja ein Segen ist. Man erlebt hier den Krieg zum Glück nur von Ferne, vergisst ihn also fast. Zu deiner Beruhigung: Ich bin gesundgepflegt worden. Habe noch etwas Schwierigkeiten beim Atmen, könnte auch noch mehr Leistungskraft gebrauchen. Aber insgesamt kann ich und können wir beide oder alle drei zufrieden sein. Was auch wichtig ist: Meine Verletzungen waren wohl derart schwer, dass ich für nicht mehr verwendungsfähig erklärt wurde. Das bedeutet, der Krieg ist für mich beendet. Noch einmal nach Russland an die Front zu müssen käme für mich einem Albtraum gleich. Einzelheiten will ich dir ersparen. Ich würde mich unsichtbar machen, eingraben, was ich ja inzwischen gelernt habe. Ich bin immer noch etwas schreckhaft. Manchmal fängt mein Körper an zu zittern, ohne dass es recht zu bremsen ist. Das muss dich nicht beunruhigen, das bekomme ich schon noch in den Griff.

Was mir aber heute wichtig ist. Ich sage jetzt nicht, woher ich das habe. Du wohnst immer noch in unserer Wohnung in Hamburg. Bitte pack sofort alles zusammen und komm mit Friedrich hierher. Die Engländer haben unheimlich aufgerüstet. Das weiß ich aus sicherer Quelle. Und unsere

Abwehr, das ist trotz aller Propaganda kein Geheimnis mehr, wird nicht ausreichen. Ich befürchte, dass demnächst ein oder gar mehrere Bombenangriffe auf die Stadt drohen, so wie sie schon auf andere Städte erfolgt sind. Ich möchte den Teufel nicht an die Wand malen, aber ich bin erst beruhigt, wenn du hier auftauchst und zwar mit Sack und Pack und so schnell wie möglich. Völlige Sicherheit gibt es hier natürlich auch nicht, aber im Vergleich zu Hamburg ist es doch etwas ganz anderes. Wen interessiert schon diese unbekannte, unbedeutende Kleinstadt tief im Schwarzwald.«

Lene zog im Februar 1943 mit Säugling Friedrich zu ihrem Mann nach Forbach. Es war eine gute Entscheidung. Allein die Verpflegung, die in Hamburg streng auf Karten erfolgt war, wurde hier locker gehandhabt. Im Krankenhaus fiel immer etwas für die Ehefrau und den kleinen Sohn ab. Den Ordensschwestern war daran gelegen, dass ihr geschätzter Arzt und seine junge Frau sich bei ihnen wohlfühlten und wenigstens ausreichend zu essen bekamen.

Im Juli erfuhren sie von einem Tage anhaltenden Bombenhagel auf Hamburg. Das Haus, in dem sich ihre Wohnung befand, habe einen Volltreffer erhalten und sei bis auf die Grundmauern eingestürzt. Alle Bewohner, die im Keller Schutz gesucht hatten, seien tot, hieß es. Die Familie Kahnolt galt damit als ausgebombt. Das Wenige, was sie besessen hatten, war verloren, verbrannt. Aber sie lebten.

Ganz so gemütlich und unbeschwert, wie Jakob versprochen hatte, blieb es in dem Städtchen allerdings nicht. Oberhalb der Stadt war zwei Jahrzehnte zuvor ein wasserreicher Stausee angelegt worden. Über Röhren rauschte das Wasser auf Turbinen in der Nähe der Stadt. Ein großer

Landstrich, einschließlich Forbach, konnte so mit Elektrizität versorgt werden. Überschüssige Wassermassen ergossen sich in den Fluss, an dem das Städtchen lag und der sich im Laufe der Jahrhunderte tief in das Tal eingegraben hatte. Feindliche Bomber hatten sich die Staumauer des Sees als Ziel ausgesucht. Meterhohe, von Ballons getragene Stahlseile, die über die Talsperre gespannt waren, verhinderten zwar Tiefflug und eine gezielte Bombardierung. Auch waren zahlreiche versteckte Flaks aufgestellt. Gefährlich war es trotzdem. Die erfolgreiche Zerstörung des Staudamms wäre einer Katastrophe gleichgekommen. Eine viele Meter hohe Wasserwalze würde sich beim Bruch der Mauer das Tal hinunterstürzen, und man musste damit rechnen, dass zwei Drittel des Städtchens zerstört und viele weitere Siedlungen flussabwärts bis hin zum Rhein mitgerissen würden. Die Bevölkerung wurde darauf vorbereitet. Ein Beobachter, der auf der nördlichen Seite des Sees hinter Büschen seinen Posten hatte, sollte jede Unregelmäßigkeit ins Tal melden. Wöchentlich heulte übungshalber die Sirene als Zeichen dafür, dass spätestens in zwanzig Minuten das Wasser kommen würde. Diese Zeit stand zur Verfügung, um alles Nötige einzupacken und die Hänge hoch die vorgeschriebenen Fluchtwege zu nehmen. Auch Übungen in der Nacht kamen vor. Für Lene jedes Mal eine Angsttour: mit dem gerade ein Jahr alten Sohn im Arm den Berg hoch. Mit der Zeit pflegten immer mehr Bewohner, das Sirenengeheul zu ignorieren. Sie verließen ihre Wohnungen nicht mehr. Es blieb jedoch eine Unsicherheit, eine Grundangst, die vor allem in den Nächten den so notwendigen Schlaf unterbrach. Jakob und Lene mit ihrem kleinen Sohn konnten sich trotz allem zumindest glücklich schätzen, über das Krankenhaus so liebevoll versorgt zu werden. Die Idylle des Städtchens versuchten sie zu genießen. Im Frühjahr wurde ihr zweiter Sohn geboren.

In der Nacht zum 19. Juli 1944 heulten die Sirenen der Stadt. Ein Angriff war ins Tal gemeldet worden. Schnell sprach sich herum, diesmal sei es ernst. Tatsächlich hatten bei dem erneuten Großangriff eine oder zwei der abgeworfenen Bomben Teile der linken Mauerkrone getroffen. Das Geheul der Sirenen wollte nicht aufhören. Jakob war nicht zu Hause. Gerade in dieser Nacht war er zum Dienst im Krankenhaus eingeteilt. Lene packte in aller Eile, wie sie es immer wieder geübt hatte, ihren zweijährigen Sohn, den fünf Wochen zuvor geborenen Säugling und alles Notwendige zusammen, was sie tragen konnte. Mit vielen anderen aus dem Ort stieg sie den vorgesehenen steilen Weg aus dem Tal zum Berg in Richtung Badener Höhe. Dort harrte sie mit den beiden Kindern für Stunden aus, zitternd vor Angst und Kälte. Das Wasser kam nicht. Der Alarm wurde aufgehoben. Sie konnte zurück in ihre Wohnung, zweifelte allerdings an der verkündeten Sicherheit.

Anspannung und Angst hielten an. Sie erreichten ihren Höhepunkt, als im Städtchen die Nachricht durchsickerte, die Herren aus Berlin hätten beschlossen, die Staumauer vor dem möglichen Eintreffen feindlicher Truppen zu sprengen. Das deutsche Volk habe den Untergang und nichts anderes verdient. Sein Recht auf Weiterleben sei verspielt. Zum Glück erreichten die französischen Truppen Forbach und die Talsperre, kurz bevor dieser aus apokalyptischem Wahnsinn geborene Befehl in die Tat umgesetzt werden konnte.

Der Krieg war aus. Die Uniform wurden vorsorglich verbrannt. Abgesehen davon, dass Jakob seinen treuen

Begleiter, die Uhr der Firma Heuer, genauso wie seinen Fotoapparat, eine Zeiss Super Ikonta, Geschenk der Mutter zum erfolgreichen Staatsexamen, plündernden Franzosen abgeben musste, geschah nichts weiter. Wenn französische Soldaten in zweifelhafter Absicht seiner attraktiven Frau zu nahe kamen, nahm sie den Säugling auf den Arm und den Zweijährigen an die Hand. Das schützte zuverlässig.

»Wir werden das Lazarett in diesem Krankenhaus auflösen«, eröffnete ihm kurz angebunden ein französischer Offizier.

»Und was heißt das für mich und meine Familie?«

»Das heißt für Sie, Ihre Arbeit wird hier nicht mehr benötigt, sie ist beendet. Schluss. Wir haben für Sie aber eine andere Verwendung vorgesehen. Was hatte Ihnen denn vorgeschwebt?«

Jakob überlegte. »Ich würde gerne meine Ausbildung als Frauenarzt an einer Universität wieder aufnehmen, vielleicht in Heidelberg oder besser in Kiel.«

»Tut uns leid. Das kommt für Sie ganz bestimmt nicht infrage. Kiel schon gar nicht, dort sind ja die Engländer. Wir halten Sie für die Weiterbildung an einer Universität für ungeeignet. Fragen Sie nicht. Das hängt mit Ihrer ehemaligen Mitgliedschaft in der Nazipartei zusammen. Wir schätzen Sie zwar nur als Mitläufer ein. Aber sie werden ab nächstem Monat, spätestens im September, die ärztliche Versorgung eines Dorfs in der Rheinebene übernehmen. Sie erhalten rechtzeitig Bescheid.«

Diese verfluchte, diese elende Mitgliedschaft, die er schon so lange bereut hatte, sie verfolgte ihn. Widerspruch war zwecklos. Er hatte den Hunger seiner vierköpfigen Familie zu stillen.

# 7. Im Dorf II

Es war, als hätte das ganze Dorf von dem Wasser getrunken, das Vergessen lässt. Vieles oder eher alles schien so weit weg, als wäre es niemals geschehen. In der nahen Stadt hatte man sich die Trümmer, die der Krieg hinterlassen hatte, endlich aus den Blicken geschafft. Man hatte die Wellblechhütten weggeräumt, die in den Gärten zum Schutz gegen Bombensplitter errichtet worden waren. Man hatte den riesigen Motor eines Flugzeugs bestaunt, der sich neben einer Baugrube in den Boden gebohrt hatte und dort zufällig gefunden wurde: Zeuge des erfolgreichen Abschusses eines feindlichen Flugzeugs. Ein Abschuss, an den sich niemand erinnern wollte. Jetzt schaute man nur noch nach vorn. Jetzt gab es auch genügend zu tun. Kein Anlass, über die Hintergründe des vor wenigen Jahren angezettelten Krieges zu sprechen. Wie viele Tote waren es? Waren die überhaupt gezählt worden? Und der Umgang mit der jüdischen Bevölkerung? Davon wussten sie nichts. Das hatten sie alle erst jetzt erfahren. Das war natürlich schrecklich.

Die Scham über die ungeheuerlichen Verbrechen, die traumatischen Erlebnisse während des Krieges, die unbändige Todesangst, all das war erfolgreich unter dem breiten Mantel des Schweigens verschwunden. Aber was vergangen ist, das ist nicht tot. Es schlummert. Es schlummert irgendwo in der Tiefe. Dort wartet es auf die beste Gelegenheit, auf den richtigen Augenblick, um ohne Rücksicht, unbarmherzig und dann mit aller Macht hervorzubrechen.

Jakob war bemüht. Er verehrte seine Frau. Er kümmerte sich um die Familie. Er sorgte sich um seine Patienten. Er wurde geachtet. Er war beliebt im Dorf.

Allein Lene wusste, dass er nicht mehr der war, den sie vor Jahren kennengelernt, den sie geschätzt, in den sie sich verliebt, den sie geheiratet hatte. Aus dem einst drahtigen, robusten, unternehmungslustigen war ein körperlich nicht mehr voll belastbarer Mann geworden. Schon nach kürzeren Spaziergängen fing er an, schwerer zu atmen, manchmal nach Luft zu ringen. An seiner rechten Seite durfte niemand gehen. Wer es nicht wusste und ihn versehentlich rechts bei der Hand nahm oder gar versuchte, sich bei ihm unterzuhaken, der verursachte ihm Schmerzen. Es waren die Splitter, die sich dann meldeten. Das durften sie nicht. Erinnerungen konnten aufblitzen. Jakob sprach nicht davon.

Er war verändert, nicht selten wie abwesend. Sein Humor und seine Schlagfertigkeit, für die er bekannt war, waren geblieben. Aber sie hatten eine seltsame Schärfe angenommen. Wer ihn dann nicht verstand, fühlte sich schnell vor den Kopf gestoßen. Freunde aus der guten Zeit in Kiel gab es nicht mehr. Sie waren bis auf den einen weit entfernt lebenden Kollegen tot, gefallen, vermisst oder einfach verschwunden. Neue Freundschaften zu schließen fiel ihm schwer.

Lene zitierte gelegentlich, um Jakob aufzumuntern, ihren Vater mit den Worten aus der Bibel, wer am Pflug stünde und zurückschaue, würde nie das Ziel erreichen. Sie sprach von *Ziel*, vermied *Himmelreich*, obwohl es *Himmelreich* hätte heißen müssen. Im Gegensatz zu ihrem Mann verstand sie es, den Kreis jener Menschen stetig zu vergrößern, mit denen sie sich aussprechen konnte. Gerade zu den vielen Neuankömmlingen im Dorf, den wenig willkommenen, nach Knoblauch stinkenden Flüchtlingen, wie sie genannt wurden, entwickelte sie ein herzliches, oft freundschaftliches Verhältnis. Sie kannte deren Not, wurde sie doch selbst von den Einheimischen gleich einem Flüchtling behandelt.

Die Erinnerung an Ereignisse des überstandenen Krieges hätte wohl verblassen können. Aber sie war nicht verblasst, sie war wie ausgelöscht, so als ob diese Zeit nie existiert hätte. Es gab zwar vereinzelt Hinweise, die hätten aufhorchen lassen sollen, aber niemand vermochte ihre Botschaft zu entschlüsseln. Dafür bestand nun auch kein Bedarf.

Warum schenkte Jakob seiner Frau teures französisches Parfum, dieses Chanel, und ließ über den Schwarzhandel eine neue Flasche bringen, sobald die alte aufgebraucht war? Warum verbreitete er jeden Morgen den Duft eines ausgefallenen Kölnisch Wassers? D'Orsay stand auf der Flasche. Roch es lieblich? Oder frisch und passend? In jedem Fall irritierte dieser Duft. Mehr als einmal hatte Lene das Gefühl, sie halte am Morgen einen fremden, völlig unbekannten Mann in den Armen. Sie behielt es bei sich. Es wäre undankbar gewesen. Es hätte ihn verletzen können.

Nachdem er vor Jahren dem Schuldspruch der französischen Militärjustiz nur knapp entgangen war, fürchtete er sich vor allem, was französisch war – und liebte es doch.

Wie sonst war sein auffallend enger Kontakt zu einem Franzosen zu verstehen, der sich nach dem Krieg scheinbar verirrt und in dem gesichtslosen Dorf niedergelassen hatte. Dieser schwarzhaarige, kleine Mann hatte sich während der Zeit der Besatzung eine Dorfschöne geangelt und sie schließlich sogar geheiratet. Er hieß möglicherweise Pierrick. Wie sein tatsächlicher Name lautete, wusste man nicht genau, das blieb im Dunkeln. Von den Einwohnern wurde er Pirri gerufen. Man erzählte sich, er sei in Algerien aufgewachsen. Hinter vorgehaltener Hand raunte man sogar, er sei ein Spion. Einen Spion, einen derart wichtigen Mann, hätte man gerne in diesem Dorf gesehen. Was die Einwohner nicht wussten: Er war Zuträger für die französische Besatzung, sollte herausbekommen, wer Mitglied der Nazipartei, der Gestapo oder der SS gewesen war. Jakob sprach mit ihm Französisch, um, wie er meinte, in Übung zu bleiben.

Was sich hinter Pirris steter Freundlichkeit verbarg, konnte man nur erahnen. Er nützte den Besatzern und dem Dorf, und das Dorf nützte ihm. Pirri gehörte zu jenen, die neben seiner geheimen Mission die Gunst der Stunde erkannt hatten. Zusammen mit einem Netz von Franzosen hatte er einen schwunghaften Schwarzhandel aufgebaut, speziell für Orientzigaretten und Parfums, aber auch für anderes, worüber freilich nicht gesprochen wurde. Das Schiebergeschäft musste einträglich sein. Nur so war zu erklären, dass Pirri mit seiner schönen Frau schon kurz nach dem Krieg ein leer stehendes Haus in der Gartenstraße hatte übernehmen und dort auch einziehen können. Er nutzte seine Beziehungen. Beziehungen zur französischen Besatzung, zu bestimmten Freunden drüben im Elsass und zu den französischen Geschäften, die in der benachbarten Garnisonsstadt eingerichtet worden waren. Ausschließlich für die Besatzer.

Es war Pirri, der Jakob zuverlässig das Chanel und den Herrenduft besorgte. Dabei handelte es sich um ein Tauschgeschäft: Jakob behandelte Pirris Familie bevorzugt und kostenlos, und Pirri sorgte zuverlässig für die Lieferung der teuren Parfums. Er war es auch, der dafür sorgte, dass im Buffet der Kahnolts immer ein Cognac der Marken Hennessy oder Rémy Martin zu finden war.

Die Zeiten des Wiederaufbaus und der Entbehrungen waren vorbei. »Wenn allen Flüchtlingen, so wie es aussieht, hier ein Haus hingestellt wird, Herr Doktor, dann könnten Sie bei uns doch auch eins bauen«, hatten ihm seine Patienten immer wieder gesagt. Und das Haus wurde schließlich gebaut, die Schulden dafür wurden aufgenommen. Mit dieser Entscheidung musste Jakob seine letzte Hoffnung, der gesichtslosen Siedlung entfliehen und an die Universität – vielleicht sogar nach Kiel oder Hamburg – zurückkehren zu können, endgültig aufgeben. Tür zu. Immerhin: Die Kinder, es waren inzwischen schon vier, waren gesund und gaben Anlass zur Zufriedenheit. Niemand musste hungern, alle hatten reichlich zu essen. Das Radio mit den vielen elfenbeinfarbenen Tasten und der Plattenspieler waren angeschafft. Kobold und Starmix sollten die Hausarbeit erleichtern. Ferienreisen hatten sie sich leisten können.

Und dann nahte es, das Fest der Silbernen Hochzeit. Es sollte auf jeden Fall ein rauschendes Fest werden, das erste große Fest, das Jakob und Lene seit ihrer eher bescheidenen Hochzeit zuzeiten des Krieges feiern wollten. Erwartet wurde eine große Schar von Verwandten, vornehmlich von Lenes Seite. Fast alle hatten zugesagt. Jakob und Lene setzten sich am Abend, erschöpft von den Vorbereitungen, zusammen und besprachen den Ablauf. Am folgenden Tag wollten die ersten Gäste eintreffen.

»Ich bin froh, wenn wir das hinter uns haben«, gestand er.

Lene reagierte enttäuscht. »Jetzt wollen wir uns einfach mal freuen, dass sie kommen. Es ist doch schön, wenn wir sie alle einmal beisammenhaben. Die werden schnell sehen, was wir bisher geschafft haben und dass das Leben hier im Süden und in unserem Dorf auch nicht so schlecht ist.«

»Schon gut. Wenn mir nur nicht zu viele Fragen gestellt werden.«

Obwohl erst Anfang März, spielte das Wetter mit. Vom ungewöhnlich klaren tiefblauen Himmel schien die Sonne warm und einladend. Für den frühen Nachmittag stand als erster Höhepunkt der Spaziergang im nah gelegenen Auwald auf dem Programm. Gute Luft, Vorfrühling, erste Schlüsselblumen, vielleicht würden Hasen oder Wildschweine zu sehen sein. Die Gäste wurden auf vier Autos verteilt. Alles war vorbereitet, war bestens organisiert.

Eines beeinträchtigte allerdings die Stimmung. Es war Jakobs allzu häufiges krampfhaftes Husten. Gut, man kannte sein gelegentliches Husten von der Kriegsverletzung her. Aber jetzt wirkten die stakkatoartigen Attacken ungewöhnlich. Sie störten. »Jakob, jetzt hör doch auf mit diesem andauernden Husten, das ist ja nicht zum Aushalten! Das kann man doch unterdrücken«, rief Schwägerin Käthe von der Rückbank des Opel Olympia nach vorn. Käthe war eine von Lenes älteren Schwestern und schon früher als Giftzahn aufgefallen. Jakob konnte sie nicht ausstehen. Nicht zuletzt, weil sie gegenüber seiner Frau noch immer glaubte, die in der Kindheit geübte Rolle der überlegenen Schwester einnehmen zu müssen.

Das Husten ließ trotz der Aufforderungen von der Rückbank nicht nach, auch nicht, als die Gesellschaft im Wald angekommen war. Die Gäste hatten die Wagen verlassen. Jakob blieb noch hinter dem Steuer sitzen. Er wollte sie erst einmal loswerden. Sein Husten würde in der guten Waldluft schon aufhören. Das Atmen aber fiel ihm schwer.

»Geht schon mal los«, hatte er ihnen nachgerufen. Die Gruppe noch im Blick, stieg er schließlich aus. Gerade hatte er die Wagentür geschlossen, da erlitt er erneut einen Hustenanfall. Etwas schien sich gelöst zu haben. Jakob spürte eine weiche Masse im Mund. Sie schmeckte süßlich. Blut? Er spuckte aus. Ein dicker roter Klumpen klatschte auf den Waldboden und spritzte zwischen dürren Buchenblättern und weißen Buschwindröschen auseinander. Jakob kramte nach seinem Taschentuch und wischte sich den Mund ab. Das Tuch tief blutig. In diesem Augenblick wurde er von einem weiteren, weit heftigeren Anfall geschüttelt. Ein Schwall Blut schoss aus dem Mund. Und immer wieder Blut. Noch wusste er es nicht. Aber ein Vorhang war zerrissen, hinter dem eine ein für alle Mal vergangen geglaubte Zeit, die Gräuel des Krieges, zum Vorschein kam.

»Kann mir mal jemand helfen«, rief er.

Lene und die Gäste blieben stehen, sie eilten zurück.

»Jakob, was ist denn los?« Sie sahen das Blut. Sie sahen, wie beim nächsten Hustenstoß das helle Blut aus seinem Mund spritzte. Jakob wankte. Lene schrie. Sie führten ihn zurück zum Auto.

»Fahr mich sofort ins Krankenhaus«, flüsterte der Vater seinem Sohn zu. Lene und die entsetzten Verwandten reichten ihm ihre Taschentücher durchs offene Fenster. Dann ging es durch den Wald zurück. Nach einer halben Stunde erreichten sie, Verkehrsregeln missachtend, das Hospital der Stadt. Jakob hatte inzwischen eine unbekannte Menge Blut verloren. Die vielen Tücher waren blutdurchtränkt. Sein Jackett, das festlich weiße Hemd, seine Hose, der Sitz des Wagens, alles war mit seinem Blut besudelt.

Im Krankenhaus angekommen, drohte er das Bewusstsein zu verlieren. Flüssigkeit und die erste Bluttransfusion noch in der Notfallzentrale. In derselben Nacht die Operation. Der Brustkorb wurde aufgebrochen, nach der Blutungsquelle gesucht. Wahrscheinlich ein Krebsgeschwür. Oder etwa Tuberkulose?

Weder ein Tumor noch eine Entzündung wurden gefunden. Nur Blut. Blut in der rechten Lungenhälfte, ein von Blut durchtränkter, leicht geschrumpfter oberer Lappen des rechten Lungenflügels. Der Chirurg sprach mit der erschöpften Lene. Sie hatte die Nacht im Krankenhaus verbracht.

»Frau Kahnolt, insgesamt gute Nachrichten. Wir sahen uns zwar gezwungen, den oberen Lungenlappen rechts zu entfernen. Nach meinen ersten Informationen wurde aber in den Gewebsschnitten nichts Bösartiges gefunden. Dafür sind die Kollegen auf mindestens drei größere Metallsplitter gestoßen. Sicher vom Krieg. Einer der Splitter muss ein arterielles Gefäß angeritzt, verletzt haben. Daraus hat es so stark geblutet. Da wir die genaue Blutungsquelle nicht lokalisieren konnten, waren wir gezwungen, den Teil der Lunge zu entfernen. Insgesamt aber eine gute Lösung. Es hätte schlimmer ausgehen können. Ihr Mann hat viel Blut verloren. Er wird in den nächsten Wochen mit dem Atmen sicher noch Schwierigkeiten haben. Ich bin aber überzeugt, dass er nach dem Aufenthalt in einem Sanatorium wieder ganz der Alte sein wird. Also alles gut. Diesen Aufenthalt übrigens legen wir Ihnen dringend ans Herz.«

Der Rat wurde befolgt. Lene besuchte ihren Mann wöchentlich in dem über Heidelberg gelegenen Kurhaus, für das sich die beiden entschieden hatten. Jakob erholte sich langsam. Konnte er in den ersten Tagen höchstens einige Meter gehen, ohne eine Pause einlegen zu müssen, waren bald schon wieder kleinere Spaziergänge mit ihm möglich.

»Den anderen hier geht es ja viel schlechter als mir«, meinte er jedes Mal.

Ende der dritten Woche. Die Entlassung war für die nächsten Tage geplant. Da verschlechterte sich sein Allgemeinzustand wieder. Er fühle sich schwach, sagte er. Er atmete schwer, klagte über Schlafstörungen. Der Antrieb fehlte. Die Ärzte waren ratlos. Sie konnten für seine neuerlichen Beschwerden keine Erklärung finden. So blieb es bei dem geplanten Entlassungstermin.

Nach Hause kam ein kranker Mann. Die Familie versuchte, ein eigenes Erholungsprogramm aufzustellen. Tägliche Spaziergänge, das wäre jetzt wichtig, jeweils in Begleitung von Lene oder von einem der jüngeren Söhne, die noch im Hause wohnten. Das sollte Jakobs Genesung beschleunigen.

Er äußerte den Wunsch, man möge doch einen Hund anschaffen. Der bringe Abwechslung und Bewegung, sei sicher ein angenehmer Begleiter bei seinen Spaziergängen. Lene war glücklich, dass ihr Mann überhaupt einen Wunsch äußerte. Das war sicher ein gutes Zeichen. Jetzt konnte es nur noch aufwärts gehen.

»Ich wünsche mir einen Setter. Hättest du etwas dagegen?«

»Einen Setter? Wie kommst du gerade auf so einen Hund? Setter? Habe ich noch nie gehört«, sagte Lene.

»Oh, das ist ein großer, schöner Hund mit rotbraunem Fell. Ich habe Pirri gefragt, er könnte mir einen besorgen.«

Lene wunderte sich, konnte aber nichts einwenden. »Nur eine Bitte, der Hund soll nachts draußen im Garten bleiben. Einverstanden?«

»Ja, natürlich.«

Der Hund kam. Jakob hatte sich einen Rüden gewünscht, aber der war im Augenblick nicht aufzutreiben. So wurde es eine Hündin. Freya. Schnell wurde sie Jakobs engste Vertraute. Lene war froh darüber, dachte aber bei sich: *Mir kommt es manchmal vor, als ob er diesen Hund mehr liebt als mich, mehr liebt als die Kinder.*

Die rechte Besserung wollte sich trotz des Hundes nicht einstellen. Die Gespräche mit Jakob gestalteten sich anstrengend und zäh. Man wunderte sich über ihn. Warum sagte der von Natur aus so tatkräftige Mann, er sei schwach. Alles würde keinen Sinn ergeben? Warum sagte er, er könne nicht mehr arbeiten, er könne sich nicht konzentrieren? Es würden ihm Fehler unterlaufen. Nein, er könne nicht.

Er habe doch das Glück auf seiner Seite gehabt, er habe den Krieg und eine schwere Verletzung überstanden, er habe die Operation überstanden, er habe gesunde und erfolgreiche Kinder, er habe eine liebende Frau. Alle Argumente schienen an ihm abzuprallen.

Das könne doch nicht angehen, hielten sie ihm vor. Vielleicht müsse er sich einfach etwas zusammennehmen. Eben zufrieden sein mit dem vielen, was in den letzten Jahren geleistet worden sei.

»Ihr versteht mich nicht. Ich kann einfach nicht. Ich kann es nicht sagen.« Dann aber: »Sicher wird alles wieder gut. Ich brauche einfach etwas Zeit.«

Aber es wurde nicht gut. Es wurde schlechter. Jakob schlief nicht mehr. Wiederholt sah ihn Lene morgens mit feuchten Augen. Ihr Mann weinte? Wie sollte sie damit umgehen? Was war nur los mit ihm? Gewiss, mittags schien es ihm etwas besser zu gehen. Und abends, ja abends konnte er sogar gelegentlich lachen. Dann waren alle glücklich und dachten, es wird schon wieder.

Aber es wurde nicht. Am nächsten Morgen war es so schlecht wie am Vortag, manchmal noch schlechter.

In ihrer Not zog Lene einen Arzt zurate, mit dem sie befreundet waren.

»Du, dein Mann ist krank. Sein Gemüt. Der hat eine Depression, ganz klar eine Depression. Und es sieht so aus, als ob er dringend behandelt werden müsste«, meinte er.

»Was, eine Depression? Was ist denn das? So etwas hat mein Mann, so etwas hat Jakob nicht. Das ist doch eine psychische Erkrankung, nicht? Das ist nicht möglich. Jakob hat vor vier Monaten eine schwere Operation hinter sich gebracht und benötigt nun Zeit, sich davon zu erholen. Das ist alles.«

»Lene, ich rate dir dringend, hol dir Hilfe, bring deinen Mann zu einem Psychiater. Er ist krank, nach meinem Eindruck sogar ziemlich krank.«

Wochen vergingen. Psychiatrische Erkrankungen, nein. Das gab es in dieser Familie nicht. Das bedeutete ja soviel wie Schwäche, nein mehr, eigentlich soviel wie Schande. Wer sich schwermütig fühlte, hatte sich zusammenzunehmen. Man hatte doch so viel Schlimmeres überstanden, ohne krank zu werden. Zumindest sah es so aus.

Eines Morgens, Jakob war wie so oft nicht aufgestanden. Aber als auch gegen Mittag keine Geräusche darauf hinwiesen, dass er das Bett verlassen hatte, ging Lene ins Schlafzimmer. Jakob lag scheinbar schlafend auf seinem Bett. Er atmete kaum. Sein Mund war verschmiert und stand leicht offen. Erbrochenes auf dem Kissen. Sein Nachthemd aufgeknöpft, nach oben gezogen, der Brustkorb frei, die Nadel einer Spritze steckte auf der linken Seite. Auf dem Nachttisch lagen drei Ampullen Morphium, geöffnet, leer. Lene von Panik ergriffen, wusste nicht genau, was sie tun sollte. Sie schrie laut. Der Rettungswagen wurde gerufen, der Bewusstlose auf eine Trage und in das nächstgelegene Krankenhaus gebracht.

Der Stationsarzt bat Lene zu sich: »Frau Kahnolt, ich nehme an, Sie sind sich im Klaren darüber, was passiert ist. Ihr Mann hat versucht, sich das Leben zu nehmen. Er wollte sich mit dem Morphium umbringen. Wie kam er nur auf diese Idee? Wir können froh sein, dass der Versuch nicht geglückt ist. Er hat mit dem Zeug nicht ins Herz getroffen. Das war vielleicht seine Absicht, wir vermuten es zumindest. Jedenfalls hat es zum Glück nicht geklappt. Aber wir müssen den Versuch ernst nehmen, sehr ernst, er bedeutet: Ihr Mann ist schwer krank. Er kann so nicht nach Hause. Wir werden ihn von hier in eine psychiatrische Klinik einweisen müssen.«

Lene brach in Tränen aus. Was war nur geschehen. Sie konnte es nicht fassen. Das überstieg alles.

»Auf keinen Fall!«, rief sie. »Das lasse ich nicht zu! Ich nehme meinen Mann wieder mit nach Hause. Wir schaffen das schon. In einer Klinik und dazu in einer Nervenklinik würde er niemals gesund werden. Zu Hause hat er auch seinen Hund, das wird ihm sicher guttun.«

Jakob kam nach Hause, wo er vom Duft eines frisch gebackenen Zwetschgenkuchens empfangen wurde. Seine Rückkehr sollte gefeiert werden. Kerzen wurden angezündet, der Kuchen wurde auf die Teller verteilt.

»Esst ihr mal«, sagte er. »Ich habe eigentlich gar keinen Hunger.«

»Aber Jakob, jetzt nimm doch wenigstens ein kleines Stück.«

»Entschuldigt mich, ich lege mich besser kurz hin. Der Aufenthalt im Krankenhaus hat mich doch ziemlich angestrengt.«

Was war nur mit ihm los? Er aß doch gerne Kuchen.

»Gut, ich bring dich nach oben.« Lene führte Jakob zum Schlafzimmer. Sie blickten auf das Bett, in dem er vor einer Woche gefunden worden war.

»Aber zum Abendessen kommst du wieder herunter, ja?«

Er kam nicht. Er musste geholt werden.

Kein Antrieb, kein Appetit. Kein rechter Schlaf wollte sich einstellen. Warum sprach er nur mit so schwacher Stimme? Man konnte ihn häufig kaum verstehen. Was hatte er gesagt? Was hatte er gemeint?

»Jakob, jetzt sprich doch einmal normal! Was ist denn los mit dir? Jetzt nimm dich doch ein bisschen zusammen. Es ist doch alles gut«, bat Lene.

Sie hatte keine Ahnung. Sie konnte nicht erfassen, was los war. Diese Symptome waren ihr unbekannt. Die Sorge wuchs und auch die Angst, dass wieder etwas Unvorhergesehenes passieren könnte. Es schien ihr besser, ihn nicht aus den Augen zu lassen. Depression? Psychiatrie? Mit diesem Stigma wollte man bei Gott nicht leben. Das waren die Erfahrungen, die man in der erst kurz zurückliegenden Zeit gemacht hatte.

Die ganze Familie kam aus den Sorgen nicht heraus, Jakob könnte in einem unbeaufsichtigten Augenblick wieder versuchen, sich etwas anzutun. Das nächste Mal vielleicht mit Erfolg. Nicht auszudenken. Schließlich folgte man notgedrungen dem Rat, die Behandlung in einer psychiatrischen Einrichtung zu versuchen. Die Familie beriet sich. »Im Dorf wollen wir lieber nicht davon sprechen. Was sollen die Leute denken. Wir sagen einfach, Jakob sei nach seiner Operation noch einmal zu einem Kuraufenthalt gegangen.«

Sechs Wochen später wurde er aus der Klinik entlassen. Er sei unter Therapie stabil jetzt, hieß es. Nach einigen Tagen zu Hause begann er wieder zu arbeiten. Aber der Schwung war dahin. Jemand wagte zu sagen, ihr Arzt bewege sich wie eine Gliederpuppe.

Er machte wieder seine regelmäßigen Spaziergänge am späten Nachmittag. Sie führten an den Kartoffelfeldern, an den Kirsch- und Zwetschgenbäumen, an den Gruben für die Kohlrüben vorbei zum Wald. Bog man kurz vor dem Waldrand zwischen verwilderten Wiesen in einen Pfad nach rechts ein, stieß man nach etwa zweihundert Metern an das Ufer eines Sees. Dort ging es nicht mehr weiter. Der See lag am Rand des Kiefernwaldes. Bis kurz vor Kriegsende war hier der wertvolle Rheinkies geschürft worden. Die zahllosen Arbeiter – man redete im Dorf nicht darüber, man schämte sich – mussten unter unwürdigen Bedingungen über Jahre hinweg den Kies in Loren schippen. Unmengen Kies für den Bau der nahen Autobahn, ja und des Westwalls. Es war bekannt, dass etliche Arbeiter ihr Leben ließen. Einem Gerücht zufolge wurden sie in der Umgebung verscharrt.

Nun war seit Jahren nicht mehr geschürft worden. Man hatte die Kiesgewinnung in der Gegend kurz vor dem

Ende des Krieges aufgegeben. Im Laufe der Zeit hatte sich die riesige Grube mit eiskaltem Grundwasser gefüllt, war zu einem großen See angeschwollen. Am östlichen Rand spiegelten sich die dunklen Kiefern in der zumeist glatten Wasseroberfläche. Sie verliehen dem Ort vor allem abends eine unheimliche, unangenehme Atmosphäre. Im Sommer war das Wasser zudem von einer grünen Algenart durchsetzt, die sich trotz des nährstoffarmen Bodens ausbreitete. Sie färbte den See, der so beklemmend, fast bedrohlich wirkte, dass er auch in der warmen Jahreszeit kaum zum Baden genutzt wurde.

Jakob erreichte den See, begleitet von Lene und dem Hund. Die Abenddämmerung kündigte sich an. Ein dichter Nebel hatte sich über das grün schimmernde Wasser gelegt. Jakob war in Gedanken.

Aber was sah er da plötzlich? Ein Schatten, der sich über dem Wasser bewegte. Ein Schatten? Nein. Es war eine menschliche Gestalt, eine Frau, eine Frau über dem Wasser. Eine Frau, die wie in Zeitlupe auf ihn zu kam. Eine Frau, in weite Tücher gehüllt, weite helle Tücher. Das konnte doch nicht sein! Jakob schloss die Augen, öffnete sie wieder, warf den Kopf hin und her. Da war sie erneut. Er erkannte sie: Es war seine Schwester! Das war seine Schwester, etwas kleiner, als er sie kannte. Aber ganz sicher Elsa. Kein Zweifel, sie war es. Oder hatte er den Verstand verloren? Schon hatte sich die Gestalt aufgelöst, war verschwunden, im Nebel aufgegangen oder im Wasser untergetaucht.

Die ganze Geschichte, schrecklich. Plötzlich kam alles wieder hoch. Elsa. Seine Schwester. Wie hatte sie ihm das nur antun können …

Damals, es war vielleicht vier Jahre nach dem Krieg, ein Jahr, nachdem ihn die französische Gendarmerie abgeholt hatte, hatte es wieder an der Wohnungstür geklingelt. Wieder standen Uniformierte davor, diesmal keine Franzosen, diesmal waren es Deutsche, deutsche Polizisten. Jakob erinnerte sich nur zu genau. Wieder hatte es geheißen: »Herr Doktor, wir müssen Sie bitten mitzukommen. Keine Sorge, es liegt nichts gegen Sie vor. Aber Sie sollen drei Tote identifizieren. Es wird angenommen, dass sie ertrunken sind.«

Jugendliche hätten die drei im nahe liegenden Bergsee entdeckt. Im Dorf, so die Polizisten, werde gesagt, nur Jakob könne weiterhelfen. Sie seien beauftragt worden, ihn dorthin zu bringen. Sie würden ihn, sobald die Sache erledigt sei, auch wieder zurückfahren.

Über eine halbe Stunde waren sie unterwegs. Das Korn war reif. Bauern mähten ihre Felder. Der Tabak stand zur Ernte. Mannshoch der Mais. Der Mais! Jakob wurde übel. Das Atmen fiel ihm schwer. Die Brust schmerzte. Nein, das durfte nicht wahr sein. Nein. Bitte nicht!

Sie erreichten das Ziel, eine aus Brettern gezimmerte provisorische Leichenhalle. Dort wartete ein älterer Herr auf sie. Er schloss ihnen die Holztür auf. Jakob betrat mit den Polizisten den dunklen Verschlag. Es roch nach Verwesung. Nur über eine Luke, die im Dach angebracht war, drang Licht herein. In der Mitte des Raumes standen auf Böcken zwei Tragen. Er kannte solche Tragen mit den beiden Griffen an den Enden. Auf der einen lag eine junge Frau. Auf der anderen waren zwei kleine Kinder aufgebahrt, schätzungsweise drei und fünf Jahre alt. Jakob sah, was er nicht sehen wollte und was er befürchtet hatte. In den aufgedunsenen Gesichtern der Toten erkannte er die

Züge von Elsa, seiner Schwester, und ihren beiden Kindern Sophie und Georg. Sie waren ertrunken. Keine Spuren von Gewalt. Elsa hatte ihre beiden Kinder und anschließend sich selbst ertränkt.

Jakob schluckte leer, seine Zunge klebte. Er versuchte, die Fassung zu bewahren. Seine Schwester, seine geliebte Schwester hatte sich zu dieser grausamen Tat entschieden. Die Schwester, mit der er gespielt, mit der er die ersten Abenteuer erlebt hatte, mit der er innig verbunden war. Welche Not, welche Verzweiflung musste sie getrieben haben? Warum hatte sie niemanden informiert, nicht einmal ihn, niemanden um Hilfe gebeten? Warum war ihm selbst nichts aufgefallen? Sicher, in den vergangenen Jahren hatte jeder genug mit sich zu tun. Jakob und Lene konnten sich kaum um seine Schwester und ihre junge Familie kümmern. Und doch. Sie hatten es gewusst, hatten gewusst, dass Elsa in Schwierigkeiten geraten war. Aber die eigene Familie und seine neuen Aufgaben als Landarzt gingen vor. Und da war auch die Anspannung, seit er von der französischen Kommandantur wegen dieser alten Sache zur Verantwortung gezogen worden war. Jetzt war es zu spät. Er hätte sich die Zeit nehmen müssen. Er hätte als ihr Bruder merken müssen, dass Elsa dringend Hilfe benötigte. Seine Hilfe.

Elsas Mann Winfried war Mitglied der SS gewesen. Jakob wusste davon. Was Winfried während des Krieges und in den Jahren davor angestellt hatte, war nicht näher bekannt. Man sprach nicht darüber, aber nach dem Krieg wurden ihm wegen seiner Taten alle Posten abgenommen. Drei Jahre saß er an verschiedenen Orten in französischer Gefangenschaft, allein das schon war eine schwere Belastung für seine Frau und die beiden kleinen

Kinder. Nach seiner Freilassung nahm er eine Stelle als Croupier in der Spielbank der nahe gelegenen Kurstadt an. Das galt in der Familie nicht gerade als ordentlicher Beruf, im Gegenteil: als unseriöse, halbseidene Beschäftigung. Hinzu kam, dass Winfried oft über Nacht nicht zu Hause erschien, was er sich allerdings schon früher immer wieder herausgenommen hatte. Die Spielbank schloss häufig erst nach zwei Uhr morgens, aber es war bekannt, dass Winfried sich nach Arbeitsschluss, wie es hieß, vergnügte, während Elsa Mühe hatte, die hungernden Kinder durchzubringen. Schließlich begann er selbst zu spielen und verlor in kürzester Zeit das Wenige, das die Familie noch besaß.

Jakob bat die Polizisten, sie mögen ihn doch noch kurz zu diesem Bergsee bringen, für den sich seine Schwester entschieden hatte. Es wäre besser gewesen, er hätte nicht darum gebeten. Die letzten Meter musste er zu Fuß gehen. Vor ihm lag das Grauen in der Abenddämmerung. Eine grünlich schimmernde dunkle Fläche. Am gegenüberliegenden Ufer Felsen, schroff zum Wasser abfallend. Sie spiegelten sich auf der glatten Oberfläche. Eine Stimmung von Tod und Verzweiflung. Für jeden Lebensmüden eine stille Aufforderung. Wenn, dann hier.

»Ihre Schwester soll die Kinder, wie man uns gesagt hat, von einem dieser Felsen dort drüben ins Wasser geworfen haben. Dann hat sie sich wohl selbst ertränkt«, erklärten ihm die beiden Polizisten recht ungerührt.

Jakob wurde nach Hause zurückgefahren. Er fühlte sich leer, vollkommen leer. Er stammelte zusammen, was geschehen war, versuchte, das Weinen zu unterdrücken. Immer wieder brach er in Schluchzen aus. Es wollte nicht aufhören. Seine Frau war hilflos, so hatte sie ihn noch nie erlebt. Es schien, als ob da mehr war, was ihn bekümmerte, als ob da noch etwas anderes herausbrechen wollte.

Mehrere Tage lang war er unfähig zu arbeiten. Er konnte sich nicht konzentrieren. Die Patienten mussten auf ihren Arzt verzichten.

Auch Lene benötigte nach diesem Schlag eine Auszeit. Sie fuhr für zwei Wochen zu ihrer Freundin Elisabeth nach Hamburg.

Jakob schrieb ihr: »Liebe Lene, man könnte jetzt wieder anfangen, über den Sinn oder Unsinn des Lebens zu grübeln. Aber dadurch wird sich auch nichts ändern. Wenn wir einmal neunzig Jahre alt geworden sind, dann wirst du mir recht geben, dass das Schönste im Leben der Tod ist. Weil ihm nichts mehr folgt, was uns Sorgen machen und was uns quälen könnte.« *Neunzig Jahre* war nachträglich in dem Brief eingefügt worden.


Lene beobachtete ihren Mann und bemerkte seine Abwesenheit. Oder war es eine Schwäche, die ihn plötzlich ergriffen hatte?

»Was ist los mit dir? Ist etwas nicht in Ordnung? Träumst du?«

»Nein, alles gut.«

»Du hast doch was?«

»Nein! Lass doch! Alles in Ordnung.«

Jakob konnte nicht sprechen. Lene gab Ruhe.

In den darauffolgenden Tagen schien sich seine Stimmung tatsächlich zu bessern. Jetzt aß er, und wie es schien mit Appetit. Er erlaubte sich auch, gelegentlich zu lachen, einen Scherz zu machen.

Lene atmete auf. Endlich, es ging wieder aufwärts.

Ein paar Tage später. Die Arbeit in der Praxis war beendet. Jakob hatte den letzten Patienten verabschiedet und
machte sich wie immer für den abendlichen Spaziergang
bereit.

»Nimm doch Johannes mit«, hörte er Lene rufen. »Ich
hab hier noch zu tun.«

»Nein, schon gut, Freya wird mich begleiten. Das reicht
für heute!«

Wie schön, auch seine Selbstständigkeit schien sich
zurückzumelden.

Mehr als eine Stunde war vergangen. Jakob hätte längst
zurück sein müssen. Ungewöhnlich. Lene wurde unruhig.
Sie begann sich zu sorgen.

Da erschien Freya, die Hündin. Allein. Sie winselte. Sie
sprang an Lene hoch.

Lene rief ihren jüngsten Sohn: »Johannes, bitte komm
doch mit, wir wollen dem Vater entgegengehen.«

# Inhalt

Andreas Schaller • Gott brach sein Schweigen – ein Gespräch mit Eugen Biser

Für

Diotima

Andreas Schaller

# Gott brach
# sein Schweigen

## Ein Gespräch mit Eugen Biser

Verlag Sankt Michaelsbund

ISBN 3-920821-13-0
Erste Auflage 1999
© 1999 by Verlag Sankt Michaelsbund, München
Printed in Germany. Alle Rechte vorbehalten.
Das Umschlagbild zeigt das Taubenmotiv aus dem Mausoleum
der Galla Placidia in Ravenna.
Satz und Layout: Rudolf Kiendl
Druck: Humbach & Nemazal, Pfaffenhofen

# Inhalt

# Vorwort

Etwas versteckt steht im Neuen Testament ein Satz, der es mir angetan hat. Er findet sich im Ersten Brief des Petrus. Der Autor hat die Zeilen in Rom verfasst und „an die Auserwählten" geschrieben, die „als Fremde in Pontus, Galatien, Kappadozien, der Provinz Asien und Bithynien in der Zerstreuung leben". Als Christen sind sie in der heidnischen Welt fremd und heimatlos. Petrus schreibt ihnen und ermahnt sie, in der Übersetzung von Fridolin Stier: „Seid immer bereit zur Verteidigung vor jedem, der von euch Rechenschaft fordert über die Hoffnung in euch" (1 Petrus 3, 15).

Nun habe ich Eugen Biser nicht genötigt, Rechenschaft abzulegen. Es war kein Verhör, in dem er sich hätte verteidigen müssen, sondern ein freundliches Gespräch, das wir über Wochen hinweg geführt haben. Trotzdem möchte ich behaupten, dass der Apostel Petrus bestimmt seine Freude an Eugen Biser gehabt hätte. Nie antwortete er zögerlich. Vielmehr ergriff er das Wort immer so, als habe er gerade auf die jetzt gestellte Frage gewartet. Ich bedauere ein wenig, dass ich den Klang seiner Stimme den Zeilen nicht hinzufügen kann, diesen herzlichen und kernigen, badisch gefärbten Ton.

Als Eugen Biser am 28. Februar 1997 in München den Romano-Guardini-Preis überreicht bekam, sagte Professor Richard Heinzmann in seiner Laudatio: „Das Lebenswerk von Eugen Biser signalisiert eine epochale Wende in der abendländischen Theologie; es ist eine Wende zurück zum Ursprung und dadurch ein entscheidender Schritt in die Zukunft." Es sei mir, dem Fragenden, erlaubt zu gestehen, dass ich dieser Einschätzung zustimme. Und ich gebe auch gerne zu, dass Eugen Biser mir mit diesem Gespräch geholfen hat, das Leben mit anderen Augen zu sehen. Dafür danke ich ihm sehr. Ich hoffe, dass es dem Leser am Ende ähnlich ergeht.

Danke sage ich auch Heidi Schuster, Dr. Johannes Steiner, Karin Hammermaier und Reiner Schlotthauer, die mir, als aus dem Gespräch ein Buch wurde, sehr behilflich waren.

München, im September 1999                    Andreas Schaller

8

# Jugend und Priesterberuf

*Herr Professor Biser, wenn man bei Ihnen zu Hause anruft, hört man im Hintergrund klassische Musik. Erleichtert sie Ihnen die Arbeit?*

Unbedingt. Es hängt wahrscheinlich damit zusammen, dass beim Hören von Musik eine Adrenalinabsonderung erfolgt, und das hebt den Blutdruck. Insofern kommt mir die Musik schon auf diese Weise zu Hilfe, aber natürlich vor allen Dingen inhaltlich. Ich bin ein Freund der klassischen Musik. Meine Liebe gehört vor allem Beethoven. Es ist für mich immer wieder ein bewegendes und erhebendes Erlebnis, wenn ich mich in die Welt der Töne dieses großen Meisters versenken kann. Das läuft allerdings zu meinem Bedauern manchmal nur indirekt mit. Aber ich denke, dass dies sogar auf meine Gedanken und ebenso auf meine Sprache durchschlägt. Ich bemühe mich jedenfalls, eine mehr oder weniger klingende Sprache zu sprechen und die Sätze so zu gestalten, dass sie eine gewisse Melodik aufweisen.

*Spielen Sie auch ein Musikinstrument?*

Nein. Ich hatte kurzfristig mit Klavier begonnen. Aber ich habe dafür keine sonderliche Begabung. Ich würde gerne spielen, aber es ist mir nun einmal nicht gegeben. Indessen steht auch mein schriftstellerisches Werk in einer erwähnenswerten Beziehung zur Musik. Mein erstes Jesusbuch mit dem Titel „Das Licht des Lammes" spielt mit dem Untertitel „Hinblicke auf den Erhöhten" bewusst auf den Zyklus „Vingt regards sur l'enfant Jésus" von Oliver Messiaen an. Und mein neuestes Jesusbuch „Das Antlitz" verdankt seine Entstehung überhaupt einem musikalischen Vorgang. Durch einen der Zufälle, die in meinem Leben wiederholt eine erhebliche Rolle spielten, stieß ich auf einen Bericht des Musikwissenschaftlers und Komponisten Anthony Payne über die Vervollständigung der unvollendet gebliebenen dritten Symphonie von Edward Elgar, der über dem nur ganz fragmentarisch skizzierten Finalsatz gestorben war. Paynes Bericht, dass er von den vorhandenen Skizzen manches nur einzupflanzen und dann seinem Wachstum zu überlassen brauchte, brachte mich auf den Grundgedanken dieses dekonstruktivistischen Jesusbuchs, das den von den Evangelisten über das Überlieferungsgut gespannten Rahmen entfernt, um die dadurch freigesetzten „kleinen Einheiten" nach dem Gesetz der „Wahlverwandtschaften" zusammentreten und neue Verbindungen eingehen zu lassen. Das Ergebnis besteht dann in den Durchblicken, die das Herzstück dieses Buches bilden.

*Sie haben einmal selbstironisch gemeint, Ihr Motorroller hätte Sie bekannter gemacht als all Ihre Bücher.*

Das ist leider der Fall. Denn ich werde aufgrund einer Fernseh-Präsentation weit öfter auf meine Vespa als auf meine Bücher hin angesprochen.

*Wie sind Sie zum Motorrollerfahren gekommen?*

Zunächst muss ich der Behauptung einiger Zeitungen widersprechen, ich sei ein leidenschaftlicher Motorrollerfahrer. Das stimmt in keiner Weise. Ich bin nur aus Not zum Motorrad gekommen. Ich war Kaplan in einer riesigen Schwarzwaldgemeinde mit 25 Kilometern Durchmesser und 500 Metern Höhenunterschied. Ich litt damals noch unter meiner schweren Kriegsverletzung. Da haben mir meine Eltern zur Anschaffung eines Motorrads verholfen. So bin ich ans Motorrad gekommen, und dem bin ich treu geblieben bis auf den heutigen Tag. Das ist keine Leidenschaft, sondern eine Notlösung. In München kann man schon gar nicht leidenschaftlich Motorrad fahren, sondern nur mit größter Vorsicht und mit Angstgefühlen.

*Kürzlich haben Sie in einem Gespräch mit einer Boulevardzeitung gesagt, dass Sie nicht gerne zurückblicken. Warum?*

Meine ganze Vergangenheit war alles andere als erfreulich. Ich habe einen ausgesprochen schweren Lebensweg gehabt. Die Nazizeit mit ihrem Terror, mit ihrer großen Verlogenheit, mit diesen Wahnausbrüchen von oben, aber auch von unten, warf ihre Schatten auf meine Jugendzeit. Dann wurde ich in die Maschinerie des Krieges hineingerissen, dem ich nur als Schwerverwundeter entkam. Ich habe lange Jahre gemeint, ich würde mein vierzigstes Lebensjahr nicht überleben. Es ist aber doch ganz anders gekommen. Das ist der eine Grund. Auch die kirchlichen Verhältnisse, in denen ich aufgewachsen bin, waren keineswegs beglückend. Es herrschte noch die alte Pädagogik der Angst, und das hat mir die Freude am Leben und teilweise sogar am Religiösen genommen. Im übrigen halte ich es mit dem Evangelium: „Wer die Hand an den Pflug legt und zurückschaut, der taugt nicht für das Reich Gottes." Das ist für mich ein Grundsatz, ein uralter Befehl, der schon im Mythos anklingt, wenn an Orpheus der Befehl ergeht, nicht nach Eurydike zurückzuschauen. Das Christentum ist nach meiner tiefen Überzeugung in seiner ganzen Denkstruktur nach vorwärts ausgerichtet. Das ist der tiefste Grund, weswegen ich nicht gerne zurückschaue.

*Wir müssen trotzdem nochmals zurückblicken, nach Oberbergen am Kaiserstuhl, wo Sie zur Welt gekommen sind. Ist Ihnen die Liebe zum Wein geblieben?*

Gar nicht. Ich mag weder Bier noch Wein, wohl aber Tee. Insofern sind meine gastronomischen Wurzeln eher in China zu suchen als am Kaiserstuhl. Von der heimatlichen Landschaft ist mir vor allem die Erinnerung an die zauberhafte Kirschblüte und an die faszinierende Blumen- und Insektenwelt geblieben.

*Sie sind befreundet mit dem CSU-Politiker Theo Waigel. Wie kam es zu dieser Freundschaft?*

Wir lernten uns kennen über einen leider vernachlässigten großen Theologen, Joseph Bernhart. Theo Waigel stammt aus Oberrohr. Und das ist gar nicht weit von dem Wohn- und Sterbeort Bernharts entfernt, so dass sich für ihn schon eine landsmannschaftliche Beziehung zu diesem heute nur noch wenigen bekannten Theologen ergab, der unter den Bedingungen seiner konfliktbeschwerten Existenz ein kärgliches Leben führen musste. Ich erachtete ihn immer schon als einen der tiefsinnigsten Denker des gesamten süddeutschen Raums. In einem meiner Aufsätze nannte ich ihn den „verwundeten Denker", der, weil er tief an sich selbst, an seiner Zeit und nicht zuletzt an der Kirche gelitten hat, Dinge sah und aussprach, die andere nicht wahrzunehmen vermochten. Eines Tages machte ich die Entdeckung, dass Theo Waigel sich ebenfalls um das Andenken Bernharts bemühte. Aus der gemeinsamen Anstrengung um die Wiederbelebung des geistigen Erbes von Joseph Bernhart ist unsere Freundschaft erwachsen.

*Herr Professor Biser, Sie gelten als sehr redebegabt. Sie können ein Publikum ohne Manuskript mühelos eine Stunde lang fesseln. Sie haben am Anfang unseres Gesprächs gesagt, sie versuchten, musikalisch zu sprechen ...*

So ist es. Ich war Universitätslehrer geworden und hatte natürlich wie alle anderen meine Vorlesungen abgelesen. Daneben hatte ich auch noch gepredigt. Eines Tages fragte ich mich, ob man die Erfahrung der Kanzel nicht auf das Katheder der Universität übertragen könnte. Denn ich hatte ja schon relativ früh eine nicht unbeträchtliche Anzahl von älteren Zuhörern, die nicht immer jene Aufmerksamkeit aufbringen, die notwendig ist, um eine ganze Stunde durchzustehen. Deswegen kam ich auf die Idee, einmal zu versuchen, ob ich in der Lage wäre, eine Vorlesung, die allerdings sehr gut vorbereitet sein musste, frei zu halten. Ich habe es versucht, es ist gegangen, bei einem zweiten Versuch ging es weniger gut. Der dritte führte schließlich zum Erfolg, und so habe ich mir später die freie Rede einfach abverlangt. Sie hat den großen Vorzug, dass man die Hörerschaft über längere Zeit in Atem halten und ihre Aufmerksamkeit auf sich ziehen kann. Dabei kommt auch der kommunikative Prozess viel besser zustande, als wenn man nur etwas abliest und den Hörern die Rezeption überlässt. Man muss das, was man sagt, auch gleichzeitig schon rezipieren, um den Rezipienten die Aufnahme zu ermöglichen. Ich muss also so sprechen, dass ich mir das, was ich sage, selbst gesagt sein lasse. Dann wird es von anderen verstanden, wenigstens vom großen Durchschnitt.

*Heißt das, Sie haben, wenn Sie ans Pult treten, Ihren Vortrag wie eine Partitur bereits ganz im Kopf?*

Der Vortrag muss ganz genau vorbereitet sein. Nicht, als ob ich ihn auswendig lernte, gar nicht. Aber ich muss die Spur sehen, ich muss sozusagen den roten Faden im Kopf haben, dem entlang ich meine Vorlesung entwickle. Es ist eine Art Improvisation, aber nach vorgegebenen Themen. Die Themen müssen stimmen und sie müssen präsent sein.

*Wissen Sie dann auch schon genau, wie Sie aufhören, mit welchem Gedanken?*

Das stellt sich dann oft ganz zufällig ein. Auf einmal hat man die Vorstellung, jetzt könnte man das so zu Ende bringen und dem noch einen Schlussakkord folgen lassen. Wenn das Glück einen begünstigt, kommt es auch zustande.

*In Ihren Vorträgen und Büchern betonen sie ständig, dass der Gott des Christentums ein Gott der Barmherzigkeit, des Trostes und der unendlichen Liebe sei. Ist Ihnen als Kind nicht gelegentlich auch mal mit einem Gott gedroht worden, der angeblich alles sieht?*

Ganz gewiss. Ich habe dies allerdings nicht so deutlich erlebt wie der eben erwähnte und von mir hochgeschätzte Joseph Bernhart, der sich als Kind vor diesem Bilde erschreckt hat, das ja in vielen Kirchen bis auf den heutigen Tag zu sehen ist, jenes Dreieck mit dem allsehenden Gottesauge. Das ging ihm lange nach. Ich habe dann später die Parallele bei Nietzsche gefunden, der sich von diesem Blick wie von einem Pfeil getroffen fühlte und ihn sich mit seinem „Gott ist tot" aus dem Herzen zu reißen suchte. Insofern war die damalige Pädagogik der Kirche schon mit einer massiven Drohung verbunden. Sündenangst, Höllenangst, das waren die beiden Instrumentarien, mit denen man damals die Menschen an der Kandare zu halten und in die Kirche hineinzunötigen suchte.

*Sie hatten mir einmal von einem persönlichen Erlebnis im Breisacher Münster erzählt.*

Ja, zu der Zeit, als ich in Breisach auf die Realschule ging, wurden gerade im Münster die Schongauer-Fresken neu entdeckt und freigelegt, gegen massive Widerstände übrigens. Der Kunsthistoriker Joseph Sauer, der an der Universität Freiburg lehrte und zu internationaler Berühmtheit gelangt war, hatte es dann doch geschafft, dass diese Fresken freigelegt worden sind. Der unglückliche Zufall wollte, dass die Höllendarstellung am besten sichtbar geworden ist. Der Himmel ist nur sehr verblasst zu sehen mit einigen Laute spielenden Engeln. Aber die sadistischen Qualen kamen relativ gut zum Ausdruck. Das war ein Erlebnis, mit dem ich fast täglich beim Besuch der Messe konfrontiert war, und das ist sicher an mir nicht spurlos vorübergegangen.

*Warum sind Sie Priester geworden?*

Da gab es mehrere Gründe. Einmal verdanke ich es meinem Onkel. Er war Pfarrer in einem oberschwäbischen Dorf, und es ist sicher kein Zufall, dass ich gerade seinen Namen trage. Damit ist wohl auch etwas von seinem geistigen Elan auf mich übergegangen. Das war die eine Komponente. Die andere war nicht zuletzt eine zeitspezifische. Man konnte im Grunde nur in der Theologie ein Studium ergreifen, das nicht unter der Kontrolle der Partei stand. Aber das war nicht der ausschlaggebende Grund meiner Berufswahl; vielmehr hat mich einfach die Theologie als

14

Fach angezogen. Ich habe dafür keine rationale Erklärung, doch das war die Wissenschaft, die mich von Anfang an fasziniert hat, obwohl es damals gar nicht so einfach war, sich in die Theologie einzulesen. Es herrschte ja noch die Dominanz der Neuscholastik, die vieles unter Verschluss gehalten hat, was eigentlich hätte freigesetzt werden müssen. Trotzdem hatte ich einen Gesamteindruck, der mich so faszinierte, dass keine andere Wissenschaft und kein anderes Studium für mich in Betracht gekommen ist.

*Es gab also kein herausragendes Berufungserlebnis?*

Nein, meine Berufsentscheidung hatte vielmehr die Form eines langsamen Hineinwachsens.

*Wissen Sie noch Ihren Primizspruch?*

Ja, er war aus dem Kolosserbrief genommen: „In ihm sind alle Schätze der Weisheit und Erkenntnis verborgen; durch ihn wurde diese Fülle auch uns zuteil." Es gab also schon damals eine Beziehung zur Christologie in meinem Primizspruch, und zwar zur weisheitlichen Christologie. Dabei ist es geblieben bis auf den heutigen Tag.

# Soldat im Zweiten Weltkrieg

*Sie sind noch während des Studiums zur Wehrmacht eingezogen worden und waren von 1939 bis 1943 Soldat in Frankreich und in Russland. Wie haben Sie diese vier Jahre erlebt?*

Als eine fortwährende Reihe von Schrecknissen. Ich kann das gar nicht anders sagen. Man hat eben versucht, durch diese fürchterliche Maschinerie durchzukommen. Und das ist mir geglückt, bis dann auch mich der Krieg in Gestalt meiner schweren Verwundung eingeholt hat, der ich dann allerdings – so nehme ich an – mein Überleben verdankte. Denn was geschehen wäre, wenn ich den Russlandkrieg bis ans Ende hätte mitmachen müssen, weiß ich nicht. Große Teile meiner Einheit sind in Gefangenschaft geraten und nie mehr nach Hause gekommen. Die Verwundung kam übrigens nicht von ungefähr. In einem unbedachten Augenblick hatte ich mich zu der Bemerkung hinreißen lassen, dass wir in Stalingrad verbluten würden, während Hitler fast gleichzeitig lauthals verkündete, dass er die Stadt mit Stoßtrupps einnehmen werde. Das trug mir ein Kriegsgerichtsverfahren ein, dem ich nur knapp entging, weil der Vorsitzende, ein mir wohlgesinnter Major, der kurz danach durch einen Unfall ums Leben kam, den bereits in Gang gesetzten Prozess niederschlug. Meine nazistisch dominierte Einheit suchte sich meiner freilich auf kaltem Weg zu entledigen, indem sie mich zweimal zu gefährlichen Außenstellen abordnete, darunter zu einem von der Einkesselung bedrohten Regiment, bei dem ich dann das angesprochene Schicksal erlitt.

16

*Wie wurden Sie verwundet?*

Das war ein Granatwerfereinschlag an der Stelle, wo wir unsere Funkstelle aufgebaut hatten. Die Russen hatten derart ausgezeichnete Peilgeräte, dass sie punktgenau schießen konnten. Ich war nicht der einzige, aber ich war der am schwersten Getroffene. Unter großen Mühen und neuerlichen Gefährdungen bin ich dann nach Deutschland zurückgekommen.

*Vor einiger Zeit sorgte in München eine Wehrmachtsausstellung für großen Wirbel, weil sie vor allem die Grausamkeiten zeigte, die deutsche Soldaten begangen haben. Wie beurteilen Sie solch eine Ausstellung?*

Sehr negativ, muss ich gestehen. Denn ich bin der Meinung, dass wir im Augenblick andere Probleme haben als die Aufrechnung der Gräueltaten der Wehrmacht, die allerdings ganz unbestreitbar sind und um die man immer schon gewusst hat. Dass diese jetzt der Jugend auf diese Weise vor Augen gestellt werden, ist in meiner Sicht subversiv. Wir haben im Augenblick diese riesenhafte Anzahl von Arbeitslosen. Jeder junge Mensch muss bangen um seine Position in der Gesellschaft. Wir stehen somit vor allen Dingen vor der Aufgabe, den jungen Menschen die Zukunftsängste zu nehmen und ihnen die Eingliederung in diese moderne, hochkomplexe Gesellschaft zu erleichtern. Und dabei könnte ihnen die Erfahrung der Alten behilflich und nützlich sein. Diese Ausstellung verfolgt aber nach meinem Ermessen die Tendenz, einen Keil zwischen die Generationen zu treiben. Denn die jungen Menschen, die ohne Interpretation diese Dinge sehen, müssen ja den Eindruck gewinnen, dass die Wehrmacht als ganze kriminell war. Doch dazu gehörten auch ihre eigenen Väter und Großväter, denen sie so auf eine kaum noch zu korrigierende Weise entfremdet werden. Die Gräueltaten sind unbestreitbar; derartige Inszenierungen sind aber gewiss kein Weg zu deren Aufarbeitung. Ich bin also nicht zuletzt deswegen ein entschiedener Gegner dieser tendenziösen Ausstellung, weil sie die vom Evangelium geforderte Versöhnung der Kinder mit ihren Vätern hintertreibt.

*Wenn Sie ein Enkelkind hätten, das Sie fragen würde, warum Sie in den Krieg gezogen sind, was würden Sie ihm antworten?*

Da gibt es nur eine Antwort: Wir wurden dazu gezwungen. Die Kirchenbehörde wollte uns davor bewahren. Sie hat uns deswegen von Freiburg nach Fulda geschickt, in der nicht sehr klugen Meinung, dass man sich dort in einer gewissen Zitadelle der Sicherheit befinde. Aber das Gegenteil war der Fall. Der zuständige Wehrbereichskommandeur hat die ganze Theologengruppe, dreihundert Leute, auf einen Schlag eingezogen. Da blieb uns überhaupt keine andere Wahl und keine Alternative.

*Angenommen, Sie wären heute achtzehn oder neunzehn Jahre alt, würden Sie den Wehrdienst verweigern oder zur Bundeswehr gehen?*

Das kann ich jetzt nur schwer entscheiden. Ich würde wahrscheinlich nicht verweigern, denn die Verweigerung impliziert ja eine Distanzierung von den Notwendigkeiten, vor die sich jeder Bürger der freien Welt, insbesondere aber des sich einigenden Europas, gestellt sieht. Und dazu gehört unabdingbar die Verhinderung solcher Gräueltaten, wie sie in Jugoslawien vor den Augen der Weltöffentlichkeit verübt werden konnten, obwohl es sich um einen Rückfall in die Praktiken der beiden schrecklichsten Diktaturen der Weltgeschichte handelte. Ich bin wohl der erste, der mit einer Theologie des Friedens hervorgetreten ist, und deshalb ein leidenschaftlicher Verfechter der Sache des Friedens, in dieser im Argen liegenden Welt jedoch eines wehrhaften Friedens. Niemals hätte man die Morde und Vertreibungen vor der europäischen Haustür zulassen dürfen, weil jeder Regionalkonflikt die gefährliche Tendenz aufweist, auszuufern und sich zu einem Flächenbrand auszudehnen, der dann den dritten, atomar ausgetragenen Weltkrieg auslösen könnte. Dagegen müssen Vorkehrungen getroffen werden. Deswegen würde ich mich dem Wehrdienst wohl nicht entziehen.

18

*Nochmals zurückgeschaut ins Dritte Reich. Sie haben diese Zeit recht bewusst miterlebt. Welche Rolle hat Ihrer Meinung nach die Kirche gespielt?*

Die Kirche war in einer sehr schwierigen Lage, die viel zu wenig gesehen wird. Ich muss an die Spitze meiner Antwort die Tatsache stellen, dass kein Mensch ahnen konnte, wie lange dieser braune Terror dauern würde. Heute haben wir es leicht, heute wissen wir, dass die Diktatur nach zwölf Jahren ein Ende hatte. Das war damals absolut unabsehbar. Hitler hätte ja rein theoretisch und vielleicht auch praktisch den Krieg gewinnen können. Dann hätten wir heute immer noch ein Terrorsystem, und das in einer unvorstellbar gesteigerten Form. Papst Pius XII. hatte unter einer anderen Perspektive mit einer hundertjährigen Dauer der kommunistischen Herrschaft in den europäischen Staaten gerechnet und deshalb die Entstehung einer Untergrundkirche befürwortet. Und er hat mit seiner Befürchtung beinahe Recht behalten. Niemand konnte damals das Ende absehen, und deswegen war die Kirche in einer außerordentlich misslichen Situation. Zudem herrschte in Deutschland ein kollektiver Wahn. Besonders die Frauen waren auf Hitler geradezu versessen. Man darf nur die Bilder anschauen, mit welch frenetischem Jubel sie ihm überall huldigten. Ganz Deutschland war in einem Wahn befangen, und wie sollte die Kirche dem entgegensteuern? Sie konnte die zu ihr Stehenden nur im Glauben festigen; auf die der kollektiven Obsession verfallene Öffentlichkeit konnte sie dagegen kaum Einfluss nehmen. Was die Bischöfe getan haben, war das, was menschenmöglich war. Viel mehr als das, was sie mit ihren Protesten gegen die Unmenschlichkeit versuchten, war unter den damals obwaltenden Umständen nicht zu erreichen.

*Haben Sie Hitler einmal persönlich erlebt?*

Ja, als ich Arbeitsmann war. Ich bin ja auch zum Arbeitsdienst eingezogen worden, nicht nur zum Militär. Wir wurden zum Parteitag in Nürnberg abkommandiert. Er stand auf einem Balkon und schaute die vorbeidefilierenden Arbeitsmänner an. Ich kam nach Hause, es war 1937, als man von Krieg noch gar nichts wissen wollte und schon gar nicht damit gerechnet hatte. Und ich sagte zu meinen Eltern: Wir bekommen Krieg. Ich habe genau gesehen, was er gedacht hat: Wenn ihr wüsstet, was euch noch bevorsteht. Das habe ich an seinen Augen abgelesen; und leider habe ich damit Recht behalten.

*Hatten Sie in ihm das Dämonische entdeckt?*

Ob es dämonisch war, weiß ich nicht. Er hatte eben eine ungeheuer faszinierende Macht über die Menschen. Sie ist im Grunde unerklärlich. Wahrscheinlich kann sie nur mit einer unglaublichen Willensintensität in Zusammenhang gebracht werden, mit dieser Gabe, die Menschen seinem Willen zu unterwerfen. Er verfügte über eine fast übermenschliche Suggestivität, die ich aber nicht als dämonisch bezeichnen möchte. Wohl aber gewinne ich bei dem Versuch, das von ihm ausgehende Verhängnis zu erklären, den Eindruck, dass es ihm gelang, den dem abendländischen Bewusstsein eingestifteten „christologischen Archetyp" für sich und seine Machtbesessenheit in Anspruch zu nehmen. So spielte er sich, höchst erfolgreich, in die Rolle eines antichristlichen Messias und Heilbringers hinein. Das trug ihm den Nimbus der Unangreifbarkeit und den ungeheuren Anfangserfolg ein.

# Die wissenschaftliche Laufbahn

*Wenn man auf Ihren Lebensweg blickt, dann fällt auf, dass Sie nach zehn Jahren als Seelsorger in der Erzdiözese Freiburg auf einmal die wissenschaftliche Laufbahn eingeschlagen haben. Was war denn der Grund für diese Wende? Hat Sie die Seelsorge nicht mehr erfüllt?*

Nein, damit verhielt es sich ganz anders. Aufgrund meines ausgeprägten theologischen Interesses strebte ich von Anfang an die wissenschaftliche Laufbahn an. Doch mein damaliger Heimatbischof, der einflussreiche Moraltheologe Wendelin Rauch, der mir ein unerklärliches Misstrauen entgegenbrachte, schlug mir die Bitte um Gewährung eines Promotionsstudiums rundweg ab. Anstatt mich entmutigen zu lassen, fasste ich den Entschluss, das, was mir im Unterschied zu andern verweigert worden war, allein durch eigene Anstrengung zu erreichen. So entstanden während meiner fast zwanzigjährigen Tätigkeit als Kaplan und Religionslehrer gleich zwei Promotionen, für die mir allerdings nur die Nachtstunden zwischen zehn und zwei Uhr zur Verfügung standen. Denn zu meiner Kaplanstätigkeit kam die Betreuung von zwei Altenheimen und einem Krankenhaus, dazu der Religionsunterricht mit fünfundzwanzig Wochenstunden und eine allabendliche Jugendstunde. Wie ich das trotz der Folgen der schweren Kriegsverletzung durchgehalten habe, ist mir heute ein Rätsel.

*Warum haben Sie gleich zwei Promotionen geschrieben?*

Meine erste Promotion gestaltete sich zu einem mich ungemein belastenden Drama. Unter dem Eindruck einer russischen Ikone mit der Darstellung von Sophia mit Fides, Spes und Caritas hatte ich mit großem Elan eine Abhandlung zum Thema „Der Kosmos der Tugenden" verfasst, die von beiden Referenten, dem Moraltheologen Müncker und dem Fundamentaltheologen und nachmaligen Erzbischof Seiterich als ausgezeichnet gewertet wurde. Doch der einflussreiche Religionsphilosoph Bernhard Welte, der in mir wohl einen Konkurrenten seiner Schüler vermutete, hintertrieb die Annahme der von mir sogar zweimal in seinem Sinne umgeschriebenen Arbeit, so dass ich, fast verzweifelnd, vor dem Nichts stand. Meinen Vorschlag, über Franz Rosenzweig zu promovieren, dessen damals völlig vergriffenen „Stern der Erlösung" ich ihm aushändigen konnte, wies er gleichfalls zurück – um kurz danach seinen Vorzugsschüler mit eben diesem Thema zu betrauen.

Da riet mir der mir wohlgesinnte Seiterich, mich doch in der Literatur nach einem Thema umzusehen. Während er theologische Fachliteratur gemeint hatte, geriet ich aufgrund eines Missverständnisses an die damals aufblühende christliche Literatur und an das mich faszinierende Werk Gertrud von le Forts. Meine Studie über religiöse Grenzerfahrungen in ihrer Dichtung, mit der ich dann tatsächlich – bei Welte – promovierte, erschien schließlich unter dem Titel „Überredung zur Liebe". Neben Nietzsche und Kierkegaard wurde diese erstaunliche Frau zu einer wichtigen Orientierungshilfe meiner Theologie. Welte aber bin ich heute, nachdem die bitteren Erinnerungen verblassten, für sein Verhalten dankbar. Denn im glücklicheren Fall hätte mich mein Weg in die Moraltheologie mit allen Belastungen gerade dieses Fachs geführt, aber gewiss nicht auf den Münchner Lehrstuhl. Weniger dankbar bin ich ihm allerdings dafür, dass er zuletzt auch dies noch zu verhindern suchte.

Ungleich glücklicher gestaltete sich dagegen meine philosophische Promotion über das Nietzschewort „Gott ist tot", vor allem dank des generösen Entgegenkommens des jüdischen Nietzscheforschers Karl Löwith, in dem mir zugleich einer der hellsichtigsten Analytiker der gegenwärtigen Lebenswelt begegnete. Obwohl er sich offen zum Atheismus bekannte, behandelte er mich, den katholischen Kaplan, mit Toleranz und großmütiger Hilfsbereitschaft. Ich konnte mich zuletzt dafür in der Form bedanken, dass ich ihm in einem etwas gewagten Ritus die Beerdigung hielt. Auch er gehört zu den wichtigsten Anregern meines Denkens.

# Auf dem Guardini-Lehrstuhl

*Ihr Schicksal mit der ersten, zunächst fehlgeschlagenen Pro-
motion erinnert mich an Karl Rahner, dem es ähnlich ergangen war.*

Ja, Rahner war auch beim ersten Versuch gescheitert, und zwar
bei meinem feinsinnigen Lehrer in Philosophie, Martin Honnecker.
Aber das lag an dessen fast feindlich-gespanntem Verhältnis zu
Heidegger. Rahner war von der heideggerschen Denkwelt in gewisser Hinsicht beeinflusst, und deswegen war für Honnecker eine
Untersuchung, die mit solchen Kategorien ausgearbeitet worden
war, unannehmbar. Insofern haben wir eine gewisse Schicksalsgemeinschaft gehabt, Rahner und ich. Trotz aller Schwierigkeiten sind wir beide schließlich doch auf den Guardini-Lehrstuhl
gekommen.

*Karl Rahner ist aber mit dem Guardini-Lehrstuhl nicht glück-
lich geworden. In einem Interview hat er einmal gesagt, dass
er vor allem vom Verhalten der Katholisch-Theologischen Fakultät enttäuscht gewesen sei.*

Die Fakultät war dem für Guardini geschaffenen Lehrstuhl gegenüber von Anfang an kritisch eingestellt. Auch mir wurde bei
meinem Einstieg in München bedeutet, dass die Bedenken keineswegs geschwunden seien. Bei Rahner eskalierte die Spannung so
sehr, dass er schließlich nur noch über das Ministerium mit der

24

Fakultät verhandelte, weil diese seinen Wunsch, sich kooperativ an ihren Promotionsverfahren beteiligen zu können, abschlägig beschieden hatte. Doch seine Schüler, unter denen Lehmann, Metz und Vorgrimler hervorragten, benötigten eine theologische Promotion. Mit einer philosophischen, die er ohne weiteres hätte ermöglichen können, war diesen Anwärtern auf theologische Lehrstühle nicht gedient.

*Entsprechend rasch hatte er sich dann auch aus München verabschiedet.*

1966, praktisch nach fünf Semestern, hat er das Handtuch geworfen, vor allem auch deswegen, weil der Hörerstand von achthundert – wie mir der Philosoph Max Müller gesagt hat – auf fünfundzwanzig zurückgegangen war. Aber das war nicht die Schuld von Rahner, sondern der Fehleinschätzung seiner Person und dieses Lehrstuhls. Der war für ihn ungeeignet, er brauchte einen wissenschaftlichen, für dogmatisch-spekulative Theologie. Guardini hatte am Schluss, das will ich ohne jede Herabwürdigung sagen, eine Art Personalgemeinde um sich versammelt. Und nun kam Karl Rahner mit einem völlig anderen Stil, mit einer gepanzerten Theologie. Er wurde von dem auf Guardini und dessen suggestive Diktion eingeschworenen Auditorium einfach nicht verstanden.

*Sie sind dann als sein Nachfolger erst 1974 aus Würzburg nach München gekommen. Demnach war der Lehrstuhl acht Jahre lang unbesetzt.*

Entsprechend war auch die Situation. Ich fand den Guardini-Lehrstuhl in einem völlig desolaten Zustand vor. Man hatte alles, was man nicht definieren konnte, auf diesen Lehrstuhl abgeschoben.

*Mit welchen Erwartungen waren Sie nach München gekommen?*

Mit hoch gespannten Erwartungen, und ich machte eine Bauchlandung, wie man sie schlimmer sich nicht vorstellen kann.

*Hatte man Ihnen zu viel versprochen?*

Nein, man hatte mir nichts versprochen. Wohl aber hatte ich mir selbst von diesem berühmten Lehrstuhl eine ganze Menge versprochen, obwohl ich von dem angesehenen Psychotherapeuten Victor Emil von Gebsattel eindringlich gewarnt worden war. Doch ich rechnete in meinem Optimismus mit einer interessierten und aufgeschlossenen Hörerschaft. Abgesehen von einem problematischen „Restbestand" kam aber überhaupt niemand. So trat ich den Lehrstuhl unter denkbar schwierigen Bedingungen an. Die Universitätsspitze verhielt sich reserviert, die Fakultät indifferent und das Personal des Lehrstuhls ablehnend. Alles wartete darauf, dass ich über kurz oder lang kapituliere. Doch ich habe, kampferprobt durch meine Promotionserfahrungen, durchgehalten. Ein Konkurrent, der sich unbegründete Hoffnungen auf den Lehrstuhl gemacht hatte, starb am Ende des ersten Jahres unter Flüchen auf mich und den Lehrstuhl. Dazu kamen die Nachwehen der Studentenrevolte. Die Roten schossen sich auf den Guardini-Lehrstuhl ein, obwohl er ihnen in diesem Zustand nicht gefährlich werden konnte. Doch nach wenigen Semestern brachte ich es auf hundert Hörer. Das war den Linken zuviel. Aufgrund meiner Vorlesung über den Tod apostrophierten sie mich in ihrer Propagandazeitung als Todespfaffen. So stand mein Einstieg in München unter keinen günstigen Vorzeichen. Und es kostete einiges Stehvermögen, um unter diesen Bedingungen durchzuhalten.

*Wie stark fühlten Sie sich damals durch solche Angriffe persönlich verletzt?*

Das hat mir nicht sehr wohl getan, aber ich habe das auch nicht allzu tragisch genommen. Jedermann wusste, dass diese linke Szene vom Osten her finanziert war. Dementsprechend konnten sie auch eine zweifarbige Universitätszeitung herausgeben. Das hätten sie aus eigenen Mitteln nie vermocht, und deswegen konnte man solche Attacken nicht ernst nehmen. Das war gezielte politische Agitation, die gegen jede Positivität gerichtet war, insbesondere gegen jede religiöse. Man versuchte an allen Ecken, das System der Bundesrepublik zu untergraben.

*Sie waren dann zwölf Jahre lang auf dem Guardini-Lehrstuhl, von 1974 bis 1986. Wie erlebten Sie diese Zeit?*

Ich habe den Lehrstuhl im Laufe der Jahre in ungeheurer Anstrengung wieder zu Ansehen gebracht. Am Schluss hatte ich zwar nicht die Hörerzahl von Guardini, das war unter den gewandelten Verhältnissen auch gar nicht mehr möglich, aber immerhin eine Zahl von mehr als dreihundert Hörern. Das hat sich sehen lassen können. Und dabei ist es geblieben bis auf den heutigen Tag.

Wenn Sie fragen, wie ich diese Zeit erlebte, kann ich nur erwidern: als meine größte menschliche und theologische Herausforderung, der ich mit dem Einsatz meiner ganzen Kraft zu genügen suchte. Ich kam allerdings nicht unvorbereitet. In meiner Habilitationsschrift hatte ich eine umfangreiche theologische Sprachtheorie und Hermeneutik vorgelegt, der mein Jesus-Buch „Der Helfer" und der Grundriss einer hermeneutischen Fundamentaltheologie folgten. Gleichzeitig mit meinem Beitrag zu der damals fast schlagartig entstehenden Jesusliteratur war das bekannte Werk von Milan Machovec „Jesus für Atheisten" erschienen. Das veranlasste mich zu einer Fahrt in das unter der Niederschlagung des „Prager Frühlings" leidende Prag, die zu einer unvergesslichen Begegnung mit dem inzwischen seiner Universitätsstellung enthobenen Sozialphilosophen führte. Die ganze Reihe meiner in der Folge veröffentlichten Taschenbücher „Nietzsche für Christen", „Buber für Christen", „Paulus für Christen" und „Jesus für Christen" ging letztlich auf seine Anregung, näherhin auf sein leider unausgeführtes Vorhaben zurück, ein Buch mit dem Titel „Marx für Christen" herauszubringen.

Inzwischen hatte ich trotz der angedeuteten Schwierigkeiten meine Vorlesungstätigkeit mit großem Einsatz aufgenommen, und es gelang mir sogar, eine namhafte Anzahl von Kollegen für ein sprachtheoretisches Forschungsvorhaben zu gewinnen, das die Sprachkrise, die ich im Grund der Glaubens- und Kirchenkrise vermutete, theoretisch und praktisch aufarbeiten sollte. Es wurde auch kurzfristig gefördert, dann aber, wie ich später erfuhr, durch einen missgünstigen Gutachter zu Fall gebracht: für die kooperierenden Professoren und mich selbst ein schwerer Rückschlag. Immerhin konnte ich ein Stück der geleisteten Arbeit in meiner Untersuchung über religiöse Sprachbarrieren veröffentlichen. Die geplante Medientheorie, die im aktuellen Zeitinteresse gelegen hätte, kam allerdings nur fragmentarisch zustande. Inzwischen hatte sich mein Blick unter dem Eindruck der Aussagen des Konzils über Offenbarung und Glauben zunehmend auf die gewandelte Glaubenssituation gerichtet. Was ich, gestützt auf meine Kontakte mit Karl Löwith, Gerd-Günther Grau und Hans-Georg Gadamer wahrzunehmen vermochte, habe ich dann in zwei Büchern, der „Glaubensgeschichtlichen Wende" und der „Glaubensprognose" dargestellt.

*Was war mit dieser „glaubensgeschichtlichen Wende" gemeint?*

Der Umbruch im Glaubensbewusstsein, der sich aus den Impulsen des Konzils ergab. An die Stelle des traditionellen Autoritäts- und Gehorsamsglaubens trat ein Glaube, der den sich mitteilenden Gott zu verstehen sucht, an die Stelle des Satzglaubens, der sich einseitig auf die umschreibenden Glaubenssätze bezog, ein Erfahrungsglaube, und an die Stelle des Leistungsglaubens ein Verantwortungsglaube, der sich mit allen, die die Glaubensgemeinschaft umfasst, verbunden weiß. Ergänzt und unterbaut wurde dieses Konzept durch ein Buch über Werk und Wirkung Romano Guardinis, eine Monographie über die dichterische Daseinsdeutung Gertrud von le Forts sowie eine zweibändige Anthropologie mit den Titeln, die für sich selbst sprechen: „Menschsein in Anfechtung und Widerspruch" und „Dasein auf Abruf". Der Aufbau eines Schülerkreises, der diese Anregungen hätte aufnehmen und fortführen können, blieb mir allerdings aus unerklärlichen Gründen versagt.

*Wer hatte Sie damals aus Würzburg nach München gerufen?*

Der Ruf ging von der dafür zuständigen philosophischen Fakultät aus. Erteilt wurde er mir durch den damaligen Kultusminister Hans Maier. Ungemein schwierig gestaltete sich nach meiner Emeritierung die Suche nach einem kompetenten Nachfolger. Nachdem sich lange keine überzeugende Lösung abzeichnete, brachte mich der Direktor der Katholischen Akademie, Franz Henrich, auf den Gedanken, den inzwischen von seinem Ministeramt zurückgetretenen Hans Maier für den Lehrstuhl zu interessieren. So wurde der, der mich berufen hatte, zu meinem Nachfolger, mit dessen Ausscheiden dann aber auch die Geschichte des Lehrstuhls in seiner bisherigen Konzeption zu Ende gehen dürfte.

# Das Seniorenstudium

*Sie haben dann in einem Alter, in dem andere ihr Rentnerdasein genießen, etwas Neues begonnen. Ich spreche vom Seniorenstudium, das Sie in München gründeten und das Sie immer noch leiten. Was hatte Sie dazu bewogen?*

In meinen Vorlesungen erschienen, wie bereits erwähnt, zunehmend ältere Hörer, denen aber die Unsicherheit darüber anzumerken war, ob sie willkommen oder nur geduldet seien. Ihnen galt es, ein Heimatrecht an der Universität zu verschaffen, zumal sie die Last des Wiederaufbaus getragen hatten. Die meisten von ihnen hatten trotz Neigung und Begabung aus finanziellen Gründen kein Universitätsstudium ergreifen können. Ihnen wollte ich mit der Einrichtung des Seniorenstudiums zur Erfüllung ihres Jugendtraums verhelfen. Doch das war leichter gedacht als getan.

*Worin bestanden die von Ihnen angedeuteten Widerstände?*

Das zuständige Ministerium war aus unersichtlichen Gründen eher skeptisch eingestellt. Auch die Universitätsleitung sah zu den über sechzigtausend Juniorstudenten nicht ohne Bedenken eine weitere Gruppe, deren Wachstum vorauszusehen war – inzwischen umfasst sie weit über fünfzehnhundert Teilnehmer –, hinzukommen. Räumliche Engpässe waren zu befürchten. Unter diesen Umständen haben nur wenige Kollegen das Vorhaben mitgetragen, unter ihnen vor allem der unvergessene Philosoph und Kantforscher Manfred Zahn. Indessen muss an dieser Stelle noch ein weiterer Name genannt werden. Angesichts der sich häufenden Schwierigkeiten war ich auf den Gedanken gekommen, den ehemaligen Ministerialdirektor Dr. Karl Böck einzuschalten. Ich wusste, dass er außerordentlich durchsetzungsfähig war. Er hatte die katholische Universität Eichstätt aus der Taufe gehoben, die Universität Passau auf den Weg gebracht und vor allen Dingen die Verlagerung der Hochschule Dillingen in die Universität Augsburg bewerkstelligt. Ich rannte offene Türen bei ihm ein. Aufgrund seiner persönlichen Kontakte und seines erstaunlichen Durchsetzungsvermögens hat er es dann vermocht, diese ideale Konzeption in eine Realität zu überführen.

*Müssen die Senioren, die sich bei Ihnen anmelden, die Hochschulreife haben?*

Das war Herrn Böcks Bedingung. Ich wollte die Senioren nicht durch irgendwelche Vorschriften noch zusätzlich belasten. Aber ich muss im Nachhinein Herrn Böck Recht geben. Wir hätten unüberwindliche Schwierigkeiten mit der Volkshochschule bekommen, wenn wir nicht diese hohe Barriere gesetzt hätten. Denn jetzt besteht ein klarer Unterschied zwischen der Klientel der Volkshochschule und der unseren. Wir haben die akademisch Qualifizierten und Interessierten, während die Volkshochschule über das allgemeine Bildungspublikum verfügt.

*Bekommen die Senioren am Ende ein Zeugnis ausgestellt?*

Das ist nicht möglich, weil keine Prüfungsordnung vorgesehen ist. Wir wollten es. Und wenn ich wir sage, gedenke ich ein zweites Mal des so hilfreichen Philosophen Manfred Zahn, der uns eine wohl durchdachte Studien- und Prüfungsordnung ausgearbeitet hat. Ich beabsichtigte, den Senioren damit zum Bakkalaureat zu verhelfen. Den Magistergrad oder gar die Promotion hielt ich dagegen, wie sich dann auch bestätigte, für ein utopisches Ziel. Mein Vorschlag wurde jedoch vom Ministerium, wohl aus den vorhin angedeuteten Gründen, abgelehnt. Statt dessen können wir den Senioren am Ende des Semesters ein Zertifikat aushändigen. Wenn einer eine kleine Arbeit schreibt, sind wir außerdem in der Lage, ihm einen Proseminarschein auszustellen.

*Ehe Sie als Professor an die Universität kamen, waren Sie lange Jahre Religionslehrer. Konnten Sie später von den Erfahrungen, die Sie in der Schule gemacht hatten, profitieren?*

Unbedingt. Ich habe den Umgang mit Menschen gelernt und habe erfahren, wie schwierig es ist, jungen Menschen religiöse Materie zu vermitteln, für die sie nicht unbedingt ansprechbar sind. Das ist mir später alles sehr zugute gekommen, und ich möchte es in keiner Weise missen.

*Heutzutage können Schüler oftmals wählen, ob sie lieber in den Ethikunterricht gehen anstatt in die Religionsstunde. Wie beurteilen Sie diese Entwicklung?*

Sehr kritisch. Ich halte es grundsätzlich für eine Fehlinterpretation zu sagen, dass das Christentum in der Neuzeit in sein ethisches Stadium eingetreten sei und dass es deswegen der Welt nur noch als Moral vermittelt werden könne. Das drückt sich dann in der leider sehr verbreiteten Meinung aus, dass man die Kirchen vor allem wegen der von ihnen erbrachten Sozialleistungen benötige. Selbstverständlich ist das Christentum eine Religion der Liebe. Diese Liebe muss sich auch bewähren. Aber das ist nur die Ausstrahlung dessen, was in der Mitte des Christentums steht. Und diese Mitte wird durch eine moralische Interpretation weitgehend verdunkelt. Eine meiner zentralen theologischen Bemühungen zielt darauf ab, diese verdunkelte Mitte wieder zum Leuchten zu bringen. Insofern geht der als Ersatz für die christliche Unterweisung angebotene Ethikunterricht in die falsche Richtung.

*Sie sind jetzt 50 Jahre lang Priester, haben also ein halbes Jahrhundert lang Kirchengeschichte mitgestaltet, miterlebt. Welche Entwicklung hat die Kirche in dieser Zeit genommen?*

32

Es war eine Entwicklung von der strengen Observanz zu einer dialogischen Freiheit, wenn ich das schlagwortartig sagen darf. Der eigentliche Markstein dieser Entwicklung war selbstverständlich das Zweite Vatikanische Konzil. Ich habe noch die vorkonziliare Kirche in all ihren Erscheinungsformen erlebt, beherrscht von dem Pontifikat Pius XII., der etwas unternommen hatte, das ich immer als etwas im Grunde Utopisches ansah. Er hatte versucht, seine Persönlichkeit vollkommen in das Amt zu integrieren. Das halte ich für innerlich unmöglich, und insofern war auch sein Pontifikat ein eindeutiges Ende, die letzte Möglichkeit einer seit Jahrhunderten schon eingeschlagenen, aber in dieser Strenge und Perfektion nie realisierten Linie. Deswegen konnte es nur anders weitergehen, aber niemand wusste wie. Nach seinem Tod herrschte damals ein großes Unbehagen. Er hatte ja versucht, als Papst in sämtliche Lebensbereiche einzugreifen und zu allen erdenklichen Fragen eine Antwort zu geben. Man hatte das Gefühl, dass in der Kirche alles geistige Leben von oben her reglementiert und von oben her auch in eine abschließende Eindeutigkeit gebracht wird. Das war natürlich das komplette Gegenteil eines lebendigen innerkirchlichen Dialogs.

*Nach Pius XII. kam Johannes XXIII., der schon rein optisch einen anderen Eindruck machte als sein Vorgänger.*

Diese Wahl war eine gewaltige Überraschung, die niemand für möglich gehalten hätte. Ich erinnere mich noch an einen Bericht des geistvollen Mario von Galli über die Papstwahl. Als der beleibte Johannes auf der Loggia des Vatikans erschien, schrie eine von seiner Erscheinung erschreckte Römerin „Un grasso" und fiel in Ohnmacht. Ein dicker Papst war nach der schlanken Asketenerscheinung Pius XII. für diese Frau eine Katastrophe. Aber diese vermeintliche Katastrophe war der größte Segen für die Kirche. Denn dieses leider allzu kurze Pontifikat Johannes XXIII. ist meiner Sicht nach der einzige Fall in der Kirchengeschichte, in dem sich ein Papst an die Spitze der geistig-religiösen und glaubensgeschichtlichen Entwicklung gestellt hat. Sonst sagt man der Kurie ja nach, dass sie mit „bleiernen Schuhen" durch die Geschichte gehe, also eher retardiere als vorwärts dränge. Johannes XXIII.

hat sich dagegen ganz bewusst an die Spitze der kirchlichen Entwicklungen gestellt und betont, dass die Fenster der Kirche weit aufgestoßen werden müssten, um den Geist des Umfelds und des Zeitgeschehens in die Kirche hereinzulassen. Und er hat selbstverständlich mit dieser Diagnose vollkommen Recht behalten.

# Das Konzil

*Erinnern Sie sich noch an die Zeit, als das Konzil einberufen wurde und an das, was Sie damals gedacht haben?*

Ich war voller Spannung. Erst später habe ich die eigentliche Dramatik dieses Konzilsbeginnes in Erfahrung gebracht. Denn die Kurie war ja nicht untätig geblieben, nachdem der neu gewählte Papst die Kardinäle mit seinem Plan überrascht hatte, ein Konzil einzuberufen. Im Nachhinein stellte sich heraus, dass die Kurie nicht weniger als drei Dogmen bereithielt – angeblich das des Monogenetismus, also der einmaligen Entstehung des Menschengeschlechts, der Gnadenmittlerschaft Mariens und des Verbots der Empfängnisverhütung –, die innerhalb einer Woche von der Konzilsaula verabschiedet werden sollten. Man hatte sogar eine komponierte Fassung des Plazet dafür ausgearbeitet.

*Heißt das, die Konzilsteilnehmer hätten musikalisch ihre Zustimmung geben sollen?*

Tatsächlich sollte das Plazet von der gesamten Konzilsaula gesungen werden, und die ganze Versammlung sollte nicht länger als acht Tage dauern. Aber dann kam jenes unerwartete Ereignis in Gestalt der Ansprache von Kardinal Frings, und ich lege Wert auf den Hinweis, dass derjenige, der ihm diese Ansprache ausgearbeitet hatte, kein anderer war als sein Konzilstheologe Joseph Ratzinger. Die Rede hat dann praktisch das ganze Konzept der

Kurie über den Haufen gestoßen und die eigentliche Konzils-
diskussion ermöglicht. Insofern ist Joseph Ratzinger in meinen
Augen der eigentliche Initiator des Konzils, wie es sich dann in
der Folge gestaltet hat.

*Obwohl gerade er von vielen inzwischen völlig anders beur-
teilt wird.*

Man beurteilt ihn anders, weil man ihn zu wenig kennt und
weil man sich die Situation nicht vergegenwärtigt, unter der er
sein extrem schweres Amt auszuüben hat. Er ist von Haus aus
ein spekulativer Theologe, und in meinen Augen sogar der be-
gabteste dieser Zeit. Als Präfekt der Glaubenskongregation muss
er sich aber auch immer wieder zu Konfliktsituationen und Fragen der Lebenspraxis äußern. Das ist für diesen der Reflexion und
Innerlichkeit zuneigenden Kardinal gewiss keine leichte, oft wohl
nur in Akten der Selbstverleugnung zu lösende Aufgabe. Außerdem müsste man im Interesse einer gerechten Würdigung nicht
nur wissen, was er verantwortet und entschieden, sondern auch
das, was er verhindert und gemildert hat. Und das ist gewiss eine
ganze Menge. Nur geht Derartiges nicht in die Annalen ein, so
dass man es meist nur erschließen oder vermuten kann. Für mich
steht aber fest, dass er eine ganze Reihe von Missgriffen korrigiert
und bedrohliche Entwicklungen abgewendet hat. Um ihm wirklich gerecht zu werden, müsste man somit auch das wissen, was
man unter den gegebenen Bedingungen nun einmal nicht wissen
kann.

*Um nochmals auf das Konzil zurückzukommen. Welche Errun-
genschaften hat es nach Ihrer Meinung gebracht?*

In meinen Augen sind es vor allen Dingen drei Errungenschaf-
ten: Religionsfreiheit, Dialog und, als Spätfrucht, ein neues Interesse an Jesus Christus. Die Religionsfreiheit war selbstverständlich verbunden mit einer Zurücknahme des Absolutheitsanspruchs
der katholischen Kirche, also mit der Lehre, dass man außerhalb
der Kirche kein Heil gewinnen kann. Dieses Außerhalb war durch

die Konfessionsgrenzen definiert. Jahrhundertelang ist dies betont worden. Doch seit dem Konzil ist solch eine Behauptung nicht mehr haltbar. Das zweite bezieht sich auf den Dialog. Das Konzil hat versucht, der Kirche einen neuen Geist einzuhauchen. Eine vergleichbare Zielsetzung hatte es bei keiner anderen Kirchenversammlung auch nur annähernd gegeben. Mich bewegt dabei vor allem, dass das neue Prinzip, das die Konzilsväter einzubringen suchten, nicht der christlichen Denkwelt entstammte. Es war der Jude Martin Buber, der sich wenige Jahre zuvor für das dialogische Prinzip ausgesprochen hatte und als der eigentliche Repräsentant dieses Prinzips in die Philosophiegeschichte eingegangen ist. Für mich steht außer Zweifel, dass die Konzilsväter von ihm das Prinzip des Dialogs übernommen haben. Das ist für mich eine der exzeptionellen Leistungen dieses Konzils. Es hat also etwas auf den Weg gebracht, was es in dieser Form noch nie in der Kirchengeschichte gegeben hat, was es aber in dieser Zeit unbedingt geben musste. Denn die innerkirchlichen Verhältnisse waren, wie vorhin angedeutet, verhärtet. Die Kirche war sogar in einer gewissen Weise sprachlos geworden.

*Wie zeigte sich das zum Beispiel?*

Das äußerte sich nicht zuletzt darin, dass viele Theologen ihre Werke unter Verschluss halten mussten, weil sie es nicht wagen konnten, sie zu veröffentlichen. Sie hätten sonst nicht unerhebliche Schwierigkeiten mit dem kirchlichen Lehramt bekommen und womöglich ihre Position verloren. Das konzentrierte sich vor allem in der Exegese auf den Gebrauch der historisch-kritischen Methode, die ja der katholischen Bibelwissenschaft strikt untersagt war. Erst durch das Konzil war es den katholischen Theologen freigestellt, mit diesem Instrumentarium zu arbeiten. Der Effekt war ungeheuer. Es gab einen Aufschwung der exegetischen Wissenschaft, wie es ihn im Bereich der katholischen Glaubenstheorie und Glaubensentwicklung so noch nie gegeben hatte. Man bekam beinahe den Eindruck, als habe die Exegese der Dogmatik die Spitzenposition in der Abfolge der theologischen Disziplinen streitig gemacht.

*In Bayern gibt es das schöne Sprichwort, wonach das Reden die Leute zusammenbringt. Hat der vom Konzil hervorgebrachte Dialog eine positive Wirkung auf die Kirche gehabt?*

Ich glaube schon. Aber ich möchte in diesem Zusammenhang hinzufügen: Dialog bedeutet für mich nicht nur das neue Verhältnis zwischen Papst und Bischöfen, Bischöfen und Priestern, Priestern und Pfarrgemeinderäten. Es bedeutet auch nicht nur das neue Verhältnis zwischen der katholischen Kirche und den anderen Konfessionen und den Weltreligionen. Dialog ist für mich vielmehr etwas, was bis zur Stunde noch nicht ausgeschöpft ist, weil es sich nach meiner Einsicht auch auf das neue Verhältnis zwischen dem glaubenden Menschen und dem sich offenbarenden Gott bezieht. Auch da ist ein Dialog angesagt. In der vorkonziliaren Zeit wurde der Glaube wesentlich als Gehorsams- und Autoritätsglaube begriffen und interpretiert. Jetzt wurde er zu einem dialogischen Akt. Dazu gehört auch die neue Sicht von Offenbarung, die dieses Konzil eröffnet hat. Denn es hat im Unterschied zum Ersten Vatikanum die Offenbarung nicht mehr nur als die Mitteilung göttlicher Dekrete gekennzeichnet, sondern sich zur Einsicht durchgerungen, dass die Offenbarung letztlich in der Menschwerdung Gottes gegeben ist. Offenbarung im christlichen Verständnis besteht darin, dass sich Gott auf die Seite des Menschen gestellt hat, dass er die Last und Lust eines Menschenlebens auf sich genommen hat. Das heißt dann im Endeffekt, dass Jesus in der Totalität seiner menschlichen und religiösen Erscheinung die leibhaftige und personale Gottesoffenbarung ist. Wenn man das berücksichtigt, wird der Glaube selbstverständlich zu einem dialogischen Akt. Dann geht es im Glauben darum, die in der Person Jesu sich ereignende Gottesoffenbarung zu erschließen, sich in sie zu vertiefen und sie sich anzueignen. Dann ist der Glaube tatsächlich ein Dialog mit dem sich mitteilenden Gott.

*Hängt damit auch das neue Interesse an Jesus zusammen, das Sie als Spätfrucht des Konzils ansehen?*

Das Konzil hat ja nicht alles unter Dach und Fach bringen können, was es sich vorgenommen hat. Viele Tausende von Zusatzvoten sind unberücksichtigt geblieben. Umso erstaunlicher war dann, dass nach einer Inkubationszeit von fünf Jahren die Saat des Konzils auf eine denkbar spektakuläre Weise aufgegangen ist. Das wurde bis zur Stunde nicht richtig gesehen. Denn die Spätfrucht reifte in einer Zeit, die zugleich auch die Zeit der Studentenrevolte war, also die Zeit der Autoritätskrise. Durch all das ist vieles verunklärt und überlagert worden. Aber ungeachtet all dessen ereignete sich jetzt eine echte Neuentdeckung, die sich vor allen Dingen in der Entstehung einer ganzen Jesusliteratur äußerte. Sie kam zu Beginn der siebziger Jahre wie auf geheime Verabredung zustande. Es gab aber keine derartigen Verabredungen, schon gar nicht zwischen dem Juden Schalom Ben-Chorin und dem Tschechen Milan Machovec. Was hätten die voneinander wissen können? Aber sie schrieben gleichzeitig Jesusbücher. Und zwar Jesusbücher, die sich vor allen Dingen durch die große Sympathie für Jesus und seine Lebensleistung ausgezeichnet haben. Albert Schweitzer hatte ja zu Beginn dieses Jahrhunderts in seiner großartigen Geschichte der Leben-Jesu-Forschung Bilanz gezogen und dabei die bittere Erkenntnis gewonnen, dass die mit Hass geschriebenen Bücher die besten seien. Doch diesmal war es entschieden umgekehrt. Es gab einige kritische Veröffentlichungen, aber die konnte man getrost beiseite legen. Die Masse der damals entstehenden Jesusbücher war von tiefer Sympathie für die Gestalt Jesu gekennzeichnet. Zum ersten Mal wurde auch die soziale Tätigkeit Jesu zur Kenntnis genommen. Man sah jetzt, dass er sich auf die Seite der Erniedrigten und Beleidigten gestellt hatte, dass er an die Wurzeln der damaligen Gesellschaftsordnung rührte und sich damit schließlich den Tod einhandelte.

*Hatte man dies zuvor nicht so gesehen?*

Nein; auch war es erst durch das Konzil möglich geworden, gegen alle vorherigen Restriktionen die Bewusstseinsgeschichte Jesu aufzurollen. Man fragte jetzt nach der Entstehung seines Gottesbewusstseins, nach der Entstehung seines Sohnesbewusstseins und nach der Entstehung seiner Reich-Gottes-Botschaft. Das sind Dinge, die es in dieser Form vorher noch nicht gegeben hat. All das möchte ich diesem Konzil zugute halten.

*Die Frage, ob es bald ein drittes Konzil bräuchte, haben Sie einmal mit einem entschiedenen Nein beantwortet und entsprechende Wünsche als, ich zitiere, „die größte Torheit" bezeichnet.*

Ja, natürlich. Das wäre ein Unsinn, der kaum noch überboten werden könnte. Denn wir sind ja, wie ich hoffentlich deutlich genug hervorgehoben habe, noch weit davon entfernt, das Ergebnis des Zweiten Vatikanums ausgeschöpft zu haben. Der Schrei nach einem dritten Konzil kann nur von einer Seite erhoben werden, die entweder nicht weiß, was das Konzil geleistet hat, oder es nicht wissen will.

40

# Die Glaubenswende

*Wenn Sie auf die Gegenwart blicken, dann sprechen Sie einer-*
*seits gern mit einem Nietzsche-Wort vom „Geist der Schwe-*
*re". Auf der anderen Seite machen Sie eine Glaubenswende aus.*
*Wo stehen wir nun?*

Auf beiden Seiten. Ich gehe immer davon aus, dass wir in einer ausgesprochen dialektisch gespannten Zeit leben, und selbstverständlich partizipiert auch die religiöse Entwicklung an dieser
Dialektik. Ich nenne diese Zeit eine utopisch-rückschlägige, eine
Zeit, die in unglaublicher Vorwärtsbewegung begriffen ist. Wir
haben ja gerade in unseren Tagen das erlebt, was ich in meiner
Ansprache bei der Guardini-Preis-Verleihung „den Einbruch des
Wolfs der Klonierungstechnik im Schafspelz" genannt habe. Mit
diesem netten Schäfchen „Dolly" kam tatsächlich etwas auf uns
zu, was man bisher kaum für möglich gehalten hatte, nämlich
der Eingriff des Menschen in die Entwicklung des Lebens und in
seine eigene Evolution. Wir erleben dies als eine sich bereits ganz
drastisch abzeichnende Realität. Und so ist tatsächlich unsere Zeit
in einer vehementen Vorwärtsentwicklung begriffen. Man denke
auch an die rapide Entwicklung der Medientechnik, die ja in ihren Fernwirkungen noch nicht abzusehen ist. Das ist die eine Seite. Die andere Seite ist die Rückschlägigkeit in Gestalt des Rück-
falls in schlimmste Barbareien. Das haben wir im Jugoslawien-
krieg vor unserer Haustüre erleben müssen. Diese Zeit weist also
ein zwiespältiges, ein Janus-Gesicht auf. Dasselbe gilt selbstver-

41

ständlich dann auch von der Kirche, denn sie ist in diese Zeit eingelassen. Deswegen gibt es auf der einen Seite den Anachronismus, der nach rückwärts tendiert, auf der anderen Seite aber auch Aufbrüche, die Hoffnung erwecken und aufatmen lassen.

*Was macht Sie mit Blick auf die Kirche depressiv?*

Es ist dieser repressive und resignative Ungeist, der die Glaubensinitiative lähmt. Er wirft die Sache des Glaubens zurück in vorkonziliare Positionen. Das ist das Negative, und darüber braucht schon deswegen nichts mehr gesagt zu werden, weil jedermann, der ein halbwegs offenes Gespür hat, das gar nicht übersehen kann. Nur werden die Folgen dieser Tendenzen zu wenig begriffen. Ihre Vertreter spielen sich als Retter des Glaubens auf. In Wirklichkeit machen sie die Kirche zu einem Anachronismus, über den das Zeitgeschehen hinweggeht.

*Wo sehen Sie das Frohmachende, das Hoffungserregende, wie Sie es nennen?*

Die positive Seite auszuleuchten, ist viel schwieriger. Ich habe den Guardini-Lehrstuhl für christliche Weltanschauung und Religionsphilosophie immer als einen vorgeschobenen Beobachtungsposten im Feld der Kirche verstanden. Auf einem solchen Beobachtungsposten geht es darum, die Bewegungen im feindlichen Feld auszukundschaften, um rechtzeitig gewarnt zu sein. Ich wende das Ganze ins Positive und benutze diesen Begriff, um zu verdeutlichen, was ich die „Archäologie des Glaubens" zu nennen pflege. Ich verhehle nicht, dass an der Oberfläche der Zustand herrscht, den Karl Rahner „die winterliche Kirche" nannte. Und das war von ihm doch recht resignativ gemeint. Ich habe aber immer betont, dass im Winter, auch in einem so harten, wie wir ihn unlängst hinter uns gebracht haben, die Saaten für neues Leben keimen und reifen.

*Das erinnert mich an ein Gespräch mit dem Münchner Volksschauspieler Toni Berger. Er hatte als Soldat im Zweiten Weltkrieg einen sehr strengen Winter in Russland mitgemacht. Als*

*dann im Frühjahr wider Erwarten die Blüte einsetzte, er-*
*kannte er die göttliche Kraft, die in der Schöpfung steckt.*

So sehe ich eben auch die Situation der Kirche. Es kommt nur
darauf an, im Sinne der Archäologie des Glaubens die positiven
Bewegungen auszukundschaften, und darauf hat sich nun mein
theologisches Interesse seit mehr als zehn Jahren konzentriert.

*Welche positiven Bewegungen haben Sie bislang auskundschaf-*
*ten können?*

Ich glaube, dass es vor allem die von mir bereits erwähnten
charakteristischen Bewegungen sind, die eine Hoffnungsbilanz
ermöglichen. Das ist zum einen der Übergang vom Autoritäts-
zum Verstehensglauben, zum anderen ist es der Übergang vom
Bekenntnis- zum Erfahrungsglauben. Und es ist, drittens, ein Übergang vom Leistungs- zum Verantwortungsglauben. Mit dem Übergang vom Autoritäts- zum Verstehensglauben hat ja das Zweite
Vatikanische Konzil Entscheidendes zu tun, vor allem durch seine Aussagen über den Menschen und über die Offenbarung. Denn
der vorkonziliare Glaube verstand sich als Unterwerfung des
Menschen unter die Autorität Gottes, also als ein Akt des Gehor-
sams. Ich habe immer wieder darauf hingewiesen, dass diese
Definition durch die Autoritätskrise in ein schlimmes Dilemma
versetzt worden ist. Denn die Autoritätskrise hat vor keiner Autorität halt gemacht, weder vor einer staatlichen oder schulischen
noch vor einer kirchlichen. Nur eine einzige schien ausgenommen zu sein, nämlich die göttliche. Aber das war eine Illusion.
Peter Wust, den ich als den kirchenfrömmsten Philosophen dieses Jahrhunderts zu kennzeichnen pflege, hat in seinem Werk
„Ungewissheit und Wagnis", mit dem er sich in die Philosophiegeschichte der Gegenwart eingeschrieben hat, einen Satz geprägt,
der eigentlich im Munde eines frommen Katholiken undenkbar
ist: „Warum ist Gott oben und warum sind wir unten, und warum ist er kampflos oben an der Spitze der Seinshierarchie, während wir uns mühen müssen in unendlicher Daseinsnot und Lebensangst?" Das ist die Infragestellung der göttlichen Autorität,
und wenn man das als Charakteristikum unserer Zeit gelten lie-

ße, wäre dem Autoritätsglauben, wie ihn das Erste Vatikanische Konzil definiert hat, buchstäblich der Boden entzogen.

*Aber ist denn Autorität im Grunde nicht etwas Positives?*

Man muss in dieser Frage unterscheiden. Ich verdanke hier wichtige Einsichten der hermeneutischen Philosophie Hans-Georg Gadamers. Er hat in seinem Buch „Wahrheit und Methode" zwei Formen von Autorität unterschieden: die des Machthabers und die des Lehrers. Gadamer weist darauf hin, dass diese beiden Formen der Autorität tief greifend verschieden sind. Der Machthaber versucht seine Autorität unter allen Umständen aufrecht zu erhalten, sei es durch Gewalt oder dadurch, dass er durch Wahlwerbung dafür sorgt, dass er wieder in seine Machtposition eingesetzt wird. Der Lehrer dagegen muss seine Autorität vergeben, um das zu erreichen, was das Ziel seines Unterfangens ist, nämlich das, was Gadamer „das Wunder des Verstehens" genannt hat. Am Ende seiner Unterweisung hat er alles preisgegeben, was ihn über seine Schüler erhoben hat. Wenn er erfolgreich war, hat er sie dadurch aber auf seinen eigenen Wissensstand emporgehoben. Er hat also praktisch seine Autorität geopfert, ist dafür aber mit dem Wunder des Verstehens beschenkt worden. Und diese Konzeption übertrage ich jetzt auf den Glauben. Ich frage, aus welcher Autorität Gott den Glauben fordert. Ist es die Autorität dessen, welcher der Herr des Himmels und der Erde ist und dem alle Machtvollkommenheit eignet? Nein, sondern es ist die Autorität des Lehrers. So hat es schon Kierkegaard gesehen. Gott als Lehrer, der uns zu seinen Schülern macht, natürlich mit dem Ziel, uns in die Gleichzeitigkeit und Gleichrangigkeit mit sich und seiner Botschaft zu erheben. In diesem Zusammenhang sagte Kierkegaard bereits vor einhundertfünfzig Jahren dasselbe, was wir jetzt als die Lösung des Glaubensproblems erkennen. Das ist die erste Wende.

*Als zweites Hoffnungzeichen werten Sie den Übergang vom Bekenntnis- zum Erfahrungsglauben. Heißt dies, dass es nicht reicht, wenn man seinen Glauben kennt und sich zu ihm bekennt?*

Ich möchte da nicht missverstanden werden. Selbstverständlich soll ein Christ in der Welt von heute seinen Glauben bekennen. Aber mir geht es in diesem Punkt um etwas anderes. Wie Martin Buber hervorgehoben hat, ist der christliche Glaube wesentlich ein Satz-Glaube. Doch er meinte, das sei eine abkünftige Form des Glaubens. Denn ursprünglich sei Glaube der Versuch des gläubigen Menschen, Halt und Stand in der Gotteswirklichkeit zu gewinnen und sich in dieser zu verankern. Wenn Martin Buber heute noch leben würde, müsste er erkennen, dass er mit seinem Angriff offene Türen eingelaufen hat. Denn heute ist man weitgehend zum allgemeinen Bewusstsein gelangt, dass Sätze allein nicht genügen. Das steht übrigens auch hinter dem bekannten Rahner-Wort, der Christ der Zukunft werde ein Mystiker sein oder er werde überhaupt nicht sein. Denn im Mystiker sieht Rahner denjenigen, der Gott zu erfahren sucht. Der großartige Bischof von Trier, Hermann Josef Spital, hat unlängst ein schönes und lesenswertes Buch veröffentlicht, das schon mit seinem Titel das Wichtigste sagt: „Gott lässt sich erfahren". Das heißt, dass es im Glauben nicht nur darum geht, die die Glaubensinhalte umschreibenden und definierenden Sätze zu kennen und festzuhalten, sondern in den von ihnen umschriebenen Inhalt einzudringen. Genau das meint Rahner, wenn er den Christen fordert, der Gott zu erfahren sucht.

*Warum begrüßen Sie einen Abschied vom Leistungsglauben? Soll sich ein Christ damit bescheiden, dass ihm die Gnade Gottes ein für alle Mal zugesprochen ist?*

Ich meine, nichts gefällt Gott weniger, als wenn Menschen versuchen, mit ihrer erbrachten Leistung vor ihn hinzutreten und im Gegenzug eine Belohnung zu erwarten. Das kommt sehr gut im Gleichnis von den Weinbergarbeitern zum Ausdruck. Da empören sich diejenigen, die morgens schon mit der Traubenernte begonnen haben, gegen den Herrn, weil dieser denen, die erst kurz vor Feierabend dazukamen, genau den gleichen Lohn entrichtet. Mit diesem Gleichnis widersetzt sich Jesus dem „Handelsgeist", der sich in das menschliche Gottesverhältnis eingenistet hat. Außerdem war die alte Glaubensform einseitig individualistisch. Sie unterstand dem Imperativ „Rette deine Seele". Das war die große Maxime, nach der Pastoral geübt worden ist und nach der man auch praktisch gelebt hat. Dass es auch andere Seelen gab, die in ihrem Streben nach Heil auf Hilfe angewiesen waren, blieb außer Betracht. Heute hat sich hier wiederum eine neue Sicht ergeben, die vor allem vom späten Guardini auf den Punkt gebracht worden ist. In seiner nachgelassenen Schrift „Die Existenz des Christen", die von seinem unvergessenen Freund Johannes Spörl herausgegeben worden ist, stehen die Sätze: „Keiner von uns weiß, wie weit sein eigener Glaube getragen ist vom Glauben anderer, die ihm vielleicht räumlich und zeitlich ganz fern standen. Aber keiner von uns weiß, wie weit er mit seinem eigenen Glauben den anderer mitträgt." Dieses Wort gebe ich den vielen trostlosen Müttern mit auf den Weg, wenn sie mit der Klage kommen, dass sie trotz aller Bemühungen ihre Kinder religiös verloren haben.

*Viele, die aus der Kirche austreten oder ihr fern stehen, scheinen ihr Heil in der Esoterik zu suchen. Sie, Herr Professor Biser, haben einmal in einem Fernsehbeitrag gesagt, dass die Esoterikwelle von heute eine verkürzte Mystikwelle sei.*

Davon bin ich tief überzeugt. Deswegen mache ich mir auch Gedanken, wie weit das esoterische Interesse von der Kirche und von der Theologie aufgenommen werden könnte. Derjenige, der mir in diesem Zusammenhang – wie in so vielen anderen Zusammenhängen – besonders wichtig geworden ist, ist der Apostel Paulus. Denn mit anderen Paulus-Interpreten bin ich durchaus der Meinung, dass man bei Paulus zwei Schichten unterscheiden muss, eine exoterische und eine esoterische. Paulus war ja Missionar und als solcher darauf angewiesen, verstanden zu werden. Um aber verstanden zu werden, musste er die Glaubensinhalte in einer gegenständlich-bildhaften Weise zum Ausdruck bringen. Gleichzeitig wollte er aber auch das mitteilen, was kein Auge geschaut, was kein Ohr vernommen, was in keines Menschen Herz jemals gedrungen ist, was Gott aber denen geoffenbart hat, die ihn lieben. Das nennt er die „Weisheit im Geheimnis". Das sind derartig klare Aussagen zu Beginn des Ersten Korintherbriefes, dass man an der Esoterik des Paulus nicht mehr zweifeln kann.

*Dennoch ist Esoterik ein Begriff, der aus kirchlicher Sicht nicht positiv klingt.*

Es ist einfach die Innenseite des Glaubens, sonst gar nichts. Als solche hat Esoterik ein sogar unverzichtbares Recht. Ich plädiere dafür, dass man die Esoterikwelle, die jetzt in alle Richtungen überschwappt, nicht nur bekämpft, sondern als Herausforderung der Kirche versteht, ihren Schatz an inneren Reichtümern mehr als bisher zu „veräußern". Den Menschen müsste gleichzeitig gezeigt werden, was sie bei ihrer Zuwendung zur Esoterik letztlich suchen. Denn dabei geht es, christlich gesehen, um Mystik und damit um jene innerste Zitadelle der Frömmigkeit, die Paulus, der erste Mystiker der Christenheit, denen öffnet, die ihn in dieser seiner Intimtheologie zu verstehen suchen.

*Geht die Kirche mit ihren eigenen Kritikern zu streng um? Ich denke beispielsweise an die Namen Hans Küng und Eugen Drewermann. Mit Drewermann haben Sie ja persönlich einige Veranstaltungen gemacht, auch im Fernsehen. Hätten Sie in seinem Fall als Bischof anders entschieden als der Erzbischof von Paderborn?*

Ich hätte nicht nur anders entschieden, sondern ich habe dem zuständigen Bischof geraten, nichts gegen Drewermann zu unternehmen, weil sich das Problem wahrscheinlich von selber einspielen werde. Ich bin nach wie vor von der Richtigkeit meines damaligen Ratschlags überzeugt. Dass Drewermann dann so negativ reagierte, hängt selbstverständlich auch mit der Behandlung zusammen, die ihm zuteil geworden ist. Er war und ist ein schwieriger Mann, das ist keine Frage. Auf der anderen Seite verfügt er über etwas, wovon ich meine, dass man nicht genug von ihm lernen kann, nämlich über eine Sprache, die heute noch verstanden wird. Die heutige Kirchenkrise ist nach meiner schon oft vorgetragenen Diagnose wesentlich eine Sprachkrise. Wir haben es verlernt, die Menschen so anzusprechen, dass sie den Glauben als Antwort auf ihre Existenzproblematik erfahren und im Glauben eine Antwort auf das finden, was sie insgeheim immer schon gesucht haben. Drewermann hat offensichtlich eine im besten Sinn des Wortes „ansprechende" Sprache gefunden, und das zeigt sich ja auch daran, dass seine Bücher in den Regalen derjenigen stehen, in deren Bibliothek man ein Buch eines anderen Theologen vergeblich sucht. Aber Drewermann wird gelesen. Er hat den Finger am Puls der Zeit und hat die Sprache gefunden, die die Menschen erreicht. Hier hätte die Möglichkeit einer Verständigung bestanden, die aber bedauerlicherweise verspielt wurde.

Noch in einer zweiten Hinsicht hätte Drewermann, wie ich einmal formulierte, ein wichtiger „Indikator" sein können. Denn im Unterschied zur kirchlichen Theorie und Praxis, die stets von der Sündhaftigkeit des Menschen ausgeht, fragt er nach deren Verursachung. Für ihn ist die Sünde somit ein erklärungsbedürftiges Vorletztes. Darin hat er nicht nur mich, sondern vor allem den Apostel Paulus auf seiner Seite. Von diesem stammt zwar das allbekannte Wort vom Tod als dem „Sold der Sünde", wonach wir sterben müssen, weil wir Sünder sind. Völlig übersehen wurde jedoch, dass Paulus, dieser Mann der Widersprüche, auch das Gegenteil – und das mit Betonung – sagt. Denn er nennt die Sünde an anderer Stelle den „Stachel des Todes", womit er zum Ausdruck bringt, dass es in erster Linie unsre Todverfallenheit ist, die uns zum Bösen anstachelt. Auch das hätte man in einem offenen Dialog mit Drewermann lernen können. Meiner Ansicht nach müsste sich die Kirche überhaupt zu einem anderen Umgang mit ihren Kritikern aus der Theologenschaft durchringen. Was mich in diesem Zusammenhang besonders bedrückt, ist die Beobachtung, dass gegenüber den Unterzeichnern der Kölner Erklärung, dieses nur zu begreiflichen Protests der Theologen gegen die rigiden Praktiken der Kirchenführung, eine Art Sippenhaftung praktiziert wird. Doch diese Erklärung war, auf ihre Motivation zurückgeführt, ein Notschrei, der nun schon so viele Jahre zurückliegt. Wenn ich nun höre, dass Theologen deswegen heute noch Positionen und Ehrungen verweigert werden, so ist das in meinen Augen eine Verfahrensweise, die nicht ins Bild einer christlichen und schon gar nicht einer modernen Kirche hineinpasst. So kann man mit Kritikern nicht umgehen. Denn diese Kritiker haben ja nicht nur irgendwann ein gewagtes Wort gesprochen, sondern sie haben in der Zwischenzeit auch zum Teil harte theologische Arbeit geleistet und hunderte von Studenten auf den Weg des Glaubens zu bringen gesucht. Sie wegen einer einzigen Äußerung dafür lebenslang zu bestrafen, halte ich für unerträglich.

*Hätten Sie sich persönlich vorstellen können, Bischof zu werden anstatt Professor?*

Nein. Ich habe auch diejenigen nicht verstanden, die als Professoren den mehr oder weniger deutlichen Wunsch gehegt haben, ihr Katheder mit der Kathedra des Bischofs zu vertauschen. Für mich ist die Lehrtätigkeit, verbunden mit der Möglichkeit zu forschen und die Sache des Glaubens voranzubringen, das Optimum dessen, was ich mir lebensgeschichtlich wünschen konnte. Insofern gehöre ich schon zu den Privilegierten, die in ihrem Leben das erreicht haben, was sie als ihr Wunschziel empfinden.

# Die Kirche

*Karl Rahner hat einmal den Satz gesagt: „Die Kirche soll sich weniger um die kleine Herde der sakramental Gezeichneten kümmern, sondern um die vielen, die nicht in ihr sind." Wenn Sie jetzt, an der Schwelle zum dritten Jahrtausend, einen Traum von Kirche entwerfen, wie würde diese Kirche aussehen?*

Träumen mag ich nicht. Aber ich habe ganz bestimmte Zielvorstellungen, die vielleicht ein Stück weit Utopie sind. Ich verstehe unter Kirche den Raum der aufgehobenen Entfremdung. Wir leben in einer Welt, in welcher der Mensch nicht zu sich selbst kommt, weil er von sich selbst und seinem Glück abgehalten wird. Er wird dem Leistungsdruck und dem Konsumzwang unterworfen. Die Medien überfluten ihn mit einer Menge von Reizen, die alle letztlich darauf abzielen, ihn zu einem Zerrbild, um nicht zu sagen, zu einer Metapher seiner selbst werden zu lassen. Deswegen braucht der Mensch einen Ort, wo er diesen Entfremdungstendenzen entgehen kann, also den Raum der aufgehobenen Entfremdung. Schwer ist freilich die Frage zu beantworten, wie das zu realisieren wäre. Ich denke aber, das Prinzip des Dialogs könnte hier behilflich sein, Strukturen aufzubauen, in denen den Menschen das Gefühl vermittelt wird, hier, in der Kirche, bist du angenommen, hier gehörst du hin, hier ist deine wahre Heimat. Ich habe unlängst in einem Fernsehgespräch gesagt, wenn sich die Kirche als das offene Herz Gottes dem heutigen Menschen gegenüber darstellen würde, wollte ich sehen, ob die Abwanderungs-

50

tendenzen nicht plötzlich ins Gegenteil umschlügen und eine neue Akzeptanz der Kirche zustande käme.

*Ist die Kirchenkrise identisch mit der Glaubenskrise?*

Teilweise. Sie ist zum Teil auch eine Strukturkrise, bedauerlicherweise auch eine Personalkrise. Das sind alles bekannte Tatsachen, deswegen kann man sie nicht ohne weiteres auf eine Glaubenskrise zurückführen. Im Zentrum der Glaubens- und Kirchenkrise geht es vielmehr um das gestörte Verhältnis von Mensch und Kirche und um die Entdeckung der Schicksalsgemeinschaft, in die sie gegenseitig verwiesen sind. Denn der Kirche ist nicht mit Nachbetern und Mitläufern, sondern nur mit mündigen, ihrer Verantwortung bewussten und vor allem mit inspirierten und kreativen Menschen geholfen, wenn sie effektiv ins dritte Jahrtausend eintreten will. Umgekehrt ist aber auch der Mensch auf der Suche nach seiner Identität an jene Instanz verwiesen, die ihm das Gotteswort verkündet und ihm dessen Urheber nahe bringt. Das aber ist und bleibt die zentrale Aufgabe der Kirche. Denn der Mensch ist mit seiner Sinnspitze ins Gottesgeheimnis eingeschrieben, so dass, wenn er zu seinem Sinn finden soll, bei aller Bedeutung relativer Sinnfindung letztlich das geschehen muss, was nach christlichem Verständnis der eigentliche Urakt der Offenbarung ist. Gott muss dann aus sich herausgehen. Gott muss dann aus dem Dunkel der Verborgenheit hervortreten, um dem Menschen im Doppelsinn des Wortes zu sagen, wer er ist. Und das Wunderbare im Christentum besteht ja darin, dass, wenn der Mensch weiß, wer Gott ist, er in diesem Wissen zugleich ein Wissen um sich selbst empfängt. Das ist der eigentliche Zusammenhang, der neu entdeckt werden müsste. Je tiefer er begriffen wird, desto größer sind die Chancen, dass die gegenwärtigen Irritationen und Krisenerscheinungen überwunden werden.

*Die Kirche bringt dieses Wissen in ihrem Glaubensbekenntnis, dem Credo, auf den Punkt. Über den Sohn Gottes wird da beispielsweise gesagt, er sei „Licht vom Licht, wahrer Gott vom wahren Gott". Solche Sätze sind aus theologischem Hartholz geschnitzt und schwer verständlich. Sie haben vorhin selbst gesagt, dass die Kirchenkrise auch eine Sprachkrise sei. Müsste dann nicht zum Beispiel das Credo neu formuliert werden, zugeschnitten und formuliert für die Menschen von heute?*

Ich würde es nicht nur tun, ich habe es getan. Ich habe ja ein eigenes Bändchen über das Glaubensbekenntnis und das Vaterunser veröffentlicht und versucht, die Innensicht des Glaubens und die einzelnen Glaubensmysterien zu erschließen. Es geht für mich nicht um eine Veränderung, sondern um jene Neuinterpretation, in der die Innensicht erschlossen wird. Das heißt, die Glaubensmysterien müssten als die Brechungen jenes hellen Lichtes erscheinen, das durch die Gottesoffenbarung in diese Welt hineinstrahlte, des Lichtes, das jeden Menschen erleuchtet. Die Glaubensmysterien sind Brechungen dieses einen Lichtes, das von dem bedingungslos liebenden Gott ausgeht. Das würde selbstverständlich, angefangen mit der Schöpfung, alles in einem neuen Kontext erscheinen lassen. Die Schöpfung wäre dann nicht mehr belastet mit dem Theodizee-Problem, weil die Liebe des Schöpfers den Menschen bis hinab in die Abgründe seiner Verzweiflung und seiner Todesangst begleiten würde. Sie würde gerade dort gefunden, wo sie aufgrund der allgemeinen Heilserwartung am wenigsten vermutet wird. Nach der jüdischen Mystikerin Simone Weil gilt das auch vom Unglück, sogar vom Unglück des Sterbenmüssens. In dieser Not der äußersten Verlassenheit ist der Mensch am wenigsten von Gott verlassen. Wie seinem scheinbar am Kreuz von ihm verlassenen Sohn wendet er sich mit seiner – auch in diesem Sinne vorbehalt- und grenzenlosen – Liebe vielmehr gerade den Unglücklichen zu. Ungleich deutlicher leuchtet diese Liebe dann aber in den Glaubensmysterien auf. Deshalb ist es an der Zeit, die einzelnen Mysterien – und gerade auch die schwer zu vermittelnden unter ihnen – als unterschiedliche Brechungen dieser einen aus dem Offenbarungsereignis hervorleuchtenden Liebe glaubhaft zu machen.

In der angesprochenen Schrift habe ich außerdem für eine Ergänzung des Credo plädiert, das ja bekanntlich von der Geburt aus der Jungfrau Maria unvermittelt zur Passion und Auferstehung übergeht. Da stellt sich doch die Frage, ob in einem Glaubensbekenntnis nicht auch von der Lebensleistung Jesu, von seinem Einsatz für das Gottesreich, seiner Botschaft, seinen Wundern, seiner Zuwendung zu den Bedrückten und Beladenen und von seinen Kämpfen die Rede sein müsste. Nach dem Vorbild eines altchristlichen Glaubensbekenntnisses wäre eine derartige Ergänzung im Sinne meines Vorschlags doch wirklich angebracht.

*Die katholische Kirche hat vor ein paar Jahren den Katechismus neu herausgebracht. Halten Sie so etwas für eine brauchbare Methode, die Glaubensgeheimnisse in neuem Licht erstrahlen zu lassen?*

Der Katechismus ist wohl doch ein Anachronismus. Er setzt einen Gläubigen voraus, wie er in die konziliare Landschaft nicht mehr hineinpasst. Katechismus ist ja eine Unterweisung von Unmündigen. So ist der Katechismus von Martin Luther, der Heidelberger Katechismus, konzipiert worden. So wurde er dann auch in die katholische Lehrpraxis aufgenommen. Aber der schulungsbedürftige Mensch muss anders angesprochen werden. Ich bin der letzte, der den Wert von Glaubensinformation herabwürdigen möchte. Ganz im Gegenteil. Wir leben in einer Informationsgesellschaft und deswegen steht für mich die Glaubensinformation in der Prioritätenliste ganz oben. Aber sie muss in einer dialogischen Weise erfolgen, und das ist in diesem Weltkatechismus nicht der Fall. Er hat eher eine dekretorische Sprache. Es wird verfügt, was der Gläubige im Einzelfall zu glauben hat. Da kommen dann Widerstände hoch, die ich lieber in dieser Form nicht provoziert sehen möchte.

*Setzt das Verständnis der Glaubensgeheimnisse, beispielsweise das der Trinität, nicht doch zu viel an Intellekt voraus?*

Das glaube ich nicht. In der Formulierung kann es zwar zutreffen. Wenn man sagt, dass im Zentrum des Glaubens die Trinität stehe, hat man tatsächlich ein hochkomplexes Vorstellungsbild in die Mitte gerückt. Das scheint aber nur so; denn ausgesprochene Spitzentheologen haben, anders als Augustin mit seiner „psychologischen Trinitätslehre", versucht, die Beziehung der drei göttlichen Personen als unterschiedliche Formen der Selbstliebe Gottes verständlich zu machen. Deswegen kann man gerade dieses Zentralgeheimnis des Christenglaubens auf einen Satz zurückführen, der an Plausibilität, an Einfachheit, an Durchschlagkraft, aber auch an Trost und Erhellungskraft nicht mehr überboten werden kann, und der heißt „Gott liebt dich". Wenn das Christentum auf diese Formel zurückgeführt wird, ist es auch für den einfachsten Menschen begreiflich.

*Braucht dann der einfache Mensch das Geheimnis der Trinität überhaupt nicht zu verstehen?*

Verstehen wird es weder der einfache noch der hochgebildete. Augustin, der fünfzehn Bücher über die Trinität geschrieben hat, hat am Schluss gesagt, wir reden nur über die Trinität, um über das Gottesgeheimnis nicht vollständig schweigen zu müssen. Es ist Verlegenheit, es ist eine denkerische Hilfskonstruktion, so von Gott reden zu müssen. Wenn an irgendeiner Stelle im Glaubensgeheimnis das deutlich wird, was die Väter des Vierten Laterankonzils mit dem Satz unterstrichen, dass jede Ähnlichkeit zwischen Schöpfer und Geschöpf von einer noch größeren Unähnlichkeit übergriffen wird, dann ist es gerade bei diesem Mysterium der Fall. Es kommt darauf an, auch die differenzierten Formen auf jene Grundform zurückzuführen, in der sich das Verhältnis von Mensch und Gott als eine existentielle Begegnung des Schöpfers mit dem Geschöpf darstellt. Oder, um es noch einmal mit einer anderen Formel zu sagen, in der dem Menschen deutlich wird, dass Gott antwortet, dass er es nicht mit einem schweigenden oder ihn gar zurückstoßenden, sondern mit einem ihn annehmenden, ihn an sein Herz ziehenden Gott zu tun hat. Deswegen nun noch einmal der Vorschlag, das ganze Christentum auf diesen einen einzigen Satz zurückzuführen: „Gott liebt dich." Etwas Wesentlicheres und Wichtigeres kann dem Menschen schlechterdings nicht gesagt werden.

*Als Sie in der Katholischen Akademie in München der Presse als neuer Träger des Guardini-Preises vorgestellt wurden, meinten Sie, die Kirche und der moderne Mensch bildeten eine Schicksalsgemeinschaft. Beide, so meinten Sie, befänden sich in einer Identitätskrise.*

Es ist natürlich prekär, von einer Identitätskrise der Kirche zu reden. Indessen habe ich in der von Ihnen erwähnten Ansprache gerade darauf abgehoben. Ich sprach von einer moralischen Kopflastigkeit in der Selbstdarstellung der heutigen Kirche und verband damit die Forderung, dass sie sich auf ihre Mitte und auf den Grund zurückbesinnen müsse, außer dem – nach Paulus – kein anderer gelegt werden kann, also auf ihren Stifter und ihr Prinzip Jesus Christus. Im Hinblick darauf, dass in der Kirche noch weithin das ambivalente Bild des gleicherweise zu fürchtenden wie zu liebenden Gottes vorherrscht, das Jesus mit seiner Entdeckung des Vatergottes ein für alle Mal überwunden hat, sprach ich des Weiteren davon, dass der Rückstand gegenüber dieser Entdeckung des bedingungslos liebenden Gottes aufgeholt werden müsse. Und ich plädierte schließlich dafür, dass die in Verkündung und Unterweisung dominierende Außensicht mit der schon von Paulus geforderten Innensicht vertauscht werden müsse. Das war mit der kirchlichen Identitätskrise gemeint.

*Ist der moderne Mensch überhaupt noch auf die Kirche angewiesen?*

In Beantwortung dieser Frage, die uns wohl noch eine Weile beschäftigen wird, kann ich zunächst nur das vertiefen, was ich bereits zu zeigen suchte. Bekanntlich meinte Lessing, dass der Sinn der Gottesoffenbarung darin bestehe, den Menschen das rascher und leichter finden zu lassen, was er durch die Erhellungskraft seiner Vernunft auch von sich aus finden könnte. Für das Konzil ist die Offenbarung aber kein pädagogisches Entgegenkommen Gottes, sondern seine Antwort auf die Frage, die der Mensch nicht so sehr stellt, als vielmehr ist: auf die Frage nach dem Sinn und Wert seines Daseins. Wenn Gott aus dem Dunkel seiner Verborgenheit hervortritt und sein ewiges Schweigen bricht, geschieht

das, um dem Menschen zu sagen, wer er ist. Doch dieser Satz ist
– um vorhin schon Gesagtes nochmals aufzugreifen – doppelsin-
nig; denn er bezieht sich natürlich zuerst auf Gott selbst. Gott
sagt in der Offenbarung sich selbst, Offenbarung ist nach christlichem Verständnis wesenhaft Selbstoffenbarung Gottes, wie dies
besonders nachdrücklich durch Karl Rahner hervorgehoben worden ist. Das Erstaunliche und Wunderbare besteht nur darin, dass
Gott, wenn er sich in seinem Offenbarungswort ausspricht, zugleich dem Menschen sagt, wer er ist. Das heißt dann überdies,
dass in jedem Satz über Gott der Mensch mitgesagt ist; denn Gott
ist die erfüllende Antwort auf seine Sinnfrage.

*Heißt dies, dass jeder Mensch nur im Glauben sein wahres Ich*
*und damit den Sinn des Lebens findet?*

Unbedingt. Der Mensch kann im Grunde nur vom Christentum her eine erfüllte Antwort auf seine Sinnfrage gewinnen. Das
schließt natürlich relative Felder der Sinnfindung wie Arbeit,
Freundschaft, Liebe und kreatives Schaffen keineswegs aus. Dennoch steht der Mensch in dieser Frage in einer ausgesprochenen
Schicksalsgemeinschaft mit Christentum und Kirche. Das Unglück
besteht nur darin, dass der Mensch diese Hilfe zuallerletzt von
der Kirche erwartet, und dass diese ihn als Sinnsuchenden nicht
ins Visier nimmt. Statt dessen geht sie von einem längst obsolet
gewordenen Menschenbild aus. Sie rechnet mit einem Menschen,
der von einem unbändigen Lebenswillen getragen ist, der von
Leidenschaften umgetrieben wird und der deswegen im Interesse
seiner eigenen Humanisierung an die Zügel genommen und einer
moralischen Direktive unterworfen werden muss. Dieser Mensch
ist aber schon lange ausgestorben. Spätestens seit der Romantik,
also der Schaffenszeit des Heinrich von Kleist, dessen Dichtungen den Umschwung auf eindringliche Weise dokumentieren, ist
die Identitätskrise voll zum Ausbruch gekommen. „Die Nacht-
wachen des Bonaventura", dieses anonyme Schauerstück der
Romantik, bekunden das in denkbar drastischen Bildern. Ich gehe
davon aus, dass die sich damals abzeichnende Identitätskrise heute
epidemisch geworden ist.

*Und die Kirche hat Ihrer Ansicht nach bisher nicht erkannt, wie es tatsächlich um den Menschen bestellt ist?*

Ich musste eben die Feststellung treffen, dass die Kirche darüber nicht im Bild ist. Sie hat keine echte Sensibilität entwickelt, um den Menschen als das wahrzunehmen, was er ist, nämlich als das von einem tiefen Selbstzerwürfnis betroffene Wesen, als ein Wesen, das unter seinem eigenen Dasein leidet, das dieses Dasein als eine Hypothek, ja im Grunde als eine Zumutung empfindet, und deshalb in jenem tiefen Zwiespalt lebt, den ebenfalls in den Tagen der Romantik Kierkegaard auf den Begriff gebracht hat. Er ist ja in meiner Sicht der große Theoretiker der romantischen Anthropologie und der damaligen Selbsterfahrung des Menschen. Er hat es auf eine eindringliche Weise dokumentiert, vor allen Dingen zu Beginn seiner Schrift „Die Krankheit zum Tode". Dort zeigt er, dass der Mensch diesem tief sitzenden Selbstzerwürfnis verfallen ist. Auf der einen Seite der verzweifelte Wille, er selbst zu sein, sozusagen das Erbe der Aufklärung und des Humanismus. Auf der anderen Seite aber zugleich der verzweifelte Widerwille dagegen, also der Wille, nicht er selbst zu sein. Wie Guardini dann im Anschluss an Kierkegaard gesagt hat, fühlt sich dieser Mensch geradezu durch sein eigenes Dasein betrogen. Er möchte aus der Haut fahren, er möchte ein anderer sein, als der, als den er sich vorfindet.

*Der Vorwurf, den Sie damit an die Kirche richten, klingt hart.*

Die Kirche hätte dies natürlich gerade auch im Blick auf so große Theoretiker wie Kierkegaard längstens mitbekommen müssen. Sie hat es nicht getan und deswegen verharrt sie immer noch in der Meinung, dem Menschen hauptsächlich durch moralische Direktiven begegnen zu sollen. Aber das geht an der tatsächlichen Befindlichkeit des Menschen vorbei. Der Mensch ist ein An-sich-selbst-Leidender; was er von der Kirche erwartet, und zwar mit vollem Recht, ist nicht so sehr moralische Wegweisung als vielmehr Therapie und Heilung. Das Christentum ist die große Religion, die es auf die Heilung und die Erhebung des Menschen angelegt hat, und nicht auf seine moralische Ausrichtung. Darin unterscheidet es sich grundsätzlich vom Judentum, das von Haus

aus eine moralische, dem Heiligungswillen Gottes verpflichtete Religion ist.

Das heißt gewiss nicht, dass die Moral für Jesus und die von ihm gestiftete Religion unwichtig oder gar entbehrlich sei. Im Gegenteil! Jesus hat größten Wert auf die Verinnerlichung der menschlichen Sittlichkeit gelegt und gezeigt, dass das Böse nicht erst in der Tat besteht, sondern schon im Herzen, also in der Gesinnung nistet. Und er hat die Menschheit zudem, was noch viel zu wenig begriffen wurde, auf den Königsweg der Immunisierung verwiesen. Denn er wusste, dass man den Menschen nur sehr bedingt durch Gebote und Verbote vom Bösen abhalten kann, dass das aber dann gelingt, wenn man ihm ein Prinzip – das Prinzip Liebe – einstiftet, das ihn zum Bösen unfähig macht. Dennoch besteht darin nicht die Mitte des Christentums. Es hat zwar eine Moral, ist aber, anders als das Judentum, keine genuin moralische Religion.

Man kann dieses Problem sehr genau an der Diskussion um die Hoheitstitel Jesu verfolgen. Diese Diskussion ist ja vor allen Dingen durch Ferdinand Hahn und Anton Vögtle vorangetrieben worden, und sie hat zu dem etwas enttäuschenden Ergebnis geführt, dass sich der historische Jesus keinen der auf ihn bezogenen Hoheitstitel zugelegt hat. Er hatte sich weder Messias genannt, noch nennen lassen, nicht Davidssohn, nicht Menschensohn, nicht Gottessohn. Insofern endete die ganze Diskussion mit einer Fehlanzeige. Aber ich sehe, dass sich die Theologen bei dieser Diskussion der Hoheitstitel das Prädikat entgehen ließen, auf das der historische Jesus nun wirklich Wert gelegt hatte. Er nannte sich nämlich „den Arzt". Und als Arzt wird er ja auch in der alten Christenheit angerufen. „Hilf, Christus, du bist unser einziger Arzt", so lautete nach Carl Schneider, der die große Geistesgeschichte des Frühchristentums verfasst hat, die Anrufung Jesu in den ersten Jahrhunderten der Christenheit. Sie ist vollkommen aus unserem Mund verschwunden, weil uns das Bewusstsein, dass sich Jesus als Arzt verstanden hat, entglitten und verloren gegangen ist. Das muss unter allen Umständen wiederentdeckt werden. Arzt, das ist der einzige Hoheitstitel, wenn man ihn so nennen mag, den sich der historische Jesus wirklich zugelegt hat.

*In der Bibel wird Jesus auch einmal mit dem Satz zitiert „Nicht die Gesunden brauchen den Arzt, sondern die Kranken".*

Ja; doch wollte er damit keineswegs zwei Kategorien von Menschen unterscheiden, nämlich solche, die ihn nicht brauchen, weil sie sich aus eigener Kompetenz helfen können, und andere, die seine Hilfe und den Arzt nötig haben. Vielmehr will er damit sagen, dass es unter den Kranken eine ganz besonders schwierige Kategorie derjenigen gibt, die ihre Krankheit nicht einsehen und wahrhaben wollen und die sich deshalb gegen den Arzt, wie Augustin in einer seiner Predigten bemerkte, zur Wehr setzen, als wenn er ihr Feind wäre. Genau das war das Schicksal Jesu. Er kam als Arzt, insbesondere auch für die Menschen seiner Zeit, und sie haben sich wie im Fieberwahn gegen ihn gewehrt und ihn umgebracht, statt sich von ihm helfen zu lassen. Es wäre nach zweitausend Jahren allerhöchste Zeit, das zu berichtigen und ihn wieder in seinem Arzttum zu entdecken. Dazu könnte eine Besinnung auf die heutige Anthropologie verhelfen, die den Menschen als das plastische Wesen wahrnimmt, das ebenso von sich selber abfallen wie über sich erhoben werden kann. Gerade darin kommt dem Menschen das Christentum entgegen, sofern dieser Religion nicht so sehr, wie Lessing meinte, an der Erziehung des Menschen als vielmehr an seiner Heilung und Erhebung gelegen ist.

*Das heißt aber doch, dass der Mensch nicht erst seit den Tagen der Romantik, sondern schon viel früher seine Identität verloren haben muss. Sonst hätte sich Jesus ja nicht als Arzt zu betätigen brauchen.*

Im Grunde steckt das Problem schon in der Paradiesgeschichte, die, wie Guardini immer wieder betonte, zu den großartigsten Geschichten des Alten Testaments zählt. Eigentlich ist sie die Geschichte der verlorenen Geborgenheit und Identität. Der Mensch gewinnt diese dort, wo er zu Hause ist, wo er angenommen und geliebt wird. Insofern ist die Geschichte vom Verlust des Paradieses, philosophisch ausgedrückt, die Geschichte von der verlorenen Identität. Es gibt allerdings Phasen in der Menschheitsgeschichte, wo diese Identitätskrise verdrängt und von Gefühlen der Überwertigkeit überlagert wird.

*An welche Zeiten denken Sie da?*

Ich denke beispielsweise an die Zeit des Humanismus und an jenes aufbrechende Gefühl einer überschäumenden Lebensfreude, das Ulrich von Hutten in den Satz gefasst hat: „Juvet vivere – es ist eine Lust zu leben." Das war eine solche Zeit, in der die Identitätskrise nicht mehr wahrgenommen wurde. Das gilt auch noch ein Stück weit für die Aufklärung und die Zeit des deutschen Idealismus. Aber dann kommt im 19. Jahrhundert der entscheidende Gegenschlag in Gestalt des romantischen Gefühlseinbruchs, wo nun die Krise des Menschen thematisiert und schließlich zum Grundgefühl des ganzen Zeitalters geworden ist. Es gibt also in der Geschichte der menschlichen Selbstverständigung Phasen, wo die Identitätskrise in den Hintergrund tritt, aber es gibt andere, wo sie dann wieder virulent wird. Heute aber ist sie, wie ich bereits betonte, geradezu epidemisch geworden. Sie ist das eigentliche Grundgefühl des heutigen Menschen. Eine Religion, die den Menschen für sich gewinnen will, muss zunächst einmal dieser „conditio humana" gerecht werden, muss einsehen, wie es um den Menschen steht. Wenn sie es aus eigener Kompetenz nicht kann, muss sie es sich von den großen Zeugnissen der Zeit sagen lassen, insbesondere auch von der Philosophie. Ich denke dabei an die Existenzphilosophie, aber auch an die zeitgenössische Kunst. Wenn man die Bilder von Picasso, von Beckmann und von Dix betrachtet, sieht man das ja auch in einer denkbar drastischen Weise zum Ausdruck gebracht. Ich meine, dass dieses Zeitzeugnis über die Menschen viel intensiver zur Kenntnis genommen werden müsste. Dann würde man von Fehlleistungen wie der angesprochenen abgehalten.

# Die Angst

*Ist die Angst des heutigen Menschen, von der Sie ja auch oft reden, eine Folge dieses Identitätsverlustes?*

Eindeutig. Denn der Identitätsverlust oder das, was ich das Selbstzerwürfnis des Menschen genannt habe, wird ja nur in der philosophischen Reflexion thematisiert, wie sie etwa der angesprochene Kierkegaard vollzog. Der Normalverbraucher, wenn ich ihn so nennen darf, also der konkret existierende Mensch, wird sich dessen nicht reflex bewusst. Aber er bekommt dieses Problem auf emotionale Weise zu spüren. Das, was dieses Selbstzerwürfnis emotional auslöst, ist die Angst. Sie hat natürlich noch eine andere Veranlassung: unsere Todverfallenheit. Es ist höchst kennzeichnend, dass auch diese Veranlassung, ebenso wie die Angst selbst, ständig verdrängt wird. Unsere ganze Zivilisation erscheint als ein einziger gigantischer Prozess, der die Tatsache verdrängt, dass wir uns ängstigen und dass wir sterben müssen.

*Ist die Lebensangst, die bis hin zum Wunsch, nicht mehr leben zu müssen, führen kann, also in Wirklichkeit eine Angst vor dem Tod?*

Die Angst rührt letztlich von der Todverfallenheit des Menschen her. Die Todverfallenheit ist in meiner Interpretation auch der eigentliche Schlüssel zum Selbstzerwürfnis. Denn der Mensch steht vor der Schicksalsfrage, ob er ein todverfallenes, eindeutig

61

zur Endlichkeit verurteiltes Leben überhaupt annehmen will. Er will es nicht. Unser Geist ist sogar so strukturiert, dass wir uns den Tod nicht einmal ausdenken können. Wir sind nicht in der Lage, das zu denken, was im Fall des strengen Todesgedankens gedacht werden müsste, nämlich dass wir nicht mehr sind. Es gibt nur eine Religion, die hier einen Schritt weiter gekommen ist, und das ist der Buddhismus. Im Nirwana, dem Zustand des Nichtmehrdenkens, des Nichtmehrwollens, des Nichtmehrfühlens, des Nichtmehrseinwollens, wird tatsächlich der Punkt erreicht, wo der Mensch mit seiner Todverfallenheit gleichzieht. Aber das ist Buddhismus, nicht Christentum. Das Christentum ist die Religion der Subjektivität, der Gewissheit des Menschen, ein Subjekt im Sinne einer mit einer unvertretbaren Würde ausgezeichneten Person zu sein; darin besteht die spezifisch anthropologische Leistung des Christentums.

Der Personbegriff ist ja bekanntlich nicht in der philosophischen Anthropologie entwickelt worden, sondern in der christologischen und trinitarischen Spekulation des dritten und vierten Jahrhunderts entstanden. Da musste man nach einem dreifachen Selbstsein Gottes fragen und hat dann schließlich den gewonnenen Personbegriff, der sich ursprünglich auf Gott bezog, benutzt, um das Einmalig-Unverwechselbare und darum auch Unaufgebbare des Menschen zum Ausdruck zu bringen. Insofern ist das Christentum die Religion der menschlichen Subjektivität. Das zeigt sich bis in seine Sprachverwendung hinein. Dass wir autobiographisch reden können, ist zwar im Alten Testament beim Propheten Jeremia in einer großartigen Weise antizipiert worden. Aber ausgearbeitet wurde das erst durch Paulus. Bei ihm haben wir die erste Autobiographie in der sogenannten Narrenrede des Zweiten Korintherbriefes, wo er seine schreckliche Leidensgeschichte erzählt. Auf den Schultern von Paulus steht dann Augustin. Sein Bekenntniswerk ist die erste ausgearbeitete Autobiographie. Nur auf christlichem Boden gibt es Autobiographien, weil das Christentum die Religion der entdeckten Personalität des Menschen ist. Deswegen kann man im christlichen Kulturkreis den Tod im Grund gar nicht denken, denn es bleibt immer noch derjenige übrig, der diesen Gedanken zu fassen sucht. Insofern stehen wir, christlich gesehen, in einem elementaren Widerspruch zum Gesetz unseres Sterbenmüssens; und das macht dem Menschen die Annahme seines Daseins so schwer. Nicht umsonst hat Guardini diese Annahme seiner selbst in einer Weise herausgestellt, dass man sagen muss, er habe damit die eigentliche Kardinaltugend unserer Zeit entdeckt. Die Annahme unserer selbst ist das Grundproblem und die elementare Aufgabe des heutigen Menschen. Dazu bräuchte er Beistand und Hilfe; und ein auf den Menschen achtendes Christentum könnte ihm, wie keine andere Religion, diese Hilfe bieten.

*Ist aber die Angst nicht auch etwas, was einen Menschen auszeichnet, weil er dadurch zeigt, dass er sensibel ist?*

Ich stütze mich in dieser Frage auf Karl Jaspers, der gesagt hat, eine so noch nie dagewesene Lebensangst sei zum unheimlichen Begleiter des modernen Menschen geworden. Er macht dabei keinen Unterschied zwischen sensiblen und weniger sensiblen Zeitgenossen. In meinen Augen ist die Angst das eindeutige Charakteristikum des Menschen unserer Zeit. Sie ist die Säure, die alle Lebensfreude und jeden Lebenswillen zerfrisst. Die Angst entzieht uns den tragenden Boden der Realität unter unseren Füßen. Der geängstete Mensch schwebt im Abgrund des Nichts.

*Man sagt auch, wer Angst hat, macht Fehler.*

Das kommt von dem zutiefst irritierenden und lähmenden Gefühl, das die Angst erzeugt. Mit ihr ist zugleich auch ein Kommunikationsverlust verbunden. Denn wer Angst hat, ist unfähig, seine Not auch nur noch zu artikulieren. Dem verängstigten Menschen verschlägt es, wie man so sagt, die Sprache. Die Verbindung mit anderen bricht zusammen, damit dann auch seine Fähigkeit, sich mit Hilfe anderer zu orientieren. Allein gelassen aber verfällt er in Irrtümer und Fehler.

*Sie haben einmal gesagt, der Mensch hätte zunächst vor sich selber Angst, dann vor dem Nächsten und dann vor Gott.*

Das ist mein Versuch, das Panorama der Ängste zu durchforsten, um nach den Wurzelängsten zu fragen; denn wir erleben in dieser zweiten Jahrhunderthälfte, dass die Ängste sich geradezu jagen. Eine Angst folgt der anderen. Die Angst vor dem dritten, atomar ausgetragenen Weltkrieg, die Angst vor einem atomaren Winter, die Angst vor der Erschöpfung der Energieressourcen, die Angst vor der Abholzung der Regenwälder mit all den klimatischen Folgekatastrophen. Und dann eine Angst vor einer Krankheit, für die es nicht einmal ein richtiges Wort gegeben hat: Aids. Eine Krankheit, mit der niemand mehr rechnete! Denn man ging doch davon aus, dass der wissenschaftlichen Medizin die Ausrottung sämtlicher akuter Krankheiten gelungen sei; und schon kommt der Tod und damit die Angst durch die Hintertür wieder in unsere Lebenswelt herein. Ich habe versucht, dieses sich wie ein Karussell drehende Panorama der Ängste auf die drei Wurzelängste zu durchleuchten und meine These lautet zunächst: Der Mensch hat Angst vor sich selbst. Das hängt mit seinem Selbstzerwürfnis zusammen, vor allem aber damit, dass er nie ganz für sich einstehen kann. Er kann vielleicht kurzfristig sagen, wie er sich unter den gerade eben gegebenen Bedingungen verhalten würde. Aber wie er sich etwa unter den Bedingungen eines totalitären Systems verhalten hätte, besonders wenn man nicht wissen konnte, wie lange eine solche Diktatur dauern würde, das kann kein Mensch von sich sagen. Es ist eine unglaubliche Arroganz, wenn sich heute manche auf das hohe Ross setzen und so tun, als ob sie damals die Helden gewesen wären, als ihre Väter und Großväter schwach geworden sind. Denn sie wären es womöglich auf noch kläglichere Weise geworden als jene. Nein, niemand kann von sich wissen, wie er sich unter extremen Bedingungen verhalten und entscheiden würde. Und niemand weiß, ob er zu dem, was ihm heute mühelos gelingt, auch morgen noch imstande wäre. Aus dieser Ungewissheit befällt uns die erste der Wurzelängste: die Angst vor uns selbst.

*Wenn keiner schon für sich selbst garantieren kann, dann kann er es wohl noch weniger für einen anderen tun.*

Ganz genau, und daraus wächst dann die Angst vor dem Mitmenschen. Ich sehe das ganze Problem der Gesellschaft, diese zum Teil schrecklichen Rückfälle in die Barbarei, letztlich als die Folge eines durch Angst gestörten Verhältnisses von Mensch und Mitmensch. Der Mitmensch ist für uns auf der einen Seite der unerlässliche Partner, ohne den Mitmenschen könnten wir nicht einmal reden; denn Sprache ist überhaupt nur in der Mitteilung von Mensch zu Mensch möglich. Ohne Mitmensch gibt es aber auch das Wunderbarste der Lebenswelt nicht, die Liebe. Alle die Dinge, die das Leben kostbar und lebenswert machen, verdanken wir somit dem Mitmenschen. Insofern ist er für uns in der ersten Hinsicht der ersehnte und benötigte Partner. Aber er ist gleichzeitig der insgeheim gefürchtete Feind, und niemand kann wissen, ob sich der Partner von heute nicht in sein verhasstes Gegenteil verwandelt. Weil wir von dieser Ungewissheit durchherrscht sind, ist unser Verhältnis zum Mitmenschen gebrochen. Wir lassen ihn immer nur auf einen Minimalabstand an uns heran, weil wir immer von der Angst gepeinigt sind, dass sich der erwünschte Partner in sein schreckliches Gegenteil verwandeln könnte. Und gerade dies geschieht ständig in der Gesellschaft. Sie ist ja nichts anderes als die kollektive Großform der Mitmenschlichkeit. Mit Entsetzen sehen wir diese vielen Verbrechen, diesen zügellosen Konkurrenzkampf, diese Rücksichtslosigkeit und Gefühlskälte, die das gestörte Verhältnis von Mensch und Mitmensch auf bestürzende Weise offen legen.

*Das Misstrauen, das Menschen gegenüber anderen Menschen haben, könnte ja letztlich immer noch durch schlechte Erfahrungen gedeckt sein, die Misstrauen und Angst bestätigen. Aber Sie sprechen sogar von einer Angst, die Menschen vor Gott haben. Was ist das für eine Angst?*

Es ist weniger die Angst vor einem übermächtigen Gott, als vielmehr die Angst vor dem uns aufgebenden Gott, vor einem Gott, der uns fallen lässt, der sich von uns abwendet, für den wir nichts mehr bedeuten. Das ist die schrecklichste aller Ängste. Denn mit Gott geht ja auch jener Dialogpartner verloren, der uns Antwort auf die Sinnfrage gibt. Ein sich von uns abwendender Gott stürzt uns in die Hölle. Nicht in die Feuer- und Kältehölle Dantes, sondern in die Hölle der Sinnlosigkeit und des absoluten Sinnverlustes. Weil darin der Abgrund aller Ängste besteht, erhebt sich hier spontan die Frage, was das Christentum dem entgegenzusetzen hat. Erschaudernd muss man aber feststellen, dass die Kirchen ihre Gläubigen dieser Angst überließen, ja sie in sie hineinstießen, und das aufgrund der kurzsichtigen Meinung, die Menschen durch eine ausgesprochene Angstpädagogik, also durch die Suggestion von Sünden-, Teufels- und Höllenängsten, zur Akzeptanz ihres Angebots bewegen zu können. Und das mit lang anhaltendem Erfolg, der sich aber heute zusehends in sein Gegenteil verkehrt.

*Das ist ein harter Vorwurf.*

Das ist vor allem das Ergebnis des Alterswerks von Oskar Pfister, des Freundes von Sigmund Freud, der 1944 ein wahrhaft erschütterndes Buch mit dem Titel „Das Christentum und die Angst" veröffentlicht hat. Pfister lieferte dort den Nachweis, dass – wie gesagt – sämtliche christlichen Konfessionen sich einer Pädagogik der Angst verschrieben haben. Am schlimmsten der Calvinismus, aber auch die evangelische und die katholische Kirche. Er hat aber nicht verfehlt, darauf hinzuweisen, dass das in einem eklatanten Widerspruch zur Botschaft Jesu stehe.

*Beim Blick in die Bibel fällt auf, dass die entscheidenden Geschichten mit einem „Fürchtet euch nicht" eingeleitet werden. So spricht der Engel zu den Hirten und der Auferstandene zu den Frauen am Grab.*

Und der letzte Satz der johanneischen Abschiedsreden, in denen der Evangelist seine ganze Verkündigung zusammenfasst, heißt – ich benutze die Übersetzung Martin Luthers, die mir die zutreffendste zu sein scheint – „in der Welt habt ihr Angst; doch habt Vertrauen, ich habe die Welt überwunden". Damit berühre ich auch schon die für mich zentrale Frage, was das Christentum gegenüber der Lebensangst des Menschen ausrichten kann. Es hat sich in einer geradezu grotesken Selbstverkennung über Jahr-

66

hunderte hinweg als eine Religion der Angstsuggestionen dargestellt. Menschen sind gestorben in dem entsetzlichen Gefühl, einem Gott des Gerichts anheim zu fallen und von ihm verworfen
zu werden. Der biblische Zuspruch „Fürchtet euch nicht" – übrigens das Motto eines großartigen Romans von Werner Bergen-
gruen, der in den schlimmen Jahren der Hitlerdiktatur, zusammen mit Gertrud von le Fort, die angstüberwindende Kraft des
Christentums neu entdeckte – geriet dagegen weitgehend in Vergessenheit. Dabei käme es doch gerade heute darauf an, mit diesen Hauptzeugen der christlichen Literatur gleichzuziehen.

*Sie haben einmal auch mit Kierkegaard vom „Pfahl der Angst"
gesprochen, den die christliche Religion den Menschen aus der
Seele reißen müsste.*

Man könnte es auch mit Paulus, näherhin mit seinem Römerbrief sagen, wo er erklärt: „Ihr habt doch nicht den Geist der
Knechtschaft empfangen, so dass ihr euch aufs Neue fürchten
müsstet", dass euch also zu den alten Ängsten neue aufgebürdet
würden, nein, „ihr habt den Geist der Kindschaft empfangen, in
dem wir rufen: Abba – Vater". Damit nennt Paulus auch schon
jenes Stichwort, mit dessen Hilfe die christliche Angstüberwin-
dung ins Werk gesetzt werden kann. Es ist diese ehrfürchtige
Zärtlichkeitsanrede Jesu an seinen Gott. Denn es war eine unver-
gleichlich kühne Tat, als er Gott mit dem Vaternamen anrief, mit
diesem ehrfürchtig-zärtlichen „Abba – Vater!" Mit diesem Wort
hat er den Gott, der gefürchtet werden muss, hinter sich gelassen.
Denn ein Gott, der mit diesem Zärtlichkeitsnamen angerufen
werden kann und angerufen sein will, ist kein Gott der Drohung,
sondern ein Gott des Trostes. Sein Evangelium ist deswegen in
keiner Weise eine Drohbotschaft, sondern deren Gegenteil: eine
Trostbotschaft. In seinem Zentrum steht der Gott, der den aus
Angst und Hoffnung gewobenen Schleier von seinem Gesicht
abwarf und sich als der zu erkennen gab, der er wirklich ist: als
der Inbegriff der bedingungs- und vorbehaltlosen Liebe. Und damit jener Liebe, die uns der abgründigsten aller Ängste, der Gottes-
angst, entreißt.

# Die Einsamkeit

*Soziologen sprechen mit Blick auf die moderne Gesellschaft gern von einer Vereinsamung des heutigen Menschen. Damit wird dann immer etwas Negatives und Leidvolles verbunden. Auf der anderen Seite wird im Neuen Testament immer wieder erzählt, dass Jesus bewusst die Einsamkeit gesucht hat, um ganz zu sich selber zu finden. Wie bewerten Sie die Einsamkeit?*

Die Einsamkeit ist zweifellos das Schicksal des heutigen Menschen, und die Anknüpfung an das bisher Gesagte besteht darin, dass ich feststelle: Einsamkeit und Angst sind wurzelverwandt. Die Angst ist die Seele der Einsamkeit, und die Einsamkeit ist die soziale Erscheinungsform der Angst. Weil der heutige Mensch ein tief geängsteter ist, deswegen ist er auch einsam. Das leuchtet beim ersten Hören wohl nicht unmittelbar ein; doch man kann es zeigen. Denn die Angst macht, wie ich bereits betonte, sprachlos. Dem geängsteten Menschen verschlägt es die Sprache. Die Sprache aber ist das elementare Medium der Kommunikation. Wir sprechen, weil es Mitmenschen gibt, und wir sprechen, um Mitmenschen zu haben. Das ist eine von den meistens nicht eingesehenen Grundkomponenten unseres Sprachverhaltens. Die moderne Sprachanalyse ist in meiner Sicht auf dem Holzweg, sofern sie meint, dass wir aus rein informativem Interesse sprechen. Schon ein einfacher Vergleich der von uns verwendeten Sprachzeichen mit den von uns mitgeteilten Inhalten, also mit der tatsächlich gegebenen Information, zeigt, dass wir viel mehr sagen, als wir informativ zu sagen haben. Das hängt nicht mit der Redseligkeit des Menschen zusammen, sondern mit dem wirklichen Sinn des Sprechaktes. Wir sprechen miteinander, um für die Dauer unseres Gesprächs einen Menschen zu haben, der sich uns zuwendet. Das ist das kommunikative Element in jedem Sprechakt, das aus philosophischem wie theologischem Interesse berücksichtigt werden müsste. Angst macht demgegenüber sprachlos, ja kommunikationsunfähig und darum einsam.

*Wenn Jesus die Einsamkeit gesucht hat, war dies dann auch durch Angst begründet?*

Ganz bestimmt nicht. Das ist eine andere Form von Einsamkeit, allerdings jene Einsamkeit, die heute so fremd geworden ist, dass sie gar nicht mehr in deren Begriff mitgedacht wird. Es ist die erfüllte Einsamkeit, die Einsamkeit, die der Mensch braucht, um bei sich zu sein. Darin verhält sich die Lebensgeschichte Jesu ähnlich wie die seines größten Interpreten, des Apostels Paulus. Beide hatten ein visionäres Erlebnis. Wenn man dem Bericht der Evangelien folgt, war es bei Jesus das Tauferlebnis, näherhin der Zuspruch der Himmelsstimme: „Du bist mein geliebter Sohn." Das hatte in dieser Welt keiner je zu hören bekommen; diese Zusage muss wie ein beglückender Lichtstrahl in sein Herz gedrungen sein. Man begreift dann, dass er in die Wüste gegangen ist. Er ging nicht, wie im Evangelium zu lesen ist, um vom Teufel versucht zu werden. Das war nur eine Begleiterscheinung. In erster Linie zog er sich in die Wüste zurück, um dieses ungeheure Erlebnis, der viel geliebte Gottessohn zu sein, zu verarbeiten. Ich bin tief davon überzeugt, dass der Wüstenaufenthalt Jesu zur Geburtsstunde seiner ganzen Verkündigung geworden ist, bis hin zu der Sprache, die er dann spricht.

*Was ist das Besondere an der Sprache Jesu?*

Er spricht in Bildern und Gleichnissen. In diesen Bildworten tauchen Gegebenheiten der Wüste auf. „Betrachtet die Anemonen, wie sie wachsen." Die Wüste blüht im Frühling, da verwandelt sich die Einöde in einen Blütengarten von zauberhafter Schönheit. Aber er nennt auch Tiere. „Wer von euch, den sein Kind um ein Ei bittet, wird ihm einen Skorpion geben?" Der versteckt sich unter den Steinen der Wüste. Dann sagt er: „Wo ein Aas ist, versammeln sich die Geier." Das ist wiederum eine Wüstenerfahrung. Oder die Mahnung: „Seid klug wie die Schlangen, einfältig wie die Tauben." Oder schließlich das Wort von den Höhlen der Füchse. All diese Bilder entstammen der Wüste und kommen von dort in die Sprachwelt Jesu.

*Sie hatten eben erwähnt, dass neben Jesus auch Paulus ein visionäres Erlebnis hatte.*

Ja. Bei Paulus muss es ähnlich gewesen sein. In der Apostelgeschichte ist es nicht so deutlich gesagt, aber in seinem Brief an die Galater. Darin äußert er sich ganz autobiographisch und sagt, dass er sich nach der Damaskus-Vision drei Jahre lang nach Arabien zurückgezogen habe. Das war wohl teilweise auch ein Wüstenaufenthalt. Der Grund ist genau derselbe wie bei Jesus. Das Damaskuserlebnis hatte ihn mit einem vollkommen neuen Lebensinhalt konfrontiert. Das musste verarbeitet und umgesetzt werden. Der Sohn des ehemaligen Landesbischofs Dietzfelbinger, Christian Dietzfelbinger, hat bei Ferdinand Hahn eine Doktorarbeit mit dem Titel „Der Ursprung der paulinischen Theologie" geschrieben. Gemeint ist die Damaskus-Vision. In ihr beginnt die ganze Verkündigung des Paulus, dazu brauchte er Zeit und Stille. Das war diese erfüllte Einsamkeit, von der wir heute kaum noch eine Vorstellung haben, es sei denn, dass es eine Wiederbelebung der Gebetskultur gibt. Denn auch der Beter geht ja bekanntlich in die Stille, um seine Gottesbeziehung bewusst aufnehmen und ausschöpfen zu können.

*Sind Sie persönlich auch einsam, im positiven oder negativen Sinn?*

Beides, würde ich sagen, das ist das Schicksal des heutigen Menschen. Man partizipiert sowohl an der Einsamkeit, die der Angst entstammt, als auch an der Einsamkeit, die aus der Fülle kommt und in die Fülle strebt.

# Die Selbstverwirklichung

*Als ich Sie einmal zu einem Vortrag in meine Heimatstadt Ellwangen eingeladen hatte, da meinten Sie auf meine Frage, was Sie gerne zum Abendessen haben möchten: Etwas Schwarztee und eine Scheibe Brot, das wäre schon ganz gut. Ihr ganzer Lebensstil als Professor ist alles andere als luxuriös.*

Ich muss gestehen, dass mir Luxus zuwider ist, und zwar vom Wesen her. Mit Luxusmenschen verbinde ich ein Horrorgefühl. Der Mensch ist nicht dazu da, um im Überschwang und Überfluss zu leben. Wenn es schicksalhaft so kommt, wenn er etwa das große Los gezogen hat, stellt sich fast immer heraus, dass es für ihn schädlich ist und dass er dann mindestens als Persönlichkeit Schaden leidet; oft genug stürzt er dann erst recht ins Elend.

*Wie gefallen Ihnen die Begriffe „Spaß", „Lust" und „Selbstverwirklichung"?*

Von diesen dreien interessiert mich nur der letzte: Selbstverwirklichung. Ich bin der Meinung, dass die Häme, die gerade in kirchlichen Kreisen über diesen Begriff ausgegossen wird, fehl am Platz ist. Denn Selbstverwirklichung mag in vielen Absichten, in denen dieser Begriff verwendet wird, wenig positiv und im Grunde sogar destruktiv sein. Aber den Begriff als solchen halte ich für zutreffend. Der Mensch muss sich selbst verwirklichen. Er führt ein Leben in Potentialität, und er muss aus seinen Möglichkeiten das Beste herausholen. Er muss die je größeren Möglichkeiten in sich freisetzen und ans Licht bringen. Das, meine ich, sei gemeint mit Selbstverwirklichung. Insofern ist das für mich ein Schlüsselbegriff für einen anderen, auf den ich großen Wert lege, und der heißt „Persönlichkeitskultur". Man geht meistens davon aus, dass die Persönlichkeit einem Menschen von Natur aus mitgegeben ist. Das ist sicher falsch. Persönlichkeit ist die Herausforderung des Menschen, der zu werden, der er ist. Es ist ein Zielbegriff, auf den hin er sich zu entwickeln hat. Das meine ich, wenn ich von der Persönlichkeitskultur rede. Ich habe immer schon bemängelt, dass man Kultur lediglich als die Summe dessen begreift, was Denker und Künstler aus sich herausgesetzt und als „Kulturgüter" geschaffen haben. Im Gegensatz dazu meine ich, dass Kultur zunächst etwas Rückbezügliches, den Menschen selbst Betreffendes sei. Der Urakt der Kultur betrifft somit die Ausgestaltung der je eigenen Persönlichkeit. Nicht umsonst haben sich Künstler wie Goethe und Beethoven mit ihrer Biographie in ihre Werke eingeschrieben. Das also verstehe ich unter dem Begriff „Persönlichkeitskultur", dem ich den der Selbstverwirklichung an die Seite stellen möchte.

*In einem Gespräch mit einem Münchner Boulevardblatt haben Sie einmal gemeint: „Der Mensch von heute giert nach Lust, Genuss und Vergnügen. Aber wer nur Lust zum Lebensziel erhebt, wird erst recht unglücklich. Lust und Freude sind immer nur Begleiterscheinungen."*

Das ist eine uralte Erfahrung, auf die auch mein Lehrer in Moraltheologie, Theodor Müncker, abhob. Er hat gerne darauf hingewiesen, dass der Vorsatz, sich auf ein bevorstehendes Fest besonders zu freuen, oft zum Gegenteil führt, so dass am Ende anstelle des erhofften Familienidylls Streit und Enttäuschung stehen. Man kann also nie eine Freude um ihrer selbst willen anzielen. Nein, Freude ist eine Begleiterscheinung, Freude ist eine Art Oberton, der sich einstellt, wenn die Untertöne stimmen. Dann kommt auch die Freude hinzu. Sie ist die Belohnung dafür, dass man etwas Gutes gewollt und getan hat. Aber Ziel und Selbstzweck kann die Freude niemals sein.

*In dem schon erwähnten Zeitungsgespräch zählten Sie auch Ihre Lebensweisheiten auf, wie zum Beispiel „Verzicht üben", „verzeihen können, um glücklich zu werden", „das Glück in der Nähe suchen". Interessant fand ich auch, dass Sie Tugenden wie Fleiß, Dankbarkeit und Pünktlichkeit als Oberflächlichkeiten bezeichnet haben. Die wahre Leistung sei, so haben Sie gesagt, seinen Feinden vergeben zu können.*

Ganz gewiss, und noch eines ist mir wichtig, das Sie in Ihrer Auflistung vergessen haben: „Nicht zu früh aufgeben." Denn das Unglück vieler Menschen, das ist meine langjährige Lebenserfahrung, rührt davon her, dass sie zu früh kapituliert haben. Beim ersten und zweiten Rückschlag wurden sie schon unsicher, und beim dritten haben sie sich in ihr Unglück geschickt und aufgegeben. Wenn sie auch nur noch ein wenig durchgehalten hätten, hätte sich der Erfolg eingestellt. Das ist die Lehre, die mir das erste der Gleichnisse Jesu, das vom Sämann, zu vermitteln scheint. Dieser Sämann ist ja von Missgeschick verfolgt. Einiges geht schon auf dem Weg verloren, anderes fällt auf steinigen Boden, ein Drittes gerät unter Disteln und Dornen. Spätestens jetzt würde ihm ein jeder von uns raten, diese offensichtlich vergebliche Arbeit einzustellen und es lieber anderntags noch einmal zu versuchen. Doch der Sämann lässt sich durch unsere Einreden nicht beirren. Er setzt seine Tätigkeit fort – und wird durch einen großartigen Erfolg belohnt. Denn „einiges fiel auf guten Grund, ging auf und brachte Frucht: dreißigfach, sechzigfach, hundertfach". Was liegt da noch an den paar Körnern, die verloren gingen! Die darin enthaltene Lehre aber besagt: Jesus hält es mit dem Menschen, der – ungeachtet der in dieser kontingenten, also bedingten Welt unvermeidlichen Rückschläge – nicht zu früh aufgibt, sondern gegen den Anschein der Erfolglosigkeit durchhält. Denn für ihn liegt diese Welt in Gottes Hand; davon rührt es her, dass der Durchhaltende schließlich doch den Erfolg erzielt, den er schon nicht mehr für möglich hielt.

*Gilt das auch für die zwischenmenschliche Beziehung?*

Aber gewiss. Man sollte dem Mitmenschen immer das Bessere zutrauen. Das ist wie ein warmer Frühlingsregen, der den anderen dazu befähigt, seiner Verkrampfungen Herr zu werden und sich auf die besseren Möglichkeiten dieser Beziehung zu besinnen. Da würde ich somit genau dasselbe auch sagen: Nicht zu früh aufgeben, darauf warten, dass Beharrlichkeit und Geduld schließlich Rosen bringen, wie das Sprichwort sagt.

*Wenn Sie dazu raten, nicht zu früh aufzugeben, erinnert mich das an die Mühe, die Sie mit Ihrer ersten Doktorarbeit hatten.*

Das war für mich tatsächlich ein Schlüsselerlebnis. Meine von beiden Referenten gutgeheißene Promotionsschrift über den „Kosmos der Tugenden", auf die ich so viel Geist und Mühe verwendet hatte, wurde, wie ich eingangs schon geschildert habe, aus unersichtlichen Gründen abgelehnt, so dass ich, dazu noch schwer vom Krieg gezeichnet, vor dem Nichts stand. Noch heute sehe ich mich nach dem bitteren Bescheid weinend durch eine Freiburger Straße gehen. Ich habe aber nicht aufgegeben, sondern von neuem begonnen und das Ziel mit einer andern, jetzt sogar von dem immer noch abgeneigten Welte betreuten Arbeit über das Werk Gertrud von le Forts erreicht. Und wie zum Lohn dafür bot mir der unvergessene Philosoph Karl Löwith an, bei ihm außerdem mit einer Arbeit über Nietzsche zu promovieren. An die Mühe, die das kostete, da das alles ohne Freistellung bei extremer Belastung durch Schule und Seelsorge geschehen musste, möchte ich allerdings lieber nicht mehr denken.

*Muss man dennoch mit der Möglichkeit rechnen, dass trotz aller Anstrengung, die man aufbringt, Dinge scheitern?*

Das ist ebenfalls in dieser kontingenten Welt einfach in Rechnung zu stellen. Wir haben keine Garantie. Es gibt in dieser Welt keine absolute Sicherheit; vielmehr lebt letztlich alles von Hoffnung und Vertrauen. Dem Mitmenschen gegenüber vertrauen, dass es mit ihm doch noch gut geht. Und dem Weltgeschehen und dem eigenen Schicksal gegenüber hoffen. Vertrauen und Hoffnung: mehr als diese beiden Prinzipien haben wir nicht.

*Vier Wochen vor seinem Tod hat Karl Rahner anlässlich seines 80. Geburtstages in Freiburg über die „Erfahrungen eines katholischen Theologen" gesprochen. Dabei kam er auch auf die Art und Weise zu sprechen, wie in der Kirche von Gott geredet wird. Rahner meinte, man merke nicht jeder Verlautbarung an, dass sie „durchzittert" sei „von der kreatürlichen Bescheidenheit". Sehen Sie das ähnlich?*

Das war von Rahner zweifellos gut beobachtet. In diesem Zusammenhang fällt mir ein Wort von Martin Buber ein. Das Wort Gott, so sagt er, sei das beladenste aller Menschenworte. Alles Mögliche an menschlichem Schutt werde auf dieses Wort abgewälzt und abgeladen. Aber wir kommen um diesen Begriff eben doch nicht herum. Es ist der eigentliche Hoffnungsbegriff der Menschheit. Der Mensch wäre verloren, wenn es dieses Ziel nicht gäbe und wenn ihm die Überwelt des Göttlichen nicht eröffnet wäre. Trotz allen Missbrauchs und der damit verbundenen Fehlleistungen halte ich den Gottesbegriff daher für ganz unverzichtbar. Ohne ihn würde die Menschheit die Hoffnungsspitze verlieren. Sie würde einem unglaublichen Aktivismus und Relativismus verfallen. Was wir in der heutigen Philosophie mit der postmodernen Beliebigkeit erleben, ist ja ein Vorgeschmack dessen, was dann bleibt, wenn der Gottesbegriff entthront und aus dem Begriffsarsenal gestrichen wird.

# Die Liebe Gottes

*Gott ist Liebe, heißt es. Wenn man annehmen darf, dass diese Liebe ständig ausgesendet wird, stellt sich die Frage, warum sie manchmal stärker, manchmal weniger und manchmal gar nicht erfahren wird?*

Sie ist immer da, so wie die Sonne immer da ist und immer mit gleicher Kraft scheint, so auch die Liebe. Martin Buber hat ja eine eigene Schrift verfasst mit dem sehr suggestiven und zum Nachdenken anregenden Titel „Gottesfinsternis". Gottesfinsternis entsteht für ihn aber nicht, weil Gott sich von uns zurückgezogen hat, sondern weil im menschlichen Auge ein Unheil eingetreten und dieses Auge blind geworden ist. Das ist die Ursache der Gottesfinsternis. Das müsste man natürlich jetzt ausarbeiten, und man müsste erklären, wie es zu dieser Gottesblindheit kommen konnte. Sie ist offensichtlich nicht das, was von einer etwas schrägen Theologie gemeint worden ist: Gott habe sich von uns abgewendet sich von unserer Welt zurückgezogen. Davon kann überhaupt keine Rede sein. Zwar hatte diese „Gott-ist-tot-Theologie" eine Zeit lang eine gewisse Konjunktur. Doch ist sie heute, völlig zu Recht, aus dem Panorama der theologischen Entwürfe verschwunden. Es muss aber gezeigt werden, wie innerweltliche, aber auch kirchliche Strukturen hindern, dieses leuchtende und wärmende Licht der Gottesliebe an uns herankommen zu lassen. Das ist eine noch weithin ungelöste Aufgabe.

*Wer oder was verhindert Ihrer Meinung nach, dass die Liebe Gottes in der Welt zum Vorschein kommt?*

Dafür gibt es viele Erklärungen. Da gibt es zunächst im breiten Panorama der Weltstrukturen einen Sog zum Immanentismus, zu einer rein innerweltlichen Sichtweise hin, die weithin dominiert. Man versucht alles in eigene Regie zu nehmen, man erwartet nichts mehr von oben. Ich denke dabei an die Wende von 1989. Dass wir da mit einem Eingreifen Gottes in unsere Zeitgeschichte konfrontiert waren, hat bisher kaum jemand zu denken gewagt. Das ist offensichtlich eine auch für Theologen fast unvollziehbare Vorstellung; umso seltsamer, als ja das Judentum genau von dieser Vorstellung ausgeht. Der Auszug aus Ägypten ist stets als ein Eingriff Gottes in die Entstehungsgeschichte Israels interpretiert worden. Dadurch hat Israel zu seiner religiösen Identität gefunden. Aber nach dem Bericht der Bibel ist das keineswegs ein unblutiges Geschehen gewesen, nein, Ross und Reiter sanken ins Meer. Beim freiheitlichen Aufbruch von 1989 geschah jedoch etwas, das in der Weltgeschichte einzigartig dasteht: eine Zäsur, die an Tiefgang und Folgen selbst die der französischen Revolution übertrifft, die jedoch in eklatantem Gegensatz zu dieser mit ihren Hekatomben von Toten als „sanfte Revolution" in das Gedächtnis der Menschheit einging. Da alle menschlichen Initiativen, wie die Friedensgebete und Massendemonstrationen, dafür keine ausreichende Erklärung ergeben, bleibt für mich nur die Annahme, dass der Eingriff einer transzendentalen Geschichtsmacht zu diesem folgenschweren Umschwung verhalf.

*Sahen Sie damals Gott am Werke?*

Ja, unbedingt. Aber niemand wagt zu denken, dass es ein Eingreifen Gottes war, obwohl der Begriff der „sanften Revolution" nach einer religiösen Deutung geradezu schreit. Für mich ist Jesus selbst, der sich durch seinen Eingriff in das Gottesbild der Menschheit als der größte Revolutionär ihrer Geschichte erwies, der Prototyp eines sanften Revolutionärs. Das war und ist für mich der Anlass, das Ereignis von 1989 in einem Analogieverhältnis zu seiner Großtat zu sehen.

# Das Ringen mit Gott

*Der Anruf Gottes an die Menschen ergeht nach christlicher Lehre an jeden Menschen. Trotzdem gibt es das Phänomen, dass die einen glauben und die anderen nicht. Die einen spüren die Liebe und die anderen spüren sie nicht. Wie kommt dies? Ist der Instinkt des Menschen dafür unterschiedlich ausgeprägt?*

Das mag sein. Es gibt sicher auch in religiöser Hinsicht Menschen von unterschiedlicher Begabung. Das ist eine Sache, an die man nicht gerne rührt, aber die ruhig einmal angesprochen werden kann. So gibt es in musikalischer Hinsicht musikalisch Begabte und völlig Unmusikalische, die mit einer Mozart- oder Beethoven-Symphonie nichts anfangen können. So verhält es sich aber nicht nur im ästhetischen, sondern auch im religiösen Bereich. Auch da finden sich Menschen unterschiedlicher Sensibilität und Begabung. Widersprechen muss ich nur dem Versuch, mit dieser Begründung der Mehrzahl der Gläubigen die Fähigkeit zur Mystik abzusprechen. Nach Paulus ist die Mystik keineswegs an eine Sonderbegabung gebunden, sondern jedermann zugänglich, zumindest in ihrer Grundform als Gotteserfahrung.

*Wenn aber das Christentum so sehr die Sache des Menschen ist, warum stößt es so vielfach auf Kritik?*

Das geht meiner Ansicht nach darauf zurück, dass der den drei Abrahamsreligionen zugrunde liegende Gedanke der Gottesoffenbarung zu wenig herausgestellt wurde und deshalb zu falschen Erwartungen führte. Dem schwersten Missverständnis hat ausgerechnet Lessing, der als einer der scharfsinnigsten Theologen seiner Zeit zu gelten hat, Vorschub geleistet. In seiner berühmten Schrift über die „Erziehung des Menschengeschlechts" versteht er die Offenbarung als eine Art göttlicher Pädagogik, die dem Menschen dazu verhilft, das, was er aus eigener Denkanstrengung – auch nur mühsam und auf Umwegen – zu finden vermöchte, rascher und leichter zu erkennen. Gott aber mischt sich keineswegs in die menschliche Welterkundung ein. Deshalb gibt die Bibel auch keine Auskünfte über Entstehung, Aufbau und Ende der Welt, sooft ihr dies auch unterstellt und abverlangt wurde. Vielmehr geht sie als Dokument der Gottesoffenbarung auf die Frage ein, die der Mensch trotz aller Bemühung in Philosophie und Psychologie nicht zu beantworten vermag, obwohl sie für ihn absolut vorrangig und lebenswichtig ist: auf die Frage, die er nach Augustin nicht so sehr stellt als vielmehr ist, die Frage nach dem Sinn seines Lebens. Sie aber kann nur Gott beantworten, weil der Mensch mit seiner Sinnspitze ins Gottesgeheimnis hineinragt, weil also Gott selbst die vollgültige Antwort darauf ist. Dass es Felder relativer Sinnfindung gibt wie Beruf, Arbeit, Kreativität und soziales Engagement, ist damit keineswegs in Abrede gestellt. Aber die vollgültige Antwort auf die Sinnfrage ist Gott allein. Darin besteht die wesenhafte Menschlichkeit des Christentums, die in dessen Selbstdarstellung vielfach zu kurz kommt.

*Wer den Sinn seines Lebens finden will, findet ihn demnach nur bei Gott. Was wiederum voraussetzt, dass Gott sich dem Menschen zu erkennen gibt. Aber tut er das denn?*

Daran könnte man nur zweifeln, wenn man ein außerchristliches Offenbarungsverständnis zugrunde legt. Aber für den Christen erfolgte die abschließende und unüberbietbare Offenbarung in der Menschwerdung Gottes. In Jesus wendet uns Gott sein wahres, sein menschliches Antlitz zu. Denn das Innerste Gottes ist, wie der Marburger Theologe Ernst Fuchs einmal zur Überraschung seiner Zuhörer sagte, das Menschliche. Deswegen ist der Mensch lebenslang, ob es ihm bewusst ist oder nicht, auf der Suche nach Gott begriffen. In ihm sucht er instinktiv die Antwort auf seine Sinn- und Lebensfrage. Umgekehrt ist aber auch Gott auf der Suche nach dem Menschen. Einer der schönsten Sätze des Johannesevangeliums lautet: „Es kommt die Zeit und sie ist schon da, wo die wahren Anbeter Gott im Geist und in der Wahrheit anbeten. Solche Anbeter sucht der Vater." Der menschlichen Sehnsucht nach Gott entspricht somit eine Sehnsucht Gottes nach dem Menschen.

*Verlangt Gott, dass man um seine Liebe, seine Gnade ringt, so wie im Alten Testament Jakob mit Gott gerungen hat und dabei sagt: „Ich lasse dich nicht, bevor du mich nicht segnest?"*

Unbedingt, das ist ja eigentlich der Kern der Theologie. Eine Theologie muss erkämpft werden, sonst taugt sie nichts. Der religiöse Akt und vor allen Dingen der theologische Erkenntnisakt ist ein Ringen um die Wahrheit. Es wäre ja auch komisch, wenn uns die religiösen Wahrheiten zufliegen würden; auch wäre das ganz unangemessen. Alle großen Ziele muss der Mensch erkämpfen, das liegt im Wesen der Größe dieser Ziele. Es gibt aber kein größeres Ziel als das Verständnis dessen, was Gott gesagt hat. Ich denke, das steckt hinter jeder wirklich großen Theologie, ein Ringen um letzte Fragen. Reinhold Schneider hat einmal an Guardini geschrieben: „Ich entnehme aus Ihrem Brief das Ringen um antwortlose Fragen." Er hatte somit aus dem Briefwechsel mit Guardini den Eindruck gewonnen, dass dieser an Fragen laborierte, auf die er keine Antwort fand, und genau das hat Schneider an ihm bewundert. Damit gibt er zu verstehen, dass er die Theologie so sieht, wie wir das gerade eben angesprochen haben, als ein Erkämpfen von Wahrheit, als ein Ringen mit dem Engel, der seinen Namen verschweigt, den mit ihm Kämpfenden aber segnet. Das steht sicher auch hinter Thomas von Aquin, das steht hinter Pascal, das steht hinter jeder wirklich großen Theologie. Sie ist erkämpft und zum großen Teil auch erlitten.

*Was würden Sie als das Hauptanliegen Ihrer Theologie bezeichnen?*

In erster Linie den Versuch, das Christentum von seiner exzentrischen Selbstdarstellung, also von seiner moralischen Kopflastigkeit, abzubringen und auf seine mit der Gottesentdeckung Jesu gegebene Mitte zurückzuführen. Denn das Christentum ist, anders als das Judentum und der Islam, keine moralische, sondern eine therapeutische und mystische Religion. Damit habe ich auch schon die beiden Zusatzziele angesprochen. Da die Selbstbezeichnung Jesu als Arzt und damit der einzige Titel, den er bei Lebzeiten für sich in Anspruch genommen hatte, völlig aus der Gebets- und Denkwelt der Christen verschwunden ist, muss das Christentum – und das ist nun mein zweites Ziel – an seine therapeutische Aufgabe erinnert und die Theologie auf diesen Aspekt zurückgeführt werden. Denn schon lange sind die Wunder Jesu, wie ich mit einem ebenso selbstkritischen wie ironischen Unterton zu sagen pflege, „in die Hände der Ärzte gefallen". Ihnen kann die therapeutische Aufgabe keinesfalls mehr entrissen werden. Doch baut sich zwischen Theologie und Medizin seit längerem ein großes Problemfeld in Gestalt der chronisch Kranken auf, denen mit den Mitteln der wissenschaftlichen Medizin oft nicht mehr zu helfen ist. Da sie sich von der Leistungs- und Konsumgesellschaft übergangen fühlen und oft unter zunehmender Vereinsamung leiden, verdunkelt sich ihnen der Sinn ihres Daseins, so dass sie sich fragen, wozu sie überhaupt noch da sind. Sie sind die Vorzugsziele der therapeutischen Theologie, die ihnen helfen könnte, wie den unheilbar Kranken geholfen wurde, die bei ihrer Einlieferung zunächst vor den Isenheimer Altar mit der Darstellung des Gekreuzigten geführt wurden, auf den der unter dem Kreuz erscheinende Täufer mit beziehungsreicher Geste hinweist, als wolle er sagen: Leiden hat Sinn! Das ist nach meinem Verständnis die Botschaft, die die therapeutische Theologie den chronisch Kranken – und nicht nur diesen – auszurichten hätte.

Mit der zweiten Zielsetzung suche ich der Prognose Karl Rahners von der mystischen Zukunft des Christentums zu entsprechen. Nach meiner tiefen Überzeugung ist es das Gebot der Stunde, dass die doktrinale Außensicht des Christentums mit seiner mystischen Innensicht vertauscht wird, in der nichts aufgegeben, aber alles in das Licht des liebenden Gottes getaucht wird, der die Menschen zum Glück der Gotteskindschaft und zur Geborgenheit an seinem Herzen ruft.

*Welche Persönlichkeiten waren für Sie von besonderer Bedeutung?*

Unter meinen Universitätslehrern war es vor allem der schon im Zusammenhang mit meiner Promotion erwähnte Fundamentaltheologe Eugen Seiterich, der nach der Zerstörung der Universität Freiburg die wenigen Kriegsheimkehrer in fast allen theologischen Fächern, ausgenommen Moral- und Pastoraltheologie, unterrichtete und zusätzlich eine Vorlesung über Zeitgeschichte anbot, um dadurch den Horizont seiner Hörer für die geistigen und religiösen Strömungen zu öffnen. Vieles verdanke ich auch dem Neutestamentler Alfred Wikenhauser, der es wagte, Forschungsergebnisse Bultmanns in seine Vorlesungen einzubeziehen. Schon damals reifte in mir ein Promotionsplan, der sich auf die Anthropologie des Apostels Paulus bezog und auch die Zustimmung Wikenhausers fand, dann aber in den Kriegswirren unterging.

Wichtig wurde für mich sodann die Begegnung mit Hans Urs von Balthasar, den ich als Kaplan in Heidelberg, wo er wiederholt Vorträge hielt, kennen lernte, und der mich nachdrücklich zu meinen ersten schriftstellerischen Versuchen, einer kleinen Sakramentenlehre und einem Bändchen über Novalis, ermutigte. Ich stand vor allem unter dem bis heute in mir nachwirkenden Eindruck seiner damals im Entstehen begriffenen monumentalen theologischen Ästhetik, die ihn als glänzenden Kenner der gesamten Geistes- und Theologiegeschichte, insbesondere der Patristik, auswies. Er stand seinerseits in einer geradezu symbiotischen Ideenbeziehung zu der Mystikerin Adrienne von Speyer, die mit ihm zusammen eine säkulare Ordensgemeinschaft aufbaute und sein theologisches Werk, das schon riesenhafte Ausmaße eingenommen hatte, nachhaltig, wenn auch leider im Sinn eines bibeltheologischen Fundamentalismus, bestimmte. Nach ihrem schweren Tod veröffentlichte er zur Empörung der Familie ein Buch über sie, das er mich zu rezensieren bat. Da ich in meiner Besprechung aber auch auf den vorkonziliaren Zug ihrer Ansichten hinwies, brach er brüsk mit mir. So sehr mich das schmerzte, empfand ich es doch bald als Befreiung, da er mich sonst in ein Schülerverhältnis zu sich gezogen hätte.

*Unter den für Sie besonders hilfreichen Persönlichkeiten nannten Sie auch den jüdischen Philosophen Löwith.*

Es war im Tessin, wo ich einen kurzen Ferienaufenthalt verbrachte. Unter dem Eindruck eines versuchten Schülerselbstmords wollte ich eine Abhandlung über die Ideale verfassen, denen der Heidelberger Pädagoge Georg Picht kurz zuvor eine Absage erteilt hatte. Zu diesem Zweck hatte ich die dreibändige Nietzscheausgabe von Schlechta mitgenommen, als eines Tages ein eher kleinwüchsiger, aber imponierend wirkender Herr mein Zimmer betrat, der sich als Karl Löwith vorstellte und mir im Blick auf die roten Bände vorhielt, dass ich diese indizierten Bücher als katholischer Theologe doch gar nicht lesen dürfe. Nachdem ich mich recht gewunden herausgeredet hatte, lud er mich zu einem Spaziergang ein, auf dem ich ihm dann meine Auffassung von Nietzsche entwickelte mit der Folge, dass er mir eine Promotion vorschlug, die dann unter den schwierigen Bedingungen, von denen bereits die Rede war, Gestalt gewann und die das berühmte Nietzschewort „Gott ist tot" zum Gegenstand hatte. Löwith verdankte ich aber auch die Einladung zu einem Nietzschekongress in der Nähe von Paris, bei dem ich die ganze Phalanx der Nietzscheforscher, darunter den ungemein effizienten Herausgeber der kritischen Ausgabe, Mazzino Montinari, kennen lernte und bei dem, wie nebenbei, der Plan zu meiner Habilitationsschrift reifte, die dann aber nicht Nietzsche, sondern das theologische Sprachproblem zum Gegenstand hatte. Indirekt ging aber die Anregung dazu gleichfalls von Nietzsche aus, der seine Toterklärung Gottes in Form einer Parabel vorgetragen hatte, durch die ich mich spontan an die Gleichnisse Jesu verwiesen sah. Ihnen widmete ich dann ein eigenes Buch, das mich allerdings beinahe die Habilitation gekostet hätte, weil der zuständige Neutestamentler das als unzulässige Grenzüberschreitung eines Systematikers in die Bibelwissenschaft erachtete. Löwith hat mich dagegen weiterhin gefördert und mir, wie ich vermute, sogar den Weg nach München geebnet.

*Wie Guardini haben Sie sich auch wiederholt mit literarischen Themen befasst. Kam es auch in diesem Zusammenhang zu persönlichen Begegnungen?*

Gewiss! Wie ich bereits berichtete, geriet ich aufgrund eines Missverständnisses, aber zu meinem Glück, an das Werk Gertrud von le Forts, über das ich schließlich promovierte. Da damals gerade ihre Galilei-Novelle „Am Tor des Himmels" erschienen war, schrieb ich eine Besprechung, die mir eine Einladung der Dichterin nach Oberstdorf eintrug. Unvergesslich ist mir der Eindruck der imponierenden Persönlichkeit dieser bewundernswerten Frau und ihres kühnen Geistes, der sich ebenso über die politischen wie über die kirchlichen Anschauungen ihrer Umgebung hinwegsetzte. Ihren Dichtungen verdanke ich entscheidende Einsichten in den Gang der Glaubens- und Heilsgeschichte und wichtige Hinweise auf Wesen und Formen der Mystik.

Von völlig anderem Zuschnitt war mein Hamburger Dichterfreund Hans Erich Nossack, der verschlossenste Mensch, dem ich jemals begegnete. In der Zeitschrift „Der Kristall" hatte er in der Rubrik „Woran ich glaube" auf Drängen seines Verlegers einen Artikel veröffentlicht, in dem er die Leser wissen ließ, dass er zwar nicht an Gott, wohl aber an Engel glaube. Das bewog mich zu einer brieflichen Reaktion, die mir wiederum eine Einladung eintrug, aus der sich dann eine schwierige, aber über Jahrzehnte dauernde Freundschaft entwickelte. Die Engel, an die er glaubte, glichen nicht denen der christlichen Vorstellungswelt; vielmehr handelte es sich um Konfigurationen der verlorenen, aber immer noch nachleuchtenden Möglichkeiten eines Menschenlebens. Noch vor Max Frisch ist Nossack in meinen Augen der große, leider zu wenig gewürdigte Dichter der gegenwärtigen Identitätskrise, auf die sich vor allem sein Roman „Der jüngere Bruder" und sein Hauptwerk, der Bericht „Nach dem letzten Aufstand", beziehen. In seinen unlängst veröffentlichten Tagebüchern stellte es sich heraus, dass ich einer seiner engsten Gesprächspartner war. Auf seinen Einfluss dürfte es zurückgehen, dass das Motiv der Identitätsnot in meiner Theologie einen so hohen Stellenwert einnimmt.

Äußerlich besehen kamen die erwähnten Kontakte durchweg „zufällig" zustande. Wenn ich aber die Bedeutung bedenke, die sie für mich und mein Denken haben, fällt es mir schwer, an bloße Zufälle zu denken. Denn durch Seiterich wurde ich auf eine Bahn verwiesen, die schließlich zum Guardini-Lehrstuhl führte, durch Wikenhauser gewann ich Zugang zu der für mich so zentralen Gestalt des Apostels Paulus. Löwith wurde bestimmend für meine Zeitanalyse, le Fort für mein Geschichtsbild, und Nossack sensibilisierte mich für die inzwischen epidemisch gewordene Identitätsnot des heutigen Menschen. Sie alle haben mich überreich beschenkt, und sie stehen für viele andere.


*Als Sie Ihren 70. Geburtstag feierten, da haben Sie „über die Wunder in meinem Leben" geredet. Welche Wunder sind Ihnen widerfahren?*

Das erste große Wunder war natürlich die Tatsache, dass ich den Krieg überstanden habe. Das war unglaublich, denn ich war so schwer verletzt, dass der mich behandelnde Arzt sich tagelang nach mir erkundigte, weil er es kaum fassen konnte, dass ich diese schwere Leberoperation überstanden hatte. Das zweite Wunder, so habe ich damals gesagt, sei die Tatsache, dass ich auf den Guardini-Lehrstuhl gekommen bin. Das dritte Wunder war für mich das Entstehen des Seniorenstudiums. Heute würde ich es wohl als viertes Wunder ansehen, dass ich den Guardini-Preis erhalten habe.


*Was doch sehr nahe lag.*

Das weiß ich nicht. Ich könnte mir vorstellen, dass das gar nicht sehr einfach war, mir diesen Preis zuzuweisen. Ich weiß nur so viel, dass der Akademiedirektor Franz Henrich darauf einen ganz entscheidenden Einfluss genommen hat und dass es weitgehend sein persönliches Verdienst ist, dass ich den Preis erhielt. Deswegen bin ich ihm dafür auch außerordentlich dankbar.

*Aber ein Wunder setzt doch voraus, dass Gott eingreift.*

Gott wirkt seine Wunder vornehmlich durch Menschenhände. Das ist im Falle Jesu so gewesen und ist in allen anderen Fällen ähnlich. Kein Wunder vollzieht sich direkt vom Himmel her. Gott wirkt die wunderbaren Ereignisse des Lebens meist auf dem Weg menschlicher Mitwirkung. Das ist ganz normal, und so würde ich denn auch Herrn Henrich in diesem Zusammenhang als Werkzeug der göttlichen Güte empfinden.

*Schützt Sie das viele Wissen, das Sie sich angeeignet haben, vor Glaubenszweifeln? Oder anders gefragt: Haben Sie es da als Theologe leichter als ein Laie, der nicht so viel Ahnung hat?*

Ich hoffe schon, dass ich es leichter habe, weil ich aufgrund meiner Forschung einen besseren Durchblick gewinne, vor allem in Richtung auf die Mitte des Evangeliums. Je tiefer ich in diese Richtung vorstoße, desto deutlicher wird mir, dass der Glaube die große Lebenshilfe ist, die große Beglückung. Er hilft zur inneren Stabilisierung und vor allen Dingen dazu, dass man zu seiner eigenen Identität findet. Das ist zweifellos eine mächtige Bestärkung in der Glaubensbereitschaft und im Glaubensvollzug. Insofern würde ich schon sagen, dass ich aufgrund meiner Informationen mit Schwierigkeiten, wie sie in einer pluralistischen Welt in der Luft liegen oder aus der Widersprüchlichkeit mancher biblischer Texte erwachsen, eher zurechtkomme als der weniger informierte Christ. Gleichzeitig aber ergeben sich bei einer theologischen Position, wie ich sie vertrete, eine Menge von Schwierigkeiten, von denen jener kaum berührt wird. Denken Sie nur an die These vom bedingungslos liebenden Gott und an die vielen Bibelstellen, die dem entgegenstehen und zu widersprechen scheinen, aber auch an den Widerspruch, auf den diese These vielfach stößt.

86

# Das Gebet

*Gott ist nach christlichem Verständnis ein Gott der Geschich-*
*te, zu dem es sich auch beten lässt. Was bedeutet für Sie das*
*Gebet?*

Gebet ist die eigentliche Begegnung mit Gott, allerdings immer
im Medium des Offenbarers Jesus Christus. Für mich ist das Gebet ohne Intervention und Vermittlung Jesu gar nicht zu denken.
Deswegen ist es für mich auch eine echte Schwierigkeit zu sehen,
dass das für viele Theologen gar nicht relevant ist. Sie versuchen,
ein direktes Gottesverhältnis aufzunehmen. Ich halte mich an
Pascal, der gesagt hat: „Ohne Jesus Christus wissen wir weder,
was unser Leben, noch was unser Tod, noch was Gott ist, noch
was wir selber sind." Das heißt natürlich nicht, dass wir ihm nur
Kenntnisse verdanken, die wir ohne ihn nicht haben könnten.
Seine Botschaft drängt vielmehr auf praktische Verwirklichung.
Diese Praxis ist für mich in erster Linie das Gebet. Gebet und Theologie sind für mich unentwirrbar zusammengehörige Komponen-
ten ein und derselben Sache, zwei Seiten derselben Medaille. Das
ist mir deutlich geworden in der Beschäftigung mit dem onto-
logischen Gottesbeweis, den man besser als den Gottesbeweis des
Anselm von Canterbury bezeichnet. Der mir unvergessliche Ray-
mond Klibansky hat stets darauf abgehoben, dass Anselm diesen
Beweis in Gebetsform und, eingebettet in einen Gebetsakt, geführt
habe. Das war dann für mich Anlass, in einem eigenen Buch auf
diesen Zusammenhang einzugehen. Es trägt den Titel „Der schwe-

re Weg der Gottesfrage". Darin versuchte ich nun rückläufig von Anselm her die Struktur des Gebetes aufzuzeigen, und ich kam dann in der Konsequenz dazu, das Gebet als den Gottesbeweis des kleinen Mannes zu bezeichnen. Das Gebet ist der kurze Weg zu Gott; es ist nämlich nicht nur, wie vielfach angenommen wird, ein Weg des Gefühls und der Erhebung, sondern auch ein Weg der Intellektualität, auch wenn es den meisten Betern so gar nicht bewusst wird.

*Dem Satz „Ich glaube, weil ich bete" könnten Sie demnach zustimmen.*

Ohne weiteres. Ich glaube, weil ich bete, – und ich bete, um zum Glauben zu kommen. So könnte ich in einer Abwandlung einer alten Formel sagen. Denn das Gebet ist das Fundament des Glaubens und dieser die Krone des Gebets.

*Lässt sich Gott bitten, um eine Bitte daraufhin auch zu erfüllen?*

Auf jeden Fall. Er ist seiner Schöpfung gegenüber nicht festgelegt. Er ist frei, und wenn schon die Offenbarung zur Voraussetzung hat, dass Gott in die Geschichte eingreift, warum soll das nur die Weltgeschichte sein und nicht auch meine eigene Lebensgeschichte. Selbstverständlich ergibt sich das eine aus dem anderen. Gott greift in die Weltgeschichte ein, und er tut dies bisweilen nach christlichem Verständnis auf eine geradezu exorbitante Weise, wie insbesondere in der Auferstehung seines gekreuzigten Sohnes. Erst recht verfügt er über die Möglichkeit, in jede individuelle Lebensgeschichte einzugreifen. Dieser Eingriff ist seine Antwort auf die an ihn gerichteten Bitten.

*Die katholische Kirche kennt die Praxis der Heiligenverehrung. Hier in München liegt Pater Rupert Mayer begraben. Täglich gehen viele Menschen an sein Grab, suchen Trost und flehen um seine Fürbitte. Halten Sie so etwas für sinnvoll?*

Sogar für sehr sinnvoll. Ich gehe dabei von dem viel zu wenig beachteten Kirchenbild des Apostels Paulus aus. Das hat Pius XII., allerdings in einer einseitig juristischen Darstellung, mit seiner Enzyklika „Mystici Corporis" vom 29. Juni 1943 in Erinnerung gerufen. Leider hat das Konzil dieses für Paulus so zentrale Bild einer mystischen Lebensgemeinschaft zugunsten der damals wohl attraktiveren Vorstellung vom pilgernden Gottesvolk aufgegeben. Ich halte aber dafür, dass das eine das andere nicht in Vergessenheit geraten lassen darf. Das ist leider geschehen. Indessen gibt es rühmliche Ausnahmen. So hat sich Ernst Käsemann vor langen Jahren mit diesem Thema befasst. Alfred Wikenhauser, der herausragende Neutestamentler meiner Studienzeit, hat sogar ein eigenes Buch darüber verfasst. Doch in der neueren Theologie sehe ich nicht, dass dieser Gedanke noch einmal im wünschbaren Umfang aufgenommen worden ist. Für mich liegt dagegen gerade auf ihm ein Hauptakzent. Nach Paulus sind wir alle im mystischen Leib zu einer Einheit zusammengefasst. Und da gilt: Wenn einer leidet, leiden alle mit, wenn einer sich freut, freuen sich alle mit. Das ist nichts anderes als das, was man in der späteren theologischen Reflexion das Prinzip der Stellvertretung genannt hat. Wer zu einem Heiligen seine Zuflucht nimmt und seinen Beistand am Throne Gottes erbittet, der macht im Grunde nur vom Stellvertretungsgeschehen im mystischen Leib Gebrauch.

*Warum kann man sich nicht direkt an Gott wenden?*

Die Frage, die dazwischen geschaltet werden muss, heißt: Nehmt ihr die Gottesoffenbarung in Jesus ernst oder nicht? Ich sehe, dass die Theologie diesen Grundsatz fast nirgendwo in gebührendem Umfang berücksichtigt. Man hat bei ihr immer wieder das Gefühl, dass der Mensch zu seinem Gott einen direkten Zugang hat. Aber wenn er das meint, schiebt er den Offenbarer Jesus beiseite. Ich würde allerdings konzilianterweise hinzufügen, dass das nicht immer reflex geschehen muss. In jedem Fall führt uns Jesus zum Vater, er nennt sich ja den Weg und sagt: „Wer mich gesehen hat, hat den Vater gesehen." Deswegen halte ich es zwar für sinnvoll, dass man sich auch direkt an Gott wendet, aber immer im Gedanken, dass man das unter keinen Umständen könnte, wenn dieser Gott sich nicht in seinem Sohn mitgeteilt und geoffenbart hätte. Das aber heißt in der Konsequenz, dass wir nur in der Vermittlung durch Jesus zu Gott finden und dass sich diese Vermittlung im Bildgedanken des mystischen Leibes konkretisiert.

*In welche Richtung denken Sie da?*

Ich sehe den mystischen Leib als die eigentliche Fortsetzung der Reich-Gottes-Botschaft Jesu. Von dem Kirchenkritiker Loisy stammt das Wort, Jesus habe das Gottesreich verkündet und gekommen sei die Kirche. Ich würde statt dessen sagen, Jesus verkündete das Gottesreich, und in seiner Konsequenz kam es zur Geburt des mystischen Leibes. Das würde dann heißen, der mystische Leib ist die Einlösung dessen, was Jesus mit der Reich-Gottes-Botschaft letztlich gewollt hat. Und das gilt in erster Linie von dem damit intendierten Nahverhältnis zu Gott.

*Haben darin dann auch Schutzengel ihren Platz?*

Da haben auch die Schutzengel ihren Platz, die man sich selbstverständlich nicht als isolierte Wesen vorzustellen hat, wie das meistens geschieht. Sie müssten noch deutlicher so gesehen werden, wie es auch in der großen Theologie geschehen ist, nämlich als Konfigurationen göttlicher Ideen. Sie müssten in ihrem Ursprung im Gottesgeheimnis gesehen und auf dieses hin durchsichtig gemacht werden. Im Gedanken an die Sonneneruptionen könnte man geradezu von „Protuberanzen" und Ausstrahlungen des göttlichen Seins sprechen.

# Das Böse

*Die Frage, wie das Böse in die Welt gekommen ist, wird gern mit dem gefallenen Engel beantwortet, der sich von Gott abgewendet hat.*

Das ist ganz unhaltbar. Denn es handelt es sich um eine Kombination aus dem Buch Ezechiel, wo von dem Sturz des Perserkönigs die Rede ist, der in seinem smaragdenen Gewand auf einem herrlichen Thron saß und gestürzt worden ist, mit dem zwölften Kapitel der Apokalypse, wo Michael den feuerroten Drachen vom Himmel stürzt. Bei der angesprochenen Vorstellung handelt es sich somit um eine abenteuerliche Kombination, die, so oft sie kolportiert wurde, keine theologische Basis hat und haben kann.

*Worin sehen Sie die Ursache für das Böse?*

Die Ursache des Bösen ist für mich die Kontingenz der Welt. Gott konnte keine vollkommene Welt schaffen. Denn eine vollkommene Welt wäre eine absolute und damit ein zweiter Gott gewesen. Das hätte die Selbstaufhebung Gottes bedeutet. Wenn Gott wirklich eine Welt schaffen wollte, konnte es – soviel wir sagen können – nur eine endliche sein. Sie aber ist vom Stigma der Bedingtheit gezeichnet. Das trifft die Lebewesen mit Einschluss des Menschen in der für alle schmerzlichsten Weise, dass sie sterben müssen. Wir müssen weg, damit das Leben weitergeht. Doch das ist für uns das absolut Unannehmbare. Sogar unsere Vernunft ist so strukturiert, dass wir unsren Tod nicht denken können, da bei dem Versuch, sich wegzudenken, immer noch der übrig bleibt, der dies zu denken sucht. In der für uns unannehmbaren Todverfallenheit unsres Daseins liegt, wie ich schon bei unserem Gespräch über Drewermann hervorhob, der eigentliche Anreiz zum Bösen, paulinisch ausgedrückt, der Schmerz, der uns zur Sünde anstachelt. Wer den Tod vor Augen hat, möchte wenigstens nicht allein sterben; er versucht dann, andere in seinen Tod mit hineinzureißen oder sie durch Schädigung wenigstens dem Tod näher zu bringen. Wie Sebastian Haffner zeigte, liegt darin der Schlüssel zur Vernichtungsstrategie Hitlers. Ich gehe aber davon aus, dass auch die ganze Apokalyptik so zu erklären ist. Sie ist eine einzige Todesphantasmagorie: Schreckensbilder von Todgeweihten, die durch diese Untergangsszenarien die ganze Welt in eine Todesperspektive zu rücken suchen. In alledem steckt dann aber auch ein kleiner Trost; denn in einer todlosen Welt, wie sie immer wieder geträumt worden ist, hätte es keine Weitergabe des Lebens gegeben, also keine Sexualität, keinen Eros und auch keine Liebe. Es wäre eine Kältehölle gewesen. Das also ist der Trost, den man sich als Todverfallener immer wieder vor Augen führen kann. Nur der Tod hat die Liebe ermöglicht und die Liebe provoziert. Der Tod ist der Preis der Liebe und die Liebe ist der Lohn des Todes.

# Der Tod

*Das klingt fast wie eine Hymne auf den Tod. Was denken Sie, ist der Tod?*

Der Tod ist in meinen Augen die absolute Provokation des Menschen. Bei Paulus steht der bekannte Satz: „Der Tod ist der Sünde Sold", und das heißt: wir müssen sterben, weil wir Sünder sind. Doch der Apostel hat diesen Satz, wie ich in Zusammenhang mit Drewermann bereits hervorhob, alsbald auf den Kopf gestellt mit der These: „Der Stachel des Todes ist die Sünde", womit er zu verstehen gibt, dass der Hang des Menschen zum Bösen letztlich von seiner Todverfallenheit herrührt. Also ist der Tod auch in diesem Sinn die elementare Provokation. Sogar in seiner Intelligenz ist der Mensch so strukturiert, dass er den Tod, wie ich schon zu zeigen suchte, nicht einmal denken kann. Also ist der Tod intellektuell unvollziehbar und deswegen das eigentlich Unausdenkliche, das auf jeden Menschen zukommt, vorausgesetzt, dass er den Tod nicht verdrängt. Doch genau dies geschieht. Die moderne Zivilisation versucht dies ständig mit ungeheuren Anstrengungen. Für mich ist die ganze Konsumindustrie eine einzige kollektive Todesverdrängung. Die heutige Gesellschaft sträubt sich mit Händen und Füßen gegen den Gedanken des Todes. Denn wir kommen aus dem blutigsten Jahrhundert der bisherigen Menschheitsgeschichte. Der Tod steht sozusagen zwischen allen Zeilen im Text dieses Jahrhunderts; begreiflich, dass man nichts mehr von ihm wissen will. Er hat ja gerade in unsrer Lebenszeit, insbesondere in den beiden Weltkriegen, eine ungeheure Ernte eingefahren, von der niemand wünschen kann, dass sie sich noch vergrößert. Aber er wird sie vergrößern und zwar im Fall eines jeden von uns. Deswegen ist der Tod die große Provokation und das eigentlich Unausdenkliche.

*Wenn man den Tod nicht verdrängen soll, wie soll man sich ihm gegenüber dann verhalten?*

Ich beziehe mich hier auf Guardini. Er hat gerade diese Problematik herausgestellt und für die Annahme seiner selbst plädiert. Die Frage, die an jeden ergeht, lautet: „Bist du bereit, dieses todverfallene Dasein anzunehmen?" Paulus schreibt im Römerbrief: „Ich unglücklicher Mensch, wer wird mich von diesem todverfallenen Leib befreien?" Das ist eigentlich die Urfrage des modernen Menschen; insofern hat Paulus gerade in diesem Satz eine erstaunliche Gegenwartsnähe bewiesen. Ich halte es für eine exegetische Torheit, wenn man immer wieder sagt, Paulus habe dies ohne subjektive Betroffenheit, nur stellvertretend und theoretisierend gesagt. Nein, für mich steht fest, dass dies einer der großen exklamatorischen Ausbrüche im Neuen Testament ist. Es gibt dann noch einen zweiten, und zwar im Johannesbrief: „Seht, welch große Liebe der Vater zu uns hegt, dass wir Kinder Gottes nicht nur heißen, sondern sind." Beides sind Ausrufe und Aufschreie. Im ersten Fall ein Notschrei, im zweiten Fall ein Jubelruf. In beiden antwortet der Glaube auf die Todverfallenheit des Menschen. Denn das Christentum ist die einzige Religion, die es im Mysterium von Tod und Auferstehung Jesu mit dem Tod aufgenommen hat. Deswegen ist für mich die Auferstehung Jesu der kardinale Glaubensartikel, ohne den das Christentum in sich zusammenbrechen würde. Ich halte es für geradezu abenteuerlich, dass es manchmal Diskussionen gibt, bei denen gestritten wird, ob man sich mit der Auferstehung Jesu überhaupt noch befassen und ob man sie noch predigen kann. Wer daran zweifelt, der bricht dem Christentum das Herz heraus.

# Das Kreuz

*Vor der Auferstehung Jesu steht sein schrecklicher Tod am Kreuz. Vor einiger Zeit hat das Bundesverfassungsgericht entschieden, dass es einem Kind nicht zugemutet werden kann, im Klassenzimmer dem Anblick eines Kreuzes ausgeliefert zu sein. Was haben Sie gedacht, als Sie das Urteil hörten?*

Ich war zunächst einmal geschockt. Ich fragte mich, ob sich das Gericht je einmal die Situation eines Kindes vergegenwärtigt hat, das über einer schwierigen Schulaufgabe sitzt, und das nun zufällig zum Kreuz aufschaut. Dass der Gekreuzigte in irgendeiner Weise „einen Druck" auf dieses Kind ausübt, ist absurd. Das Gegenteil tritt ein. Das Kind wird denken, der gekreuzigte Jesus hat es noch viel schwerer gehabt. Da kann im Grunde nur ein Gefühl der Solidarisierung in ihm erwachen.

*Die Eltern, die in Karlsruhe geklagt haben, sahen im Kreuz nur ein Folterinstrument.*

In der Tat ist die inzwischen obligatorisch gewordene Kreuzesdarstellung auf einer Entwicklungsstufe stehen geblieben, die lediglich die Qualen des Gekreuzigten, nicht jedoch seine Todüberwindung und Verherrlichung zum Ausdruck bringt. Diese einseitige Darstellung stammt aus der Zeit der Kreuzzüge, die genauere Kenntnis von der palästinischen Heimat Jesu vermittelten und dadurch ein neues Interesse an seiner Lebens- und Leidensgeschichte weckten. Am Anfang der Geschichte des Christentums hatte es überhaupt keine Kreuzesdarstellungen gegeben, weil die Christen den Anblick nicht ertrugen, solange immer noch Menschen ans Kreuz geschlagen wurden. Einzug in den gottesdienstlichen Raum hielt das Kreuz erst im Reich Konstantins und hier, wie die Karfreitagsliturgie bis heute noch erkennen lässt, in Form eines mit Edelsteinen besetzten Siegeszeichens. Auch die romanischen Kruzifixe waren später noch von dieser Auffassung geprägt und stellten den Gekreuzigten im Königsornat und segnend dar.

*Ist es für Sie persönlich zu wenig, am Kreuz lediglich den gequälten Sohn Gottes in seiner Todesnot zu sehen?*

Ja. Meiner Ansicht nach fehlt bei dieser Darstellung, die uns seit der Hochgotik bis auf den heutigen Tag geblieben ist, der Hinweis auf die Auferstehung. Diesem Gekreuzigten sieht man den Sieg nicht an, den er durch sein Kreuz errungen hat.

*Welche Bedeutung sehen Sie im Kreuz?*

Ich verdanke in dieser Frage meine Einsichten vor allem kirchlichen Außenseitern wie Sören Kierkegaard, Friedrich Nietzsche und Hans Blumenberg. Um nur zwei Beispiele zu nennen: Ausgerechnet in seinem „Antichrist" versichert Nietzsche, dass Jesus nicht nur durch seine Henker, sondern in ihnen gelitten habe: „Und er bittet, er leidet, er liebt mit denen, in denen, die ihm Böses tun." Blumenberg wies demgegenüber darauf hin, dass der Todesschrei Jesu nicht, wie es immer wieder geschieht, als Ausdruck der Verzweiflung aufzufassen ist, da er seine Verlassenheit ja nicht in die Nacht von Golgota hinausschreit, sondern sie dem klagt, von dem er sich verlassen fühlt und der ihm deshalb bei aller Ferne als Adressat seines Notschreis bleibt. Die genannten Christentumskritiker haben somit Marksteine einer Neuinterpretation des Kreuzes gesetzt, die unbedingt berücksichtigt werden sollten, zumal sie in der Frage gipfeln: Zweck oder Sinn? Ich gehe davon aus, dass wir bisher immer nur nach dem Zweck des Todes gefragt haben.

*Doch so wird im ganzen Neuen Testament vom Kreuzestod Jesu geredet. Im Ersten Johannesbrief heißt es etwa: „Er ist das Sühneopfer nicht nur für unsere Sünden, sondern für die Sünden der ganzen Welt."*

Dieser Sühnegedanke hat sich durch die ganze Theologiegeschichte hartnäckig erhalten. Anselm von Canterbury hat sein Buch „Cur deus homo" ganz diesem Gedanken gewidmet, der bis hin zu Rahner und Balthasar die Theologie unserer Zeit beherrscht. Und selbstverständlich lebt auch die protestantische Rechtfertigungslehre von dieser Vorstellung.

*Wie kam es zu dieser zweckhaften Sicht des Kreuzestodes?*

Die junge Christenheit stand vor der quälenden Frage, warum er, der sich in der Hingabe an Gott und sein Volk verzehrt hatte, diesen scheinbar sinnlosen Tod erleiden musste. Und es lässt sich auch noch die Spur verfolgen, an deren Ende die Vorstellung vom Sühnetod Jesu stand. Sie führt zurück zu der „Menge von Priestern", die sich nach dem Bericht der Apostelgeschichte der jungen Christengemeinde anschlossen. Sie waren zuvor mit dem Opferdienst im Tempel befasst und brachten von daher die scheinbar alles Dunkel beseitigende Antwort mit: Was die täglichen Sühneopfer im Tempel nicht vermochten, das bewirkte der als Sühneopfer gedeutete Kreuzestod Jesu. Er leistete Gott die vollgültige Genugtuung für das Versagen, die Untreue und die Schuld der Menschheit.

*„Ach, meine Sünden haben dich geschlagen", heißt es in einem bekannten Kirchenlied. Und im Gebet „Lamm Gottes", dem „Agnus Dei", heißt es: „Der du trägst die Sünden der Welt".*

Der Gedanke geht durch das ganze Neue Testament hindurch und ist bis in die Abendmahlsworte eingedrungen: „Das ist mein Blut, das für euch und für alle vergossen wird zur Vergebung der Sünden." Ich will nicht sagen, dass das falsch ist. Aber es ist nicht das Letzte. Denn die junge Christenheit fiel mit diesem Gedanken hinter das von Jesus aufgerichtete Gottesbild zurück. Wie hätte Gott diesen grausamen Tod von seinem viel geliebten Sohn einfordern können? Wäre er dann noch der Gott der bedingungslosen Liebe gewesen, den Jesus in ihm entdeckt hatte?

*Welcher Sinn liegt dann im Kreuz?*

Die entscheidende Weichenstellung erfolgte durch die Philosophie unserer Zeit. Sie hat erstmals über die Themen Angst und Tod nachgedacht. Dabei wurde klar, dass der Tod des Menschen absolut zweckfrei gedacht werden muss. Deswegen irren auch diejenigen, die für die Todesstrafe eintreten. Denn die Todesstrafe verfährt mit dem Verbrecher so, wie wir mit dem Tod Jesu immer schon verfahren sind. Sie funktionalisiert ihn. Das aber ist ein Verstoß gegen die Würde des Menschseins. Der Tod des Menschen ist reiner Selbstzweck und darf nicht funktionalisiert werden. Er ist das Ereignis, in dem sich definitiv entscheidet, was es mit einem Menschenleben auf sich hatte. Das wird den Umstehenden eines Sterbenden nicht bewusst. Doch der Tod eines Menschen spielt sich nicht zwischen ihm und seiner Umwelt ab, sondern zwischen ihm und seinem Gott. Im Tod klärt sich der Sinn eines Menschseins definitiv. Das muss nun auch auf den Tod Jesu bezogen werden. Solange er als Sühneleistung begriffen wurde, blieb sein Sinn verdunkelt. Wer sich jedoch im Blick auf den neuen Gott Jesu zur Überwindung dieser Vorstellung durchringt, sieht sich mit der Einsicht in den Sinn seines Todes beschenkt. Der aber besteht in der letzten Verdeutlichung dessen, was Jesus gelebt hat. Es war die dienende, sich im Dienst an seinem Gott und den Menschen verzehrende Liebe, die sein Denken und Wirken bestimmte. Das tritt in seinem Tod wie ein Sonnenaufgang ans Licht. Und eben dies meint der Evangelist Johannes, wenn er seine Passionserzählung mit dem Satz überschreibt: „Da er die Seinen liebte, liebte er sie bis zum Äußersten." Wenn das Kreuz so als Sonnenaufgang der göttlichen Liebe begriffen würde, wären all die Einwände, die dem Urteil von Karlsruhe zugrunde liegen, gegenstandslos.

*Die Richter hatten das Kreuz auch als Symbol der abendlän-
dischen Kultur gewürdigt.*

Das ist schon richtig. Aber es erfasst das Kreuz nur unvoll-
kommen. Das Kreuz ist allenfalls Symbol im wörtlichen Sinn: Zu-
sammenfall von Gegensätzlichem. Mit seinem Längsbalken, der
Vertikalen, symbolisiert es die Urbewegung des spirituellen Auf-
stiegs, die Erhebung des Geistes zu Gott. Doch mit seinem Quer-
balken streicht das Kreuz all dies durch, weil nach dem Vierten
Laterankonzil keine noch so große Ähnlichkeit zwischen Welt und
Gott ausgemacht werden kann, die nicht von einer noch größeren Unähnlichkeit verschattet würde. Deswegen steht das Kreuz
einer Theologia negativa, einer Theologie der Verneinung und des
Schweigens über Gott, viel näher als der Theologie, die über Gott
bejahende Aussagen macht. Es ist ja kein Zufall, dass der Gekreuzigte geschwiegen hat. „Jesus aber schwieg", das zieht sich durch
die ganze Passionserzählung hindurch. Dieses Schweigen entlädt
sich im Todesschrei Jesu. Deswegen ist für mich das Kreuz mehr
Symbol im akustischen als im optischen Sinn. Es ist der sichtbar
gemachte Todesschrei und erinnert jeden, der zu ihm aufschaut,
an das, was sich zwischen Jesus und seinem Gott in seiner letzten
Stunde ereignet hat.


*Was da auf Golgota an jenem Karfreitag zwischen der sechs-
ten und neunten Stunde geschah, hat Paulus als „empören-
des Ärgernis für die Juden und als Torheit für die Heiden"
bezeichnet. Was meinte er damit?*

Paulus wollte damit sagen, dass das Kreuz, mit den Augen des
Glaubens gesehen, zum Inbegriff von Gottes Macht und Weisheit
geworden ist. Und so wurde es vor allem vom Gekreuzigten selbst
erlebt und erlitten. Im Hebräerbrief heißt es: „Er hat mit lautem
Wehgeschrei und Tränen Bitten und Flehrufe vor den gebracht,
der ihn aus dem Tod retten konnte, – und er ist erhört und aus
seiner Angst befreit worden." Es ereignete sich somit das, was
Martin Buber einmal als den eigentlichen Sinn menschlichen Be-
tens ausgemacht hat. Gebet ist für ihn die Bitte um Selbstkundgabe
Gottes. Auf Golgota geschah nichts im Sinne menschlicher Heils-

erwartung. Kein himmlischer Nothelfer griff ein, um der grauenvollen Tortur ein Ende zu setzen. Kein Anhänger Jesu raffte sich auf, um ihn aus seiner verzweifelten Lage zu befreien. Noch nicht einmal eine Hand rührte sich, um seine Qualen zu lindern. Das ist der Grund, weshalb das Kreuz nach Paulus vielen als Ärgernis und Torheit erscheint. Wenn der Hebräerbrief aber dennoch darauf besteht, dass er erhört und befreit wurde, kann sich diese Behauptung nur auf das beziehen, was sich jenseits der sichtbaren Szene vollzog: Gott antwortet dem zu ihm Aufschreienden mit sich selbst, mit dem machtvollen Erweis seiner Gottheit. Jesus stirbt in die Wirklichkeitsfülle Gottes hinein, und dies bedeutet, dass sich die Auferstehung prinzipiell schon am Kreuz ereignete. Der Kreuzestod Jesu ist bereits der Anfang seiner Verherrlichung. Die ganze johanneische Kreuzesdarstellung ist eine einzige Bestätigung dieses Satzes. Deswegen lässt der Evangelist Johannes Jesus nicht mit einem Verzweiflungsschrei sterben, sondern mit dem Triumphruf: „Es ist vollbracht." Jesus wirft sich sterbend in die Arme seines himmlischen Vaters, und diese Arme nehmen ihn auf und ziehen ihn dorthin, wo er seit Ewigkeit geborgen ist: ans Herz des Vaters, wie es im Johannesprolog heißt.

# Letzte Fragen

*Sehen Sie dann mit dem Kreuzestod Jesu auch die Frage der Theodizee, warum der allmächtige und gütige Gott dem Leiden keinen Einhalt gebietet, als beantwortet an?*

Ganz gewiss. Die Theodizee gehört zwar zu den schwersten Fragen; doch sehe ich diese Frage beantwortet durch das Kreuz. Das wird gerade am quälendsten Problem unserer Zeit deutlich, an Auschwitz. Wenn der jüdische Philosoph Hans Jonas im Hinblick darauf meint, dass nach Auschwitz der Glaube an einen allmächtigen und gütigen Gott nicht mehr aufrechterhalten werden könne, sagt er im Grunde das, was der Gekreuzigte durchlitten hat. Auch er fühlte sich von dem Gott der Allmacht und Barmherzigkeit verlassen. Doch schrie er seine Gottesnot nicht in die Nacht von Golgota hinaus, sondern er klagte sie dem, von dem er sich verlassen fühlte. Und Gott erhörte ihn, indem er ihn in seine Lebensfülle aufnahm und vom Tod erweckte. Das ist die christliche Antwort auf die schwerste aller Menschheitsfragen. Denn Gleiches wie von Jesus gilt von jedem Leidenden und Sterbenden. Auf dessen „De profundis" antwortet Gott dann ebenfalls meist nicht mit der von ihm ersehnten und erwarteten Hilfe. Statt dessen aber antwortet er umso gewisser mit seinem Selbsterweis, durch den er ihn in die Geborgenheit seiner Liebe aufnimmt.

So gesehen ist das Christentum tatsächlich die einzige Weltreligion, die es mit dem Tod aufgenommen hat, weil in seinem Zentrum der Glaube an den steht, der in seiner Auferstehung den

Tod überwunden und der diesen Sieg zugleich für die Seinen errungen hat. Daher sein Wort „Ich lebe und auch ihr sollt leben". Dabei ist „Auferstehung" die späteste Bezeichnung, die sich für dieses Niedagewesene eingestellt hat. Wie der Bamberger Exeget Paul Hoffmann nachwies, sprachen die Zeugen dieses Geschehens mit Paulus an ihrer Spitze zunächst von Offenbarung. Später setzte sich der Begriff „Erhöhung" durch, und erst im dritten Anlauf stellte sich dann der aus der spätjüdischen Eschatologie entnommene Begriff der Auferstehung ein. In letzter Konsequenz aber heißt das: Die Auferstehung ist der krönende und unüberbietbare Abschluss der Gottesoffenbarung. Deutlicher konnte sich Gott in dieser Welt nicht präsentieren, nachhaltiger konnte er in dieses Weltgeschehen nicht eingreifen und inständiger konnte er die Leidenden nicht trösten als durch die todüberwindende Auferstehung seines Sohnes.

*Aber ist der Preis für die Offenbarung, das unbeschreibliche Leiden am Kreuz, nicht zu hoch? In seinem Buch „Die Brüder Karamasow" schreibt Dostojewskij: „Ich will diese Harmonie nicht, sie ist mir zu teuer erkauft, mit dem ungerechten Leiden."*

Wir kennen das Leiden nur aus der menschlichen Perspektive, und die ist furchtbar. Das ist das eigentliche Horrendum in jedem Menschenleben, dass er krank wird und dass er leiden und sterben muss. Aber wir kennen nicht die göttliche Perspektive des Leidens. Deswegen muss man immer wieder nach der Positivität des Leidens fragen. Das geschieht viel zu wenig. Das Leiden wird nur als etwas Negatives, Abträgliches und Destruktives erlebt. Dabei lassen wir uns das Geheimnis des Leidens entgehen. Darauf haben große Theoretiker und Künstler immer wieder abgehoben. Bei den Theoretikern denke ich an Dionysius den Areopagiten, der es verstanden hat, als Theologe des fünften Jahrhunderts sich mit dem Namen eines angeblichen Paulusschülers zu tarnen. Bei ihm findet man den Satz, dass Gott mehr noch durch Leiden als durch Forschen erkannt werde. Für ihn ist also das Leiden der Königsweg der Gotteserkenntnis.

*Einen solchen Satz wird man aber wohl schwer jedem zumu-*
*ten können.*

Gewiss, der leidende Mensch kann verbittern, kann bösartig
werden. Das ist eine altbekannte Tatsache. Aber er kann auch
reifen, er kann verständnisvoll werden, er kann innerlich weit
und sensibler werden, als er es ohne Leiden je geworden wäre,
und kann damit als Mensch wachsen. Das hat auf seine Weise
Matthias Grünewald auf seinem Isenheimer Altar dargestellt, als
er in einer Kühnheit sondergleichen den längstens enthaupteten
Johannes den Täufer unter das Kreuz Jesu gestellt hat. Johannes
deutet mit der weit ausgestreckten Rechten auf das Kreuz hin.
Dieser Gestus besagt, sofern man die Bildsprache dieser Szene nur
auf sich wirken lässt: „Leiden hat Sinn." In diesem Zusammenhang muss man sich vergegenwärtigen, dass dieses Bild für unheilbar Kranke geschaffen worden ist, die bei der Einlieferung in
das Johanniter-Spital von Isenheim vor dieses Kreuzigungsbild
gebracht wurden, ganz sicher in der Absicht, dass sie lernten,
sich mit ihrem Leiden abzufinden. Das konnten sie nur in der
Gewissheit, dass sie ihr Leiden nicht in den Abgrund der Sinnlosigkeit stürzte, sondern sie, wenngleich unter Schmerzen, ihrem letzten Sinnziel entgegenführte. Deshalb muss das Kreuz, wie
es im Johannesevangelium heißt, als Inbegriff der „Liebe bis zum
Äußersten" gesehen werden. Es ist der unsichtbare Sonnenaufgang der göttlichen Liebe in der Weltennacht. Darin unterscheidet sich das Christentum vom antiken Mythos. Dort begleitet die
Göttin Artemis ihren Schützling Hippolyt zwar bis ans Lebens-
ende. Als es mit ihm zum Sterben kommt, muss sie sich aber von
ihm abwenden, weil der Atem eines Sterbenden ihren göttlichen
Nimbus beschädigen würde. So denkt der antike Mythos: die Gottheit hält sich vom Leidenden fern. Die Botschaft des Kreuzes besagt dagegen: Gott steigt in die Abgründe des Leidens hinab. Das
hat Simone Weil in ihrem wunderbaren Buch „Das Unglück und
die Gottesliebe" ausgesprochen. Für sie ist das Unglück das Medium einer besonderen Begegnung mit der Liebe Gottes. Das könnten wir jetzt auf das Leiden im Allgemeinen beziehen. Der Gott
Jesu Christi ist gerade dem Leidenden nah und im Leiden präsent. Das ist die einzige Theodizee, die ich anerkenne. Alle ande-

ren Lösungsversuche halte ich für kurzschlüssig und unbefriedigend.

*Ich erinnere mich an eine Ordensschwester, die Sterbende begleitet hat. Sie erzählte mir von Tobsuchtsanfällen, die Todkranke überkamen. Gelegentlich musste sie sich anhören: „Verschwinden Sie mit ihrem lieben Gott." Kurz vor dem Ende hätte aber jeder Sterbende eingewilligt und die Schwester sogar ans Bett rufen lassen.*

Der Tod ist natürlich ein Kampf, das ist ganz klar, ein Aufbegehren der Vitalität des Menschen. Der Sterbende hat ja noch einen Rest an Lebenskraft und so, wie sich der menschliche Intellekt gegen den Todesgedanken sträubt, so wehrt sich natürlich auch der sterbende Organismus gegen den ihm drohenden Verfall. Das drückt sich in diesem Protest von Sterbenden zunächst darin aus, dass sie sogar jeden Trost religiöser Art von sich zurückweisen. Schließlich werden sie aber doch von der Liebe Gottes eingeholt.

*Haben Sie persönlich Angst vor dem Tod?*

Ich antworte mit der Umkehrung eines Wortes von Lessing. Er sagte: „In meiner Todesstunde werde ich sicher zittern. Aber vor meinem Tod fürchte ich mich nicht." Ich stelle diesen Satz auf den Kopf und sage: Niemand kann verhindern, dass ihm der Gedanke des Todes Angst und Schrecken einjagt. Aber wer wirklich aus der Substanz des Christentums lebt, der muss wissen, dass ihn im Tod ein liebender Gott erwartet. Und deswegen hat er im Tod nicht den geringsten Anlass zu Angst und Furcht.

*Was passiert in der letzten Stunde, in diesem letzten Augenblick, in dem man Abschied nehmen muss?*

Im Augenblick des Todes entscheidet sich die Frage nach Sinn oder Unwert eines Menschenlebens. Denn der Tod ist kein Vorgang zwischen dem Sterbenden und den Umstehenden, sondern ein Vorgang, der schon jenseits der empirischen, also der erfahrbaren Welt liegt, und deswegen ein Vorgang zwischen dem Sterbenden und seinem Gott. In diesem Todesdialog stellt sich definitiv heraus, was es mit einem Menschenleben auf sich gehabt hat. Das wird die große Entdeckung in der Todesstunde sein, dass man weiß, wofür man lebte und worin der Sinn dieses Lebens bestand und welcher Sinn diesem Menschenleben von Gott zugedacht war.

*Was erwartet uns im Himmel?*

Im Himmel erwartet uns ein Leben in der Gemeinschaft mit Gott, für das es schlechterdings keine menschlichen Vorstellungen gibt. Denn wir sind dann in einem Zustand, der nicht mehr den Bedingungen der empirischen Welt unterliegt, sondern in einem Zustand, von dem der Apostel Paulus sagt: „Ich werde erkennen, wie ich erkannt bin." Das ist die große Umkehrung, die eigentlich den Himmel ausmacht, dass nicht wir es sind, die dann erkennen, sondern dass wir von Gott erkannt werden und dass unser Wissen in einem Erkanntsein durch Gott besteht. Genau dasselbe gilt von der Liebe. Wir werden natürlich dann versuchen, uns mit ganzer Hingabe auf den unendlichen und liebenden Gott zu beziehen. Und doch besteht dann die Liebe nicht darin, dass wir ihn lieben, sondern – wie es schon im Ersten Johannesbrief heißt – dass Gott uns liebt, und dass unsere Liebe durch die seine überstrahlt und vollendet wird.

*Kommen alle Menschen in den Himmel?*

Hans Urs von Balthasar hat gesagt: „Es gibt eine Hölle, aber sie ist wahrscheinlich leer." Wer einmal die zentrale Gottesanrede Jesu berücksichtigt hat, dieses „Abba – Vater", der weiß, dass Jesus mit einem Gott rechnete, der, wie es dann in der Bergpredigt ausdrücklich heißt, gütig ist sogar gegen die Undankbaren und Bösen. Dieser Gott kennt keine Alternative. Es gibt kein Außerhalb von ihm, auch nicht im Sinne einer Hölle, in die er Menschen der Amoralität, des Widerspruchs oder des Atheismus versenken könnte. Vielmehr ist dieser Gott der Gott aller. Das heißt natürlich nicht, dass es gleichgültig ist, wie man sich im Leben aufführt. Denn Paulus verschweigt nicht, dass die definitive Begegnung mit Gott einem Feuergericht gleicht, in dem sich herausstellt, was ein Leben an Positivem oder Negativem gebracht hat. Es ist sicher ein Reinigungsprozess, der durchlaufen werden muss. Aber die Liebe Gottes, auch wenn sie sich für den Übeltäter als eine Feuerprüfung darstellt, ist und bleibt das, was sie ist, nämlich bedingungslose Liebe. Die Hoffnung, dass alle Menschen in die Lebensgemeinschaft mit Gott aufgenommen werden, spricht auch aus der Eschatologie des Apostels Paulus. Er sieht das Endgeschehen in einem gegenseitigen Unterwerfungsakt. Am Ende, nachdem die Feinde Christi und der Tod, sein ärgster Feind, ihm unterworfen sind, unterwirft sich der Sohn dem, der ihm alles unterworfen hat, damit Gott alles in allem sei. Dies schließt jedes Außerhalb aus. Und deswegen dürfen wir der Hoffnung sein, dass Gott derjenige bleibt, der er von Anfang an war, nämlich der, aus dem alles ist, durch den alles ist, und der zuletzt alles in allem sein wird.

# Ein Nachwort
# von Eugen Biser

In der Hermeneutik heißt es, dass man auch auf Ungesagtes achten müsse, und so möchte ich nun meinerseits Fragen aufwerfen, die bisher noch nicht gestellt wurden.

Die erste betrifft das Motiv meines literarischen Schaffens. Die Frage hat zwei Spitzen. Mit der ersten erkundigt sie sich nach dem Grund, warum ich immer noch nicht aufgegeben habe, nachdem von den siebzig Büchern, die ich vorgelegt habe, nur noch zehn greifbar sind, während der übergroße Rest dem Reißwolf verfiel. Warum diese Flucht nach vorn? Ich weiß es nicht, doch kenne ich eine Johannesikone, die den Evangelisten nicht zusammen mit seinem obligatorischen Adler, sondern in Begleitung eines Engels zeigt, der mit der einen Hand nach seinem Buch greift und ihn mit dem Finger der andern anweist, dass und was er zu schreiben hat. Paulus, den ich so hoch schätze, sprach geradezu von einem Zwang, der ihn zur Veröffentlichung seiner Botschaft nötige. Etwas Derartiges scheint auch mich zu veranlassen, meine schriftstellerische Tätigkeit auch im Gegenwind relativer Erfolglosigkeit fortzusetzen.

Die zweite Spitze zielt auf meine thematische Grundkonzeption. Ich erinnere mich noch gut an die Stunde, in der ich während eines Urlaubs zu Beginn des Zweiten Weltkriegs in einer Waldlichtung den Plan zu einer Schrift über den Frieden fasste. Sie ist dann unter dem Titel „Der Sinn des Friedens" (1960) auch tatsächlich erschienen. Gleichzeitig wurde mir klar, dass dieser „Sinn" zuletzt nur in Christus gefunden werden kann. Damit hat meine ganze Produktion ihre bestimmende Mitte gefunden. An Jesus faszinierte mich, abgesehen von seiner Person, vor allem die Sprachwelt seiner Gleichnisse. Durch die Beschäftigung mit ihnen in einem eigenen Buch (1965) gelangte ich zum großen Problemfeld der Sprachtheorie und Hermeneutik, dem meine Habilitationsschrift (1970) gewidmet war, und schließlich zu dem der religiösen Sprachbarrieren und der Medienszene, auf die sich meine große Untersuchung (1980) und eine Kleinschrift (1988) bezogen.

Durch meine Tätigkeit auf dem Guardini-Lehrstuhl, den ich stets als einen „vorgeschobenen Beobachtungsposten" erachtete, war ich gleichzeitig elementar an die Situation des Glaubens verwiesen, die ich mit meiner These von der glaubensgeschichtlichen Wende (1986) und meiner „Glaubensprognose" (1991) zu beschreiben suchte. Sensibilisiert durch meine Bewunderung des großen Zeichens, das der Kirche in Gestalt des Konzils gegeben war, ließ ich mich aber auch von jenem Impuls ergreifen, der zur Entstehung der Jesusliteratur der siebziger Jahre führte. So entstand mein Jesusbuch „Der Helfer" (1973), dem „Jesus für Christen" (1984) und „Der Freund" (1989) folgten. Wenn ich mir über den Sinn dieser Jesusbücher Rechenschaft gebe, finde ich ihn darin, dass sie die Alternative von einer am kirchlichen Dogma orientierten „Christologie von oben" und einer vom Sozialverhalten Jesu ausgehenden „Christologie von unten" durch den Entwurf einer „Christologie von innen" zu überbrücken und in eine umgreifende Zusammenschau aufzuheben suchten.

Doch nun zu meiner zweiten Frage, die sich auf meine langjährige Tätigkeit als Dekan der theologischen Klasse (VIII) der jetzt nach Wien umgesiedelten Akademie für Wissenschaft und Kunst bezieht. Sie kann nicht nur auf eine beträchtliche Reihe eindrucksvoller Sitzungen, vor allem in München, Sankt Florian, Wien, Salzburg, Hamburg, Berlin, Sankt Augustin, Luxemburg, Budapest, und Rom – die letztere mit einem eindrucksvollen Referat von Kardinal Ratzinger – zurückblicken, von denen die meisten auf

Initiative oder mit Hilfe des Direktors der Hamburger Akademie, Dr. Günter Gorschenek, zustande kamen; vielmehr ist sie gegenwärtig ebenso um eine Erweiterung ihres Spektrums, wie um eine thematische Konzentration bemüht. Dem einen dienen zwei Sektionen, die dem christlich-jüdischen und dem buddhistisch-christlichen Dialog gewidmet sind. Das zweite ist Ziel der thematischen Fokussierung, mit der sich die Arbeit der Klasse zunehmend auf den erschreckenden Glaubensschwund bezieht, den die Recherche ihres Mitglieds Klaus-Peter Jörns von der evangelischen Fakultät der Humboldt-Universität in Berlin offen gelegt hat. Bei diesem Projekt „Glaubenserweckung" geht es darum, die Gründe der dramatischen Entchristlichung der gegenwärtigen Lebenswelt ausfindig zu machen und ihr mit dem Konzept eines aus seiner Mitte begriffenen Christentums zu begegnen. Dass es dann zu einem neuen Schulterschluss zwischen ihm und dem unter seiner Identitätsnot leidenden Menschen dieser Zeit kommen könnte, war nicht umsonst ein Hauptanliegen dieses Interviews.

Es ist ebenso ein Hauptanliegen meiner neuesten Publikation, die ich nun abschließend erwähnen möchte. Nach der präludierenden Beantwortung der Frage „Hat der Glaube eine Zukunft?" (1994) legte ich mit der Untersuchung „Der Mensch – das uneingelöste Versprechen" (1995) den Entwurf einer von der Plastizität des Menschen ausgehenden Modal-Anthropologie vor, die auf die tatsächliche Befindlichkeit des heutigen Menschen einzugehen sucht. Mit der „Einweisung ins Christentum" (1997) folgte darauf mein bisheriges Hauptwerk, das der mit Adolf von Harnacks „Wesen des Christentums" (1900) einsetzenden Wesensbestimmung des Christentums die auf Guardini aufbauende Alternative entgegensetzt. Mit dem darauf folgenden Jesusbuch „Das Antlitz. Eine Christologie von innen" (1999) zog ich die Linie der neueren Jesusbücher bis zu dem mir erkennbaren Endpunkt durch. Denn der „Herr", als den Guardini Jesus dargestellt hatte (1937), war in der als Spätfrucht des Konzils anzusehenden Jesusliteratur der siebziger Jahre vom Podest seines Herrentums herabgestiegen, um den Seinen als Bruder, Helfer und Freund entgegenzutreten. Diese Freundschaft aber kann er nicht schöner als mit der Zuwendung seines Angesichts besiegeln. Dieser Endpunkt ist aber

insofern auch ein Wendepunkt, als es in meinen früheren Jesus-
büchern, wie es im Untertitel meines vorletzten heißt, um „Annä-
herungen an Jesus" ging. Bei meinem letzten handelt es sich aber
umgekehrt darum, die von ihm ausgehende Gegenbewegung, also
sein Kommen zu uns, nachzuzeichnen.

Gleichzeitig leitet dieses Buch zur Ausarbeitung des Projekts
„Glaubenserweckung" über, die bei allem, was Denker und Beter
zu dem damit angesprochenen Vorgang beitragen können, zuletzt nur von dem ausgehen kann, der durch die Hilferufe der
Seinen erweckt werden will, um dem Sturm zu gebieten oder,
aktueller noch gesprochen, um das Schiff der Kirche in der herrschenden Flaute wieder auf Fahrt zu bringen.

# Zur Person

Foto: *Andreas Schaller*

Eugen Biser, Dr. phil. und Dr. theol., wurde am 6. Januar 1918 in Oberbergen am Kaiserstuhl geboren. Von 1974 bis 1986 war er Professor für Christliche Weltanschauung und Religionsphilosophie (Guardini-Lehrstuhl) an der Universität München. Seit 1987 leitet er das Senioren-Studium der Universität München. Er ist Mitglied der Heidelberger Akademie der Wissenschaften und Dekan der Klasse VIII (Weltreligionen) der Europäischen Akademie in Salzburg. 1997 erhielt er den Romano-Guardini-Preis der Katholischen Akademie in Bayern.

Foto: *Karl Wagner*

Andreas Schaller, geboren am 12. August 1961 in Dillingen an der Donau, ist Diplom-Theologe und arbeitet als Redakteur bei der Münchner Kirchenzeitung. 1996 veröffentlichte er das Buch „Zum Abschied eine kleine Rose – Zeitzeugen erinnern sich an Pater Rupert Mayer".

# Im Verlag Sankt Michaelsbund sind unter anderem erschienen:

*Godehard Schramm: Auch Kometen sind Köpfe.*
Literatur mit dem Adjektiv „christliche". Ein Lese-Überlandgang. 1. Aufl. 1998.
129 S. ISBN 3-920821-05-X kt. DM 24,80.

Unterwegs mit Godehard Schramm: Der in Nürnberg lebende Autor zeichnet in die "Landkarte der literarischen Welteroberungen jene Leuchttürme" ein, die unseren Blick auf geheimnisvolle Zusammenhänge lenken. Dieser Überlandgang mit seinen immer neuen Richtungswechseln ermutigt den Leser zu eigenen Entdeckungsreisen. Wo sind die Gottsucher in der Literatur, die dem Unbegreiflichen nachspüren und das Wunder in Worte zu fassen versuchen? An welchen Sätzen, an welchen Bildern entzündet sich der Glaube? Godehard Schramm hat ein ungewöhnliches, provozierendes Buch geschrieben – einen lange vermißten Beitrag zum Gespräch zwischen Literatur und Christentum.

*Rauchenecker, Herbert: Heil(ig)es Brauchtum?*
Vom heutigen Umgang mit Bräuchen. 1. Aufl. 1998. 176 S.
ISBN 3-920821-08-4 kt. DM 24,80.

Dieses Buch bekennt sich zum Wert der Bräuche, sofern sie dem Leben förderlich sind. Der Autor zeigt das Brauchgeschehen unserer Tage unter Einbeziehung des soziologischen, psychologischen und religiösen Hintergrundes auf, nimmt selbst kritisch Stellung und benennt Gesichtspunkte, die für einen künftigen Umgang mit den Bräuchen wichtig sind. In einem ersten Teil werden die Bräuche vom ältesten Festmahl der Welt bis hin zu den Techno-Festivals unserer Tage untersucht; in einem zweiten Abschnitt geht es um die besonderen Aspekte christlichen Brauchhandelns. Das Buch möchte Gruppen, Vereinen und Gemeinden Mut machen, einen eigenen, für sie bereichernden Weg durch die Brauchlandschaft zu suchen oder auch selbst mit neuen Traditionen zu beginnen.

*Rupp, Walter: Humania*
Eine Gesellschaftssatire. 1. Aufl. 1999. 127 S.
ISBN: 3-920821-09-2 kt. DM 24,80

Humania – das ist auf den ersten Blick ein fernes, fremdes Land. Auf den zweiten Blick erkennen wir uns wieder in diesem Land, denn Humania hält uns einen Spiegel vor. Walter Rupp hat eine glänzende Satire auf unsere Zeit verfaßt. Er seziert die moderne Gesellschaft mit ihren Fehlentwicklungen und ihren inhumanen Zügen. Gerade dort, wo der Autor karikierend übertreibt, spricht er die Wahrheit schmerzlich aus und trifft uns. Ein erhellendes Buch, das souverän geschrieben ist, voller Witz und Sarkasmus.